陌上风暖画流年

幽子 著

天津出版传媒集团
百花文艺出版社

图书在版编目（CIP）数据
陌上风暖画流年 / 幽子著. -- 天津 : 百花文艺出版社, 2025. 3. -- ISBN 978-7-5306-8949-3
Ⅰ. I267
中国国家版本馆CIP数据核字第20248CW225号

陌上风暖画流年
MOSHANG FENG NUAN HUA LIUNIAN
幽子　著

出 版 人： 薛印胜　　**责任编辑：** 赵世鑫
装帧设计： 刘昌凤
出版发行： 百花文艺出版社
地址： 天津市和平区西康路35号　**邮编：** 300051
电话传真： +86-22-23332651（发行部）
+86-22-23332656（总编室）
+86-22-23332478（邮购部）
网址： http://www.baihuawenyi.com
印刷： 三河市元兴印务有限公司
开本： 660毫米×960毫米　1/16
字数： 285千字
印张： 22
版次： 2025年3月第1版
印次： 2025年3月第1次印刷
定价： 89.80元

如有印装质量问题，请与三河市元兴印务有限公司联系调换
地址：河北省廊坊市三河市黄土庄镇尚庄子村
电话：0316-3180002
邮编：065200

序

文学需要持久的热情和爱

文/刘伯毅

四年前，幽子出版了她的散文集《此情可待成追忆》，我清晰地记得她对出版第一部文学著作流露出的那种欣喜和羞涩，也清晰地记得《北京文学》副主编师力斌先生为她的散文点赞、为她的书作了序。幽子的第一本书，清新淡雅，为通州文坛增添了亮点。四年来，幽子一直在努力，一篇篇新作不断见诸报刊和网络媒体，一次次文学活动不断见到她热情的笑容和身影。这次，她又汇集了近九十篇散文，准备出书。

书名是《陌上风暖画流年》，和第一本散文集《此情可待成追忆》可谓是亲姐妹，也是从中国传统文化、唐诗宋词元曲中来，是幽子浸润和吸收传统文化后的又一次反哺和展示，这次收录的散文，语言更精致、内涵更丰富、文章更优美。和书名“此情可待成追忆”有明显不同的是，“陌上风暖画流年”没有明确出处，给人诸多想象的空间。可以想象，阡陌上由于风和日暖，花开了，人们纷纷踏青赏花，记录下自己的美好经历，让人想到，吴越王写给夫人的信，“陌上花开，可缓缓归矣”；也让人想到孔子和学生们谈论志向时，对曾皙赞同的话，暮春时节，天气和暖，和五六个成年人以及六七个少年，到河里游泳，在高地上吹风，唱着歌回家。总之，书名取为“陌上风暖画流年”，营造出一种惬意、舒适的氛围，也反映了作者轻松的心态、愉悦的心情和良好的生活环境。

全书分为五辑，分别是：第一辑疏雨落花村，第二辑风烟望古今，第三辑山水共氤氲，第四辑往事随流水，第五辑凡心渡红尘。一看标题，就知全书上下满满的书卷气、满满的画面感、满满的吟哦状。虽然各辑侧重点有所不同，有的侧重抒情，有的侧重议论，有的侧重叙事，有的侧重文史，但全书有一个共同的特点，就是感情充沛、语言诗化。

我们知道散文强调的是感情，诗词强调的是意象，但散文和诗词的互相渗透和互相融合，或者说以诗为文，或以文为诗，这一类创作手法受到特别推崇。这种创作手法，在幽子的散文中表现得很突出。因为幽子有深厚的古诗词功底，感情丰沛，词汇丰富，加上画面感很强，许多篇章的文字，情景交融，生动活泼，如快马在草原驰骋，轻松从容；又如舞者行走，风姿绰约。如书中《大江东去》《永州，永州》《天问？问天》等多篇文章都明显有这样的特点，给人以诗化散文的感觉，荡气回肠。

和一般业余作者相比，幽子的散文篇幅大多比较长，书中4000字以上的有好多篇。能把文章写长，也是一个真功夫。这主要是源于幽子对人、事、物，始终抱有热忱、认真的态度，尤其对文学有可贵的专注精神。幽子把文学看得很重，她把文学当作重要甚至神圣的事对待。外出采访时，幽子往往有问不完的话题，也往往最后一个离开采访现场，写好文章后，她又及时和采访单位或个人联系，征求意见，反复修改。她每次采访，或游玩一个地方，都要写一篇乃至多篇文章，有的题材，我们认为是枯燥无意义的，而她却能妙笔生花，写得情趣盎然。她有时写的是和我们一起经历的事，或是一同采访的人，但她努力写得与我们不一样，她渐渐成为南通市通州区创作骨干。文学照进生活，生活越是普通，越要通过文学写得不普通；生活越是平凡，越要通过文学展示平凡中蕴藏的风采。有时，幽子的题材里也有“花花草草”“小我小情”，但由于角度不同、叙述不同，显得和别人抒写的感情也不同，她能透过生活表象，挖掘到背后的复杂幽深，因而有的文章写得气息绵密，意味深长。

从第一本书到第二本书，我明显感到了幽子的成熟和进步，仅仅四年，她不仅在南通文坛占有一席之地，《江海晚报》曾以一个整版刊登她的作品，而且获得了全国几个文学征文的大奖，有的奖项竞争非常激烈。但幽子不满足于现有的成绩和写作水平，始终孜孜不倦地进取，始终对文学保持一贯的谦虚和热情。

写作是一项艰苦的跋涉，文学的“陌上”，也许风寒花少，走着走着，有的人就退场了。可喜的是，幽子是对文学抱有持久的热情和爱的人，相信她一定会走得很远，一路收获属于自己的鲜艳的文学花朵。

是为序。

（作者系江苏省作协会员，南通市通州区作协主席）

序

诗意·哲思·生命力

文/憨仲

认识苏南的这位才女，缘于其《此情可待成追忆》的散文集，数年前的一次重要文学赛事，此书入选优秀作品。作为评委之一的憨某，被其优美的文字所感动，由此牢牢记住了“幽子”这个名字。

幽子，本名曹燚，世居江苏南通，乃名门望族曹氏之后。说来，我对这座国家历史文化名城并不陌生，三十年前，为撰写《马氏三兄弟》一书，就已关注到这个江海交汇处的城市。南通古称通州，别称静海、崇州、紫琅，是一片古老而又充满生机的土地，文化积淀异常丰厚，不仅是中国近代民族工业的发祥地之一，还是“世界长寿之都”，历朝历代，才俊辈出，真可谓人杰地灵。民族英雄曹顶、杰出文学家冒襄、“中国戏剧理论始祖”李渔、评话艺术家柳敬亭、“扬州八怪”之一的李方膺以及“状元实业家”张謇，无一不是古通州的翘楚者。常言道：一方水土养一方人。受其地域、家庭的影响，幽子不可避免地熏染上独特的文化气息。

出于文学的因由，和幽子从电话交流、微信聊天，到一同去闽东畲寨做客、茶园采风，品茗雅趣、把盏临风；一道感受霞浦滩涂、品味海鲜，开怀畅饮、谈笑风生；乃至并肩大京古堡，寻访空海大师，沐浴高古风韵；又及淄博烧烤、北方瓷都，体味齐都风情；感知颜神孝妇、琉璃奇葩，感叹鬼斧神工；游走周村大街、蒲公塾馆，造访蒲公故里、拜谒柳泉先生，未了聊斋鬼情。体味地域文化的同时，亦免不了谈文学、论人生，因此对幽子有了较全面的认识。窃以为，对其为人、为文有了大抵了解，有了一定的话语权。

在这个收获的季节，厚厚的书稿摆在案头，这是幽子继散文集《此情可待成追忆》出版之后的又一力作，出于她的信任，我有幸成为《陌上风暖画流年》的第一读者。按照作品内容，她将本书分为《疏雨落花村》《风烟望古今》《山水共氤氲》《往事随流水》《凡心渡红尘》五辑，其意自是各有归属。

说来，人们对于文学作品，就像吃东西一样，有的喜欢甜、有的喜欢咸，还有的喜欢酸或者辣，无不有着各自的喜爱。憨某呢？同样如此。对于阅读作品，有着自己狭隘概括的“三不读”原则，这就是：没有诗意的不读；没有哲思的不读；没有生命力的不读。大概是爱屋及乌的缘故，通过阅读幽子登载在《海外文摘》《火花》《东方作家》等各地杂志上的文章，自认为她的作品无不具备这“三要素”。因之，内心充盈着一睹为快的迫切欲望。

沐手、焚香是我敬畏文字的一种习惯，亦是自己看书前的穷酸陋习吧？不管别人怎么认为，独自浸沉此等宁静的无我境地，那种惬意醉心的入定享受，大有参禅悟道美妙滋味在心头，余想他人是没法体味到的，大有一种“走自己的路，让别人数脚印去吧”的自嘲心态。案头把幽子作品摆好，再浸泡上一杯江南雀舌，关闭簃门谢绝一切外界侵扰。做完这些先前准备，我会慢慢坐下来，熏香、品茗、赏读融合一起，三者并用，今天也不例外。

芽庄沉香的袅袅间，细品雀舌的回味中，《疏雨落花村》犹若杏花春雨弥漫心头。我《在午后乍泄的春光里》，聆听《乡村的月光》下那《一支清远的笛》；我在《绿阴幽草胜花时》行走在充满《乡趣》的《心中的小路》，任由《用生命泡茶》的滋味漫过心头……一炷香燃尽之际，惬意的乡村美妙乐章戛然而止。继而，循规蹈矩地重复着前辙，让我又浸沉于《风烟望古今》的意境里。一幕幕泛黄残破的旧画卷摊铺眼前：这边有《西子湖，那遗世独立的女子》《不作人间解语花》，那边是《马周与李世民的风云际会》《为民而生，为义而生》，还有那《墨香书韵品泸溪》《谁怜双卿？谁误双卿》……咀嚼之余，一枚沉香又成灰烬，南泥壶的清幽业已乏味，来自他乡的《山水共氤氲》又弥漫心头。且不言《千年文脉大运河》《河有远韵城有诗》，也不说《红楼梦穿拙政园》《静水流深吟古镇》，尚有那《旧梦西塘》《太湖，长兴！》《欲留云同住》《风吹赤浪天》，这林林总总的《伊犁拾片》《天台山传奇》，谱写成《纵情太湖》《灞水悠悠亘古流》的绝妙乐章。

当第四枚沉香点燃的时候，恰恰是赏读意蕴无尽的《往事随流水》之际。的确，这是《陌上风暖画流年》的主题曲，是幽子以其命名的核心篇章。在时光中《翻看春天这本书》，在《离殇》里《邂逅》《逝去的爱》，在《清河追月》间《咀嚼清明如橄榄》，在《冬景拾韵》里体味《小河流水月清浅》等等。似乎亲情是每个作家绕不过的话题，若巴金的《母亲》，像舒婷的《父亲》，路遥的《父母的世界》……他们的字里行间，无不折射着亲情的伟大与温暖。尽管幽子没法与这些名家大腕相提并论，从她的《凡心渡红尘》一辑中，却也能感受到如此这般的匠心独运。且不言《父亲·手机·我》《母亲的中秋》，也不说《母亲·年味·梅香》《母亲的味道》，就是《来世我们还做妯娌，可好？》《记忆中的馒头》等篇目，不经意间描述，就将夹杂于其间的亲情彰显出来，情意浓郁，感人至深。无不若孔子闻韶乐，尽善尽美矣；亦恰似韩娥适齐之美声，余音绕梁，不绝于耳已。

掩卷之余，不由得扪心自问：幽子这部著作的亮点及感受是什么呢？的的确确，她没有跑出我所设定的散文“三要素”。试看“雨后的楚地婆娑清净，磊石的艾蒿浓郁葱翠，幽谷的羽衣馨香迷醉，芦苇的歌谣随风而碎。”（见《天问？问天》）；“此夕，金鸭消香，银虬泻水，湖畔是你在夜笛飞声吗？我在此袖展吴绫，为你狂舞一曲，以报你缱绻之情，以赎我罪孽之身。”（见《今宵魂归何处》）；“簌簌的衣襟，穿过顾渚的幽径。刀光剑影里的传奇，烙刻在山峦的脉络。一双沧桑皱褶的手，抚过行云流水的溪。”（见《贡茶古道》）。比比皆是的语句，充满着美妙的诗意，毋庸细细品味，自是醉迷三分。

平淡如水文字着实令人乏味，耐人咀嚼的章句怎一个喜欢了得？幽子似乎揣摩透了我的小心思，故意为之似的。由是有了这些散落的精彩：“和珅，和谐开明的寓意，这是他更名时的初衷，但欲望的沟壑吞没了原始的本真，滔天的权势泯没了做人的良知。权力让他疯狂，财富使他陶醉，私欲使他膨胀，他终于迷失了，迷失在权利的边缘，迷失在贪欲的旋涡，谁能拯救他呢？谁能唤醒他呢？那个坠落到深涧的灵魂？”（见《和珅其人》），这灵魂的叩问，能不令人振聋发聩，深受启迪吗？“我到底是出生在江南的水乡，还是北方的高墙大院？我问满脸沧桑的‘旱码头’，它沉默不语，生怕祸从口出；我问演绎古今的花戏台，人去台空，寂静无声。只有深宅老院门前的石狮张口欲言，希声大音的它，能否解开我心底的谜团呢？”（见《穿越时空隧道的大街》），看似她在咏叹中怅然若失，实则蕴藉着发人深省的内涵；“幽深小巷里，营造着‘家家泉水，户户垂杨’的意境；青砖黛瓦间，回荡着《老残游记》里黑妞白妞清脆婉转的唱腔；澄澈宁静的大明湖畔，是否有夏雨荷纤弱的身影？那痴情的姑娘是否还在傻盼着无情的帝王？”（见《河有远韵城有诗》），如此充满哲思的片段，不正是她对人类灵魂的拷问吗？

正如沙翁所言“一千个人眼中，就会有一千个哈姆雷特”那样，余不敢说幽子的文章俱是多么精彩，独具匠心却是毋庸置疑的。像《独自去远方》《那些浪漫而诙谐的岁月》，如《别梦依稀》《看着星星睡觉》，似《城市的边缘人》《乡村冬日即景》等篇章，感觉似乎略有平淡，细细品味却无不蕴含着深刻寓意。其呈现出的现实生活画面，实则承载着时代定格的历史元素，价值所在是无法估量的。据我所知，幽子这本文集的作品，都是她从百余篇作品中选编的。也许，她早已注意到文学即人学的主旨，明白文学传承的重要性，方才用心谱写出风格迥异的《陌上风暖画流年》之交响乐章。

以上综述，大概就是余对幽子其人其文的点滴感受吧。诚然，仁者见仁，智者见智。也许，她的文笔未臻于完美，出于屋乌推爱的缘故，有着方家以为的溢美之词，也许是一种罪过吧。可是，发自肺腑的真心感受和偏爱又有什么办法呢？

（作者系中国作家协会会员、中国散文学会会员，《东方散文》杂志总编辑，美国北美文艺社理事）

目　录

第一辑　疏雨落花村

第二辑　风烟望古今

第三辑 山水共氤氲

第三辑 山水共氤氲

第三辑　山水共氤氲

第四辑 往事随流水

第五辑　凡心渡红尘

第五辑　凡心渡红尘

第一辑　疏雨落花村

竹篱小院中

品茗、赏菊、吟风

清芬田陌间

溪流、稻黍、踏青

凉爽夜晚里

听虫、发呆、数星

抱得明月归

冰盘作枕入眠

一帘幽梦

……

用生命泡茶

乡村的日子，少了城市的繁杂和喧嚣，黄梅时节，归省老屋，母亲已早早舍我而去，和父亲依窗而坐，瓦屋听雨、竹榻品茶，一样沉默寡言。滴答的雨声落在屋檐、打在树梢，窗下的芭蕉淅淅沥沥，吟唱着远古的歌谣。

洁白的栀子花在墙角绽放，馥郁的芳香透过墙院飘入门帘，那是母亲在世时栽种的花。母亲的品性如这朴素的花低调内敛，不事张扬，却又芬芳四溢。父亲忽然问：你妈过世有多少年了？我一时语塞，他长叹一声：唉——故人似茶，喝着喝着都淡了呦！我的心里一阵揪紧。

几枝修竹在窗外摇曳，朦胧的灯影里一壶新茶，晶亮的茶汤搁置于古旧的案几，云雾缭绕中饮一口清茶，清幽的芳香沁人心脾，父亲说的，也许有一定的道理，但也只是对往事的缅怀，而我，在这陪父饮茶的日子，也悟出一些哲理。

茶有不同的姿态，正如人有不同的相貌。汤色透明、清淡纯净的白茶，如天真烂漫、纯洁无邪的孩童；青涩甘甜、曼妙青翠的青茶，似豆蔻年华、花季雨季的少女；芳香扑鼻、细腻顺滑的绿茶，如温婉典雅、娴静恬柔的少妇；临花照影、嫣然妩媚的花茶，如俏丽婀娜、婉约多姿的妙人；汤色橙黄、气质如兰的黄茶，似知性优雅、人到中年的女子；风流如锦、霸气浑圆的红茶，似风韵犹存、佳人半老的徐娘；浓烈苦涩、回味无穷的黑茶，似睿智敦厚、韵味悠长的老妪。茶叶在茶盏中上下沉浮，一次次沸水的冲泡，一次次上下的翻滚，那丝丝缕缕的茶香飘荡在茶室，回味在心田。漂浮不定的茶叶，如前途未卜的命运，任岁月漂泊、风霜打磨、雨雪冲刷。沉淀的沙粒，搁浅于时光的河床；往昔的岁月，烙刻了奔波的辙痕。执一壶沸腾的水，冲一杯浓酽的茶，干涩的茶叶被滚烫的茶水热情地吻醒，如初恋的少女，舒展曼妙的身姿；似含苞的蓓蕾，绽放动人的光彩。

如茶的人生，是丰富而多彩的人生，白的纯净、青的羞涩、绿的静雅、黄的醇厚、红的浓烈、黑的绵长，宛如人生的四季。生命的更替，在茶香中延绵；人生的阅历，在茶味中磨砺。与茶为友、与书为伴，茶为知己、书为知音。浅浅淡淡的岁月里，清清静静的时光里，与一本诗书旖旎相拥，是茶之幸，也是书之幸。青春的润泽在书海里徜徉，柔软的馨香在茶汤中散发。一茶在手，万事皆休；一书在手，烦恼俱净。茶与书的妙处，皆在忘我的境地。

茶烟日色的时光，伴着鸡鸣狗吠的烟火，将乡村的生活装点得多姿多彩，茶盏中袅袅升腾的烟雾，唱机里缓缓流淌的乐曲，又把日子打扮得清丽脱俗。雨后的乡村，清爽而干净；如洗的天地，疏朗而明丽。一瓯茶、一卷书的晨光，在幽静的庭院弥漫；一池水、一涧草的景致，在偏僻的小径邂逅；一丛叶、一枝花的雅趣，在乡村的田园寻觅。阡陌纵横，不见以往的行人；竹林清幽，难寻吹笛的旧人。

想着想着，又依稀看到母亲的身影。那时节，母亲只爱菊花茶，木质的窗棂，古旧的雕花，母亲一个人坐在窗下，一只透明的玻璃杯，几朵微黄的菊花满杯铺开，一会儿，玻璃杯子的水也黄黄的，就连氤氲的热气也黄黄地飞升，母亲静静地坐在窗前，抿一口茶水，光影罩着她略白的面孔，满脸都是微笑……

林中的小路蜿蜒，溪边的小树繁茂，一个微霜的早晨，应该是晚秋的日子吧，跟着母亲来到她的花园，满园的菊花盛开，秋霜下的菊花更为冷艳。母亲说：霜降菊，去热祛寒，苦中带甜，我们采回去，能烹一壶好茶呀！我们采了好多，一直到太阳高照……

细雨仍在绵绵，窗外郁郁葱葱，炉火上茶烟缈缈，父亲不知哪里去了，我的梦，依依从母亲菊园里归来。

回家过年

偶然间一段回家过年的视频，看得人泪流满面，而一首正流行的《有钱没钱回家过年》唱响在整个网络，“漂来荡去了又一年，甜酸苦辣咸，什么情况都碰过了，心也有些变，身份角色我来回更换……”这首歌触碰了我们心底的内伤，有钱没钱又能怎样，回家过年才是心愿。

回家过年，哪怕是囊中羞涩，带给家人的却是莫名的惊喜、长久的期盼。站在故乡的村口瑟瑟颤抖，久违的炊烟唤回了丢失的记忆，古老的村庄勾起了熟悉的往事。老父佝偻着脊背，背着一捆柴火；老母模糊着双眸，立在路边守候。游子的心中，渗透了多少的惆怅。捂住剧烈跳动的心口，尘封的记忆蓦然回首，扑朔迷离的旧事，叠叠层层斑驳了幻影。门前的老树交出了最后一片叶子，它衔不住冰冷的沉重，在暗夜发出了戚戚的哀鸣，屋后的小河光洁了覆满刘海的额头。

划着小船的邢家父子撒起了大大的渔网，一条条白鲢、一尾尾鲫鱼在网中挣扎，它们知道今天此命休矣，孩子们不懂鱼的心理，在岸上蹦跳吵闹，那动静堪与鱼儿较量；邻家的场院传来“嗷嗷”的嚎叫，持刀的屠夫正宰着年猪，接一盆猪血溜一盘豆腐，洗一根大肠炒一碟辣椒，拣两根骨头炖一锅热汤，过年的滋味便在心中荡漾；李家大嫂逮住了公鸡，漂亮的羽毛拔给了女儿，小丫头用它做了一个鸡毛毽子，几个孩子就踢起了毽子，而她家的小子正蹲在场边放着小鞭，“噼噼啪啪”和着狗的狂吠、猫的假寐；林家二叔的场院挤满了乡亲，那是排队理发的老人，这种老式的剃发刮胡，年轻人是不屑一顾的，他们要卷要染，要时髦要新颖，他们的时尚潮流，老人们同样嗤之以鼻，几十年的发型一成不变，是他们骨子里的坚守，就如同坚守着自己的土地一样。他们在自己的田园里耕耘播种，秋收冬藏，年复一年，在岁末年尾，终于可以停下锄犁，歇上一歇，将自己收拾得清清爽爽，就像收拾那些挂在墙上的农具、堆在屋角的家什，里里外外干干净净。

西院李老师又摆开了阵势，师母在一旁裁纸磨墨，但见笔走龙蛇、句雕风月，顷刻，一副对联跃然纸上："几点梅花添逸兴，数声鸟语助吟怀。"恰是他院中的疏影横斜，暗香浮动，竹枝摇曳，鸟鸣啁啾。李老师的春联已馈赠了众乡邻若干年，虽然市面上有现成的对联，但是每年的此时，村上的对联都出自李老师之手，乡邻们看惯了李老师的字，只觉得其他人的字都比不了。其实，那不仅仅是因为李老师的字鸾翔凤翥、鸿惊鹤飞，还因为他会根据各家的情况写出相应的对联，有风花雪月的、有招财进宝的、有诗书礼仪的、有如意吉祥的。传统的元素在人间烟火里流转，它弥漫于乡野小径，流连于篱笆瓦屋，与古老的文化交相辉映。

回家过年，在老屋的门前贴上对联，父亲眯缝着双眼，左观望右端详，倒贴的福字在堂屋的粮柜上祈愿。母亲的肉丸已在油锅里浮起，父亲的烩鱼还在案板上踌躇，挖一棵母亲种下的黑菜，烧一碗父亲打制的粉丝，年的味道便在晚风里弥漫。

回家过年，让乡音婉转于咽喉，让乡愁停留在舌尖，让静穆的村庄唤回童年的歌谣，让深情的土地吟诵归乡的诗行。虽然故乡已修改了容颜，但漂泊的游子仍记得村口的老井。

回家过年，穿过斑驳的岁月，走过青苔的小径；鸟儿在枝头张望，狗儿在草垛打转，瓦楞上的衰草在风中凌乱……

一支清远的笛

“故乡的歌是一支清远的笛，总在有月亮的晚上响起。”我在故乡的月下，聆听那首悠远的歌。

有风从树梢掠过，有云从月上飘过，还有稀疏的星星在一旁不知所措。空置了多年的老屋，已经很旧很旧，那斑驳憔悴的模样让人不忍细看，没有了母亲的老屋也就没有了温馨的甜蜜，它像风烛残年的老人在月下寂寥地独立。

门前的小河什么时候变得那么狭窄？

这条河里曾有邱叔的老牛蹚过，老牛从河西遛到河东，肆意的脚步搅得浪花飞溅、鱼儿跳跃；邱叔从此岸转到彼岸，从这头追到那头，终于一跃而起，跨上了牛背。牛背上的邱叔似凯旋的将军，水中的老牛四蹄奋起，踏浪而归。

这条河里曾养过鲢鱼、鲫鱼和大青鱼，过年的时候，家家户户都能分到大小不等的几条鱼。拉网捕鱼的孙伯父子是行家里手，鱼在他们的网里都似乎规矩了不少；季叔和陈叔眼明手快，分鱼的本领无人能及，那一排排一堆堆，大小搭配，让人无法挑剔。其实善良的村民谁也不会计较，河里的鱼都是自然生长，怎么可能大小均等，大点小点又有什么关系，不就图个年年有余的彩头吗？

这条河里曾游过两只白鹅、几只灰鸭。外公是鸭司令，每天吆喝着鹅们、鸭们水中操练。鹅不太买他的账，但因着他天天喂食也知恩图报，大大的鹅蛋还是积攒了不少，足够立夏的时候村里的小孩一人一只大鹅蛋、三只绿鸭蛋。外公虽然成天与鹅蛋、鸭蛋打交道，但在那缺衣少食的年代，他却从未藏私，我和村里的孩子分得的蛋类数量总是一模一样。

这条河里也曾掉落过葛家奶奶的孙子震宇，要不是父亲恰好路过，震宇小小的身影或许就被水流淹没了。如今八十高龄的老父已记不起震宇六岁时的模样，可葛家叔叔却时时念叨父亲的恩情。我上学时的复习资料葛叔叔提供了一沓又一沓，小脚的葛家奶奶怀着朴实的愿望，一趟趟将资料送来，一遍遍叮嘱我。那慈爱的神情、善良的目光照拂了我一个个寒冬苦读的夜晚。如今葛家奶奶早已作古，震宇也已人到中年。

这条承载了我儿时记忆的小河，如今却变得那么陌生。河水不再清冽，河面不再开阔，它被分割成一片一片，片片都用围栏圈住，自成一体，这一圈是菱角满池，那一圈是浮萍漂荡，这一圈是空明静朗，那一圈是水花生缠绕。整条河变得面目全非，支离破碎。

夏日里再也没有了大人带着孩子游泳的身影，落日下再也没有女人结伴下河淘螺蛳摸河蚌的队伍，河的尽头也少了撑竿的小舟，藕的深处也没了采莲的少女，河边再也看不到曾经堆满了菱角、插满了荷花的木盆，再也听不到欢声笑语。

墙角的柿树疯狂地生长，墙里墙外都挂满了红灯笼。犹记得过去的中秋节，母亲在院里摆上供果：一串葡萄、几个石榴、一碟月饼、几枚枣子。那时候并不知道拜月的意义，只想着赶紧品尝月饼的滋味。拜月，其实是一种形式、一种祈求，母亲从没为自己而求，她只求月神赐她唯一的孩子一生顺遂，她将福报传给了家人，自己却多病多灾。如果可以重新来过，我将虔诚焚香祈祷：愿母亲平安健康福寿延绵！可是，太迟了，我已经失去了祷告的机会。

母亲生前种植的枣树似乎也心有灵犀，清明的月色下它不再淡定，翠绿的枝叶在风中摇曳，红的、青的枣子散落了一地，几十年的风霜雪雨让它苍老了不少，它陪伴着老屋，守护着老屋。母亲已离开二十年了。这棵经年的枣树是我在老屋唯一的念想了，可它也在渐渐老去。我抚摸着它的枝干，仿佛触碰着母亲的手臂，这棵树下，有母亲执杖打枣的身影，如今，枣子铺满了一地，再没了捡拾的人儿。

夜静月明，远远一曲笛音若断若续……

在午后乍泄的春光里

这是一个阳光明媚的午后，除了偶有几声鸟雀的叽喳，湖滨公园里没有了往日的喧嚣与嘈杂，我在小径上漫步，欲探寻樱花的踪迹。犹记得无锡樱花谷的绚烂多彩，犹记得日本菩提寺的花开遍野，可如今，独自徘徊在公园，从西走到东，从北走到南，它在哪里？为什么我觅不到它的踪迹？

好不容易发现几棵，开得那么稀疏清淡，似乎缺失了往日的娇妍，走近一看居然是紫叶李。我在湖边眺望，那湖中的渔者正埋首垂钓，长长的钓竿直伸到湖心，细细的钩线一动不动，倏忽，线一摇，竿一提，一尾鱼舞动不停。它在懊恼，懊恼自己的贪嘴；它在挣扎，挣扎自己的身躯；它想逃离，逃离可恶的鱼钩。可是，一切都已经晚了。

一位年迈的老人带着天真的孩童从对岸走来，老人手持长长的竹网，从岸边向岸中延伸，竹竿伸得很深很远，提上来却不见螺蛳几许，尽管如此，老人仍一次一次地重复着动作，由东向西，慢慢前行，而湖中的鱼儿跳跃不停，它们是那么狡猾，仿佛故意诱导着钓者与网者，它们不上钩也绝不进网，虽然知道兜网的老人志不在它，但也不会给他意外的惊喜。老人一次一次探身伸竿，整个人似乎都要倾入湖面，这一次他提得比较吃力，网兜明显沉重，一边玩耍的小孙女连忙奔过去，我也靠过去，哇，这回的收获颇丰，大大的螺蛳，夹杂数枚陈年的菱角，那菱角黑黑的、尖尖的，颜色并不新鲜，味道不知如何？

草坪上一对夫妻领着一个小男孩放着风筝，一只美丽的蝴蝶在空中曼舞。爸爸抓着线把，一路奔跑，孩子跟着爸爸一路欢叫，他伸出小手要抢夺爸爸的线把，但爸爸是那么高大，他是那么矮小，他追着跳着，叫着笑着，年轻的妈妈坐在一旁静静地看着，终于小家伙不耐烦了，爸爸也不溜了，将风筝的线把儿交到儿子的手中，叮嘱他快快地跑，儿子得意地放飞着自己，结果空中的蝴蝶像喝醉了酒，晃晃悠悠、抖抖擞擞，坠入了草间。

迎面飘来淡淡的幽香，若有若无、若即若离，那是什么？那黄色的花瓣已不复娇艳，它们在慢慢地枯萎、慢慢地凋零，那是雪中的精灵、圣洁的仙子蜡梅啊！仙子也会老去吗？不，这只是它们留在凡间的表象，它们的魂魄已飞升上天，待到明年又会降临人间！

山茶花开得红红艳艳，初始我误以为是杜鹃，但杜鹃的身姿低矮蓬松，没有山茶挺拔大气，杜鹃的花儿娇小精致，没有山茶的泼辣恣肆。这艳丽的花在石径边无所顾忌地绽放，没有牡丹的雍容华贵，没有玫瑰的馨香扑鼻，但它兀自在路边站立，向春天恣意展现着风姿。

复向西行，这边已邻乡村，谁家的白鹅在小溪边领队，扇动着双翅像威武的将军，灰色的鸭群是它的士兵，整齐的列队嘎嘎前行，“扑通，扑通”跳入了水中，泛起的波浪搅乱了水里的画卷，那里碧空如洗、海棠如胭、芳草如茵、柳丝如烟。

黄花公鸡在草地上战斗，大红的鸡冠泛着血色的华彩，双脚腾空跃起，两翅振翼欲飞。一个腾挪，咬啄着对方的头冠；一个倒立，攀附了对方的脊背。战败的一方速速地倒退，胜利的一方急急地追赶，那场面委实热烈。

池塘边的大妈在挖着什么？隔树询问，她说在挖芋头，我好纳闷，芋头不是应该长在田间吗？怎么会在塘边的树下？走近细瞧，竹篮里分明是蹲守的猫头鹰。

篱笆的小院探出了花枝，竹外桃花岂止三两枝，粉里透红、红里透白，一枝两枝，艳如胭脂。院内的竹帘上翻晒着几床棉絮，阳光照射其中，棉絮蓬蓬松松，一只白猫匍匐在帘下，它是在看守还是在打盹儿？想象着棉絮的主人伴着阳光的味道温馨入梦，梦里有猫还有花……

那是什么？“梨花一枝春带雨”吗？花下的姑娘巧笑嫣然，娇声吟答“李花怒放一树白”。轻嗅了李花，辞别了姑娘，误认了野芹，错拔了茅针，金色的花海在远方弥漫，浓郁的花香在风中飘荡……

从昨晚到今晨，一直雷声大作，暴雨如注，没想到一过正午，骤雨忽停，阳光灿烂，大地如同水洗一样干净，一下子就来到了热闹的春天中。

乡 趣

清雪老师在朋友圈发了个扛着芦穄行走的动态，那长长的秆子、宽宽的叶子，将我的视线牢牢地锁定，也将我的心紧紧地牵系，芦穄都已成熟了吗？

我迫不及待地走向了乡村，原以为老家的田间有很多的芦穄，不料，来到田边一瞧，直立的只有那么几根，且穗子青青，还未成熟。那途经的台风“烟花”打败了纤瘦的芦穄，它们不好意思呻吟，也不好意思惊动别人，只能躺在地上自我疗伤。既然它们执意隐藏狼狈的模样，我也就不便拆穿，只当它们在与豆荚亲密地相拥，或与绿草亲昵地热吻。

既然来了，总不能空手而归，先逮上一根尝尝。不知是雨水太多，还是“烟花”太狠，今年的芦穄不如往年甜美，但水分尚足。啃着芦穄四下张望，什么时候丝瓜练成了杂技，居然走起了钢丝，扁豆也不甘落后，将紫色的花蕊悬在了半空（丝瓜藤和扁豆藤借助于高耸的电信塔爬上了高空），它们是不屑于匍匐地面吗？也不甘于攀爬草垛吗？它们甚至连屋脊也不放在眼里吗？莫非蓝天和白云才是它们追逐的目标？

我惊叹着丝瓜和扁豆的毅力，突然就生出了些许的愧疚，生命力如此短暂的植物尚且知道不懈的努力，而我这高等的人类却不知时光的宝贵。想想我每天捧着手机，专注地刷屏，那些无聊的视频，浪费了多少光阴？而我竟然还乐此不疲，哪一天离开了手机，生活似乎就没有了着落。

我呆呆地仰视着那高高的藤蔓，以及在藤蔓上演练着高难度动作的丝瓜，还有与它缭绕缠绵的梦幻般的情人——淡紫色的扁豆花。

一个骑着童车的孩子停在了我的脚边，不说话也没有动作，只用那双葡萄般的眼睛盯着我。

我怔了怔，将手中的剥好皮的芦穄递给他："要吃吗？"

他没吱声，孩子妈妈说："谢谢，还不会吃！"

不会吃芦穄的大眼睛的孩童只能发出简单的音节，可他却将童车骑得飞快，我拖着芦穄追赶着孩子的身影，他似乎心有灵犀，蓦然就转过了方向，向我骑来，依然不说话，只将那晶亮的眼睛投向了我，那一汪清泉哪，似皎洁的明月挂在了我的心头，他纯净的眼睛里倒映着一个我，而我希望自己一直是他眼睛里那个纯净的人。

田野里有一位佝偻着背的婆婆在卖力地锄着花生，她的背已弯到了地面，以至后背白色的汗衫裸露出了一截，我想跨过灌溉渠去看看她，也去看看她的花生，但这沟渠看似不宽，却蓄满了水，我抬起脚试了又试终是不敢冒险。也许因为我这犹豫不决的动作令狗不安，陪伴着婆婆的一黄一黑两只狗，突然异口同声地发出狂吠，难道它们怀疑我居心叵测？

当我准备绕过灌溉渠，走上田埂时，那只机灵的黑狗居然先我一步绕过沟渠，它是想来驱逐我吗？还是想来引导我呢？因为这会儿它对着我并没有叫唤，且态度甚为友好，它是否已瞧出我心无恶念？

随着狗来到了田间，这狗真有意思，它一步一回头，好像怕我踩脏了鞋袜，又似怕我踏坏了庄稼，我小心翼翼地跟着它的脚步，婆婆已锄好了一堆的花生藤，正坐在小板凳上摘花生，那泥湫湫的花生还在藤上挣扎，我拉起一根，不带一丝怜悯地就揪下了几颗扔在婆婆的竹篮里，婆婆抬起头，对我笑笑，问："是在这儿厂里上班的吗？"

我摇摇头，笑起来，婆婆过年的时候还见过我呢，现在已经不认识了。

田间湿漉漉的，花生脏兮兮的，婆婆站起身，躬着背看看天，拎起了篮子，提着板凳，说："要下雨了，先回家！"

我抱起那捧还未摘完的花生藤跟在她的身后，她回过头:“闺女，快放下，把裙子弄脏了！”

我说：“没事，脏了回家正好换。”

她的院子里是水泥铺地，水泥地面上晾着一堆的花生，那些泥巴裹着的花生面貌很是丑陋。东边靠墙晒着一排的黄豆秸，黄豆尚在秆上，壳子已变得褐黄，估计不久就可以摊在地面打出豆子了。婆婆引我去水池洗手，将花生篮放在池中大水冲刷，不知从哪里拖来一块塑料布欲盖在黄豆秆上，我甩甩湿手，赶去帮忙，问：“花生要遮盖吗？”

她狡黠一笑：“今天刚摘的，正好让雨淋淋，冲冲干净！”

好聪明的婆婆！

我与婆婆告别，她急急地奔回厨房，拿出一个袋子要将池里冲洗的花生装给我，我摆摆手，作别了好心的婆婆。

我踏出了婆婆的院子，偏头看看西边的云彩，西边有云却无彩，转头瞧瞧东边的天空，东方老人已披上了灰色的外袍，那孤寂而清冷的面孔不带一丝的笑容。风呼呼地吹过，雨没有一刻的迟疑，哗哗地淋在我青色的襦裙之上，那裙上的荷花开得正艳……

乡村的月光

我在马路的对面，将镜头对准了天边的那轮明月，不知是我的视力问题，还是光线问题，那轮低悬的月儿不是那么圆润，不是那么明亮，它带着朦胧的光晕，有着奇妙的轮廓。我想摄取它，可镜头里呈现的物件太多，有电线电缆、有路灯石柱，而这些如何能与这玉轮同框。越不过马路的我，只能静静地守候，虽然与月相隔遥远，却也温情脉脉。

路上的车辆是那么匆忙，人们都急着回家团圆。电瓶车和小汽车竟然并列而行，望之不免心颤，我真想大喝一声，让他们主动靠边，可飞驰而去的车辆，根本不容我开口，我唯有默默地祈祷：请谨慎慢行！

在这样的夜晚，在乡村的大道，在华悦宾馆的门前，每天都上演着同样的场景。那穿梭的车辆，似乎追赶着什么，一刻都不想耽搁。前方的岔道口，两辆奥迪亲密相吻，暴躁的主人恶言相向。车主的心情不难理解，万家团圆的日子委实不宜浪费在这里，可是争吵，问题就能解决吗？如果双方都能冷静而平和，也许这样的事件根本就不会发生，既然已经发生了，无谓的抱怨又能挽回什么？

一辆长长的大卡车笨重地在宾馆门前的场地调头，这庞然大物几乎堵住了右前方车间的大门，它是那么肮脏，车体布满了灰尘，而两位卡车司机更是油渍满身，我不知他们载运着什么。因着脚下的鞋踩出了一路痕印，他们带着歉意的笑容入住宾馆。在如水的月夜，他们无法与家人团圆，选择了我的宾馆，我捧出了月饼、摆上了水果，他们提来了美酒、端上了菱角，在宾馆门前的那棵大松树下，对着皎洁的月亮，两个清洗干净，衣着整洁的汉子，举杯邀明月，树下思故乡。也许，在那遥远的家乡，他们年迈的爹娘，也正在低矮的院落，对着散落一地的枣子，品着自酿的糯米酒，那明净的月光照射在褶皱的额头，那混浊的双眼望不清院外的树影，风吹草动、鸟惊狗吠，都误以为是月下夜归人，一次次离了桌席、开了院门，空空的院外并无一人。门前的那棵老榆树啊，无奈地将身影藏了又藏。

远隔千里的亲人呐，就着一轮明月，思念着彼此，父母守着家园，子女拼着天下，多少家庭都是这样岁岁离分、日日牵挂。古人云：父母在，不远行。可是在当今的社会显然是行不通。奋斗的天空在远方，灿烂的前程在远方，一个个热血沸腾的儿女如何能困守家园？他们展翅翱翔，他们搏击长空，家只是一时停息的港湾，而远方却是永远追寻的梦境，有着诗意盎然的风光。

我有一种近乎荒谬的感觉，似乎乡村的月光比城里的月光更富有诗意。其实，那是因为乡村的月色带有田园的风光，带有泥土的气息，带有果实的甜香，带有青草的芬芳。

婆娑树影里的月光，洒落在宁静的池塘，娉婷的荷叶袅娜于碧波之上，绿色的莲蓬在叶间依托，那曾经娇艳的花儿已化作片片云彩，飞临仙境，池塘里的鱼儿不声不响，也许已憩息，连蛙儿都停止了聒噪，茫茫夜空中，只有漫天的繁星眨着眼睛。

渐浓的夜色里，周遭是那么的静谧而安详，庄稼和杂草隐没在半明半暗的月光里，空气中氤氲着微醺的气息，那是美酒的清香还是芳草的馨香？

润着迷人的芳泽，眺望远处的村庄，银色的月辉装点着田野和院落，寂寞的树林感受着孤清与苍凉，幽僻的田埂寄托着思念与怀想。那童年的小院，也曾有月光爬上了墙头，也曾有繁星点缀了纱帐，也曾有桂花树下的佳酿，四方桌上的圆饼。那简陋不堪的院落，在中秋的夜晚，也曾经熠熠生辉。

乡村的月光洒满了我的裙袂，迷幻了我的心境，也迷醉了那两个客旅汉子，他们滔滔不绝的话语不知被哪阵清风吹走，一时竟无语凝噎，入口的酒也涩如中药让他们直皱眉头。沉默，沉默，唯有远远的秋虫低一声高一声幽幽地咏叹，夜色，是梦一样半透明的混沌……

田间辨野菜

野菜是春天的馈赠，是大自然额外的给予，食野菜是春天特别的享受，挖野菜也让春天充满了意趣。

不需要复杂的工具，一只篮子，一把小刀足矣。野外的田埂上、故乡的小河边、低矮的桑林里、茂密的树丛间，随处可见野菜，只是今天，远方归来的蒲儿指明要挖蒲公英。

我大笑："挖什么不好，非得挖自己？"

她抓起一把泥土扔过来，慌忙躲闪间脚下一滑，差点掉进沟渠（幸亏只是窄窄的无水的灌溉渠，不然可就惨了）。

"你想谋财害命哪！"

这回她不敢瞎闹了，抓住我的胳膊，脱离了危险地带。

嘻嘻哈哈的两个人，在田野里闲逛，春日正融，时光正暖，外套扔在了田边，蒲儿坐在了花间，冲我喊："来一张！"

"好嘞，这张'草儿与花儿'造型挺美！"

穿着纯白羊毛裙的蒲儿站在浅粉桃花树下，如同不食人间烟火的仙子，那一树的桃花映衬着她的娇妍，真是人面桃花相映红哪！

蒲儿这几年在外打拼，回老家的次数有限，站在故乡的原野上，她的思绪飘向了遥远的时光，而我虽未离乡背井，但也很少回归故园。

依稀记得儿时母亲曾教给我，叶子带花边的是荠菜，张开四五片叶的是苦菜，几片嫩叶托着黄花的是蒲公英，叶儿肥肥厚厚，油光发亮的是马齿苋，开小太阳花的是马兰头。别的野菜我且不管，可我脚下的这片土地上究竟哪个才是蒲公英？眼前的野菜并没有开着黄花，开着小白花的那是荠菜，已经长得很高了，茎已老，花已开。只有嫩嫩的荠菜叶片才可剁碎包饺子，或清炖煮汤，那清汤香味扑鼻，那饺子鲜美无比，当然也可以炒着吃。

大约是小学时，有一年寒流突至，连日来风雪交加，庄稼遭殃了，蔬菜冻坏了，冰封的世界里，厚厚的积雪笼罩了大地、覆盖了农田、淹没了河流、遮埋了道路，在这样的日子，在贫瘠而偏僻的乡村里要想搞到一点绿叶蔬菜是何其难。无奈之下，母亲带着我挎着篮子、提着铲子，去雪地里翻找残存的荠菜，因为荠菜的生命力比较顽强。我们一块农田一块农田地寻觅，手冻僵了、脚踩湿了，篮里的荠菜却很少很少，因为别人也在翻找，荒芜的土地上，蹲守着一个个卑微的身影……

如今，人们不必再为生存充饥而去挖野菜了，肥沃的土地上长满了各种各样的野菜，挖野菜成了一种恬然的野趣，食野菜也成了时令的尝鲜，野菜的价格也高于一般的蔬菜，在饭店酒楼点上一盘野菜是高档的享受。

儿时的记忆中残存的是挖荠菜和摘黄花菜的片段，对于蒲公英却知之甚少，也许缘于它味苦，食用不多。面对这满眼的青绿，我有点茫然，似乎一叶叶、一棵棵长得都非常相似。因为没有明显的嫩叶托黄花的标志（还没有到开花的时候），凭着模糊的印象，我挖了一棵又一棵，蒲儿盯着我的篮子，露出疑惑的表情："你怎么挖得这么快？这里蒲公英很多吗？"

"哈哈，挖野菜得凭眼缘，蒲公英比较青睐我，自然靠近我喽！"

我得意地开玩笑，并嘲讽蒲儿在城里待久了，忘了本啦，忘了自己生于斯长于斯，竟然连乡村的野菜都不识啦。蒲儿给我驳得哑口无言，她翻看着我的篮子，一棵一棵拎在手上仔细比对，最后诡秘地一笑，掏出了手机，对着那一株株青绿，拍起了照片，拍一棵笑一阵，拍一张停一下，连续咔嚓了几下，她没了耐心，嘴一努，对我说："自己看手机！"

"搞什么名堂？"我打开手机，咦，一张张图片发送了过来，我张大了嘴巴。

"喏，看看吧！"她拎起一棵，"这是飞蓬"，又张开一株，"那是花叶滇苦菜”，再提起一叶，“这个是黄鹌菜”，再抓住一株，“这个叫苦苣菜”，最后将一棵伸到我的眼前，“小妞，睁开你明亮的眼睛，认真瞧一瞧，这个是碎荠哟，你从小挖到大的荠菜，居然识不得，哈哈，亏你还是土生土长的村姑！”

得，这回让人抓住了尾巴，人家早有准备，就等着我出糗呢，我心中暗恼，早知有识图软件，也不至于如此尴尬。

嗨！可怜我这自小在乡村里蹦跳的女子哟，竟然会识不清那散落在芳草中、植根于田埂河堤的野菜。

“不过呢，这几种野菜长得委实相像，肉眼的确难辨。”

“你终于舍得说句公道话啦！等等，让我瞧瞧你挖了几棵？”

蒲儿提着篮子飞奔向前，那少得可怜的几株随着她跳跃的身影一个个飞下篮来，敢情这家伙只顾着对机比照，比来比去却没比到几个呀！

乡村冬日即景

很久未到乡野去走一走了，光滑可鉴的大理石桌面，机械呆板的办公电脑，让我的身心和文字都变得冰冷而寥落，缺乏了灵动的生机。

那苍茫的天空，广袤的原野，正上演着怎样的剧目？错过了花开花谢的历程，忽略了叶绿叶黄的蜕变，这葱翠的田野变成了什么模样呢？

窄窄的田埂上，没有了赤足的少年，麦苗依然那么青，白菜还是那么绿，而银杏的叶子却是黄了又黄，落了一地。

大棚里的草莓绽开着甜美的笑靥，那红红的脸蛋，绿绿的衣裙引诱着路人驻足，待弯下腰来，细细打量，发现它们似乎都变成了一个模样。卖草莓的山东小伙飞快地奔来，热情招呼："这草莓可甜啦，有牛奶的香味！你是这里的亲戚吧，我可以给你打折。"草莓怎么能有牛奶的味道呢？我婉拒了小伙的善意，诚实地告知：我不是这里的亲戚，我也不信草莓有牛奶的味道。

恍惚间忆起老宅屋后的那片恣肆生长的草莓，秧儿藤蔓绵延了几丈，小小的草莓或青或红或半青半红，那酸酸的甜味侵入舌尖，不似此刻，偌大的草莓园，满枝的果实，却闻不出草莓的原味。

小伙子冷不丁冒出一句："不入园林，焉知春色如许？"我心里一咯噔："你这人，怎么冒出杜丽娘的名句？"他笑笑说："你以为我是小贩呢，我是园艺研究生，这是我们的试验田，导师教我们不仅要实验出新产品，还要推销出新产品。"我问："真的有牛奶味？"他摘一颗红宝石递给我："你尝尝，可以不洗的。"我轻轻一咬，一股酸酸的甜甜的汁液浸润整个口腔，真的，有牛奶味。我索性买了二斤，小伙子递给我一张名片：×× 大学科技推广中心。

沿着村路向前走，不知谁家的后院居然有一块菊圃，篱笆圈成了圆形，天竹映衬了圆心，红红的果子鲜艳而耀目，给这略显颓废的园子增添了一抹亮色。恓惶的地面上依稀可见残枝败叶，那匍匐于地的大丽菊，那歪斜一边的小白菊，还有那凋零残落的黄秀菊，莫不言说着曾经娇丽的容颜。凋谢的秋菊在西风中颤抖，红的、紫的、黄的、白的、绿的、橙的，演绎了多少秋日的私语，吟哦了几阙晚秋的辞章，而今，它们悄然谢幕，那生命的绝唱，在天地间萦绕。菊圃的隔壁，又开辟出一方别样的天地，外围用瓷砖铺地，内里是青石小径，门前立一只硕大的“花瓶”（由树木修剪而成），绕过花瓶入得内来，方见那金盏花儿开得正欢，红枫的叶子似红色的蝴蝶翩翩欲飞。

两个村妇迎面走来，手提着菜篮，头扎着花巾，大声说笑，一个说：“你看王老八家，完全成了花园。”一个说：“不是科技扶贫队帮助，他家连温饱都是问题……”

我跟着她们的步伐，想听听她们说的故事，但一转眼，她们不知散入哪个门庭。

河道的东方，是丛丛的芦苇在岸边参差摇曳，灰白的芦花在风中飘扬。一位老人在岸边采撷着芦花，他的竹篮中已静卧着一把又一把的柔软，我和老人一起装点着竹篮。老人告诉我，儿女都在外地打工，老伴已过世多年，空荡的房子里只有他一人，夏天还好，老乡亲们可在室外纳凉闲聊，到了冬天，大家都窝在家中，不愿出来，尤其是这样阴冷的天气，更是不想动弹，到了夜晚啊，一个人的院子真是凄凉啊，那是越坐越寒。听说儿女们今年要回家发展了，老人高兴，就多采几筐芦花，多打几双茅靴，好叫他们暖暖和和地度过冬天。

听着老人的话语，我的眼前仿佛晃过这样的镜头：也是初冬的夜晚，也是古老的院落，也是佝偻的身影，也是低矮的木凳，也是芦花的竹筐，还有一盏孤独的油灯，那是外公的老屋，外公在老屋里编织了多少双茅靴，温暖了我儿时寒冷的冬季。

跟着老人行走在芦苇丛中，不知名的鸟儿高唱着晨曲，洁白的鸥鹭掠水而过，灰褐的野鸭嘎嘎而潜。鱼儿不知隐藏在哪里？那么浅那么浅的水面，水草都清晰可见，这小溪里还能挖掘出什么？是螺蛳是河蚌还是掉落的菱角？小河的中间居然有一片绿色的茭白，不禁疑惑河中的茭白该如何来攀折，是如采菱一样划着小船或浮着木盆吗？

老人的家就在这条河道的尽头，院子可真是空旷啊，高大的院墙将老人围在了墙内，黄澄澄的橘子挂满了枝头，老人顺手摘下几个堆在我的面前。我环顾他的院子，只见橘树桃树枇杷树遍植院中，房前的老杏树下还有石桌一张，石椅几把，一口老井似乎有些年代了，井台已斑驳皴裂。我放下橘子，提起了吊桶，这井水可真清冽呀，老人站在一旁看着我开心地大笑，那皱褶的面庞似苍老的古井泛出了水花。我说：你的院子真大，能开工厂。老人说：就是就是，我的儿子就是要回来开个什么厂。

辞别了依依不舍的老人，从他的屋后穿过，一排排的芦穄兀自站立在田间，那是老人特意为女儿栽种的，也许，这里明年又是别样一番风景。但我想，一定会越变越好的……

相约黄昏后

连降大雨，河水迅涨，水面不再清绿澄净，变得混浊灰黄。雨后的黄昏，空气是清新的，在河畔漫步，有一股淡淡的腥气。乡村里是那么安静，安静得只听得到青蛙的呱呱声。浓密的苇丛里，间或有白鹭掠过。它张着洁白的羽翼，一会儿直冲云际，一会儿滑翔田地，一会儿俯视水面。

云雀在电线上私语，昆虫在草叶间呢喃，长丝瓜顶着喇叭花，芝麻秆缀着紫铃铛，大芋艿穿着荷叶裙，落花生披着绿衫衣，嫩黄瓜簪着黄绢花。

黄豆挂着青果，蘘荷排着阵队，银杏树高高挺立，精巧的扇叶隐藏着椭圆的果实。

羡慕那临水而居的农家，延伸的平台，支着石凳石桌，可清晨垂钓、可午后赏荷、可夜半听雨。

谁家的黄狗在院中狂吠，我知道它在向我示威，隔着栅栏与它对视，它竟不再作声，低下头悻悻而去。

走过一座木桥，桥柱上爬满了钉螺，我想起了童年的校园，校园门前的小摊，担着竹篾的大爷，竹篾里有烫熟的钉螺，五分钱一小杯；有盐炒的螺蛳，一毛钱一小杯；还有水煮的菱角，买的人很少，因为它要两毛钱。大爷的小摊是童年的美味，那儿曾经聚拢了一波波的孩子，一杯螺蛳，你抓几只，她抢几个，追赶打闹，其乐无穷。而大爷咧着厚厚的嘴唇，憨憨地傻笑，他似乎不在乎卖多卖少，也不介意赚多赚少，半卖半送。据说大爷是孤寡老人，村里的五保户，可他不甘寂寞，也不愿享福，趁着还有力气，捞点螺蛳、摘点菱角，换点小酒。

河水缓缓地流淌，轻柔地漾起浅浅的涟漪，这河岸里应该有很多的螺蛳，或许还有小虾吧，可那童年的大爷去了哪里呢？

记得那年大水漫过了河岸，漫过了小路，邻家的哥哥在后面的河坝上架起了渔网，他等啊等啊，等了半天，一无所获，不耐烦了回家去睡午觉，我和邻家姐姐守在网边，突然一条大鱼撞入网中，姐姐和我兴奋得哇哇大叫，我往前一扑，跌入水中，鱼从我手边溜走，姐姐赶紧去抓，她抓住了尾巴，而我迅速按住了头，可是鱼太大了，我们两人抬不起来，它一扭一扭，正想溜走，姐姐高声喊叫，大哥哥来了，只见他大手一操，大鱼被扔入了桶中。那晚，大哥哥亲自掌勺，鱼头鱼尾炖汤，鱼身红烧，那汤啊，白得像乳、鲜得如精，后来我也品尝了很多的鱼汤，总觉得少了儿时的味道……

农家的小院，竹篱花栅，成片的美人蕉擎着鲜红的花瓣，月季开得正艳，竹影映着后窗，枝叶婆娑起舞。

只见那：韭菜墙角围，绿茎配白花；薄荷井边倚，清香绕碧纱；山芋田间爬，藤蔓缠一家。

再看那：冬瓜在柴垛横斜，豇豆在竹架垂落，葡萄高悬于天，眨着亮亮的眼睛；西瓜低卧于地，挺着圆圆的肚子。

青色的橘子在枝叶间沐浴，一滴滴雨珠淋在它们的身上；玉米挂着长长的胡须，仿佛在告知农人：我已长大，我已成熟！

天已昏暗，乡村的小路，没有橘黄的路灯；乡村的场地，没有跳舞的大妈。一只飞蛾在前方引路，一排排禾苗在左右列队，清风将我驱回，紫茄跟我预约，明晚黄昏再会……

离离原上草

乡村的田野总有一种诱惑，翠嫩的麦苗在风中卖弄轻盈的舞姿，葱绿的油菜给大地泼上清雅的水墨背景。

农家的屋后，即便一畦菠菜、一垄大蒜、一片青菜、一方香菜、一行青葱、一排白菜、一堆豆苗，都能吸引我逗留许久。

一位婆婆蹒跚着走在田埂，她弓着背弯着腰，从田径里穿过。远远地我瞧不清她的面孔，她似拔了几根葱转身离去，那摇摇摆摆的背影多像我逝去的祖母，我想追上她，跟她说一句话，可最终只是望着她消失在房屋的转角……

野径上，河渠边生长着一丛丛的杂草，其中有我儿时采挖的野菜，我最熟悉的是荠菜和苜蓿，其他的就混淆不清了，因为除了荠菜，其余的都是一股脑儿挖到篮中给猪羊享用的，根本无须辨别。可今天，不知为啥，我竟然有了辨认野草的闲情，一一拨开这些绿色的天使、自然的精灵，我想下次见面能脱口叫出它们的名字，于是启动了识图软件。

那跟水芹菜有点相似的原来叫石龙芮，这名字可有点阳刚，跟它的形象相去甚远。趣闻里注明：曾有人误摘石龙芮并当作水芹菜吃下而导致食物中毒。软件提醒：水芹菜开白花，石龙芮开黄花。可现在还未到开花的季节，如何来辨别？

那一种远看似荠菜近看又不似的野草，连识图软件都不敢确认，傻傻地靠近了再问“它是谁？”答：“可能是马兰。”不是说“马兰不择地，丛地遍原麓。碧叶绿紫茎，二月春雨足”吗？它倒是碧叶绿紫茎，但到底是不是马兰呢？原来识图软件也有不靠谱的时候。

“百里香”？我俯下身，挨近地面猛嗅，可是一点香味也没有啊，岂不白白占用了一个好名字？这可真有点名不副实。

“地锦草”紧贴着地面，紫红的茎，淡绿红边的叶，若是铺成一片岂不美哉？如今它夹在油菜的缝隙里，仅做小小的点缀，委实有点大材小用。

“花叶滇苦菜”，那缓缓飘飞的羽屑曾被我混入蒲公英里一同汆水烫拌，味道简直苦不堪言，原本蒲公英就是性甘味苦，加之烹饪不当，那就变成苦上加苦了。

至于“一年蓬”“飞蓬”等跟蒲公英类似孪生兄弟的家伙，也曾让人分辨不出，混食一通。

这不是那野芹菜吗？怎成了“楚楚可人疑幻真，娇羞碧玉净无尘”的“天胡荽”了，岂非故意混淆视听？

这个“独行菜”，好似那胡萝卜缨子啊，我更喜欢它的另一个名字“马兰头”，陆放翁有诗云：“离离幽草自成丛，过眼儿童采撷空。不知马兰入晨俎，何似燕麦摇春风。”

这个“荔枝草”，自然结不出“一骑红尘妃子笑”的荔枝来，但据说它花朵绽开时花瓣表面镶嵌有凤眼形深色图案，又称“凤眼草”，那应该相当迷人。

至于“阿拉伯婆婆纳”，长在中国的土地上，却偏偏起个外国名，这不有点崇洋媚外之嫌？

看来，植物界的命名有点随心所欲，不过，这些名字却也非常有趣，有的寓意也很是特别。譬如这“阿拉伯婆婆纳”，据传有一位叫作“阿拉”的老伯躺在草地上思念自己的老伴“婆婆”，那片草地故得此名。它的种子混入商人鞋底的泥土，躲进航运货箱的缝隙，漂洋过海来到了中国。

踩在松软的落叶上，这一片杂树林枝秃叶残，难以分清它们的种类，满地的枯叶，满眼的苍凉。林中没有伐木的农人，却有几堆捆好的干柴。狗在林中嬉戏打滚，我掏出手机，刚刚一闪，那黄色的大狗就狂吠着飞奔而来，另两只一黑一褐也包抄过来，三只狗三足鼎立，将我团团围住，似在命令我赶紧删除照片，不要侵犯它们的隐私，否则非告我个侵犯肖像权罪不可。我垂手不动，它们也就虚张声势，只是狂叫并不扑咬，我默默地看着领队的大黄狗，因为只有它一直在左喊右跳，其余两只根本不言不语。我静静地与它对峙，并轻轻取下了口罩，它突然就偃旗息鼓了，带着它的队员转身离去，只剩我原地纳闷，莫非它还能辨别好坏，观人面相？不然怎么看了我的面容后就不再凶相毕露了呢？看来，我的容颜很有亲和力啊，小孩喜欢、老人喜欢，现在连狗都喜欢，于是我私心里与它们达成了友好的协议，它们玩它们的，我拍我的，互不干涉，那只黑狗居然面朝我摆起了 pose（姿势）。

走着拍着，脚下的树叶沙沙作响，前方的狗你追我赶。它们一会儿打个滚，披上一身的黄衣；一会儿遛个圈，卷起一堆的枯枝。老树根下长着一丛的蘑菇，可惜给狗啃得面目全非。

一棵久违的楝树蓦然呈现在路的尽头，金黄色的果子洒落了一地，楝果的味道非常苦涩，所以也唤作苦楝子，可它却是造酒的原料。小时候，我们曾成群结队地打楝采果，用来换钱，价格已记不清了，只记得外公经常要喝一口果子酒的，据说这酒辛辣，味道不太美妙，但价钱便宜。这棵楝树独自守候在这里，它是在等我吗？黄果满枝，枝丫间托着一个褐色的鸟巢，它还原了我的梦境，我的眼前仿佛闪现出儿时的情景，眼眶莫名有点湿润。

林中藏着一口古井，它前不着村，后不着屋，孤独得那么突兀，我看那井水尚算清冽，可惜再没了挑水的人，这口老井就这样带着前世的记忆，带着今生的恓惶停滞在这里，它张着大口，想对我诉说点什么呢？

两只黑白相间的鸟儿在枝头交耳，我抬头看它们，它们低头瞧我，原本相安无事，可我实在不知趣，居然举起了手机，结果“扑棱”两下，它们飞走了，看来，鸟儿的世界也不容随意窥视。

满河满岸的芦苇，将河道遮得密不透风，在我的记忆里，每年腊月，村里的男人们都会穿着雨靴踩着浅水，砍伐河边的芦苇。河道被打理得干干净净、清清爽爽，打眼望去，一目了然，几乎没有一根漏砍的芦秆，就连埋在地里的芦笋，也被连根拔起，晒干用作柴火。“坎坎伐檀兮，置之河之干兮。河水清且涟猗……坎坎伐辐兮，置之河之侧兮。河水清且直猗……坎坎伐轮兮，置之河之漘兮。河水清且沦猗……”虽然我知道，那是伐檀，不是砍苇，可我感觉情景相似，作用相同，“不稼不穑，胡取禾三百廛兮？”古人深知不播种不收割，家里就无堆积，今人已无须堆积，老柴灶换成了煤气灶、电磁炉，大铁锅遗失在了光阴的尘埃里。无人打理的河道，河面上漂浮着饮料瓶、废纸、塑料袋，河边甚至还扔着旧衣烂鞋，那垃圾覆盖、浮萍遮掩的河面，让我无法细数水中的石子、无法观察缓游的鱼儿、无法窥见濯菜的妇人……

河岸上有一棵独立的剑麻，剑麻的叶子尖尖的刺手，它的花洁白，花型像一串串的铃铛，据说，它的花语是“为爱付出一切”，我觉得这很是贴切。记忆中外公将成熟的剑麻剪下抛入河里浸泡，待表皮腐烂后从水中提起剥皮捶打拉丝，青白色的麻，用锥子划开，就变成一丝丝的，然后晾晒，用工具或用手搓，搓成粗粗的麻绳，可以用来捆稻穗；搓成细细的麻绳，可以用作畚箕收口。外公做的畚箕非常牢固耐用，乡下家用的畚箕用芦苇晒干，壳子剥掉，芦苇摊在地面用石碾碾平，或用铁锤捶扁，然后手工编织而成。我成家后，外公用打包带做成精美漂亮的畚箕，他说在城里不能用乡下的土物了，要讲究一点，可是外公的畚箕，连同他用稻草打制的暖和的茅靴都随着他的驾鹤西去而迹销物殒。如今，我只能在泛黄的照片里温故曾经的美好。

徘徊在寂寥无人的原野，一架秋千悬挂在河畔树下，一阵风过，荡荡悠悠。试着坐上秋千，摇摇晃晃，真的想，飞上蓝天……

但我怎舍得离开脚下的土地呢？

心中的小路

有一条路，一条陪伴着我的童年，浪漫着我的少年，承载着我的青年，酝酿着我的梦想和爱情的路，那是我故乡的一条默默无闻的路。

这条路，曾是一条坑坑洼洼、崎岖不平的土泥路。狭窄的路面，只容两人并肩行走，路的两边栽种着桑树、槐树。儿时的我迈着稚嫩的脚步，背着粗陋的书包，在这条路上蹦蹦跳跳。路边的野花、堤畔的小草微笑着跟我挥手；碧绿的桑叶、黄澄的稻穗，欢快地向我示意。路边的桑葚熟了，田埂的荠菜绿了，小小的嘴巴吃得红红紫紫，手中的提篮装得满满登登。

后来，我上了中学，骑上了自行车，在这条路上逗留的时间变得很短很短。我迎着朝露，踏着晚霞，来不及细数路边的果子，来不及打捞渠里的小鱼(灌溉渠)，小路并没有因为我的冷落而埋怨我，它依然静静地守望着我，看着我匆匆地去，匆匆地归。不过，这看似温柔的小路也会有小小的脾气，偶尔搞点恶作剧也让人措手不及。那是一个大雨滂沱的黄昏，浑身湿漉的我推着二八自行车，深一脚浅一脚，在这条小路上举步维艰，那车变得无比沉重，那路变得异常恶劣。进退两难的我，第一次感觉到叫天不应，入地无门的无奈。父亲出差去了，母亲身体不好，路上无一行人，而泥泞不堪的道路蔓延得很长很长，天已经日渐黑暗，沉沦在夜色中的我害怕得哭了，哭得那么伤心，那么无助，那么绝望，以至自行车被人轻轻提起都没感觉，“晓春，你怎么啦？”蓦地一声询问惊扰了我的自怜，抬眼一看，原来是邻家哥哥放学了，他扛起了我的自行车一步一步向前走去，车轮上的泥巴溅了他一身一脸，他也不管不顾。

再后来，我离开了家乡，来到了城镇，小路与我渐行渐远，但我知道它一直牵挂着我。假日回家，走在熟悉的小路，亲切的感觉重又涌上心头，我将心中的秘密偷偷地向它倾诉。第一次带着亲爱的他漫步在幽静的小路，我们手牵着手、肩并着肩，徜徉在绿树浓荫的小路，我的小路，它变得那么宁静安详，甚至散发出甜蜜迷人的气息。

也许，是因为太过忽视小路的感受，也许是为了考验他的意志，那一年的春节，正月初二，当我的他开着那辆破旧的中巴，载着满满一车的物品来我家拜年时，小路给了他一个大大的下马威。积雪消融的小路阻碍着车轮的前进，悻悻而退的他将车驶入了前村的一条略微宽广的路，可是那条路离我的家好远好远，他不得不一趟趟背着礼物蹒跚而来，肩扛一块肉、手提两条鱼，两脚泥泞泞的狼狈样子我至今想来都忍俊不禁。这一次的考验着实厉害，让我们全家出动，来来回回走了几趟，才将那一车的东西卸了下来。那整整一麻袋的花生、那满满一布袋的蚕豆、那一筐筐的水果、一箱箱的烟酒，还有一条条的年糕，都是那么沉重，那咸鱼腊肉活鸡生鸭也失去了诱人的滋味。也许是通过了考验，慢慢地小路敞开心扉接纳了他，也接纳了他的中巴、他的朗逸、他的广本、他的奔驰。

而小路，随着时间的推移，非但没有青春消逝，容颜老去，反而变得光彩四溢，明丽动人。脱去了灰褐的外衣，洗净了泥土的脏兮，换上了清亮的华服，修饰了整洁的妆容，改头换面的小路，不再静静地守候，不再默默地期盼。望着明朗亮丽的小路，不知为何，我的心中却有一种无言的失落，我曾经幽静温馨的小路，如今热闹繁华，拖拉机、播种机、收割机、小汽车、大卡车日夜穿梭，我唯恐它失去了原来的模样，丢失了原有的本真。但是，当那个下雨的深夜，急病中父亲的一个电话，匆匆回乡的我再一次感受到了它的真情。飞速急驶的车从它的身上掠过，它是那么大度、那么宽容，将尾翼延伸到家门前，虚弱的父亲不必淋雨，不用涉水就可直接上车，而我们也不用大包小包提着气喘吁吁。

乡村的小路啊，它在希望的田野播撒着幸福的种子，它在广袤的天宇传递着致富的信息。虽然它没有美丽的名字（充其量也只能称作七总水泥公路），没有辉煌的历史，但它有丰富的内涵、灿烂的故事。

它忙忙碌碌、兴高采烈，看着成熟的庄稼颗粒归仓，看着运输的货车满载而去，看着远方的亲人衣锦还乡，看着村民的生活优渥富足。它是那么骄傲，那么自豪，腰板挺得笔直笔直，胸膛展得宽敞宽敞，它在不断地延伸，不停地生长，将触角逶迤到很远很远……

绿阴幽草胜花时

许久未去田野了，竟不知花事已落，小满已过，枇杷已黄，杨梅已紫。

走在松软的土地上，尘封的心也变得柔软而闲适，触手可及的萝卜花如圆盘似绣球，从来不知萝卜居然可以长这么高，还能开出青白素雅的花。

形如其名的包心菜，花心卷起，叶片包裹，这层层叠叠的外衣，是为了存贮水分，还是为了防备害虫噬咬？

农家的屋后，有一片茂密的田园，生长着玉米或是芦穄，秧苗矮矮，颜色青青。玉米和芦穄，成熟时分辨那是一目了然，小时候的模样却特别相似，蹲在田边，细细观察，虽然没有参照物，残存的记忆也已模糊不清，但经验告诉我：不会有农人种一大片的芦穄。那密密麻麻的玉米何以被我假想为成片的芦穄，许是芦穄日渐稀缺之故吧？

儿时难有水果解馋，芦穄这甜甜的作物便是最美的滋味，房前屋后、田边地角，都能冒出几棵，疲惫的农人憩息之余，逮上一根聊以解渴，真是痛快至极。

河边的芦苇青青绿绿，拔一根苇尖，做一只芦笛，咿呀的笛声，带我回到了童年；折一尾芦秆，做一个风车，翻飞的羽翼，载我飞向了远方；摘几片苇叶，裹一把泥土，清淡的苇香，牵我回到了故乡。

路边有老人在树荫下扬起了蚕豆，豆壳随着风儿轻轻飘落，老人佝偻着脊背，一次次抬举着竹瓢，有时豆子和壳一起坠入了空地，她一次次弯腰捡豆，头都低到了尘埃，背也驼到了地面，远看似一个放大的问号。老人虽然瘦弱，但步履并不沉重，神情也很安然，还惬意地叼着一支香烟。一会儿一盆蚕豆已筛得基本干净，豆归豆、壳归壳，青绿色的蚕豆静静地躺在淡蓝色的盆中，灰褐色的豆壳也默默地睡在青石地面，它们已壳肉分离，不再缠绵。老人舀豆装袋，丝毫不含糊，我凑上前去，帮她张开了口袋，她朝我瞅瞅，微微颔首，略带疑惑地问："你是哪家的？"

"婆婆，我是徐家的儿媳，今天刚回来。"

"徐家，噢，老三媳妇？"

"呀，婆婆，你居然记得我？"

"过年下雪那会儿，你来过，在路上拍雪景，鞋都搞湿了。"老人咧开没牙的瘪嘴，笑得皱纹都堆到了一起。

在她的脚边，有几枚熟透掉落的枇杷，橙黄橙黄，似乎有意点缀着她的生活。枇杷树上，果实累累，站在树下，伸手是够不着那丰硕的，那么老人若想品尝这满树的果实，该如何采撷呢？我犹豫着，很想搬一张凳子替她采摘，终未开口。枇杷树下堆积着油菜秸，那干燥的菜秸是用来生火做饭的吗？

随着老人走入灶间，果然有一门灶膛，一口铁锅，灶间堆着菜秸，这让我不禁想起外公的灶膛，外公的灶膛里有木柴树枝，外公的锅灶边有煎饼果子，老人的灶边有什么呢？几片黄瓜、半碗茄子，无遮无挡，苍蝇在碗边徘徊，不知如何下口，我挥一挥手，无情地将它赶走，并建议老人用碗罩遮盖，但她不置可否。

堂屋里有木柜一张，柜上供奉着观音菩萨，前有香炉一鼎、长香几枝、香灰半炉，正中设方桌一张、板凳四条，再无其他。左墙角边堆着鼓鼓囊囊的蛇皮袋若干，也许是收获的蚕豆，或是豌豆，抑或是尚未打油的菜籽，堂屋不大，但收拾得亮堂清爽，正如老人自己，衣服不新，但拾掇得干净利索。

门前不大的菜园里种着黄豆，整齐划一，周边还围着芋艿，田边有一棵柿树，肥厚的叶下结满了小柿子，像一盏盏绿色的小灯笼。或三五成群，热切私语；或两两成双，紧密相拥。柿树下簇拥着一大片蘘荷，它们相互依偎、互相关照，高低错落，和谐有趣。而一旁的黄瓜藤、丝瓜架就没有这般友好，它们各自为政，黄瓜挂在了藤上，黄花缀在了尖上，扁豆花贴在了墙上，像紫色的蝴蝶，如调皮的精灵，翩翩欲飞、纤纤待舞。菜椒也不甘寂寞，洁白的花隐在碧绿的叶间，如茉莉似茶菊，只少了清香萦鼻。不知名的草叶上有蓝虫两只，全身晶亮，蓝中透绿，很是好看，这么漂亮的虫，该有一个美丽的名字吧？

正自陶醉，一辆红色的宝马停在了我的身旁，车门打开，一摩登女郎跨下车来，扬头唤了一声姑妈，从老人的房里拎出一只猫笼，笼中有洁白的小猫三只，悉数放入车厢，而后来到了我的面前："喂，你在这儿有什么事吗？"

我一愣："没什么事，我在看庄稼。"

女郎深深盯我两眼，转头离开，上车之前，对着老人高喊："姑妈，你将门关关好啊！"然后绝尘而去！

走了，夕阳正美，微风正轻，垄头麦新，小河水清……

第二辑 风烟望古今

封泥竹简
唐韵古风
是否昨日梦境
天问、问天
万般朦胧
历代模糊图影
西子碧波
云湖风情
泛起沉渣堙堙
墨香书韵弄风月
谁怜红尘双卿

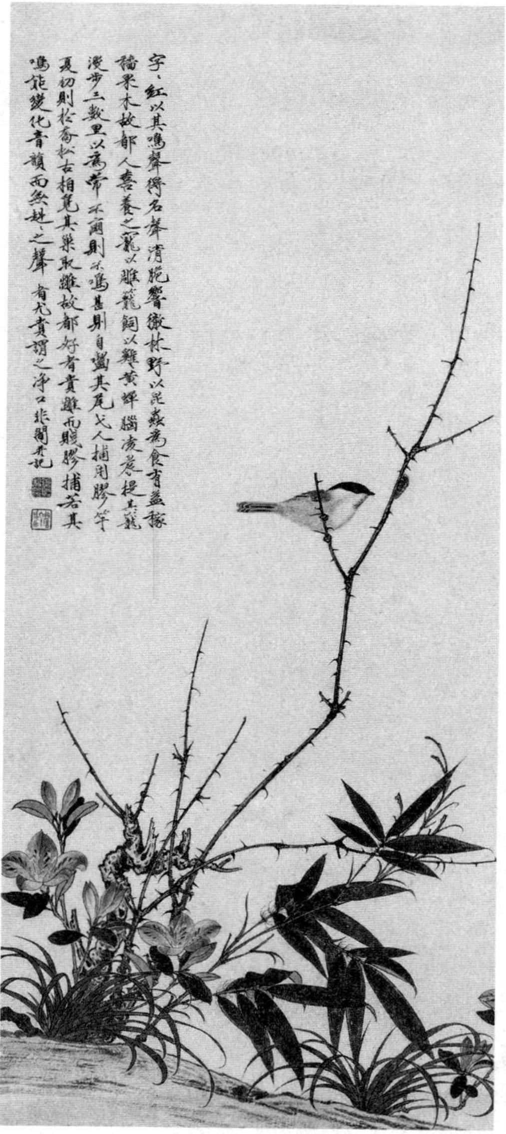
字字紅以其鳴聲得名聲清脆響徹林野以昆蟲爲食有益稼
穡果木故都人喜養之籠以雕籠飼以雞黃蟬蝸凌晨提其籠
漫步三數里以爲常不爾則不鳴甚則自觸其尾弋人捕用膠竿
夏初則於喬松古柏覓其巢取雛故都好者貴雛而賤膠捕若其
鳴能變化音韻而無趄趄之聲者尤貴謂之淨口 非闇并記

天问？问天

一

穿越时空的隧道，站在秭归的渡口，那竞发的龙舟，刺破滔滔的江水，飞过千年的岁月，冲向混沌的边际。

震耳的呐喊，流动的光焰，凝聚成碧波之上的腾跃，如风如箭如闪电，划破长空，撼动山宇，那劈山填海的气势，漫过《离骚》，越过《九章》，直逼《天问》。

问楚国大地，谁主沉浮？问黎民百姓，可得安宁？问江山社稷，可否太平？

是谁？在向天诘问？是谁？在俯地浩叹！

天问问出了愁烦千缕，江南的旧梦里有湘竹斑斑，日落的洞庭里有孤帆寂寂。

荒凉的夜色里，有沉重的呼吸；故国的江河上，有波涛的咆哮。劈开黑夜的枷锁，斩断桎梏的铁链，奔腾流淌的血液，诘问着一个个不能解开的天谜。

天问？问天！

他，乘鄂渚而反顾兮，渡沅水而徘徊兮，宿辰阳而喟叹兮，入溆浦而凄凉兮。长铗陆离是他的标识，冠切崔嵬是他的特色，秋兰为佩是他的风格。

他曾衣袂飘飘，明月披披；他曾芰荷为衣，芙蓉为裳。他是风流的雅士，浪漫的诗人；他是皇族的贵胄，楚王的肱股。曾以如椽巨笔纵横捭阖，曾凭如簧之舌力辩群雄。

奈何，前有那上官大夫流蜜的腹剑，后有那无良子兰藏私的意向，外有那秦使张仪染毒的唇枪，内有那小人靳尚蓄奸的谗言，还有那多疑怀王刚愎的决断。屈原，这三闾大夫屡遭贬黜，尊严受到了摧残，正义遭遇了绑架，可怜一腔热血，满怀抱负，却只能对月空叹。

他，忍辱流放，眼见奸佞为虎作伥；他远离是非，耳闻民众流离失所。郢都的失守，故土的坍塌，使他形容枯槁，面如死灰。

天问，天肃穆得幽思沉沉！

天问，直逼得神鬼呼号！

没有回答，问天，天不应；问地，地无声……

去不了杀伐的疆场，撑不起玉碎的寝宫，摧不毁魑魅的倾轧，挽不住支离的河山。光明被黑暗遮没，希望被毁灭篡夺。谁能回答？谁能回答？

汨罗江畔的踌躇啊，定格在纵身的一跃……

这千古一跃，惊动了山河，震撼了雷霆，荆楚大地，上下悲鸣；

这千古一跃，书写了悲壮，慷慨了流放，山川动容，日月黯淡；

这一跃，托起一轮红日；这一跃，托起千年的国殇；这一跃，升华了民族的精魂。

二

九歌龠龠光耀冰轮，美政馨馨百姓尊崇，风骨潇潇日月昭彰，忠魂切切天地景仰。

沆瀣一气何所惧，狼狈为奸何其耻，邪祟与污秽摧残不了正义，魑魅与魍魉，主宰不了光明。

南溟浩渺，云低日落，流沙千里，草枯叶黄，坦荡如砥，高洁不阿。

汀兰凋谢于岸边，荇藻枯萎于水中，季节的风雨飘荡在汉水的两岸，楚国的江山摇晃在火烧的眉睫，鼎鱼幕燕、祸患孔亟却拦不住楚王的车辕；暮色苍茫，凄风苦雨也淋不醒昏庸的国君。

举步山野，满目凄凉，江涛湖浪，诉说悲怆，一腔忠介被谤，一心为国遭逐，远离庙堂，却又心系朝廷，流放江湖，而又魂牵百姓。

问冥冥苍天，茫茫楚地；问巍巍山峰，滔滔江河；问炯炯雄鹰，凛凛猛兽；问纤纤蒹葭，萋萋芳草。都缄默不语。

三闾桥的流水无语低吟，凤凰山的岩石蹙眉叹息，桃花港的烟波泪眼迷离。

拨开苍茫的雨雾，揭开湘江的波涛，推开搁浅的钓舟，那步履蹒跚的身影跋涉在泥泞蹇涩的小径。

挽薄雾而行，枕褐石而眠，撷野芹而食，掬山泉而饮。萧萧寒风，挡不住决绝的步伐；瑟瑟残阳，掩不住满目的凄惶。

落魄的诗魂，孤独的旅人，千年的困惑延伸成时代的困惑，人格的高度上升为民族的高度。

从烽烟弥漫，走到了山河盛世；从远古岁月，流经了繁华今朝。烟波浩渺的洞庭湖，仍在涤荡飘逸的身姿；汩汩流淌的汨罗江，还在拂拭巍峨的丰碑。

一种怀念，穿越光阴的长廊；一腔潮思，奔腾汹涌的波涛。

一束光亮穿透了时空，一曲交响恢宏了岁月。

问不完的《天问》里，有不屈的身影，唱不尽的《九歌》中，有善良的悲悯。

一个脆弱的名字，被历史的风尘打磨了千年。

三

谁在梦里守望？谁在水中喟叹？

蛰伏的虫草，推倒了斜阳，缥缈的轻愁，打捞了诗行。

夕阳落寞，渔人归晚，兰蕙佳人，独守衰草，大雁举翅，豪情剪碎，杜鹃啼血，声声不止。

江南的绵雨沁凉了衣襟，楚风的雅韵奏响了离骚，汨罗的铜鼓敲醒了河伯，浩荡的丰碑撞碎了浊浪。

河泊潭水混浊阴寒，玉笥山涧乔木森然，吴山烟锁子胥祠堂，汨罗水绕三间宅房。

飞鸿一去郢地杳，帆叶一动香魂缈。

黑夜张开了翅膀，群山收拢了羽翼，晚风停止了啜泣，忧伤摔成了碎片。

战国的签证延期到壬寅，招魂的纸幡飘展在端阳。

魂兮归来，魂兮归来，秭归渡口，风呼云唤；魂兮归来，魂兮归来，西陵峡谷，山回水转。

雨后的楚地婆娑清净，垒石上的艾蒿浓郁葱翠，幽谷里的羽衣馨香迷醉，芦苇吟唱的歌谣随风而碎。

一段《离骚》唱响山河，一段《天问》傲视苍穹。

五月的鲜花，锦绣了两岸，重叠的芬芳，翠绿了潇湘。一湾清流，淌着楚风诗韵，一丛山头，谱写似锦华章。

宇宙的歌喉，放声辉煌的春秋，民族的脊梁，弹奏不朽的乐章。

墨香书韵品泸溪

一

“我平日想到泸溪县时，回忆中就浸透了摇船人催橹歌声，且被印象中一点小雨，仿佛把心也弄湿了。”

——沈从文《老伴》

认识泸溪，源于沈从文先生的散文和小说，这个让他又是酸又是甜的地方，究竟是一个怎样的地方呢？

穿越历史的隧道，踏着光滑的文字，沿着细雨的小巷，我来到了当年的十字街边。那时，15岁的沈从文辍学从军，辗转于湘西各地，行走于泸溪县城，不经意间，在一家绒线铺子，遇见一位叫“翠翠”的女孩，一下子拨动了他心里那根最柔的丝弦。17年后，他又故地重游，却只见到了酷似翠翠的“小翠”，那缠绕于心的“翠翠绒线铺”已经改弦更张，开明和他的翠翠早就沉睡在岁月的长河，而他们的女儿小翠，也许已化身为沅水中的一缕青雾，发散在迷蒙的细雨中。“那短小精悍的花帕苗，那头包格子花帕，腰围短短裙子白面秀气的所里人，还有那行船泊船的风俗中，那摇船人的促橹长歌”，也都化作历史的轻风细雨，消失在沅江两岸的绿水青山。

绒线铺里俊俏灵敏的翠翠走了，跟着老艄公来到了《边城》，接替了绒线铺的向家斋粉店里的小姑娘也走了，连同她的店铺一起销声匿迹了，她走向了哪里？不得而知。十字街上那些开开合合的铺板如同我故乡小镇的门板，它们曾经一扇扇打开，而今一扇扇关闭，关闭的不仅仅是热闹和喧嚣，还有如烟的往事，可那些浪漫的情愫和蔓延在岁月里的回忆，又如何关闭得了？留在铺板外的阳光折射在流水里的故事，仍然默默流淌着，沧桑的巷道、斑驳的老墙，以及彩色的油纸伞和尖顶的斗笠，时不时从眼前一飘而过。

咿咿呀呀的唱腔，不知从谁家院里飘出，它们或行云流水宛如天籁，或婉转缠绵犹似期艾，或如泣如诉状若椽下瓦楞里流下的滴水，就像一树愁思百结的丁香，散发着隐隐苦香。这莫非就是风靡一时的辰河高腔？这莫非就是江西弋阳曾氏兄弟聊发的低吟浅唱？俄顷，音色突变，高亢处山崩地裂，粗放时响彻云霄。他们吟唱的是侠肝义胆，还是人世间的风雷激荡？在厚厚的《湖南通志》里我看到“浦市产高腔，虽三岁孩童亦知曲唱。”四十八本《目连戏》，四百多年古调传响，使这东方戏曲艺术的瑰宝，悠悠荡荡，飘出泸溪的深街老巷，飘出两湘的乡间鄙里，飘进了京城，流落到交趾爪哇……在沈从文的耳际，徘徊萦绕，袅袅不绝，以至八十高龄，仍魂牵梦绕。

徜徉于寂静古朴的巷道，这个曾经“烟火万家，四方商贾所辏集”的浦市，如今已是繁华落尽辉煌去，空留高腔醉人间。踏着石板的小街，穿行古镇的河街、正街和后街，这三条长街将古镇串联在一起，它延伸着古代水上丝绸之路的古道。触摸着铜制的门牌，雕花的木窗里也许曾探出一个如翠翠般清灵的姑娘，静谧的院落里也许曾走出一个如向警予般飒爽的女子。“男人喝茶，女人喝酒”的时代衍生出多少率真的巾帼？

这千年的古镇有着独特的光华，有着别样的韵味，它的一栋古宅，一条老街，或许都承载着乡愁，镌刻着历史，积淀着文化。每走一步就叩击出一个故事，每走一步就映射出一段文字，每走一步就弹奏出一串音符。

二

“有时正当落日衔山，天上云影红红紫紫如焚如烧，落日一方的群山黯淡成一片墨蓝，东面远处群山，在落照中光影陆离仪态万千……”

——沈从文《湘行散记》

有人说：“走进泸溪，就是走进久违的乡愁；邂逅泸溪，就是邂逅诗和远方；聆听泸溪，就是聆听历史的回响。”

山清水秀，汀洲奇巧，幽谷叠翠的泸溪，宛如一颗瑰丽的明珠镶嵌在沅水之滨，这片被沅水滋润着的土地，有着“三楚雄关”的美誉，她风光俊美、民俗独特、资源丰富，它所散发出的神秘，它所蕴涵着的神奇，犹如楚山云雾，两湘烟雨，上接青天，下通草根，古来断发文身地，楚风楚韵唱国殇。

当年被流放的三闾大夫屈原曾溯沅水而上，乘船经过浦市，淳朴的民风和神秘的巫傩文化深深吸引了他，让他生发停留之念。人们不会忘记潦倒不堪的屈大夫用石头砸巴岩鱼送给放牛娃的情景，人们不会忘记刚正不阿的屈大夫忧国忧民的愁容。当他们心中的屈原以死铭志，愤而投江之后，汨罗江畔的楚国民众掷粽保其躯，沅水河畔的浦市百姓也在划船投粽。这一投就是两千三百年，这一投产生出龙舟赛这一民俗活动，他们举行着庄严的祭祀仪式，高声呐喊：“一扒国泰民安，二扒风调雨顺，三扒旗开得胜，四扒家族兴旺发达！”千百年来，端午龙舟赛成了浦市民众的盛宴，从农历五月初五一直延续到五月十五，野性的强悍中释放出来的是团结互助的宗族精神，是引领潮流的无畏气概，是地域文化的乡土情结，是赓续守望的民族精魂。

据史料记载，上古时期，高辛帝受到犬戎国举兵侵犯便下诏征贤，许诺斩将退敌者可娶女儿辛女为妻，五溪部首领盘瓠应诏出战，斩敌获胜，然高辛帝因五溪地处蛮荒意欲悔婚，辛女深明大义，嫁与盘瓠来到泸溪，在这里繁衍生息，传播文明，从而派生出以诚信自强为内核的盘瓠文化，这一文化激励着后人生生不息，奋斗不止，这种精神不仅传承于生产生活，而且沿袭于爱情婚姻。

《湘行散记》中描述的牛保点着废竹缆，踩得满脚泥上岸与天天炽热妖娆的场景已不复存在，但云烟浩渺的天砎山上，那棵精神矍铄的老银杏树上却传来爱情鸟的凄鸣，那是杜鹃溪边一对跳崖殉情的青年幻化而成。门不当户不对的青年男女常常在银杏树下相约对歌，嫌贫爱富的父母却将女儿关在了吊脚楼上，不准出门半步，一对相亲相爱的人迫不得已夜半私奔相拥而去，生不同衾死亦同穴，似他们的先人辛女和盘瓠那般矢志不渝，至死方休。这是一段多么凄美和纯真的爱情啊！如梁山伯与祝英台，如罗密欧与朱丽叶。

品读着泸溪的水墨，倾听着晨曦的鸟鸣，屈子吮沅水之气，始成《橘颂》《涉江》，从文吸沅水之灵，方得《湘行书简》，山水孕育了文化，山水也陶冶了灵魂。

夕阳西下，落日的余晖照在沅江的两岸，深秋的季节里，芦苇已变得金黄一片，它似地毯如纱帐，就这么蔓延伸展，橘红的阳光打在它的身上，让它散发出明媚而灿烂的光芒。群山的青、云影的红、“画壁”的黛、芦苇的黄、沅水的绿，绘成了一幅色彩斑斓的画卷。

三

“随意割切一段勾勒纸上，就可成一绝好宋人画本。满眼是诗，一种纯粹的诗……”

——沈从文《湘行散记》

泛舟沅江去观看沈从文先生解读的上古箱子岩之谜，那楠木洞的沉香船、响水岩的海上琼楼、辛女岩对岸的仙人屋，都是云雾中的梦幻奇崛。当年石壁空隙间悬撑起无数巨大的横梁，暗红色长方形的木柜挂在横梁上，悬崖上残存的古穴居人的遗迹，洞穴里停放数千年的“悬棺”，都不复存在，只留一些残骸供人联想。鬼斧神工的十里画廊，岩壁怪石嶙峋，那高耸的奇峰、峭立的绝壁以及千姿百态的溶洞石乳让人目瞪口呆。

涉江楼、橘颂塔对江远望，辛女峰、盘瓠洞隔水凝眸，盛满记忆的铁山古渡、弥漫硝烟的能滩吊桥忘不了1949年11月的那个下旬，刘邓大军沿湘川公路向西南挺进，就是在这里横渡沅江。当年的省心楼因了首长的入住而激动了七天七夜，村村寨寨的泸溪老百姓因了大军的到来而沸腾。

翻阅时光的卷轴，纵横梁栿，缦回廊腰，巍然屹立的宝塔诉说着沅水的源远流水，飘逸在蒙蒙雾霭中的山峦，远看如黛曲迂蜿蜒。群山崎岖，叹不尽自然的鬼斧神工；杉木林立，掩不住岁月的刀锋剑影。寻夫的辛女化身成了岩石，盘瓠的魂魄，从沅江升起，那白色的雾带在山腰间缠绵，那是夫妻相会的动人画面。茅草覆面的红沙石拱桥犹记得，屈原仰首高吟九歌，从文低头沉思湘行，贺龙过河指挥攻势。

从盘瓠与辛女的神话传说，到"东方戏曲活化石"的辰河高腔；从国家级非物质文化遗产的踏虎凿花，到被誉为"永不凋谢的菊花"的菊花石雕，泸溪这一中原文化和西南文化的"交汇地"，不仅仅是盘瓠文化的发祥地、辰河高腔目连戏的保存地，还是沈从文的笔耕地，他在这里写下了《泸溪·浦市·箱子岩》《老伴》《塔户剪纸花样》《泊兴隆街》等散文，还解读了上古悬棺之谜。这也是金庸笔下《射雕英雄传》铁掌峰的原型地，他在这里描绘了罕见的"铁掌柔情"；更是屈原的抒情地，峨冠博带，挟长剑披明月，游瑶圃食玉英的千古骚人在枉渚（今武溪镇屈望村）。奇山异水传民俗，于是，激发了他的灵感张扬了他的奇思，便有了《九歌》《天问》《渔父》等光耀世间的千古绝唱。历史是不会沉默的，每隔几百年，都会熠熠闪光。时间到了大唐，王昌龄的"山水清晖远"、刘禹锡的"沅江清悠悠，连山郁岑寂。回流抱绝巘，皎镜含虚碧"，如同一部宏大叙事诗，在这个舞台上灵动而炫目，让人目不暇接、眼花缭乱，一批批文人墨客履痕泸溪，成为日月光照里的耀眼亮色。

香山叠翠万壑千岩，武水拖蓝一碧万顷，古老的沅江惊艳了时光，湍急的险滩已然消失在缓缓流动的河底，行船人朝思暮想的吊脚楼也渐渐湮灭于岁月的尘埃。渔船已上岸，鲜能见女人摇橹、男人收网的迷人场景，那饥肠辘辘，一次次潜入水中的鸬鹚也不知飞向了哪里？渔猎这种农耕时代人类最先掌握的生产方式，也许将永远消失在历史的长河了。摆渡的老艄公收起了船桨，“过河哦——过河哦！”的呼喊永远定格在沅水两岸的回声里，那漫长岁月中发明的最原始的交通工具已搁浅在时光的沙滩，时代的进步必将淘汰一些东西，一些人，这是悲哀，也是欣慰。

漫步沅水古道，先人用画笔勾勒出青山远黛，今人用智慧描摹出阡陌纵横。沅水汤汤，见证了“日出千根桅，日落万盏灯”的繁华过往;斜晖脉脉，目睹了“土坑烧烟赫，神从画壁红”的人间烟火。这里既有着陶渊明“采菊东篱下，悠然见南山”的清净舒适，也有着“城在水中立，水在城中行”的唯美娴雅。

沅水以葱绿的文脉串联起瑰丽多姿的水村古镇，勾画出一道优美的文明轨迹，陈迹迷离的旧景与婀娜妩媚的新城交相辉映。看，涅槃重生的“白沙”，在阳光下如钻石般熠熠生辉。

西子湖，那遗世独立的女子

西湖，又名“西子湖”，冥冥之中似乎就注定了与那几个女子有着剪不断、理还乱的牵挂。

原本，生于浙江绍兴的西施，与西湖并没有多少瓜葛，可东坡居士一句“欲把西湖比西子”便让她们扯上了关系，东坡先生是豁达而仁厚的，他怜悯这倾国倾城的女子，“却遣姑苏有麋鹿，更怜夫子得西施”，企盼她与心上人范蠡归隐山林，逃离是非。可是，助越灭吴的西施，是不是真的远离喧嚣了呢？还是成了褒姒、妲己之类的亡国之妃，为那些荒淫无道的昏君当了替罪羊？越王勾践卧薪尝胆，为复国发愤图强，那是他作为国君的使命，为什么非把重任凌驾在一个乡间浣纱女子的肩头？也许，东坡先生的妙喻，另有其他的意味？

那谜底藏在何处呢？是那一场西湖宴饮吗？水光潋滟，美轮美奂，明艳的神态在晴日熠熠生辉；烟雨细细，山水朦胧，凄迷的意态在午夜时隐时现。芳心一点牵手来，卧听夜阑风吹雨，光影反转流光逝，一挂烟雨一挂诗。那一天，东坡醉了，朝云也醉了，这一醉便是一生相随，哪管他颠沛流离，居无定所。然而，天妒红颜，溘然长逝的朝云，使“不合时宜，惟有朝云能识我；独弹古调，每逢暮雨倍思卿”成了爱情的绝唱。朝云是西湖的女子，生是钱塘人，死是西湖魂，唯愿那惠州的西湖能安放她的灵魂。

历史的长河大浪淘沙，钱塘的山水孕红育艳。有一位伫立在西泠桥畔的女子，历尽了两千年的风霜，依然明丽动人。

古代的文人墨客对身份低微的艺伎不似今人这般虚伪遮掩，他们放荡不羁，直抒胸臆，香山居士便是如此。漫步西湖时思慕“苏家小女旧知名，杨柳风前别有情”；走入柳巷处寻访“若解多情寻小小，杨柳深处是苏家”。即便那“望海楼明照曙霞，护江堤白踏晴沙”，又怎及“柳色春藏苏小家”？

如果苏小小只是空有皮囊，徒有媚骨，我想当年的杭州刺史白乐天在修筑堤防、疏浚六井的忙碌中也无暇对她推崇备至。她虽为歌伎，却博闻广记；她沦落欢场，仍重情重义；她一介女流，却崇尚自由。

自古有多少的奇异女子，如秦淮八艳，然如她这般叛逆另类、罔顾世俗的却鲜有，即兴一首梅花诗，须臾道尽其所思：“梅花虽傲骨，怎敢敌春寒？若要分红白，还须青眼看。”她，不因世情烦恼，不向逆境俯首，不为权贵困扰，不卑不亢，率性坦荡，人间大义，无怪乎“诗鬼”李贺泫泪泣血:“风为裳，水为佩。油壁车，久相待。冷翠烛，劳光彩。西陵下，风吹雨。”

能与西湖匹配的女子都不是一般的女子，客居西湖二十年的易安居士，却为什么“过眼西湖无一句”呢？故土沦陷，身如浮萍，郎君已逝，心高命薄，“物是人非事事休，欲语泪先流”“欲将血泪寄山河，去洒东山一抔土”。于是，她站立在西子湖畔，头顶着阴郁幽怨的江南梅雨，面对着光影明灭的万顷碧水，只能从心底喷发“生当作人杰，死亦为鬼雄”，这情怀，也许只有神威一时的岳武穆地下有知……

不知是天意如此，还是机缘巧合，鉴湖女侠的风雨亭与南齐名伎的慕才亭比邻而居，千年的苍茫，附着于一座石桥，就这样遥遥相望，互为照应。如此安排，她们能不惺惺相惜？秋瑾临终除了那句“秋风秋雨秋煞人”，还有“苟得葬于此，为多福矣！”的遗愿，多么像苏小小“生于西泠，死于西泠，埋骨于西泠，庶不负我苏小小山水之癖”的临终嘱咐。秋瑾侠肝义胆，小小忠贞不渝；秋瑾冲破樊篱，小小遗世独立；秋瑾认为“女子必当有学问，求自立，不当事事仰给男子”，而小小自是才华横溢，傲骨持洁;秋瑾诗才骑射，样样精通；小小琴棋书画，门门擅长。

当然，因了时代的差异，秋瑾的民族气节与小小的不畏权贵不可同日而语，秋瑾是近代妇女解放运动的先驱，她的行为颠覆了封建的礼教，拯救了妇女的命运，她救国救民的精神，男女平权的思想，唤醒了多少民众的意识，她是真正的女中豪杰，伟大的爱国者，杰出的革命家，一个让男子汗颜的民族英雄，孙中山先生痛题楹联："江户矢丹忱，感君首赞同盟会；轩亭洒碧血，愧我今招侠女魂！"看，汉白玉雕塑的她"不惜千金买宝刀，貂裘换酒也堪豪。一腔热血勤珍重，洒去犹能化碧涛"，这是怎样的气概？

西湖的女子很多，文中提到的只是碧波荡漾里撷取的几朵浪花，她们演绎了西湖的风采，增添了西湖的底蕴，如果没有她们，西湖也许会缺失几分神秘，削减几分魅力。

西湖似乎离得很近，触手可摸，但又仿佛隔得很远，遥不可及，它是一处有灵魂的风景，它是一处安放灵魂的风水宝地。它的灵山秀水里隐藏的故事，不知氤氲了多少中华文化情怀，只有读懂了那些故事，参悟了那些机理，才算稍稍了解西湖。

西湖，是女性化的，女儿是水做的，西湖的女子或温婉大气，或明艳清丽，她们既有着水的温柔纯雅，又有着水的刚毅坚韧，她们用灵魂解读着水的韵味，又用生命诠释着水的真谛。可以说，西湖因女子而生色，女子因西湖而不朽……

三月，一个凄迷的傍晚，我站在西子湖畔，在灯火迷离烟波浩渺的暮色里，看到一个衣着素雅的单薄女子，面带微笑，款款向我走来……

不作人间解语花

你生于姑苏城内，你长于江南小巷，你行于秦淮河畔，你隐于半塘河滨，你本是“董家绣庄”的千金小姐，你本是足不出户的大家闺秀。可是天有不测风云，父亲的暴病身亡，逼得你走出了闺房。从此后，你在云端与凡尘里彷徨；从此后，你在画舫与游船中徜徉……

你是文人眼中的青莲，你是俗人口中的小宛，孤标傲世的你面对着巨额的债务，也不得不低下高贵的头颅。秦淮河畔卖艺不卖身的你，巧笑嫣然，顾盼生姿的你，心中隐藏着多少的无奈与屈辱？

“孤山回首已无家，不作人间解语花。”母亲的离世，使得你失去了这世间唯一的亲人，你不再是那朵圣洁的青莲，你成了一片随波逐流的浮萍。孤山遥望，家在何方？那温婉的姑苏，那幽居的半塘，再没有母亲的呼唤！身心交瘁的你多么渴望温暖的港湾，你厌倦了风月场中的时光，你看透了纨绔子弟的庸俗，你崇尚文人雅客，你精通诗词音律。虽然，你不乏对酒论诗、赏花品茗、焚香抚琴之人，但即便朝朝买醉、夜夜笙歌，又怎敌琴瑟和鸣、岁月静好？

这时候，名震金陵的“四公子”之一，才华横溢、风流倜傥的冒辟疆寻访而来。他有豪情万丈，也有风情万种；他有壮志凌云，也有柔情似水。碧玉年华的你呀，就这样被他华丽的外表吸引，哪管他妻妾成群，粉蝶缭绕。你一次次追寻着他的脚步，他一遍遍婉拒着你的深情，那轻慢的态度、推却的话语、苍白的借口，似一把把利剑插入了你的心口。你明知道，他一见钟情的是那“如云如岫，如珠在盘”的陈圆圆；你明知道，他留恋的不过是你的“香姿玉色，神韵天然。”可是你依然愿意飞蛾扑火，匍匐而行。你跟着他一路北行二十七天，你不惜对着川流不息的长江发誓“妾此身如江水东下，断不复返吴门！”可他不为所动，他是那么的冷血铁肠、反复无常，他明明答应了婚娶，可一旦事有变故，就转身而去，不理不顾。身削体弱的你独自儿坐船，从桃叶渡口追到燕子矶头，你以为他是多情的才子，却不意他是无情的公子，你为他抛却了繁华、洗尽了铅华，却落得“多情却被无情恼”。进退维谷的你幸得名士钱谦益的资助，他为你解决了户籍、还清了债务，还将你送到了冒宅。

“花前醉晤盟连理，劫后余生了夙因”，历尽了千辛万苦，你终于得偿所愿，你这片四处漂泊的浮萍有了生活的依托。你是那么卑微，那么谦让，将自己低到了尘埃之中。你为他伏低做小，你为他勤勉持家，你为他端茶送水，你为他侍疾喂药，你为他精打细算，你为他奔波辗转，亦步亦趋。殚精竭虑的你，一病不起，直至香消玉殒，魂归离恨天。

你其实可以生活得很好，总有人视你为珍宝；你其实不必委曲求全自寻烦恼，你的才艺多少人能够比得了。那肥而不油的“董肉”，那甜而不腻的“董糖”都出自你的巧手，你有那“秦淮八艳”之美誉，你有那“十大名厨”之美称。你国色天香、聪慧灵秀，多少王孙公子拜倒于你的石榴裙下，而你却为情所困、因情而殇。真个是“问世间情为何物，直教人生死相许”。

也许，痴情如你心甘情愿；也许，柔情深种至死不渝；也许，九年相守虽苦无憾。也许，那秋波流转处，也曾有怦然心动？也许，那亭台楼阁间，也曾有琴箫合奏？也许《影梅庵》里也曾有缠绵悱恻？也许《水绘园》中也曾有温柔缱绻？“月漉漉，波烟玉”月光徘徊枕簟间，仙乐流转碧波里。才子佳人凭窗倚，风光旖旎西风起。

“红颜自古嗟薄命，青史谁人鉴曲衷。”你终是逃不脱这样的宿命，如果你没有与冒襄牵手，也许人生的道路不会那样走，也许生命不会凋零得那么早，若世间真有轮回，你还会义无反顾追寻他的脚步吗？

马周与李世民的风云际会

如果不是贞观元年（627 年）那场持续了三年的旱涝霜灾，马周也许只是武将常何的一个门客而已；如果不是唐太宗召集群臣献计献策，马周又如何能捉刀代笔，从此一介草茅，一鸣惊人？

贞观三年，略通文墨的常何搭起了马周与太宗结缘的桥梁，太宗当然知道常何几斤几两，这林林总总二十余条文辞优美的建议岂是常何这一介武夫所能想出？常何也光明磊落，他如实禀告："此非臣所能，家客马周具草也。每与臣言，未尝不以忠孝为意。"于是布衣马周得以闪亮登场。

"空将笺上两行书，直犯龙颜请恩泽"。不承想，马周居然摆足了架子，虽未曾学诸葛亮让刘备三顾茅庐，却也致使太宗皇帝"（马周）未至间，凡四度遣使催促"。可见太宗求贤若渴之心。说也奇怪，马周觐见后，太宗与他相谈甚欢，可谓"处处投机，门门合辙"，太宗也不用考核了，直接安排他到门下省任职。从此马周就一路飙升，历任谏议大夫、监察御史、加朝散大夫、中书舍人、中书令兼太子右庶子、吏部尚书、银青光禄大夫等职。

人与人之间的缘分就是这么奇妙，马周与太宗就这样组合成一对明君贤臣。想当初，马周还只是一个浪荡助教，还常常酗酒误事。翻开《旧唐书》就有这样的记载："马周，字宾王，清河茌平人也，少孤贫好学，尤精《诗》《传》，落拓不为州里所敬。武德中，补博州助教，日饮醇酒，不以讲授为事。刺史达奚恕屡加咎责，周乃拂衣游于曹、汴，又为浚仪令崔贤首所辱，遂感激西游长安。宿于新丰逆旅，主人唯供诸商贩而不顾待周，遂命酒一斗八升，悠然独酌，主人深异之。至京师，舍于中郎将常何之家……"由此可见，马周是家境贫寒，少年失孤，敏而好学，却桀骜不驯，不务正业，误人子弟，且目无尊长，放浪形骸，又嗜酒如命，不知礼法。凡此种种似乎不值为人称道也。

然机遇就是这样悄无声息地来临，当然这其中或许还隐藏着“天将降大任于是人也，必先苦其心志，劳其筋骨，饿其体肤，空乏其身，行拂乱其所为，所以动心忍性，曾益其所不能”的玄机。门下任职的马周仿佛脱胎换骨一般，不再放荡不羁，而是励精图治，处理政务。

也许世间奇才必有其异于常人之处，如秦宓之于诸葛亮，这才促成他与张温的“舌辩战”；如张仪之于秦惠文王，于是有了“商於六百里地”的戏耍楚怀王；如刘伯温之于朱元璋，也便有了“遇顺而止”的精准预言。马周没有秦宓的机智诡辩，亦没有张仪的巧舌如簧，更没有刘伯温的神机妙算，何以迷惑得唐太宗李世民“朕与马周，暂不见则思之”？

他既没有参与隋末战争，也没有参与玄武门之变；他既不是名门士族，又不具显赫背景，一介草根何以官至宰辅？

他没有长孙无忌的名相风范，也没有“房谋杜断”的珠联璧合，然而或许正因为他的平民身份，使得太宗皇帝得以倾听民声。

一个能让太宗倚为肱股之臣，须臾不舍离之左右的当然不仅仅靠着那当初的两行书。唐太宗何许人也？那可是“文能提笔安天下，武能上马定乾坤”的千古一帝啊！他必得有过人之处，异人之才方能得其青睐。于是马周殚精竭虑、呕心沥血、洋洋洒洒、情情切切，上奏了《陈时政疏》《上太宗疏》。这绝世的奏折奠定了他屹立不败的人生，也成就了大唐璀璨夺目的“贞观之治”。一代伟人毛主席盛赞《陈时政疏》乃“贾生《治安策》以后第一奇文。宋人万言书，如苏轼之流所为者，纸上空谈耳……”

苏轼可是大胆提出“夫天下者，非君有也，天下使君主耳”言论的政论家呀，他认为江山社稷存亡兴衰的根基在于人民。“为官一任，造福一方”是苏东坡勤政为民的真实写照。可毛主席却对马周推崇备至，说实话，我真有点不太服气。马周有东坡居士的浩然正气吗？马周有“回首向来萧瑟处，归去，也无风雨也无晴”的淡然豁达吗？他的怀才不遇“太清上初日，春水送孤舟。山远疑无树，潮平似不流。岸花开且落，江鸟没还浮。羁望伤千里，长歌遣四愁”，怎比东坡的“大江东去，浪淘尽，千古风流人物”？他的“何惜邓林树，不借一枝栖”又哪有“明月几时有？把酒问青天”的气魄？

可是当我耐下心来认真读完《陈时政疏》时，我的内心深受震撼，我承认我深深地为之折服了。短短一千两百三十余字的奏章，我读了一遍又一遍，陆游叹“出师一表真名世，千载谁堪伯仲间”，文天祥言“或为《出师表》，鬼神泣壮烈”，然而在马周的奏折里，我读出了胸怀天下、赤诚坦荡。诸葛亮的《出师表》曾让我潸然泪下，马周的《陈时政疏》亦让我唏嘘不已。我终于明白为什么马周入朝为官十七载，太宗依然视他为宠臣，因为他是太宗的智囊、铜镜和左膀右臂。

《茌平县志》记载，马庄西南有马周墓，村内有马周故宅。村中有一奇特之景，名曰“马庄春雨”，诗云:“城东二里，马周故居，村庄之内，地有亩许，三月春明，零露如珠，宛如江南，毛风细雨。”

一个偶然的机遇，我来到了马周的故里，在那宛若江南的梦境里，我逢着了一千五百年前的他。

他踏着历史的风烟向我走来，霏霏的雨丝里夹杂着他沉重的话语“岂欲但令政教无失，以持当年而已！”我的眼前幻化出夏、商、周、魏、晋、隋，一代代王朝衰败的因由，无非就是皇帝自持当年之勇而后荒废朝政，最终导致大权旁落，要么外忧，要么内患。孟子言:“入则无法家拂士，出则无敌国外患者，国恒亡。”一个国家，如果没有坚守法度的大臣和足以辅佐君王的贤士，国则亡矣。所谓孤掌难鸣、独木难支。而马周却认为关键在君主:“良由创业之君不务广恩化，当时仅能自守，后无遗德可思。故传嗣之主政教少衰，一夫大呼而天下土崩矣。”是啊，如果皇帝贤明，自然有忠良肱骨，所谓“良禽择木而栖，良臣择主而事”，但如果皇帝昏庸，即便有耿耿忠良又能如何？屈原被流放而投江，李斯被腰斩而警天下，商鞅被车裂而分尸，晁错被腰斩而平乱，李膺被拷打而致死，岳飞被折磨毙狱中，解缙被冻死于雪地，袁崇焕被凌迟而处死，不就是惨痛的案例？故而他力劝太宗:“当崇禹、汤、文、武之道，广施德化，使恩有余地，为子孙立万代之基。”

伫立在他的故里，这里曾经有他童年的孤独、少年的辛酸，他从这里出发，胸中虽有万策书，奈何无人读懂他。于是他借酒抒情、以酒买醉，漫漫尘烟两千里，一路奔向长安城。他品尝了人间的凄苦，体味了百姓的艰难，所以他劝诫君王“以节俭于身、恩加于人”，如此才能让天下百姓“爱之如父母，仰之如日月，敬之如神明，畏之如雷霆”。

长安城里的马周始终牵挂着故乡的土地，他的“民为贵，君为轻”的政治理念，他的“百姓苦乐决定国之兴亡”的观点，充分阐释了注重民生、以民为本的理念，如今的“立足民生，人民至上”不就是这个道理？我听到了太宗的感叹“自朕临天下，虚心正直即有魏征，朝夕进谏自征亏亡，刘洎、马周、褚遂良继之”。他正告诫着众臣“水可载舟，亦可覆舟”。

如今的这里早已不见了当年的模样，亭台楼榭，屋宇轩昂，黎民百姓其乐融融。其实，唐太宗若不是礼贤下士、胸襟豁达的一代明君，如何能容忍马周的放肆？马周之于太宗，如管仲之于齐桓公、邹忌之于齐威王、张仪之于秦惠文王。他在魏征之后辅佐太宗，但他比魏征圆通，魏征只会犯颜直谏，常常搞得太宗下不了台，还“自录前后谏诤言辞往复以示史官起居郎褚遂良”，让太宗气愤异常，而马周虽接续郑国公的风骨，屡次直言进谏，匡正朝政得失，但他临终之时，却把给太宗的奏疏全部烧成灰烬，以报知遇之恩。《旧唐书》云:“周临终，索所陈事表草一帙，手自焚之，慨然曰:‘管、晏彰君之过，求身后名，吾弗为也。’”这是何等的胸襟？

应该说马周是幸运的，遇到了明君且适逢其时，他初见君王，就让其“与语甚悦”，彼时正是皇帝令全国举贤纳士之际，马周有渊博的才识、机敏的智慧，自然令太宗称心如意“马周见事敏速，性甚贞正，论量人物，直道而言，朕比任使，多能称意”。

凝视着马周的石像，透过他深邃的目光，我来到了大唐的天下，此时太宗正欲让宗室诸王和功臣任州刺史，且准备“世世永袭”，而马周娓娓道来“自汉、晋以来，乱天下者，何尝不是诸王？皆为树置失宜，不预为节制，以至于灭亡”。借用前朝倾覆的史实，提醒太宗可以让诸王和功臣富有，但不要使他们世袭藩镇，务必接受汉、晋分封的教训，并指出曹操之宠爱曹植，结果致手足相残、骨肉分离。隐身于大殿中的我，耳边依稀传来曹植的七步诗“煮豆燃豆萁，豆在釜中泣。本是同根生，相煎何太急”。

蓦然我一脚踏空，退出了神秘的殿堂，揉揉迷蒙的双眼，看看微雨的天空，身边鸢肩直脊的马周，依然眺望着远方。

他眺望着哪里？是那繁华的长安吗？

在那里，他统一了官员的服饰。“三品服紫，四品五品朱，六品七品绿，八品九品青”，将官服颜色分为紫、朱、绿、青四种。这项改革举措不仅方便皇帝对于群臣的辨识，也为后世官服标志的细化开了先河。

在那里，他维护了社会的治安。“诸街置鼓，每击以警众”，即在直通城门的六条大街上设置街鼓，每天五更或日暮时，随着承天门上咚咚的鼓响声，六条大街随后擂鼓三千声或八百声，各宫门、城门及坊市门打开或关闭。如有盗窃或紧急情况发生，也可击鼓传信，官兵获悉后及时处理。“令罢传呼，时人便之”，对保障长安城和市民日常生活的安全发挥了极大作用。

在那里，他改进了交通的秩序。我没想到我们今天习以为常的出门靠右行驶，竟然是他的首创。是他规定凡宫殿门和城门，入由左，出由右；是他提出了“飞驿以达警急”，即采取更换马匹的办法快速送达情报，提升驿站的传递能力；是他命令将驿站的马尾截去一段，与一般马匹相区别，以避免有人因私滥用驿站马匹的行为。

细细想来，马周的思想是多么前卫，他的“宰相必起于州部，猛将必发于卒伍”，不就是如今的从群众中来，到群众中去？选拔任用干部不能任人唯亲、不能看菜下碟、不能论资排辈、不能薄祚寒门。他的不可分封，杜绝了官二代躺在前人功劳簿上的隐患。“倘有孩童嗣职，万一骄愚，兆庶被其殃而国家受其败”。的确，汉朝有分封，所以有七国之乱；明朝有分封，所以有靖难之变。

“善战者无赫赫之功，善医者无煌煌之名”。真正的大智慧者都能做到防患于未然，而不是亡羊补牢，犹为迟矣。也许正是这些治国之策、安邦之法，成就了“贞观之治”的形成与延续。

善于陈奏廷对的马周洞察敏锐，言辞恳切，他既有远见卓识，又能推陈出新。在《马周传》末尾，作者欧阳修、宋祁认为马周之才不逮傅说、吕望，毛主席不以为然批注：“傅说、吕望，何足道哉！马周才德，迴乎远矣。”

傅说可是辅佐殷商高宗武丁安邦治国，形成了历史上有名的“武丁中兴”的辉煌盛世，留有“知之非艰，行之惟艰”名句，被尊称为“圣人”的中华汉族傅氏家族的始祖啊，而吕望更是西周王朝的开国元勋，被历代皇帝和文史典籍尊为兵家鼻祖、武圣、百家宗师的姜子牙姜太公呀！

抚摸着马周的石像，恍惚间一个个身影在天际出现，首先走来的是玄学家袁天罡“马侍御伏犀贯脑，兼有玉枕，又背如负物，当富贵不可言。近古以来，君臣道合，罕有如公者”。然后是大臣岑文本“吾见马君论事多矣，援引事类，所论古今，举要删芜，会文切理，一字不可加，一言不可减，听之靡靡，令人忘倦”。接着白乐天发起了慨叹“惆怅新丰店，何人识马周”，北宋张耒附和道“马周未遇虬须公，布衣落魄来新丰。一樽独酌岂无意，俗子不解知英雄”。贫贱时备受冷落，如何能遏制马周本性里的豪放磊落，新丰孤馆无人留如何？一介布衣成宰相谁叹！

“客外谁曾识马周，海城牢落有诗愁。山河不语时难造，虫若能天史可修”。一代贤臣走进了时光的隧道，消失于历史的尘烟，但他的思想却飘游在朗朗乾坤……

今宵魂归何处

我是南齐的一缕孤魂，穿越了千年的风尘，斑驳了岁月的年轮，来到这西泠湖畔，却不见当年的旧人。

今夕，“灯火钱塘三五夜，明月如霜，照见人如画”。人如画，人如画？你曾谓我画中人，紫色罗裙镶银纱，“足下蹑丝履，头上玳瑁光。腰若流纨素，耳著明月珰”。

那一年，我在西泠桥上与你相望；那一年，我在钱塘柏下与你结伴。你是那青骢马上少年郎，我是那油壁车里俏娇娘。

原以为从此结同心，西陵松柏下；原以为，相依江海畔，从此不离散。却不意，晴天一声惊雷起，棒打鸳鸯两分散。我为你“夜夜常留明月照，朝朝消受白云磨”，我为你“曾经沧海难为水，除却巫山不是云”。然而，山盟犹在人却不归，云中再无锦书来，我于浑噩中缠绵病榻，心如槁素，再无牵挂。

可是你来了，你不是我的阮郎，却又酷似我的阮郎，我明明知道你是鲍仁，是那秋天的破庙邂逅的落魄书生，可是不知为何，我却对你满怀着期盼。或许这是一份失落的情感寄托，或许这是一份爱屋及乌的思恋表现，又或许这只是一份单纯的惺惺相惜，你感佩我的倾囊相助，你感谢我的知遇之恩。虽然你藏匿未言，但我经历世相百态，如何体味不到你的情深似海。

我知道，自我香消玉殒，魂飘九霄，是你这当年的书生如今的刺史，白衣白冠抚棺而行；是你涕泪横流，痛哭失声；是你树碑立墓，亲撰碑文。你知我生性洒脱，你懂我留恋山水，所以留下了这样的碑文“生在西泠，死在西泠，葬在西泠，不负一生爱好山水”。鲍仁，你才是那个真正懂我之人哪！

今夜，我游离在断桥之上，眼见得人来人往，香车宝马，桂华流瓦。当年赶考的京城，是否也是千门灯如昼，游冶人初透？是否也是“三百内人连袖舞，一时天上著词声”？

那年赴任途中，你绕道而行，你是准备带我离去的吧，早知如此，我又何苦执着坚守，终是辜负了你的一腔柔情。我已是残花败柳，你却不离不弃，今生无以回报，就让我在这断桥之上，看你风姿俊朗；就让我在这西泠湖畔，促你良人陪伴。你且回首，你且张望，那娉婷佳人不就在那灯火阑珊处吗？

我在白堤上飘荡，感知到你的气息，李贺，你是大唐的诗人、浪漫的词人，不要为了我而错过这钱塘的明月，不要为了我而忽视这西湖的风景，不要为了我而漠然这满树的灯火。你看那：月满冰轮，灯烧陆海；你看那：火树银花，星桥锁开；你看那：缛彩遥分，繁光远缀；你看那：彩灯万盏熠霞流，凤垸欢歌满埠头……

我知道你是多情的诗人、坦荡的君子，你曾跋山涉水来到我的坟前，唏嘘慨叹“幽兰露，如啼眼。无物结同心，烟花不堪剪……”此生有你为我知己，足矣。

我在苏堤上浮游，司马才仲，今夜，是我入你的梦中，还是你寻我的芳踪？你多次陪在我的身旁，与我酹酒对饮；你多次来到我的闺房，与我同床共寝。你喜我“歌尽桃花扇底风”，你慕我“舞低杨柳楼心月”，你叹我“舞转回红袖，歌愁敛翠钿”。

我已很久很久未曾尽兴地歌舞，自阮郁离去，已再无一人可荡起心中的涟漪，我曾为伊消得人憔悴，可那又如何？司马，我明知与你不是真正的爱情，却任由你沉溺其中，任由你命丧其间。

今夕，金鸭消香，银虬泻水，湖畔是你在夜笛飞声吗？我在此袖展吴绫，为你狂舞一曲，以报你缱绻之情，以赎我罪孽之身。

追念往事意难平，叹红尘烟火，世事凋零。曾记否，绿窗残酒，灯影婆娑？曾记否，月光凝水，春风含梅？曾记否，珠翠满街，笙歌沸地。罢罢罢，从此坠芳魂，不复再沉沦。

谁怜双卿？谁误双卿

你生于烟雨的江南，你长于青绿的田园，你是贺家的小女，你是丹阳的双卿。

你原可以如一般的女子，浣纱织布，捣衣捻线；你原可以如邻里的姐妹，盲婚哑嫁，侍奉姑舅。

可你，是天上的神女，是人间的精灵，你悄悄地来到尘世，不愿留下任何的足迹；你默默地降临凡间，不欲纠缠俗世的风烟。

你这天之骄女，聪颖早慧，七岁开蒙，偷师书塾，三年倚窗，室外旁听，以地当纸，以枝作笔，却练得娟秀小楷，却作得沉博诗词。

一贫如洗的你，无墨无纸，唯有：芦苇叶上书清词，海棠花下忆吹箫，桂花瓣上写孤雁，荷叶塘边浣溪沙。

家徒四壁的你，无书无文，却能：巧手做妙活，女红换书籍，日日勤钻研，夜夜把词填。一时间，才情四溢，蜚声乡外。

贺家有女初长成，典雅俊秀似天人，诗词歌赋才华逸，美妙绝伦堪女神。

然而，纯真浪漫的时光总是那么短暂，诗情画意的岁月又是那么仓促，无忧无虑的光阴戛然而止于碧玉的年华。那一年，父离世，家中落，无良的叔父以三石谷子的代价将你许配了人家。从此后，二九年华的你开始了凄凉的人生。

初为人妇的你，直面惨淡的现状，不求得琴瑟和鸣燕双飞，只盼望相敬如宾一家亲。原指望，夫体健胸宽广，姑面慈心善良。却不意，砍柴樵夫性暴躁，言辞粗俗形容糙；刻薄姑婆心狭隘，动辄打骂轻则闹。

蛮横无理的姑婆，吹毛求疵，“汲水种瓜偏怒早，忍烟炊黍又嗔迟。日长酸透软腰肢”。成日里逼着你翻田种粟、舂稻臼面、喂鸡饲猪、做饭洗衣，以致你疲惫困乏，身患疟疾，缠绵病榻。“依依孤影，浑似梦、凭谁唤醒！受多少、蝶嗔蜂怒，有药难医花症。”即便如此，你还得拖着病躯，操劳不停。“锦思花情，敢被爨烟薰尽。东菑却嫌饷缓。冷潮回，热潮谁问？归去将棉晒取，又晚炊相近。”

这是怎样的生活？这是怎样的处境？可怜你柔弱的娇躯，可怜你绝世的才情，可怜你闭月的容貌，却落得“孤鸿一个，去向谁边？素霜已冷芦花渚，更休倩鸥鹭相怜”。你孤寂无依，潸然泪下，却仍在自我安慰“趁一沙半水，且度流年”。

温润婉约的你，为什么要这般逆来顺受？恶姑扯裂你的耳垂，狂夫扭伤你的手臂，你还能咽泪装欢，洗手做羹汤？

清丽脱俗的你，为什么要如此忍辱负重？凶妇侮辱你的人格，匹夫禁锢你的自由，你还能平心静气，填词作赋？“香膏尽，芳心未冷，且伴双卿。”

你是阆苑仙葩，你是美玉无瑕，红尘蒙灰，仙姿毁损，只为度难历劫吗？

二十载的悠悠岁月，你领略了人间冷暖，世态炎凉；二十载的郁郁生涯，你尝遍了酸甜苦辣，孤独凄惶。

该结束了，这冷酷的人间，该辞别了，这无情的浊世，“谁还管，生生世世，暮暮朝朝？”

若没有尘寰的知己，乡邻的闺密——韩西，你也许早就离开了人间，奈何？韩西嫁作他人妇，“重见远，听说道，伤心已受殷勤饯”。从此后，“望望山山水水，人去去，隐隐迢迢。从今后，酸酸楚楚，只似今宵”。

从此后，“更见谁谁见，谁痛花娇？谁望欢欢喜喜，偷素粉，写写描描？”

从此后，再无人与你嬉戏，听你倾诉；再无人探你病躯，护你娇颜；再无人赠你汤食，听你赋诗；再无人央你写字，请你读经……

若没有红尘的知音，书院的文人——史震林，你灰暗的人生，恐没有一丝的光亮。然而，封建的礼教，世俗的陋习，逼迫得你们只能诗词唱对，聊诉衷肠。文人雅士，多次尝试，助你摆脱，帮你脱困，可终告失败。

你将柔情埋入心底，你将相思植入叶片，芍药花上，妆痕点点；海棠花前，血泪斑斑。“人不见，相见是还非？”

懂你惜你的震林中了进士，去了京都，你暗自饮泣：“终日思君泪空流，长安日远，一夜梦魂几度游。堪笑辛苦词客，也学村男村女，晨昏焚香三叩首。求上苍保佑，天边人功名就，早谐鸾俦。应忘却天涯憔悴，他生未卜，此生已休！”

一语成谶香魂缈，花瓣垂泪叶飘摇。苇上粉迹犹未了，仙姿已随西风杳。

“世间难吐只幽情，泪珠咽尽还生。”韶华之年的你，终是一病不起，珠沉玉没，一代才女从此去，人间再无贺双卿！

我是汨罗江畔的一株幽草

我是汨罗江畔的一株幽草，静静地守候了你两千年的时光。

那一年，那一月，我目睹你儒雅的身姿，憔悴的容颜；那一天，那一夜，你一袭薄衫，几根瘦骨，在江边彷徨。你一声叹息，和着天问悲怆的韵脚；一把长剑，划出九歌回肠的旋律。

忠肝义胆，无处安放，悲悯灵魂，无以停靠。仰天长啸，你将愤懑发泄；纵身一跃，你让哀伤释放。

时间静止在这里，记忆定格在这里，历史凝固在这里……

一年又一年，四面八方的人们纷纷赶来；一批又一批，五湖四海的面孔攘攘地出现。悠悠飘浮的白云，蓦然转变了脸色；缓缓东流的江水，抖然愤怒地咆哮。山峦压抑地哀鸣，微风低声地呜咽，草木悄然地啜泣，鱼虫无语地叹息。浪花托举着你的雕塑，你的身影冉冉升腾，你擎着楚国的骄傲，你怀着不屈的精神，屹立成一座万古的丰碑！

朝朝暮暮，生生世世，多少的朝代轮换，多少的风雨侵袭，你一直矗立在这里！

民众瞻仰着你的容颜，志士追随着你的脚步，文人寻觅着你的身影，百姓倾听着你的声音。你的声音在山涧里回荡，问天地万物，问自然规律，问贤凶善恶，问兴衰存亡，问生死轮回，问神灵鬼怪；你的身影在密林里徘徊，你穿过了橘林，飞过了江河，你用九歌演绎辉煌的乐章，你用天问叩击麻木的灵魂，你用离骚弹奏神奇的楚韵。

一首不朽的诗篇，穿透千年的时光；一曲不凡的乐章，奏响上古的琴音；一个不灭的灵魂，滋养文化的精神。

摇曳的龙舟，载着生生不息的祈盼；芳香的米粽，盛着绵绵不绝的思念；沧桑的古道，印着沉沉跋涉的脚步；滔滔的江水，蓄着滴滴流淌的眼泪。

那铿锵的九歌，惊艳着四海八荒；那哀怨的离骚，绵延到九州大地。位卑未敢忘忧国！那忧国忧民的心声啊，将历史的天空浸染；那上下求索的背影啊，将真理的印痕烙刻！

丝竹的弦音，弹拨着纯净的旋律；芷兰的幽香，点缀着芳华的岁月。你高洁的精神，你坚韧的意志，你沉痛的发问，你凄愁的泪水，已传递五洲四海，已唱响天地人寰。

如烟的往事，穿过历史的尘埃，穿过弥漫的硝烟，穿过掠夺的城池，穿过荒芜的土地，穿过失所的家园，穿过颠沛的人群，滚滚而来。

杜鹃啼血，汀芷噙泪，饿殍遍野，尸骸满地。郢都到汨罗的脚印啊，血痕斑斑；天堂到地狱的路径啊，妖魔缠缠。

山河破碎，国衰民败，奸佞当道，百姓流离，正义何在？人心何在？刚正不阿的灵魂啊，被无尽的伤痛笼罩。“长太息以掩涕兮，哀民生之多艰。”

为何？世人皆醉，你偏独醒？为何？世人皆浊，你却独清？你这特立独行的忠魂啊，你这高洁优雅的诗人啊，你不愿匍匐于地下，你不愿苟且于尘世，你不愿随波于浊流。何处是归路？问楚山，楚山不语；问青松，青松不言。唯有那滔滔的汨罗江水，静静地流淌……

我是汨罗江畔的一株幽草，我守候着你的灵魂，穿越两千年的沧桑与沉浮。你哀恸的眼，穿透时空的浩渺；你泣血的心，刺痛尖锐的呼啸。

人们缅怀你，从烽烟弥漫到山河盛世；人们祭奠你，从远古的楚国到当代的中华。你的风骨惊天地苍穹，照日月星辰；你的精神传华夏儿女，授炎黄子孙！

为民而生，为义而生

认识魏禧，源于他的《大铁椎传》，一个技艺高超、劫富济贫的义士；一个行为诡异、充满传奇的侠客，被他描绘得栩栩如生，年轻的我曾经热血沸腾，从而对刻画出如此“江湖异人”的作者心存好奇。

时隔多年，我才有幸追随着他的足迹，来到了嶂崖巍巍的翠微峰，想象着他当年脚踩万丈深渊，手扶过眼云烟；找寻着他“易堂”七十二间的房舍和“广榭阑干廊步，花木纷臀”的勺庭；寻觅着那“云中莲叶秋池艳，天半桃花春井香”的景致，可是，它们在哪里？石罅中的清泉依然迸溅，深山里的树木依然葱郁，那玲珑的屋舍却坍塌一片，唯余残垣断壁。一畦菜地，无人打理；几丈方池，干裂枯竭。“金精洞”里的画像告诉我，那“年十一补邑弟子员，试辄冠其曹”的魏禧就在这里。

他来到这里，是为了不被战争波及，为了不与清廷为伍。他与家人倾其所有，开凿阶梯，设置寨门；挖池蓄水，种植谷蔬；辟地筑屋，授课教书。可这并不是他人生的目的，他曾致力于科举考试，期望于金榜题名，光耀门楣，报效国家。虽然少年的他自幼多病，体弱无力，药不离口，但上天造人也许自有定律，聪颖好学、博闻强记的他，喜读典籍，才气过人，纵横历史，辞风凌厉，谈论军事，毫无怯意。然甲申之变，致其梦想杳灭，远大的抱负，湮灭于山河的破裂。21 岁的他，不得不弃科举习古文，从此走上一条治学之路。

崇祯自缢，清兵入关，生灵涂炭，国破家亡。他与原兵科给事中曾应遴等当地官绅一道，积极筹划起兵勤王，招募兵丁维持宁都地方秩序。然战事异常惨烈，起义屡遭挫败。清军攻入赣州，南明隆武朝兵部尚书兼东阁大学士杨廷麟督乡勇巷战，兵败投塘自尽。1650年清军攻下宁都县城并疯狂屠城，幸亏他“事会盘错，指画灼有经纬，思患豫防，见几于早”，才使翠微峰得以完存。居安思危的魏叔子，一刻也不曾忘记复辟的使命。他与兄魏祥（伯子）、弟魏礼（季子），是闻名遐迩的“宁都三魏”，如今兄弟三人与彭士望、林时益、李腾蛟、邱维屏、彭任和曾灿结庐于此，号称“易堂九子”。作为“易堂九子”的领袖，作为明末诸生的他，与汪琬、侯方域齐名，但他绝意于仕途。他亲身耕种，自食其力；他招贤纳士，传道授业。束身砥行，才高八斗的他身材瘦削，目光炯炯。他与退隐山林的八子，砥砺气节，切磋学问，教育士子，培养人才。他们所创办的“易堂学馆”蜚声海内外，居江西清初“三山学派”之首，“空中学堂”成为明末清初一个颇负盛名的文学集团和教育机构。

伫立峰巅，俯瞰远方，群峰霭霭，云烟袅袅，清泉潺潺，翠竹青青，可谓人间仙境。陶潜“结庐在人境，而无车马喧”，但他隐居于仙山，却无“采蔬池上圃，煮茗石中泉”的闲情，他做不到“不问人间事，忘机过此生”。固守山林，教书育人，不是他最终的目的，他的心中怀揣着复国的大业。八大山人不敢以真名示人，那是因为他皇孙贵胄的特殊身份，自然只能隐姓埋名躲藏于荒野山林，而他，是世人尊称的“勺庭先生”，早已声名远播又何惧于跋涉奔波？

40岁的他游历江南，传播明道理、识时务、重廉耻、畏名义的学说，他结纳贤豪，以图恢复；他性情仁厚，宽以接物；他不计得失，以诚待人；他善于筹谋，攻于军事；他意气纵横，义薄云天。

明清易代，家国的破灭给他的心灵造成了强烈的冲击，精神的创伤让他在生死存亡的关头面临抉择的艰难。异族入主中原，有悖于传统改朝换代的“以夷变夏”和无法理喻的异族文化，使得如他这般的明朝遗民悲痛欲绝，异域的入侵灭绝了他们赖以安身立命的文明，他们在“亡国”甚乎“亡天下”的哀恸中想以死殉国。在王朝倾覆与文化丧失的双重压制下，“生”或“死”成了重要的课题，很多的忠烈志士以死明志。且不说抗清的猛将刘綎“刘大刀”，擒王的勇士祖大弼“万人敌”；且不说杀身成仁的贺世贤，单枪匹马的卢象升。“甲申之变”中殉国而亡的进士就有十七位，这些手无缚鸡之力的文人中有都察院左都御使李邦华、户科给事中吴甘来，他们一个是江西吉安人，一个为江西新昌人。江西是科举大省，“文乡诗国”，江西“物华天宝，人杰地灵”。一代忠烈文天祥“人生自古谁无死，留取丹心照汗青”的英勇无畏，影响并传承着一代代的江西志士，使得他们爱国敬忠，正直刚烈。

作为文人志士的魏禧，一方面痛斥着朝廷的昏庸无能，一方面却又想力挽狂澜，恢复旧制。如果不是崇祯帝听信谗言，以“通敌”为由凌迟处死袁崇焕，那可是连努尔哈赤都忌惮几分的“朕用兵以来，未有抗颜行者。袁崇焕何人，乃能尔孺耶！”的爱国名将；如果不是崇祯帝偏听偏信，受人挑唆，以莫须有罪名关押武艺绝伦的孙传庭三年；如是不是宦官当道，文臣倾轧，南明王朝何至一败涂地？矛盾重重的他徘徊在生死的边缘，不知何去何从。当他听闻“秦淮八艳”之一的柳如是竟然吟诗感叹“人生苦不乐，意气何难雄？走猎郧域下，射虎当秋风”，并力劝其夫钱谦益双双跳湖，以身殉国时，他想起李清照“生当作人杰，死亦为鬼雄”的慨叹，他无法淡定了，堂堂七尺男儿竟不如区区柔弱女子？“生，亦我所欲也；义，亦我所欲也，二者不可得兼，舍生而取义者也。生亦我所欲，所欲有甚于生者，故不为苟得也……”吟诵着古代孟子的学说，聆听着当下文士的辨析。今古的论述，让他举棋不定，犹豫不决。是取义而舍生，还是择生也忠义？最终他遵从了自己的内心，如顾炎武、黄宗羲、王夫之等选择了生。当他义无反顾地选择了生，那么对于生存的意义他必须做出有力的论证，怎么论呢？养亲、抚遗孤、存遗文、存国史，以至图恢复、待后王等等均成为其择生的理由。

虽然他寻找了那么多借口，但他并没有枉自食言，他做到了“养亲，抚遗孤：“友人亡，其孤不能自存，禧抚教安业之。凡戚友有难进之言，或处人骨肉间，禧批郤导窾，一言辄解其纷。或讶之，禧曰：‘吾每遇难言事，必积诚累时，待其精神与相贯注，夫然后言’。”

他其实不是贪生怕死之辈，更不是卖国求荣之徒。他说："从容就义视死如归者，上也；意气愤激一往蹈之者，次也；平居无鞠躬尽瘁之心，及临事时顾名思义，若不得已而以一死而塞责者，则未免有所希冀，有所安排矣，又其次也。"他还说"文文山忠烈，全在，舍不得死处"。他认为完全因沽名钓誉"以一死而塞责"是最下等的死法，不值得效仿，而像文山先生那样珍爱生命，有所持的生更加令人敬佩。这也许就是他超越生死的界限，体现忠义的概念吧。他的生不是怕死而生，而是为义而生。他说："以天地生民为心，而济以风才，方算得第一流人物。"

"出游"是清初遗民非常普遍的生存方式，遍访山水与名士，甚至图谋恢复是当时许多遗民的共同行为。他游历四方，广结良朋；他心怀天下，以济世安民为己任；他著书立传，以经世文章来传道。他一生无子，自称不忧嗣子不立，而忧后起无人，尝言："吾有三子：《左传经世》，长子也；《日录》，次子也；《文集》，三子也。"他所论涵盖兵、农、科举、为政、救荒诸种，充分体现出对于民生、政局的深刻关怀和理性分析。

他虽然选择了生，但他对于这样的抉择终是不能心安理得，泰然处之。清王朝的易服、剃发等一系列极具文化强迫意义的政策，给他的心态带来了无与伦比的困窘，他在文集中多次提到"贬服毁形"来表达自己苟且偷生的心境。民族的气节、忠义的教化，使他无法同流合污。

他在这种生存的焦虑和强烈的屈辱里忍辱负重，他孱弱的身体再也受不了颠沛流离，可为了复国的大业，他却依然奔走在山川大地。他以布衣交天下志士，他以博学结世间贤能。经过一番的游历，他不得不慨叹天下人才萎靡鲁莽，溃散无成："方今之士，志弱者以天下事为难为，而吾非其人；志强者易视天下之事，不自知其不足。"他原欲"取功名于天下，见风节于朝廷"，他原想"任天下于一身，托一身于天下"，然面对清廷的邀约，他却毅然拒绝。"康熙十八年，诏举博学鸿儒，禧以疾辞。有司催就道，不得已，舁疾至南昌就医。巡抚异验之，禧蒙被卧称疾笃，乃放归。”

他一生四次的出游，最终于康熙二十一年十一月十七日画上句号，终年 57 岁。他做到了“存遗文、存国史”，遗存于世的著作有《文集（外篇）》二十二卷，《日录》三卷，《诗》八卷，收入易堂原版《三魏全集》中。另有《文集（内篇）》二卷，《拟奏疏》一卷，《尚书余》一卷，《左传经世钞》十卷。他的文章因强烈的民族主义情绪被清廷禁毁，而其古文理论同样浸染着浓厚的遗民色彩。

明朝覆亡后，遗民们开始追问故国灭亡的教训，“士风沦丧”被视为重要根由。顾炎武暗示正是士大夫的寡廉鲜耻导致了“神州陆沉”，顾说：“自万历季年，绅之士不知以礼饰躬．而声气及于宵人，诗字须颁于舆皂，至于公卿上寿，案相称儿。而神州陆沉中原涂炭夫有以致之矣。”可魏禧却认为明朝的灭亡是由于“朝臣贪肆无状”“不兴四民之业，又凡嫁娶生子命名，必闻于朝廷，朝廷赐之财费，皆厚赡”，到“崇祯之末，盖儿百万人极天下之财赋不足宗室之禄”。虽然，他最终未能实现复国大业，但历经三朝的他明白，南明王朝的历史岂是一朝一夕土崩瓦解的！

游历于江浙一带的他，经历、目睹了明清易代天崩地裂的社会图景，国家的动乱和自然的灾害导致百姓民不聊生，处于水深火热之中。针对急剧变革的时代，他提出了“因时制事”“适于实用”的救荒思想，他认为“天灾之可以人事救之，亦莫过于荒”，于是指出“多辑古人成法，间以意损益之”“摭所风闻，择其可常行无弊者条之”。

他的以农为本，体恤民生；他的行政干预，保证供给；他的强化执法，有序管理，都“成万事万民之利”。所以，他的生，是为民而生，为义而生。

岁月倥偬，韶华飞逝，退隐的尘烟掩不去山峦的翠微，碧虚的梦境幻化着节义的清辉。看碧空如洗，轻岚如纱，一个身影在云雾中凸显……

和珅其人

一直以为，和珅就是王刚老师所饰演的那个贪得无厌、阿谀奉承、世故圆滑的大奸臣形象，他将这个权倾朝野、足智多谋的宠臣演绎得淋漓尽致，使我对和珅的了解进入了一些误区。

当我在恭王府看到和珅的画像时，我吃了一惊：原来那个脑满肥肠、圆头大耳的家伙并不是真正的和珅哪！画像上的和珅是那么俊逸潇洒、风流倜傥，我只看到他与纪晓岚唇枪舌剑、针锋相对，每每落于下风，却没想到他其实也是一位才华横溢的权贵，他精通满汉蒙藏四种语言，他诗词书画造诣匪浅，酬唱歌赋应对自如。他是内阁首席大学士，他是领班军机大臣，他是吏部尚书、户部尚书、刑部尚书、理藩院尚书，还兼内务府总管，这样一位一人之下、万人之上的人物怎么可能是庸常之辈？

他也曾清明廉洁，刚正不阿；他也曾查处贪污，严惩不贷；他也曾勤朴管理，择善理财；他也曾处理朝政，井然有序；他也曾出谋划策，为君解困。他有天生的外交才能，他有圆润的处世哲学，他有精明的商业头脑，他有睿智的学识理念。

权力的增长，私欲的膨胀，使他丧失了为官的初心。他结党营私，聚钱敛财；他阳奉阴违，暗度陈仓；他忘记了少年时的艰辛，抛却了青年时的志向；仕途的坦荡，使他春风得意；连遇的贿案，使他难以平静。他私吞赃款，没收财产；他收受贿赂，卖爵鬻官；他贪赃枉法，陷害忠良；他欺压百姓，徇私舞弊；他大权独揽，毁尸灭迹；他进谏谗言，造谣污蔑；他勾结党羽，揽罗亲信；他铲除异己，弹劾贤臣……

一桩桩一件件，在劫难逃；一行行一列列，罄竹难书。乾隆驾崩，嘉庆即位，二十八项大罪，他又如何逃脱？权倾天下，富可敌国的皇亲国戚，终于被抄家查办，藏匿财产竟达白银八亿两，这惊人的数目，吓呆了一干众臣。若不是他的儿媳固伦和孝公主的跪求，若不是刘墉等人的建议，罪大恶极的和珅只能是凌迟处死，而其子丰绅殷德也因得娶公主而赦免连坐。

是谁给了他通天的权势？是谁给了他泼天的财富？博学多才，是他的努力；精明强干，是他的勤奋；聪颖过人，是他的天赋。可他辜负了自己绝顶的聪慧，玷污了自己绝尘的才华，葬送了自己绝世的前程。

“五十年来梦幻真，今朝撒手谢红尘。他日水泛含龙日，留取香烟是后身。”四十九年的光阴就这样匆匆结束了，以悲剧的形式，以丑陋的方式，宣告一代宠臣从此销声匿迹，昭示一代盛世从此凋零颓废。他是多么的不平、多么的不甘，他又是多么的心存幻想，无法舍弃今生的拥有，无法抛却红尘的繁华，说到底，他不过是一介凡人。

和珅，寓意和谐开明，这是他更名时的初衷，但欲望的沟壑吞没了最初的本真，滔天的权势泯没了做人的良知。权力让他疯狂，财富使他陶醉，私欲使他膨胀，他终于迷失了，迷失在权利的边缘，迷失在贪欲的旋涡，谁能拯救他呢？谁能唤醒他呢？那个坠落到深涧的灵魂？

钮祜禄·和珅，成了历史，成了教训。他的一生，有过坎坷、有过辉煌、有过低迷、有过落魄，是权势将他推向了顶峰，又是权势让他坠入了深渊。其实明辨如乾隆，何尝不知和珅的恶劣？然而他却视若无睹，权衡利弊，依然倾向于用和珅来制衡朝廷，而忽视和珅的种种罪行；其实敏感如和珅，又何尝不懂朝野的动向，然而他却心存侥幸，麻痹大意，是他高估了自己的才智，还是摆错了自己的位置？倘若真能灵魂转世，但愿他来世修心、来世修德、来世修福、来世修人！

第三辑 山水共氤氲

山水古镇
残垣旧梦
尘埃漫卷瘦西风
莫道静水流深
诗韵画意情浓
苍云白狗
无定人生
悠悠文脉滑时空
留云同住
收拾一袭虚境

五色鸚鵡來自嶺表養之禁籞馴
服可愛飛鳴自適往來於苑囿間方
中春繁杏遍開翔翥其上雅詫容
與自有一種態度縱觀之宛勝圖
畫因賦是詩焉天產乾皐此異
禽遐陬來貢九重深體全五色非
凡質惠吐多言更好音飛翥似
憐毛羽貴徘徊如飽稻粱心緗膺紺
趾誠端雅爲賦新篇步武吟

旧梦西塘

一

西塘是热闹的，又是寂寥的，热闹在它的街市，寂寥在它的里弄。

青石板上的足音，敲打着旅人的心；卖花女子的竹篮，散发着醉人的香。那带着露水的栀子花，泛着纯洁的光亮，它铺在竹篮，插在发际，别在衣襟。

我不是归人，只是过客。

流连小镇的商铺，在“独家记忆”里看“梧桐花开”，在“花海别院”中赏“朵朵悠莲”，在“老地方”里“初见”，在“旧时光”中“偶遇”，将“上海故事”描绘在“阿里画廊”，把“印象青春”镶嵌于“音乐盒子”，“彼岸阳光”沐浴着“陌上花开”，“有家客栈”积攒着“瓶中时光”。

我不是旅人，只是泊客。

偶然的邂逅，便有了吟诗的意念、讲古的兴致，一个商铺一首小诗，一个商铺一则故事。

它说：太急没有故事，太慢没有人生。

它说：爱上一瞬间，忘却一辈子。

它说：若无相见，怎会相欠？

它说：愿你有酒可以醉，酒醒仍然醉。

舟影波光里流连着迷人的身影，小桥流水间穿梭着欸乃的声音，那一百零四座的石桥，倾听着桨橹的浅唱；一百二十二条的巷弄，记载着宅屋的变迁；两千多米的廊棚啊，遮挡了多少朝代的风雨。

粉墙高耸，瓦屋倒影，夜色中的西塘，闪烁着媚人的风情。

臭豆腐、烤肉串、炸豆皮；

八珍糕、木锤酥、麦芽糖。

浓烈的气味将现实拉近，喝一杯醇香的米酒，咬一口糯软的肉粽，饥饿的肠胃熨帖了疲惫的身躯。

口渴、腿酸、脚沉重，上一壶菊花茶，倚一张美人靠，放松的身体流淌着闲适的惬意，慵懒沉溺在一船的烟波里。

在古老的桥头，邀弯月共饮。以星星为棋，古今江山水依依。

二

灰色的砖瓦撑起高大的门楼，雕花的木窗点缀典雅的意境，抖落一身的风尘，走进你的水墨丹青。

白墙、黛瓦、石板巷；青砖、飞檐、木格窗。

鸬鹚、渔夫、乌篷船；小桥、流水、红灯笼。

粼粼的波光引领迷茫的思绪，溯流在历史的河岸，历经千年的春秋之水啊，眷恋着当年的故人，美艳着不老的容颜，只为那一个人。

如果流水是你的明眸，那么柳枝便是你的流苏。

桥的影、树的影、灯的影、月的影都在你的梦里苏醒。

江南丝竹的婉转里，有你少女般的心事，高高低低的旋律里吟哦着秘密。那大红的灯笼在明明暗暗里窃喜。

戏楼里的爱恨情仇，在缠缠绵绵的唱词里勾留，不管是南曲还是北曲，都上演着人间的悲喜。多少尘梦归去，多少西楼空置，多少琵琶声里悲戚。

长满了青苔的幽深巷子，装点着西塘的尘世时光，潺潺而过的水声、轻轻而拂的风声，在那些旧时光里徘徊。

一扇古旧的木门，诉说着市井的温言；一把锈蚀的铁锁，隔离着红尘的隐私。花墙与木门，营造着格格不入的氛围，一如小城的悲欢。一枝紫薇探出头，散发着羞羞的清香。

沧海桑田的俗世，升腾着不绝的烟火：

八仙桌、木板凳、铜茶壶；

粉蒸肉、千年糕、桂花酿。

烟雨岚风的街巷，流淌着无以复加的绮丽：

安吉茶、青花盅、柔越剧；

蚕丝巾、花纸伞、绸折扇。

半开的折扇里，有红楼宝黛的初见；挥舞的水袖间，有沙漠王子的宿命；呢喃的小调里，有白蛇许仙的断桥；俊美的扮相中，有十八相送的化蝶……

犹记得夏日的夜晚，乘凉的竹榻，点燃的艾蒿，轻拍的蒲扇，还有父亲动情的哼唱：

“问紫鹃，妹妹的诗稿今何在？似片片蝴蝶火中化。

“问紫鹃，妹妹的瑶琴今何在？琴弦已断你休提它。

“问紫鹃，妹妹的花锄今何在？花锄虽在谁葬花……”

萤火虫打着灯笼，自由地飞舞，船舫的歌谣，带我走进童年的梦境。

深邃的小弄，屐声倥侗，尘世的喧嚣抛于身后。

穿梭远古的时空，探寻红尘的久远，揭开羞涩的面纱，铺展泛黄的卷轴，岁月斑驳的长廊，坠入酒旗招展的桃源。

三

裹着唐风宋韵，戴着明清星月，穿越了千年的风尘，浩浩荡荡携春秋之水而来，倚白墙黛瓦而立，“上下影接波底月，往来人渡水中天”，创意出一首立体的诗，临摹成一幅写意的画。

将心事沉入春秋的碧水，把岁月融入明清的院落。悠扬的葫芦丝，吹奏着浓浓浅浅的柔情。

月弯如眉，挂在天边，清清淡淡，不施粉黛。

小船如叶，漂在水间，悠悠荡荡，不紧不慢。

浮生缱绻，轻舞流年光阴，那摇曳的水草，和着旋涡的节拍。

心境若泛起的涟漪，闲闲适适，散漫开去。

雕花床上的旖旎，在木格窗棂里荡起；阑珊夜色里的旧事，在泛白的纱帐里演绎。

晨岚晓雾，沿河漫步，那洗涤的少妇婀娜而妩媚，那撑篙的船夫健硕而俊逸，吴侬软语，昆曲越调，将宋词的婉约，写在朦胧的烟雨里，写在氤氲的雾气里，写在时光的河流里。

徜徉于古老的私宅，如同浏览尘封的史册，宛若聆听人生的故事，那时空隧道里的往事，在幽深清远的巷道沉睡。曾经的繁华与衰败，在历史的风烟里跌宕起伏。

空洞的老宅里，隐藏着辉煌的物事；悠长的深巷里，回响着当年的脚步。长方形的天井里倾泻着迷蒙的光线，幽暗的堂屋里供奉着尊贵的威仪。

一切的喧嚣隔耳而逝。

“白墙灰瓦雨如烟，古意石桥月半弯。碧柳丝丝垂旧事，为谁摇落为谁眠？”双眸轻合，定格梦的瞬间；脉络浅踏，找寻生的印记。

青花瓷里盛着桃花醉，桃花醉里映着女儿红。

是谁将往事串联，组成色彩斑斓的珠链？是谁将时光翻阅，释放似曾相识的旧念？是谁把吴越纷争忆起，存贮春秋霸业的孤月？

秋千架下的光影婆娑，藤蔓墙上的柔波摇荡，衬托着江南的胭脂醉。

茑萝与铜钱草，芭蕉与鸢尾花，江南的小院，安放着悠然的时光。

踱步孤清的小巷，触摸冰冷的墙壁，那一线的天空，有远去的先人。那巷弄的转角，有穿汉服的女子，恍惚之间，不知今夕何夕。

追念的手指，敲打出人生的际会；忧伤的琵琶，弹奏出岁月的风云。

四

日暮西垂，小舟轻摇，斟一杯老酒，坐在船头。

看盈漫三秋的“吴根越角”之水，听浸淫泥土的踏镇田歌之音，瓦当的掌柜摆出了春秋的瓦片，制陶的小伙捧起了明清的陶罐，苍老的古宅披上了素衣，繁华的戏台抖起了水袖。

飘飞的花瓣，追逐着流水，屋舍的倒影，绸缪着波光。吱呀的橹声摇醒旧日的时光，风里有念旧的铃铛。

太多的痕迹，安然地褪去，沉重的门环，斑驳苍凉。一座古宅，一段记忆，一条巷弄，一怀愁绪。

暮鼓晨钟，敲响一地碎片，那飘逝的久远，遗落于深深的庭院。

苔痕滋生，水渍遍布，一条青石板路，将所有的旧事铺进小巷的深处。

一个江南女子，衣袂飘飘，环佩叮当，迈着台步，踏水而来……

欲留云同住

有人说：因为一个人，恋上一座城。我曾因为侃侃的一首《滴答》歌，迷上了丽江那座城，而今，我又因为一个名而喜欢上一座寺。

这个名为“留云”。僧人曰：“留云不肯去，只为观音来”，我，是为谁而来？

我来，是为了孙启英的“片石开生面，名山出一头”，还是为了黄寿祺的“三狮浮青黛，八澳凝烟翠”？

我来，是为了陈立夫的“海东胜地，留云纪胜”，还是为了游寿的“龙游于天，云留平洞”？

我来，或许是为了那“一片瓦”，那片覆盖在留云洞上的巨大的瓦？抑或是为了那一个台，那个翼然而立的“祭天台”？又或许是为了明朝的铜香炉、案前的石木鱼？更或是为了释品逢尼师的“留钵传灯观自在，云台幽洞悟如来”？

我来，或许是为了后山上的那个“石鼓”，那个用手叩击凹处，就可发出“嘭、嘭”声响的石鼓，我在这样的石鼓声中谛听故人的回声。

我来，或许是为了幻尘庵前的两棵大树，那如恋人般紧紧缠绕、密密拥抱的两棵相思树。我不明白，相思树怎么种在了泥墙飞檐、青藤遮掩的石砌房舍门前，这岂不应了曹公的“幽情缱绻云何痴，幻虚由来转荒唐”吗？幻尘庵前的两棵相思，是谁人所栽？因何而种？不得而知。

透过天然的石穴，凭借穴顶缝隙的微光，看长满青苔的石壁，听滴水有声的大音，迷茫中不知是穿越在虚幻的梦境，还是行走在现实的道场？拐过狭窄的小径，进入幽冥的“未名洞”，暗无天日的洞穴，有冷风拂面，不觉一阵战栗，摸索着走出洞口，仿佛挣脱了枷锁，逃离了桎梏。

我来，难道是为了八十八年前郑碧云师姑的一场梦境？既如此，且让我还原当时的场景：1935 年一个沉寂的夏夜，福鼎岗坪白岩寺的禅房内，郑碧云师姑梦境中恍见，自己在霞浦三沙镇某个不知名的山上艰难跋涉，正焦渴难耐间，眼前一亮，不远处现出一个洞穴，洞内有佛光熠熠生辉，郑师姑一下子惊醒过来。她细细回忆梦中的情景，觉得这是佛祖在昭示她、引领她，在霞浦三沙的某个山上有适合修行的佛门圣地。天一亮，她就来到三沙找信众杜仰高居士，二人按梦境一路寻踪，果然在三沙东壁半山腰处，见一片巨大岩石覆盖两侧岩上，状如石厝能遮风避雨，与梦里情境极其相似。不久太姥山高僧释题安闻讯赶来此地，潜心坐禅念经七天，吸引了当地乡民和虔诚信士，在诸多知名人士的支持赞助下，乡民一面着手筑路、挖洞建庵、培植树木花卉，开辟景点，一面请福鼎灵峰寺释品逢师姑来任首任住持。因石洞内佛光灿烂，不时幻出几朵祥云，盘旋数时，古人亦有“东壁名山起祥云”记其事，遂把石厝定名为“留云洞”。后来，信众们还发现，站在离三沙海面较远的小岛上望向留云洞，其上方常常停驻着一整片慈云，就像佛祖在天上慈悲地俯瞰、保佑着整个三沙镇，由此，“留云洞”之名不胫而走，闻名遐迩。当地名士陈一匡先生另取名为“幻尘庵”，寓意碧云师姑梦幻寻踪，发现此处佛门圣地，并在庵门题楹联：“幻里尚求真，水月镜花空色相；尘间难免俗，烟霞泉石托精神。”若不是郑师姑的幻梦，这天然的胜景，也许会沉寂千年，无人问津呢。

其实，留云寺古名云翔寺，始建于南朝梁天监四年（公元 505 年），初名为“白鹤南翔寺”。唐时最为鼎盛，寺基扩大到一百八十亩。宋绍定年间，因理宗赵昀赐“南翔寺”匾额，寺名更为南翔寺。1700 年，康熙赐额“云翔寺”，故又易名为云翔寺。后因天灾人祸，寺庙毁损殆尽，目前能见证历史的仅有双塔一对及散落在古猗园内的唐石经幢和宋普同塔。现今的寺庙虽是年轻的面孔，但却效仿了当年的盛况，它以复古的姿态、简洁的风格、淳朴的表象、自然的品位，依据大唐刚劲雄伟、气宇恢宏的风格，打造出大雄宝殿、玉佛殿、地藏殿、财神殿、观音苑等殿堂，成为江南地区第一座完整的仿唐寺庙。

我们无法穿越历史，但却可以创造历史、书写历史，于是，这里有了文化的气息、书法的圣地，有了艺术的天堂、精神的家园。那么多的摩崖石刻，那么多的书法真迹，让留云寺成为人们心灵的净地。

魏勇公的“得未曾有”，郑乃珧的“留云听涛”，林锴的“银渣泛日”，朱以撒的“天风海涛”，这些篆、隶、楷、行、草，风格迥异，千姿百态：或遒劲刚毅，或朴貌古拙，或惊蛇入草，或飞鸟出林，或俊秀疏朗，或神采飘逸。而那些楹联佳对更是妙不可言，寓意深远。

“花如解语应多事，石不能言最可人”，我来，或许是为了那奇岩怪石，突兀造型？“不干泉”的清流源源不断，天上的玉兔与嫦娥相伴（玉兔赏月），观音慈护着航船（观音慈航），僧人聆听着真经（和尚听经），群蛙开始了竞技（群蛙竞技），麒麟展开了四蹄（麒麟腾飞），骆驼沉醉于涛声（骆驼观涛）。

我来，抑或是为了赴一场约定？这场约定里有风樯帆影，碧水粼粼；有渔歌唱晚，浮罂列列；有烟波浩渺，斜晖脉脉。有璀璨明珠般的四礵列岛，还有神秘朦胧里的台湾宝岛。

乘一叶扁舟驶向天际，拾几级台阶登上山巅，从“一线天”的缝隙，窥探前世的隐秘，用“无弦琴”的妙音弹奏生命的奥秘。不管你在哪里，当年的桃花林里仍留有你的身影。我在这里看怪石嶙峋，翠柏参天；窥洞壑深邃，曲径通幽；眺渔帆点点，鸥鹭翩翩。磐石点缀的寺院，如一幅恢宏的山水画镶嵌在云海天边。

我从“海国桃源”里走来，我从九龙影壁里走来，我从雕梁画栋里走来，我从飞檐翘脊里走来，走入色彩斑斓的藻井，走入金碧辉煌的画卷，那虎视眈眈的猛虎，神采奕奕的九龙，正盘查着我的足迹。我的脚步游走在三十三观音群像，我的目光逡巡在男相的千手观音、作触地法印状的阿弥陀佛和江南盛行的水月观音上。在这样的神像面前，蓦然有了一种象外之境的顿悟。随意登上一级石阶，举目便是名偈禅机，一个“福”，一字“禅”，一声“请佛住寺”，都让人有所参悟。

啾啾的鸟语、唧唧的虫鸣，萦绕耳边，又不似在耳边；潺潺的流水、灰灰的尘土，俨然脚下，又不似在脚下。梵呗声声、佛音袅袅，山风拂过僧人的衣角，一袭深褐色的袈裟，有飘忽不定的过去和早已参透的红尘，素色的蒲团沾染了檀香禅韵，菩提的种子熏陶了晨钟暮鼓，心里有一丝清宁、一片柔软，如皎洁的月光照耀心田。

相思树下的不期而遇，你是梦语，我是幻境。看山间轻云，去留无意；观落花流水，自在随心。一叶菩提、一声梵语，摩崖上的石刻将我唤醒；涛声阵阵、海浪涌涌，沧桑的礁石兀自孤立。它等了多少年，谱了多少曲？一章章、一段段，寥落的音符飘荡在海面。

“留云藏佛影，钟声息幻尘。”坐在临海的楼阁，看悬崖峭壁，禅房古佛；观波澜壮阔，风雨飘摇；听惊涛骇浪，船帆跌宕。不为参禅悟道，只为海阔天高。在日升日落、云卷云舒间寻梦；于潮涨潮落、鱼潜鱼嬉里弄影。听浪花拍打着海岸，山石诉说着经历，人事的变迁如过眼的云烟。青青翠竹尽是法身，郁郁黄花无非般若！何妨停下匆忙的脚步，做一回山中的闲云野鹤。

蓦然回首，发现了草木掩映中“佛手婆心”四个字，又见路边石刻的“手莫伸”三个大字，手莫伸，伸手必被捉。陈毅老总用深入浅出的诗句写出了人生的要义，而转角处的弥勒佛也在向我大笑示意……

静水流深吟古镇

穿越了千年的时空，踏上了明清的石板，走进了古老的院落。七里长街啊，流传了多少奇异的故事，上演了多少绮丽的戏剧？

安丰古镇，这座成陆于汉代，古称为东淘（意为东去淘金之地，北宋范仲淹在西溪任盐官，筑成捍海堰，遂更名），今名为安丰（寓民安物丰之愿）的千年古镇，商铺林立，星罗棋布，古院古宅，原汁原味。

遗存的明清古街，有南石桥大街和北玉街，石板铺就的古街，青砖镶嵌的走道，时光碾磨的烙印，岁月残留的痕迹，写就了古镇的历史，承载了古镇的文化，翻开那泛黄的扉页，久远的故事在深邃的巷道里徜徉……

那围海垒灶煮盐的盛况，那挖河开坝运盐的壮举，那漠漠燃烧的余烟，那隐隐煮灼的微火，那滴滴洒落的汗水，那袋袋晶莹的颗粒，形成了安丰盐业的集散地。拖儿带女的民工为了生存，来到海边，刨土晒盐、晒灰淋卤、制卤煎盐，以盐换粮，维持生计，他们子承父业，代代相传，那弯曲的脊梁、黝黑的脸庞，那刨土的犁耙、打堆的铁铲、挑水的扁担、接卤的竹筛、煮盐的锅灶、贩盐的箩筐，压得盐工的肩膀越发沉重，潮涨潮落，海坍岸塌，他们居无定所，四处漂泊，常常是衣不蔽体、食不果腹，挣扎在生死的边缘。

兴旺的盐业催生着文化的崛起，王艮（明代盐民哲学家、泰州学派创始人）倡导“百姓日用即到”，吴嘉纪（清代布衣诗人）疾书《陋轩诗》集，存录一千四百余首盐文化的经典，一时间，从“东淘精舍”听王心斋讲学论理，到“东淘诗社”与吴野人吟诗交友，成了文人墨客津津乐道的雅事。

“鲍氏大楼”，王家巷内（清末秀才鲍蕴皋的祖先鲍志远建），徽派建筑，苏北民居，相互渗透、相互融合。青砖黛瓦马头墙，重门深锁院自祥。一柱一梁一枋一檀，硕大杉木彰显其煌；一砖一瓦一窗一格，精巧细腻辉映其德。那朱漆的大门、镂空的木窗、飞檐的画栋、砖雕的门楼、照厅的“金井”、墙内的暗室，无不呈现着建筑的魅力，无不打印着时代的符号，无不追溯着传统的元素。据史料考证，鲍氏的先祖为大禹的后裔鲍叔牙，安丰鲍家是安徽棠樾村迁徙而来，鲍叔牙后裔跨山越水来到东淘，创业发迹绝非偶然，而是优秀传统文化交融的必然。

“圣土和韵”，组合照壁，题记简洁，隽永凝练，浓缩了历史，攫取了精华。一笔一画一言一书，流淌了古镇的底蕴；一雕一琢一凸一凹，勾勒了古镇的年华。淳朴的乡风，和谐的生活，让这里的人们以善待人，以和为美。这七里的麻石古街啊，是谁为它铺就，是谁为它修缮？王嘉令，一个永远让人铭记的名字，他自始至终践行着先祖王艮的《淮扬乡约》：凡吾乡人，当以善立人，和吾邻里，齐吾渊族，实践良知，畅行道义，敦礼让之风，成淳厚之俗。

“安丰盐课司”，课征盐税田赋之所，课取灶地，税征滩池海盐，司内威风凛凛，戒备森森，课司官吏，不仅要捍海成堤，而且要领兵护堤，还得要撒糠修堤，遇上灾年大难，百姓流离失所，更需放粮赈灾，平定内乱，安抚灾民。那高高悬挂的匾额，寓意正大光明的神威；那敞敞豁开的门厅，明辨亲民之堂的是非。那门上的楹联，昭告着爱民的宗旨：欺人如欺天毋自欺也，负民如负国何忍负之。

“大悲庵”，串场河边，傍水而建，相传顺治、康熙年间，悟明僧人四乡化缘，修佛念经，来往盐商感念其诚，齐集资金，买地修篱、铺茅盖屋，悟明取《神仙传》中“居河之道，结芦为庵”之意，命名大悲庵，并告诫弟子忍饥耐苦、熬寒经暑，不得接受巨额施舍。悟明圆寂，法树承钵，种瓜植蔬，诵经清修，后邀郑燮，寄居庵中，每日里串场水泡菊花茶，谈诗论画话桑麻。兴之所至才情溢，圃门厨门留佳迹。“一帘春雨瓢儿菜，满架秋风扁豆花。”“白菜青盐粯子饭，瓦壶天水菊花茶。”

吴氏家祠、万氏古宅、湘岚故居、盐务会馆，临水河房，运盐码头，印证了古镇的繁华；稠州钱庄、春和布鞋、宝善香庄、雅士家居、东淘古阁、七爿茶社，缱绻了古镇的烟火；流动摊贩，工匠商人，沿街叫卖，走弄串巷，说书艺人，口若悬河，热闹了古镇的市井。

轻拨丝弦，慢挑帘栊，旧日的时光在巷弄里朦胧，夕阳掠过、朝露淋过、衰草枯过、黄叶飘过，脚下的青石沐浴了唐风宋雨，檐头的黛瓦弹奏了清词明曲。

幽远深长的小巷，飘荡着梦幻的气象；质朴厚重的小巷，铭刻着古老的风范。千年的烟雨，积淀着历史的尘埃；憔悴的容颜，揭示着岁月的斑驳；华丽的旗袍，诉说着陈年的旧事。那穿了旗袍的女子，袅袅地从门庭走过，穿过闲亭、越过石阶、路过花园、踩过草径，碎碎的细步，婷婷的腰肢，一袭素衣，氤氲芳华一树；两袖梅花，书写清丽绝俗。在雕花的窗棂、在红木的座椅、在曲折的小巷、在烟雨的湖畔，那婉约的身影，那娇嗔的神情，倾倒了前世的杯樽……

泊在相思的渡口，沉淀往事知多少？拾起苍凉的韵脚，不待荼蘼花事了。纵然是云锦依旧，情缘未消，又怎奈朱颜辞镜花辞树。

赴了古镇的邀约，掬了澄澈的清泉，品了浓郁的桑酒，折了妖娆的玫瑰，携了古镇的记忆，蓦然转身，将百年的沧桑，呈现于今人的面前，将俗世的烟尘，抖落于历史的衣橱。

繁华落尽，浮世清欢。一片一片的心事，飘在枝头、落在屋瓴；一声一声的叹息，垂在草间、拂在柳堤；一行一行的寥寞，悬在回廊、浮在瓦当；一缕一缕的愁怨，嵌在石缝、藏在庭院。素笺上的墨韵，醉了一阙花阴；幽径上的平仄，结了一串丁香。

一条条小巷，一家家店铺，记录着古镇的年华；一座座庙宇，一列列丰碑，凝聚着古镇的历史；一件件文物，一帧帧卷轴，传承着古镇的文脉；一堂堂讲学，一首首诗词，弘扬着古镇的精神。

古镇，似一条缓缓流淌的老河，流过了千百年的沧海桑田；古镇，似一张悠悠弹拨的旧琴，拨弄了几世纪的静水流深……

太湖，长兴！

太湖，你从天上飘飘而来；长兴，你从远古渺渺而来。

携着久远的风尘，裹着沧桑的华轮，从浩渺的云梦泽国，到丰饶的江南水乡。

先人们踏上河姆渡，走进良渚处，一支文明的火炬，把一汪清波照得通亮！

春有荸荠夏有藕，秋有茨茹冬有芹。白鱼跳舟、稻米压船、大湖捉蟹、小港采莲，渔歌互答，清水映天，三月茭白熠鲜鱼，十月莼菜待八仙。

一壶老酒，一弯新月，吴侬软语唱评弹，古今多少太湖事，都付烟波缥缈去。

桑基鱼塘

谁还记得震泽这个名字？但小满时节的震泽却让人无法忽视。

先蚕祠里的香火，古戏台上的剧目，演绎着神话的传说，抒发着美好的向往。《桑园访妻》的唱词，流淌在朴实无华的乡野。

桑园，是农人的园林；桑蚕，是蚕娘的宝贝。黄中带绿的桑叶，在沙沙沙声中只余残茎。

从蚕卵到蚕虫，从蚕虫到蚕茧，日日采桑，朝朝喂食，一日六次，间隔四时，通宵达旦，折腾月余。

年复一年的守望，日复一日的期盼，蚕，从孵化到蜕皮，从休眠到吐丝，从成蛹到羽化，完成了生命的篇章。

栽桑养蚕的岸边，有鱼塘和蟹池。荻港的清晨，有喂鱼的老人，喂鱼的食饵，是桑蚕的排泄。

基上种桑，塘中养鱼，淤泥肥桑，桑叶养蚕，排泄喂鱼，循环往复，两利俱全，十倍禾稼。

桑基鱼塘的模式，是两千五百年前先人的智慧。绿桑成荫，鱼塘连片，是世间少有的靓丽。

一根根蚕丝，托举着经济的繁荣；一片片绸缎，编织了华丽的符号。指尖上的律动，是生命的华彩，自由的风雅。

“闺阁家家架绣绷，妇姑人人习针巧”，细细的丝线，绣出了绝伦的画卷。

“平、光、齐、和、顺、细、密、匀”，苏绣的精细流丽，描绘出江南的世态万千；宋锦的端庄典雅，抒写着时代的锦绣开篇。没有太湖水，难养娟秀人，没有长兴丝，难秀天下锦！

贡茶古道

安吉的竹海，长兴的古道，驿站的马蹄，踏碎了绸缪的雨帘。马帮的驼铃，在深邃幽冥里回荡。

杂乱的车辙，踩磨着千年的风霜。一骑红尘，卷不走风烟过往；一抹绿影，掩不去陈年旧事。

道旁的石狮，驮着历史的辙痕。看孙权狩猎射虎；观霸先（陈高祖）安葬归土。

一杯绿茶，开辟了进贡的官道；一部《茶经》，氤氲了岁月的长河。不甘寂寞的白乐天“紫笋齐尝各斗新”……

盘根错节的历史，将山村推向了悠远。竹篁与茶园续写着经年的往事。

簌簌的衣襟，穿过顾渚的幽径。刀光剑影里的传奇，烙刻在山峦的脉络。一双沧桑皱褶的手，抚过行云流水的溪。

贡茶院的一角，坐着陆羽、皎然和东坡。

品一盏香茗，弹一支新曲。一壶茶的心事，袅娜在书卷的册页；一首诗的韵律，飘游在吴承恩的院落。

从长安到长兴，从故道到河埠。乘着太湖的烟波，听着娇柔的软语，想着勾践的耻辱，念着浣纱的女子。蠡塘的碧水，掩不住倾城的涟漪；沉鱼的容颜，抵不了霸主的执念；孟姜女的忠魂，从万里长城流到了水泊江南，变成了西施的爱恨，成就了董小宛的隐忍。

尘烟四起，疆土兴亡，沧海桑田，朝代更迭。历史的风烟在古道绵延，紫芽的茶妆在皇宫舒展。

泥　壶

"啪啪啪啪"，那是泥条的拍打，翻一翻，捏一捏，滚一滚，"啪啪啪"，这是制壶的基本。

捣碎、磨细、筛选、注水、搅拌、沉淀、晾晒，做壶烧壶，是阳羡的日常，太湖的水土是珍贵的馈赠。七千余年的制陶史，衍生出"户户捣泥，家家制壶"的盛况。

一孔孔龙窑，上演着火与泥的相知；一件件陶器，验证着泥与火的交融。经过一周的洗礼，从坯胎到成品，烈火的淬炼是凤凰的涅槃，生生不息的窑火是紫砂之都的注脚。

一把壶，一盅茶，一撮茶叶，临水的茶馆，有说书的先生，有评弹的姑娘。

慢说是宜兴紫砂天下闻，有谁知长兴瓷艺代代新，宜兴长兴，天下兴亡，文脉长存！

太湖石

留园的那块石头，诠释了米芾的评判，"漏、透、瘦、皱"的"冠云峰"，是湖的产物。太湖，孕育了多少的宝物？

狮子林的假山群，假山里的大石洞，拙政园的石堆叠，姑苏城内，百余园林，处处蕴含神秘的宝贝——"太湖石"，公然侵占了太湖的名字，这是尊重还是怀念？

一块块石头，堆砌成精致的画面；一个个画面，演绎出精彩的戏剧。昆曲在园林里流动，园林在昆曲里升华：

“良辰美景奈何天，赏心乐事谁家院……”

“不到园林，怎知春色如许。”

园林里的剧本，是生活的场景，柳梦梅与杜丽娘尚可缔结秦晋之好，梁山伯与祝英台却只能化作蝴蝶双双而飞。

古老的园林，华灯初上，热闹的戏台，书生小姐，经典的爱情，徐徐上演。听：“但是相思莫相负，牡丹亭上三生路。”真正是“情不知所起，一往而深”。

太湖石，名天下，万年的地壳运动，千年的湖水雕琢，让山的形状，古朴而崔嵬，诚如太湖人的性格，细腻而坚贞。

天上人间

寿圣寺、藏经阁，海青的色调有佛陀的平和。

诵经声里，隐藏着从王子到佛陀的故事；梵音曲中，暗喻着浮华与俗世的喧嚣。

竹杖芒鞋，带走朝圣路上的尘埃;晨钟暮鼓，驱散参禅道间的迷茫。

僧侣的脚步没有惆怅，菩提的种子没有虚幻，轮回的记忆在香炉里回味。

绸缎、紫砂和贡茶；浮萍、斑鸠与芦苇，都是江南的风景。

仙山湖的水墨在宣纸上晕染，葱茏的庄稼在泥土里挺立，牧童的短笛在牛背上吹响，荷锄的农人在夕阳下晚归。

落日的余晖洒过斑斓的树影，柳下的石台闻过荷叶的清香。

忘归亭的对弈，被青鸟的翅膀扇断；一匹马的心事，被金沙泉的清流窥视。

不肯散去的缱绻，和着杜牧的诗、李白的词，醉倒在蒹葭苍苍里，而阿炳的二胡，还在那里凄清婉转……

绿水青山，天上人间。

红楼梦穿拙政园

在一个寒风瑟瑟的下午，我们一行绕过苏州的繁华和落寞，去看“大隐于市”的拙政园。天黄黄，风萧萧，满园子都翻飞着树叶和灰尘，游人仓皇而来，仓皇而去。同伴说：杜丽娘游园惊梦，那是春天的召唤；我们几个冬日游园，像树叶一样飘进历史的天空……大家笑她：别把你吹进拙政园的哪个旮旯里，永远走不进现实。

可我，透过这片昏黄，却看到拙政园另一种风景。

风吹落叶纷乱，青砖黄瓦蒙尘，湖光水色骚动，假山池沼失神，恍惚中，仿佛听到一个苍老的声音在喑喑诵读：“灌园鬻蔬，以供朝夕之膳……此亦拙者之为政也。”哦，这是官场失意的最初园主王献忠在读《闲居赋》。王献忠官场失意，回苏州造“拙政园”，意隐归山林，从此再也不问仕途，以自家园林为政，花木草蔬为伴，亭台轩榭为倚，清泉曲沼为引，梧竹松风为友，诗书曲赋为生。

然而，繁花易逝，优雅难永，悠然退隐的园主，却因其子一夜豪赌而失去了雅宅。从此，这园子便颠沛流离，几易其主，主人由官员到商贾，由百姓到郡王。时代变迁，风云变幻，几度兴衰无人问，一派幽园年年花，忍踏落叶问流水，春去春来何处家？

踏入园林，我的思绪恍若跨越了时空。

这是《红楼梦》的大观园吗？穿亭走榭，东花园的“秫香馆”里也许曾有一位清心寡欲的李纨，每日里临窗而绣，侍蔬而居，哪管它春花秋月，雕栏玉砌；哪管它寒来暑往，木雕裙板？而形似凤凰展翅欲飞的“涵青亭”里，那忠王的王妃可曾倚栏小坐？古井不涸的“天泉亭”中，可曾有憨傻的丫头提桶汲水，坐槛哭泣？灵波架水的“芙蓉榭”里，可曾有率性的晴雯撕扇把玩，竹榻纳凉？藤蔓纷披的“缀云峰”下，可曾有醉酒的湘云静卧石榻，花瓣遮面？

而中花园那舫式结构的“香洲”之上，元宵之夜，可曾有“绣凤銮舆，雉羽宫扇，冠袍带履，销金提炉”？那省亲的元妃可曾下舆登舟？暗香浮动的“雪香云蔚亭”中，可曾传来妙玉那清灵的诵经之声？那冰洁玉清的风骨，那清幽淡雅的冷凝可曾香飘溢远，漫入花亭？翠竹蔓蔓，梧桐荫荫的“梧竹幽居”里林妹妹的丝帕上又书写了婉词几行？古拙苍劲的“松风水阁”中，老祖宗领着一帮孙儿，又在那儿听风观松、对月吟水吗？朱红桥栏的“小飞虹”廊桥之上，可曾有身披金碧辉煌的凫靥裘，婀娜多姿，宛若画中之人的薛宝琴？旷朗清澈的“远香堂”里，禅心冷情的惜春可曾在此铺纸磨墨，勾画荷叶田田？雨打芭蕉淅沥沥的“听雨轩”里，蕉下之客贾探春是隐在芭蕉叶下，还是匿于翠竹林里？孤寂独立的“玉兰堂”也许是宝钗隔墙的后院？墙上有藤草，墙下有花坛，坛中有药材，药里有冷香；以水为题、以水为引的“小沧浪”可曾有围炉烹酒，对联品蟹的黛玉、湘云众姐妹，可曾出“寒塘渡鹤影，冷月葬花魂”的佳对？

西花园的“笠亭”仿佛宝玉身披蓑笠，雨中独立，那浑圆的箬帽不就是笠亭之顶吗？“卅六鸳鸯馆”里，那三十六对鸳鸯去了哪里？为何清澈的池水之中只余一对苦命的鸳鸯？那是宝玉和宝钗相伴的身影吗？家道中落，满府抄斩，贾母薨逝，亲人离散，只落得鸳鸯一对，顾影自怜，还有那十八曼陀罗花在风中摇曳；“倒影楼”也许是那道貌岸然的贾政风雅的书房，那里悬挂着多少文人雅客的墨宝？“留听阁”或许是贾府的藏宝阁，那娴熟的刀法，精妙的构思，一件件雕刻精品陈列在阁中；而泛于浓荫，凌于绿翠的“浮翠阁”里，王熙凤和贾探春可曾在此商讨着如何开源节流？鲜花插满头的刘姥姥也许正误入“塔影亭”里，不知身在何处？不知今夕何夕？不知那镜中的老人是何许人也？“与谁同坐轩”的宝玉欲与清风、明月同坐？还是与黛玉、宝钗同坐呢？临水而筑、悬水而上的“波形廊”上芳官、龄官正咿咿呀呀，哼唱着《游园》《惊梦》……

蓦然醒悟，太虚幻境，红楼之梦，终为一梦。亭台楼阁，纵然相似，小桥流水，即便相仿，但那庭院深深，曲径幽幽，古宅老院，历久弥新，曾经上演的故事如何能复制粘贴？虽然越剧《红楼梦》曾在此拍摄，以此为背景，但这毕竟不是红楼旧址，即便曾有过类似黛玉的女子，也早已随着岁月的流逝而瘗玉埋香，也早已随着时光的轮回而坠入尘埃……

秋色萧瑟，落叶红楼，沧桑岁月，流水依旧。

游人如织，但识得轩楼亭榭层层叠叠；过往随风，又谁知前世今朝盛盛衰衰……

河有远韵城有诗

平川洲渚，山峦峻峭，红树芦荻，渔舟出没，长汀层叠，村舍掩映。这是元代赵孟頫为客居吴兴的好友周密所作的《鹊华秋色图》里的景致，它不仅描述了齐州（今山东济南）名山华不注和鹊山的秋景，也慰藉了离人的思乡之情。透过辽阔苍茫的画面，沉浸在田园牧歌里的人们不免对济南这片圣地充满了艳羡。

济南，济水之南，因水而生、因水而名。发源于河南济源王屋山的济水乃四渎之一，曾三隐三现，至唐代，东平湖以下改称大清河，公元 1855 年黄河于河南兰考决溢改道，夺大清河入海，于是便有了济南黄河，这黄河便成了横亘济南的一条玉带，而鹊华秋色就是玉带之上最亮眼的宝石。棕褐色的仿古阁楼鹊华楼，散发着汉唐文化的气息，登上阁楼，远眺黄河两岸，河流北段的鹊山与南岸的华山于薄雾中脉脉含情、遥遥相望。

“岱山夫如何，齐鲁青未了。”站在历史的回眸处，曾经的济水两岸遍布先民生活的痕迹，夺济水入渤海的黄河曾是济南与华北平原之间的天堑，也是两岸民众避之不及的灾祸。

“黄河之水天上来，奔流到海不复回。”从天涯而来的黄河之水，汹涌澎湃，桀骜不羁，不知是奔得太累，还是走得太苦，它怒气冲冲地来到了鲁西北大地，将所有的愤懑一并发泄，将灾难一同携来。千百年来，黄河下游三年两决口，每次黄泛过后，赤地千里，饿殍遍地，到处是“白骨露于野，千里无鸡鸣”的惨状，被沙地和干旱剥夺了生命力的土地遍体鳞伤。黄河给两岸人民带来了数不清的灾难，造下了罄竹难书的罪孽。贫瘠不堪的大地啊，每天蓬头垢面，羞愧得难以展颜，它不敢面对饥饿的百姓，也不敢控诉暴虐的元凶。

一代伟人毛主席第一次出京视察，第一站就选择了济南黄河。1952年10月27日，在济南泺口险工44号坝，主席向陪同的山东党政军领导了解治黄情况，当他听说沿黄有近二十万亩农田因盐碱涝洼和黄河渗水种不成庄稼，黄河与小清河之间的涝洼地更是“春天一片霜，秋天明光光，豆子不结荚，地瓜不爬秧”，粮食产量极低且常常绝收，群众生活非常困难时，他心情沉重地说：黄河水患把沿黄人民害苦了，汛期大洪水时一定严防死守，必要时把军队拉上来，一定确保济南。他建议尝试引黄河水淤地，改种水稻，疏浚小清河排水，让群众吃上大米，少吃地瓜。

登上泺口大坝，毛主席将目光投向了远方，一字一顿地说：“黄河水泛滥会给人民带来危害，但我们治理黄河后，又能使黄河为人民造福。”他在对黄河进行实地考察后，发出“要把黄河的事情办好”的伟大号召，这句话后来成为激励几代人治理黄河的响亮口号。

从大禹治水到人民治黄，从疏川导滞到引水入田，从河南的红旗渠到山东的红旗渠，广大人民战天斗地、劈山凿渠、引水治碱，坚不可摧的防洪大坝筑造起来了，绿色长城的防沙护堤营造起来了，那鲁莽任性、横冲直撞的黄河终于被拴上了缰绳、套上了笼头。如今的华北大地已是碧野绿千顷，稻花香两岸。疮痍已补愁容去，春华再现秋实硕。一道道的引水渠，引来了黄河水，引来了幸福泉。奔流在沟渠、原野、大地的黄河水，蹚过池塘、吻过鹅鸭、绕过村庄、亲过禾苗，它让贫瘠的土地丰饶秀丽，它使旱涝的大地幻化泽国。

“四面荷花三面柳，一城山色半城湖”的济南，水陆相邻，河街并列，拥有“七十二名泉”，故名泉城。

散落于济南老街老巷的名泉如珍珠似翡翠，被誉为“天下第一泉”的趵突泉源源不断，喷涌不息。济南的泉，纳百川之水，融天水之精；它恒用不涨，久旱不涸；它因势而动，寻机而涌。那蓬勃旺盛的生命，映射着城市的生机，清泉潺潺、流水淙淙，从四面八方，汇入温柔婉转的护城河，济南老城在它柔润的臂弯中，惬意逍遥。九百万人口的济南，分布着九百处甘泉，泉与城，人与泉，相得益彰，相濡以沫。

幽深小巷里，营造着“家家泉水，户户垂杨”的意境；青砖黛瓦间，回荡着《老残游记》里黑妞白妞清脆婉转的唱腔；澄澈宁静的大明湖畔，是否有夏雨荷纤弱的身影？那痴情的姑娘是否还在傻盼着无情的帝王？

这座泰山北麓、黄河之畔的历史文化名城，龙山文化在此启幕、齐鲁文化在此交汇，扁鹊开“望闻问切”，邹衍创阴阳五行，有新石器时代的遗址城子崖，有先于秦长城的齐长城，有被誉为“海内第一名塑”的灵岩寺的宋代彩塑罗汉。它自古便是商贸繁盛之地，“齐纨鲁缟车班班，男耕女桑不相失”。1904年它自开商埠，带着中华五千年的文化沉淀与自信，开启了近代中国内陆城市对外开放的先河，章丘冶铁业的名声大噪，刘家功夫针铺的最早商标，标志着文化的开放与先行的荣耀。

黄河文化已经融入泉城命脉，成为济南泉水文化、名士文化等诸多文化的厚重底色。几千年历史，沉淀下一座文博之城，几百条清泉汇聚成一片澄空砚池。

古往今来，有多少文人墨客咏叹济南：元张养浩在汇波楼上吟诵“鸟飞云锦千层外，人在丹青万幅中”；宋赵孟頫在趵突泉边咏唱“泺水发源天下无，平地涌出白玉壶”；宋王安石在灵岩寺中慨叹“一路紫苔通窅窱，千崖青霭落潺湲”；金元好问“日日扁舟藕花里，有心常做济南人”。真正是：写不尽千秋花月，描不完鹊华烟雨。

远古雅士的诗词歌赋尚余音袅袅，近代文人的华彩辞章又接踵而至。

老舍先生曾这样描述济南：上帝把夏天的艺术赐给瑞士，把春天的赐给西湖，秋和冬的全赐给了济南……那中古的老城，带着这片秋色秋声，是济南，是诗。

泰戈尔曾如此留恋济南：我怀念满城的泉池，它们在光芒下大声地说着光芒。

曾经，有多少人流连在徐志摩走过的小巷，有多少人徜徉在林徽因驻足的里弄，“共一把油纸伞，遮住了左边，遮不住右边”。

这里，曾枕过词中之龙辛弃疾；这里，曾眠过婉约之宗李清照。那“蓦然回首，那人却在灯火阑珊处”的温婉出自豪放的武将，那“生当作人杰，死亦为鬼雄”的凛然，却来自柔弱的女子，这是怎样的反差？山水相润，济南二安共同诠释着这座城市阴阳共生、刚柔相济的秉性。

鹊华烟雨里，有马可·波罗散发着中草药清香的游记；泺口寒风里，有詹天佑勘定开工的津浦铁路。丝绸之路上那悠扬的驼铃还未曾远去，复兴号列车却已穿行在百年的铁路桥上，那飞速前行的身影定格在跨越时空的大河之畔，那是复兴的序曲，那是戈壁的强音。

黄河，从巴颜喀拉山下，走过繁星闪烁的星宿海，走过风吹草低的敕勒川，九曲蜿蜒，一路奔突，在这里吐纳齐风鲁韵，在这里聆听泉水叮咚。这一条黄色的绸带挽起了时光濡染的城市。历经千年沧桑，坐看潮起潮落的泺口古渡，亲历了“三河故道”的变迁和熙攘商贾的往来。在千年古渡的下方，万里黄河第一隧道已建成通车，它见证了泉城济南由“大明湖时代”向“黄河时代”的迈进。

见证了河道变迁的泺口古渡，静静地守候在历史的深处；经历了战火洗礼的铁路大桥，默默地关注着列车的行进。

黄河之于济南，如同塞纳河之于巴黎，泰晤士河之于伦敦，哈德逊河之于纽约，黄浦江之于上海。跨过黄河是济南走向未来的必然，这一跨，跨出了未来，跨向了国际。

2019 年 9 月 18 日，习近平总书记明确提出：加快建设济南等中心城市。济南开启了千载难逢的发展新时代，为黄河流域生态保护和高质量发展做出了示范。

历史踏浪而来，文化穿越而行，黄河两岸鼓声不绝，弦歌不断，复兴号列车通四海达三江疾驰而行，全国五大经济圈密集辐射到八方，北京非首都功能疏解重要承接地，央企和跨国公司在中国北方的总部基地，全国首个新旧动能转换先行区。

这片古老的土地，阴阳相融，新旧转换的天赋基因被再次激活。

经纬交织间，它是引领海陆商业文明的百年商埠；轰隆炮火里，它是济南战役中解放阁上飘扬的红旗。曾经由史诗创造的城市，正以奋进的姿态去开启跨越的时代。这一次，它吹响了龙头企业的冲锋号；这一次，它拨动了天下未来的大算盘；这一次，它书写了“大强美富通”的新诗篇。

“齐烟九点再造，鹊华秋色重生”的大河之畔，满目葱茏，黄河正掠过城市和乡村，正穿越时空和大地，托着这座城市走向辉煌的明天。

风吹赤浪天

因着莫言先生的《红高粱家族》，高密演变成了红高粱的故乡，似乎唯有这儿的高粱一片连着一片，红得烈焰火海，不可一世。流火般燃烧的高粱，满世界热烈激昂，连风，也被染成了橘红，像经霜的树叶倒映在水中。

“八月深秋，无边无际的高粱红成汪洋的血海，高粱高密辉煌，高粱凄婉可人，高粱爱情激荡。”莫言笔下的红高粱里有高密东北乡曾经的辉煌，也有凄惨的过去，还有九儿与余占鳌惊世骇俗的爱情。红高粱的世界里曾弥漫着腥风血雨，让人不忍卒睹。烽火连天的岁月，密不透风的青纱帐里演绎了多少刀光剑影？高粱坚韧挺拔的身躯如同北方的汉子，遮天蔽日的身形如铁壁铜墙，它掩护着抗日的民众，是天然的屏障、军民的粮仓、革命的摇篮、敌人的墓地。

揣着莫名的好奇倾听最原始的声音：“高密东北乡无疑是地球上最美丽最丑陋、最超脱最世俗、最圣洁最龌龊、最英雄好汉最王八蛋、最能喝酒最能爱的地方。”怀着猎奇的心理，来到这矛盾重重的地方，高密的天空如我想象中的一样高远空旷。

在猛烈的火焰里淬炼出的一个个高大威猛的形象，不只呈现于光彩耀人的舞台，还涌现在粗陋质朴的生活，这片黑土地上依然绚烂着红红的高粱，依然流淌着醇醇的美酒。也许在烈性烧酒的加持下又会衍生出一个个余占鳌式的浑蛋，在浓艳高粱的诱惑下也会繁衍出一个个九儿般玲珑剔透的妙人。

红高粱是疯狂的，疯狂得肆无忌惮，如九儿与余占鳌的放荡不羁；红高粱是热烈的，热烈得无可抵挡，如六十度的高粱烧一样灼人胸膛；红高粱是深沉的，深沉得耐人寻味，如生命的要义解析灵魂的归处；红高粱是朴实的，朴实得无法言喻，如高密东北乡的黑土地。

在我童年的记忆里，故乡的土地上也曾种植过红高粱，只不过那是小小的一片，偏于田园的一隅，在它青涩的季节里，混杂于绿色的原野，是那么不起眼，在广袤的大地它的地位甚至可以忽略不计，然而深秋的季节，无论大自然如何装扮，那一抹似火如霞的红是什么样的颜色都遮盖不住的，它恣肆而秾丽，光华而炫目，灿烂了农人的眼睛，映照了农人的身体，连手中的镰刀都反射着迷人的光芒。抚摸着穗形饱满、籽粒滚圆的高粱，农人的心中溢满了自豪。一把把成熟的穗子割下了，一捆捆沉重的穗头摊晒了，它铺在晒场、晾在竹帘，美化了家园，装扮了村庄。

蓬蓬松松的穗子如燃烧着的火炬，这火炬在最热烈最旺盛的时候被镰刀无情地削去，砍去了脑袋的高粱木木地站在田野，任由孩子们在它的身上蹭踩攀折，长长的高粱叶子是牛儿羊儿的好饲料，孩子们在高粱地里采撷绿叶的同时，也尽情地嬉戏打闹，收获完的高粱秸秆堆集成的一个个秸秆垛，不啻是乡村的风景，更是天然的乐园，一座座秫秸丛像一间间温暖的小屋树立在田野边，可避雨、可遮阳，大人们来歇脚，孩子们捉迷藏，青年们谈恋爱，别致的小屋完成了神圣的使命，就在雪后的初霁里被送入了农家的灶膛，它们在灶膛里“噼啪”有声，弹奏着最后的交响。

外公的田园也曾点缀过这明媚的亮色，高粱穗子晒干后，外公用最原始的摔打法摔去籽粒，四散的颗粒像红色的玛瑙随处滚落，最后都落入了猪的口中，有点不甘的我别无他法，唯有砍根甜甜的秸秆聊作慰藉。当我愤懑着这么绚烂的东西白白便宜了蠢猪时，外公已将干燥的糜子削叶去鞘，平铺滚压，掸水锤打，去壳清理，扎结勒紧，先是一小束，然后汇成一大束，一把笤帚便跃然眼前。幼年的我孤陋寡闻，以为笤帚是现代发明，后来读到杨万里的诗句“�箕苕帚两无踪，窃果畦丁职不供。老子不来才几日，松花槲叶满亭中”，才知它古来有之。

笤帚有长有短，长的用来扫地，短的用来拂尘。一把长帚在手，场院角落干净；一把短帚在手，床单被褥洁净。还有一种炊帚，可在擀面时用来扫面，也可在洗锅时用来刷锅。后来外公走了，这些朴实耐用的工具也便销声匿迹了，也许它们陪着外公到了另一个世界，在那个世界延续着它们的价值。

记得外公曾经煮过一次高粱饭，它虽然色泽艳丽，香味独特，咬劲十足，滋味却不敢恭维。可外公用红高粱酿造的老烧酒却是淳厚绵软，芳香扑鼻。童年的我眼巴巴地看着外公就着一碟花生米或一盘萝卜干咂摸着老酒，心里很是羡慕，便偷偷地喝了一小口，只觉得辣辣地呛嗓子，一阵咳嗽眼泪鼻涕都流出来了，外公却喝得有滋有味。后来我重回老宅，品一口外公遗下的高粱烧，嚼一段岁月酝酿的陈年事，书一行夕阳晕染的风流诗，竟仿佛饮着一杯玉液琼浆。

“高粱酒，它是活的，它是生灵。它出了锅，还在继续活。你把它装坛子里，窖起来，它在坛子里继续熟，继续长，一直能长到十成金。那样的酒，才是世界上最美的酒，酿出那样酒的高粱，才算是咱高密最红的红高粱。”在电视的台词里，酒是有生命的活物，发酵和浓缩，蒸馏和剔除，酿酒的艺术延长了时间，融合了生命，酒化作了人的野性，一代代藏匿在蛮荒的土地。这块土地上，有爷爷的铧犁、奶奶的靓影；有龙岗的石器、汉代的陶片；有英雄的鲜血，沉重的呐喊。舒展的黑土地，律动着刚毅的硬脊梁；茂密的青纱帐，撕裂了岁月的红缨枪。一朵朵擎天的火焰，触摸着抃饼的回响；一段段奔流的激情，幻化为野合的高粱；一杯杯柔滑的美酒，泼洒出梦幻的春天。“梦里乾坤大，壶中日月长”。

也许张艺谋的电影只是一个契机，也许莫言的小说才是真正的导火索，它培育出了莫言旧居诺贝尔文学体验区，它打造出了红高粱文化休闲走廊，它布局出了胶河生态景观带，它开发出了青草湖（红高粱）影视基地，它模拟出了孙家口伏击战旧址，它建造出了东北乡红高粱庄园。在旧貌与新景里切换，一会儿沉湎于过去，一会儿清醒于现在，一会儿挣扎于血雨，一会儿世俗于烟火，一会儿浪漫于诗情，一会儿平和于安宁。梦想与天地共生，温饱与朴素相依，烈酒与心语互恋，浓情与蜜意交融，原野与村庄相拥。

依托着文学的圣地，高密倾心打造着红高粱品牌。这品牌里有三十里红蜂蜜般的回甘，也有红高粱缭绕着的清香。仿佛，那一望无际的高粱地，又会突窜出踉踉跄跄的青步鞋，那诡诡谲谲的青杀口，又会闪现出蒙着面纱的彪形汉。依稀，有一轮湿答答的明月在酒缸里沉醉，出甑的酒，碾碎了月；散落的香，醺醉了人。红高粱点亮了诗和远方，茂腔唱响了莫言的故乡。

莫言说高密东北乡有道“会唱歌的墙”，一道用几万只瓶子砌成的墙，瓶口朝北，北风一吹，能发出亘古未有的音乐。我寻寻觅觅，彷彷徨徨想找到那道墙，那道墙在单家的西院，还是在莫言的旧居？那道墙是大栏小学的围墙，还是红高粱小镇的院墙？迷茫于忠义堂、黑眼据点、龙王庙、三十里红酒坊的梦境，沉醉于《高粱红了》《抬龙王》《斗酒》《颠花轿》的戏剧，恍惚中不知今夕何夕。

莫言说：“我是一个在饥饿和孤独中成长起来的人，我见多了人间的苦难和不公平，我的心中充满了对人类的同情和对不公平的愤怒，所以我只能写出这样的小说。”也许是苦难启开了故乡大门的钥匙，也许是苦难生发了文字语言的翅膀，让他在熟悉的土地上自由地翱翔，天马行空，无拘无束。那墨水河、黑土地、红高粱、芦苇草、白狗银狐、黑鸦灰鼠、人力鬼神在那个神奇的领域，都成了文学的魂魄，他自原始的故乡出发，直抵人类精神的隐秘腹地。

在这里，红高粱成了文学的产物，红高粱寄寓文学的重负。它已经不是那单纯的聊以充饥的食材，也不是那朴实的用以酿酒的原料。它是一个标志、一种品味、一个代表、一种高度，它是文学经典的衍生物，它不仅可以触摸、可以品尝，还可以体味。

“斑驳疏影醉马墙，摇叶婆娑诉过往”，徘徊于风雨剥蚀的老城，老城的市井里有民国的味道，老城的街巷里有沧桑的文化，老城的物件里有泛白的记忆，老城的肌理里有历史的典故。

高高耸立的文渊阁，展示着历朝历代的风云人物，在那个男尊女卑的朝代，名唤邓绥的女子却赫然跻身于此。她是东汉的太后，汉和帝刘肇的皇后，6 岁读史书，12 岁通《诗经》《论语》，14 岁入宫，21 岁主长秋宫，她凭借的不仅仅是显赫的家世、摄人的美貌、典雅的风范，更多的是她的聪慧与才干，闻名世界的中国四大发明之一的造纸术就是在她的推崇下诞生的。我忽然萌生了荒诞的想法：九儿若生在那个年代，会不会也能名垂青史？

伫立在“去思碑”前，刘凤仪的高密八景又在哪里？“长陵春色”犹还在，“东浦荷香”亦已迁，“龙潭夜雨”潇潇响，“古城晚照”杳杳烟。“晏冢穹碑”新立处，“郑祠老柏”岿然树，“淮沙落雁”望不遮，“九穴栖鸳”寻无踪。

“咚咚咚咚”的鼓声里，大地在震颤，史诗在铺展。大禹之封国，“三贤”之属地（郑玄、晏婴、刘墉），龙山之文化，齐鲁之发祥，五千年的历史，留存了多少丰厚的遗址，剪纸、泥塑、扑灰年画和茂腔，赓续着血脉的传承，千年的非遗，彰显着无法言说的神奇。

沐浴穿越历史的汉风廉韵，漫步回归田园的现代文明，拜谒庄严肃穆的汉代墓群，观摩传统婚嫁的复杂礼仪，这片肥腴的土壤，不但孕育了浓郁的民风，而且盛行了尚学的文风，“一门三进士”“同朝三学士”“蔡氏三杰”“单氏三右军”等书香门第，诠释了诗礼传家的真谛。生长了六千多年的红高粱还在这片深邃的土地上蔓延舒展。

高密，这齐鲁大地的明珠，如珍珠般的灵动，似翡翠般的绚丽，九月九的酒充溢着梦幻与豪情，蜿蜒着的红昭示着底蕴与神秘。它连接着古今，释放着人文，它是薪火传承的根脉，更是传统文化的图腾。这里也许真的有一道会唱歌的墙，听！它高亢嘹亮，韵味悠长……

穿越时空隧道的大街

离开站台，在南下的动车里回望鲁中大地，我仿佛经历了一场时空穿越。

高低错落的明清建筑，饱经沧桑的宽街窄巷，让我漫步于青石板铺就的长街，伴随脚步的回声，俨然跌落于历史的时光隧道。

周村，御赐的“天下第一村”。一条一千三百米的古街，带我走进了汉唐的初始、明清的繁盛。

街口品尝着一千八百年前的胡饼，那是一张北宋的薄饼，香甜酥脆，唇齿留香。也许，易安居士品尝过；也许，辛稼轩主享受过。他们都是土生土长的山东人，那只是也许。老佛爷的青睐、蒲留仙的喜欢，却是不争的事实。憨仲老师分发着一片片薄如秋叶、形似满月的圆饼，好似他是这家的店主，而我们居然成了乾隆治下的子民。这一嚼即碎、一咬生香的烧饼让我们欲罢不能，回味无穷，谁不想携此回程？

贪恋着舌尖上的非遗，记挂着“山东一村，直隶一集”“南汉口，北周村”的极度繁荣，满街去寻访它的五行（丝行、钱行、粮行、布行、杂货行）、八作（丝绸、铜器、木器、浆麻、腿带、首饰、毡帽、剪）、花烟柳巷。

淡淡的轻烟飘散在古城的天空，生锈的衔环，慵懒的猫咪，凋零的落叶以及院里的老人，让我的记忆错落迷离，我不知是置身于当今还是穿越到了古代。

我在谦祥益绸布庄相中了一件旗袍，我在韵姿丝绸店看上了一条丝巾，我左观右瞧，满腹疑虑：丝绸不是江南的特产吗，怎么这齐鲁大地也有“丝绸之乡”的美誉？

翻阅着史志，因丝而城、因丝而商、因丝而兴的周村，竟然是古代丝绸之路的源头之一。它源于於陵古邑，曾是齐国重镇，思想家陈仲子就是灌园于此；它兴于汉唐，两千多年间，书写着“桑植满田园，户户皆养蚕，步步闻机声，家家织绸缎”的辉煌。丝绸，是周村史书中最为灿烂的篇章，是旱码头文明光耀千年的见证。绸市街、丝市街还在用残破的身躯竭力诉说着昔日的绚丽光环。

千年的蚕丝，织就了锦绣的河山；历史的底色，渲染了市井文化的长卷。从泡丝、络丝到并丝、捻丝，从整经、摇纡到织造成锦，每一道工序都不容忽视。经纬之间有文明的脉络，纵横之处有记忆的承载。

一匹匹丝绸，流动着文明的流光溢彩；一条条丝巾，闪烁着文化的风起云涌。它诠释着婉约，摇曳着曼妙。我的眼前浮现出张曼玉的《花样年华》，丝绸似乎就适宜于旗袍，旗袍似乎是她的私人定制，一摇一摆之间散发着绰约的风姿。

朦胧的雨丝，洒满油光青滑的石板，撑着一柄花纸伞，从寂静的雨巷走过，那是江南的女子，娉婷袅娜，空灵如水；逼仄的水胡同，挎一枚貂皮坤包，端庄的神态，婳袆的妩媚，高贵的气质，这是北方的女子，气度娴雅，独具韵致。

身着旗袍的女子，是岁月侵蚀不了的女子，从青丝到白发，从娇俏到庄重，每一个时段都流转着年华的芳菲。

陶醉于幻境之中的我，迷迷糊糊脱离了队伍，不知身居何处。

石板的街道，斑驳的纹路，岁月的沧桑在门庭透露，一墙一院都映射着陆离的印痕。

我在南街北巷茕茕徘徊，今生今世虽然我未曾到过这里，可这里的一切却又似曾相识，银座布市、染坊茶楼、陶瓷古玩、食肆药铺，在我的老家就有这样的市行，只不过，如今已是残垣断壁，凄凉颓废，不似这里是“活着的古商业建筑博物馆群”。我老家的街市微小而狭窄，凸凹的石阶，剥落的墙壁，刻满岁月的痕迹，而眼前的周村大街，数千年的时光，消磨了岁月，却没有毁损她绰约的姿容。

一块六角形的石碑，醒目地竖立在街市的中心，那是“今日无税碑”。这块碑里隐藏着一个家族两百多年的秘密，它让周村成为全国唯一的“免税区”，正是因为有了“三朝元老”的刑部尚书李化熙，方才有了“一日无税”的手谕，有了蕴藉“今日无税”石碑的智慧，一字之差，隐含的是百年的代缴。这是怎样的胸襟，又是怎样的气魄？今天的贪官污吏面对于它，难道就不感到羞愧吗？

我在状元街前停留，状元街里有状元府，状元府里有状元楼，状元楼里有状元阁，状元阁里有王应统，这位周村历史上唯一的状元，这位25岁的武状元，他的仕途从山西到山东，由江南到河北，只落得“自服官以迄家居，囊无长物，唯有两袖清风，图书数卷而已”。可见其清正廉明，难怪他的状元府只有前后两院，酷似一般财主而已。

我出生于银匠世家，打眼看到银子市街，不免眼前一亮。祖父已驾鹤西去，跟着祖父学艺的四叔也离开了人间，那些打造银器的工具早已荒废搁置，在这里我能否找寻儿时的记忆？怀着忐忑的心境，我走进了街市，恍然了悟，自己犯了低级的错误，原来银子市街，不是我以为的街市，这里的银子是直接的汇兑，古代的银行一条街。

在这里，我认识了《乔家大院》的主人乔致庸，看着他亲笔手书的五个镏金大字“大德通票号”，看着这里陈列着的汇票的样张、押运银钱的镖箱，还有亮灿灿的金锭。一枚枚密密麻麻的铁铆钉，加固着镖箱的坚实，这些历史的还原，让我有点茫然。我的眼前陡然浮现出乔家那几个女子，她们争风吃醋，钩心斗角，最后只落得家破人亡，身无所长。这戏里戏外，哪一个又是真实的场景呢？不过于此的孔方兄外圆内方解读，让我对钱币形制的文化内涵又多了一份认识。

我在“大染坊”前踌躇，这里似乎还残存着道光年间“东来升”绸布庄的身影，高高长长的竹架上，悬挂着一匹匹色彩艳丽的印染，它们或玫红或翠绿，或鹅黄或青紫，或深粉或瓦蓝，那泼彩的浓艳与灰白的青砖形成了强烈的视觉冲击。前店后场的作坊，让我看到了织布的工艺，这与我老家的织机一模一样，梭子、丝线、脚踏、手提，一招一式都是那么熟悉，那蓝底白花的素雅，恍若我老家的蓝印花布一般，只是老家的水井，不是这手摇辘辘的造型罢了。

蓦然瞟见"孟洛川服饰旗袍店"，方才知道这里是"瑞蚨祥"的母号，遍布北京、济南、哈尔滨各大城市的"祥"字号，就是从这里走向全国的。袁世凯在这里定制了登基的皇袍，周总理在这里指定了第一面五星红旗。一度有"头顶马聚源，脚踩内联升，身穿瑞蚨祥，腰缠四大恒"的民谣在京城流传，由此可以折射出"瑞蚨祥"在人们心目中的地位。

瑞蚨祥的尺子比标准的尺子长出来一寸，这把"良心尺"的两头刻着天与地，中间是孝、悌、忠、信、礼、义、廉、耻，代表着天地之间有"八德"。正是这只尺盈寸之间，彰显了儒商的厚道与包容。

由是我想到了范蠡的中国第一杆"秤"。这杆秤一斤为十六两，秤杆上共有十六颗准星，分别是象征"地"的北斗七星，象征"天"的南斗六星和象征"福禄寿"的三星。据说人有"福禄寿"三星，缺斤少两，就会折福折寿。缺人一两，就缺了福；缺人二两就少了禄；缺人三两，就短了寿。我百思不得其解：这样的秤为什么不沿用下去呢？那该少了多少奸商猾贾啊！

忽见一碑一石，碑镌"还金处"三字，石刻："赵运亨，瀑水村人，业贩丝，适长山之周村镇，将近市，拾遗金二百。遂候伺道侧，自平旦至午，忍饥不赴市。忽一人来，仓皇四顾，呼天太息，问之，即遗金者，诘其数，果符，遂付之。"原来"还金处"的石碑，昭示着拾金不昧的风范。一座铜像、一块丰碑，标识着为人的榜样。无怪乎周村是鲁商之地、儒商之源。古城人的性格里，既有孔孟儒家的仁礼，又有水泊梁山的仗义。

周村，这古齐的城邑、商周的於陵，这里是孔子学乐的处所，是管仲"以商兴国"思潮的传承。孔子闻韶乐，"三月而不知肉味"于此；齐桓公"九合诸侯，一匡天下"于此；齐相晏婴"薄赋敛、省刑罚"于此；柳泉居士《聊斋志异》，首先刊印于此……我彷徨在它的面前，欲拜谒我曹氏家族的祖陵。虽昔日曹国亦属齐鲁大地，毕竟相隔数百公里，也许有点牵强附会，也许有点攀附权贵，但我跋山涉水来到这里，并不是没有一点道理。

我听说高密有个曹家庄，张店有个曹村，周村有个曹家大院，曹家大院里曾居住过曹寅。我犹记得他的“林间系马集归鸦，屋上炊烟指歇家。随处风光期好语，奚儿争拾白杨花”。当年的他赴京返宁途经此地，在哪家院里歇脚？我还记得他的“尾山船子太湖渔，飘撇烟波不定居，好是全家配笭箵，数声欸乃过沙虚”。漂泊于微山湖的他是否惦记江宁织造的家？

历史的记忆尘封于此，是谁解开了封印，让我回到了从前？曾经我品过龙泉茶庄的香茗，曾经我尝过薄如蝉翼的烧饼，曾经我在剑臣先生的茶寮里听过光怪陆离的故事，曾经我撑着油纸伞从幽深的巷道走过。曾经“淄博烧烤”、曾经“淄博琉璃”、曾经“淄博酥锅”、曾经“淄博丝绸”、曾经……

深深浅浅的印记在厚重的铁甲门前停驻，青砖碧瓦的阁楼，亭台水榭的花厅，曲径通幽的长廊，每一处都闪耀着过往的繁华。

依稀听到了沿街“蜜罐子”“馍馍酱”叫卖的吆喝，朱漆的大门里有机杼的声响，高深的柜台里有玉珠的叮当。时光滑过岁月的指尖，将“鲁商故里”的厚道打磨成瓷器的沉稳，将鲁商文化的灵魂染织成“丝路之源”的绚烂。

一辆黄包车从我的身旁缓缓驶过，车上的女子旗袍淡雅，清丽不凡。恍恍惚惚，我也曾坐在这样的车上，到剧院里看戏，到茶馆里听曲……

穿遍大街小巷，我未能找到曹家大院的任何踪迹，这让我有点失落、遗憾、惆怅：我到底是出生在江南的水乡，还是北方的高墙大院？我问满脸沧桑的“旱码头”，它沉默不语，生怕祸从口出；我问演绎古今的花戏台，人去台空，寂静无声。只有深宅老院门前的石狮张口欲言，希声大音的它，能否解开我心底的谜团呢？

我希冀着，再度穿越周村大街的时空……

大江东去

一条河，一条浩浩荡荡的河，一条裁剪了时空，吐纳了古今的河。

它从唐古拉山而来，携着格拉丹冬圣洁的乳汁，孕过三星堆的文明，哺过河姆渡的文化，挽着湘烟楚云、沐着秦风汉雨、吟着唐诗宋词而来。

一

这是一条河，一条流过了混沌蒙昧的洪荒时代、马家浜史前文化时代、良渚新石器文化时代、青铜编钟春秋战国时代的河。

它从沱沱河来，穿过苍茫荒原，越过巴陇河谷，听过丝绸之路的悠远驼铃，传过格萨尔王的英雄壮举，见过玄奘大师的栉风沐雨，怜过文成公主的离乡背井……

这是一条河，一条披荆斩棘、乘风破浪的河，一条叱咤风云、劈山凿岭的河。

它裹着蓬勃的野性，翻过青藏高原、劈过横断山脉、越过玉龙雪山，见证了诸葛孔明的“七擒七纵”，看到了纳西部落的剽悍勇武，见识了东巴文字的石破天惊，窥视了从忍利思与衬红裹白的浪漫邂逅。

这是一条河，一条诗意盎然、低吟浅唱的河。

它从丽江而来，走过巴山蜀水，淋过雅安秋雨，听过“楚天长短黄昏雨”，叹过“雨中寥落月中愁”，见过“巴山夜雨涨秋池”，吟过“道是无晴却有晴”。

这是一条河，一条泽惠天下、广施博济的河。

它从蜀道而来，启示蚕丛鱼凫，开导杜宇鳖灵；它从岷江而来，指引李冰父子“深淘滩，低作堰”；它从宜宾而来，雕塑乐山坐标，绘制盛世杰作，那“一围蜀锦万花枝”铺就的丝绸之路，那“横堤百丈卧霁虹”开凿的都江堰，那“属气度岷峨，闲神坐霄壤”的乐山大佛，都是它得意的佳作、恢宏的篇章。

这是一条河，一条参禅悟道、纵横捭阖的河。

它从乐山而来，又往峨眉而去，它孕育了山水文化，书写了锦绣华章；它开辟了佛教圣地，兼容了道教洞天；它诠释了佛教禅韵，注解了道教真经。在它的教化下，苍茫的释迦氤氲在巴山蜀水，古朗的老聃回荡在天地万物。

二

这是一条河，一条睿智聪慧、三国鼎立的河。

它从成都走来，走出了“带二江之双流，抗峨眉之重阻”的左思，走出了“大风起兮云飞扬”的刘邦，走出了“力拔山兮气盖世”的项羽，走出了“出师未捷身先死”的孔明。

这是一条河，一条天地交合、雄凤雌凰的河。

它走出了浣溪草堂的杜甫，吟诗楼里的薛涛。它的每一叠涟漪，都漂着粉红色的诗笺；它的每一张诗笺都书写着虚心能自持的节操；它的每一排波涛，都喷发出“安得广厦千万间，大庇天下寒士俱欢颜”的悲悯。

它走出了“仰天大笑出门去，我辈岂是蓬蒿人”的李白，它走出了“故山知好在，孤客自悲凉”的苏轼。它的每一道皱褶，都镶嵌着散落的诗光；每一丛清泉，都流淌着风流的辞赋。

这是一条河，一条梦幻缥缈、宛如童话的河。

它踏入了九寨沟的仙境，融入了小精灵的舞蹈，它弹奏了《秋日的私语》，演绎了金钟的神话，迤逦的瀑布袅娜了贝多芬的《月光奏鸣曲》，曼妙的山水吟诵了但丁的《神曲》，一篇唯美的童话以山水为主题，由自然来撰写。

这是一条河，一条烟雾弥漫、麻辣飘香的河。

它从雾都而来，品着山城的火锅，饮着巴渝的茶汤，听着多腔的川剧，赏着大足的石刻。它经历了“蜀道难，难于上青天”的艰险，它辞别了仓皇逃遁的李隆基，也见识了“一条石板路，千年磁器口”的“棒棒”。

这是一条河，一条巫山云雨、瑰丽迷人的河。

它擦过大禹的汗水，拂过郦道元的脚印，听过宋玉的故事，笑过李太白的急躁。那高猿的长啸，曾引起它的悲鸣；那白帝的托孤，曾牵扯它的魂灵；那巫山的云雨，曾诱发它的思冥。

三

这是一条河，一条蕴蓄着凄楚、埋藏着苦难的河。

它从秭归而来，带走了披衿散发的屈子；它从川江而来，惩罚了兴风作浪的孽龙。它走出了夔门、走进了三峡，留下了血雨腥风的厮杀，山崩地裂的狂啸。

这里有周瑜火烧曹操战船的灰烬，有李煜车马押解洛阳的啼痕，有秦王的剑戟，汉女的苦水，有屈原的悲号，杜甫的哀怨。

它赋予了李白“昨夜巫山下，猿声梦里长，桃花飞绿水，三月下瞿塘”的放荡不羁；它赐予了杜甫“五更鼓角声悲壮，三峡星河影动摇”的沉郁内敛；它让白乐天生发“未夜黑岩昏，无风白浪起”的感慨，让刘禹锡产生“巫峡见巴东，迢迢出半空。云藏神女馆，雨到楚王宫”的喟叹。

这是一条河，一条烽火连天、荆风楚雨的河。

它流过多愁的岁月，踏过多事的春秋，踩着血染的大地，望着尸横的荒野。它想阻止楚灵王的昏庸无道，抗议楚平王的阴险狡诈，警醒楚怀王的忠奸不分，揭露顷襄王的偏听谗言。它想平复伍子胥的家国仇怨，劝慰屈大夫的满腔悲愤。

这是一条河，一条血泪斑斑、铁骨铮铮的河。

它挽不住屈原，留不住贾谊，帮不了苏东坡，救不了司马迁，它眼见着骆宾王东躲西藏，目睹着文天祥正气浩然。它漫步郢都的废墟，伫立荆州的重地，一幕幕历史的大剧你方唱罢我上场：一会儿是刘玄德的几吊几哭，假模假样，一会儿是孙仲谋的赔了夫人又折兵，一会儿是关云长的大意失荆州，一会儿是曹孟德的铜雀台前试弓箭。

这是一条河，一条赤壁怀古、尘埃落定的河。

它流过武汉，来到黄冈，它念三国周郎赤壁，它与曹操对酒当歌，它识黄盖苦肉奸计，它赞刘备礼贤下士。

这里有东坡居士“大江东去，浪淘尽，千古风流人物”的浩荡，有杜牧“东风不与周郎便，铜雀春深锁二乔”的纠结，有曹操“月明星稀，乌鹊南飞”的惆怅，也有毛主席“一桥飞架南北，天堑变通途”的豪迈，还有那精彩的华段，人类的瑰宝——三峡水库。

四

这是一条河，一条芳草萋萋、晴川历历的河。

它漫过鹦鹉洲，吻过黄鹤楼，它吓退了李白，抬高了崔颢，迎来了陆游，送走了孟浩然。云梦泽旁有滕子京的岳阳楼，岳阳楼上有范仲淹“先天下之忧而忧，后天下之乐而乐”的千古绝唱，还有娥皇女英泣泪湘妃竹。

这是一条河，一条杜鹃啼血猿哀鸣、枫叶荻花秋瑟瑟的河。

它气喘吁吁赶到浔阳，难道只为“浔阳江头夜送客”吗？还是欲窥“犹抱琵琶半遮面”呢？它千里迢迢找到柴桑，是来凭吊“谈笑间樯橹灰飞烟灭”的公瑾？还是来寻觅“飘逢江海漫嗟吁”的宋江？

也许它是来瞧瞧老古董朱熹的吧，看一看那镌刻了《诗经》的石牌坊，数一数那挂满了《论语》的老樟树，它还想去瞅瞅那长衫布缕的老夫子周敦颐，看一看他那“出淤泥而不染，濯清涟而不妖”的莲花。

然后，它就一头扎进了鄱阳湖，倾听那欸乃之声，蛙啼之音，鸡鸣犬吠，牛哞羊咩，当一切归于宁静，当空中弥漫花香，它又记起了隋炀帝，记起了那条功利千秋的大运河。

这是一条河，一条色彩斑斓、龙盘虎踞的河。

它踌躇于金陵，徜徉于秦淮，吮吸着六朝金粉，拂拭着台城烟柳，领略着秦淮风月，怜惜着如云佳丽。

光怪陆离的金陵城头不断变幻着大王旗，丹墀碧瓦的宫阙圣殿连续上演着丑情剧，前有废帝刘子业，再有弱帝刘彧，后有暴帝刘昱。前宋的江山挂起了白幡，宋齐梁陈，荒淫无度，齐王淫乱，必然短命，梁王刚愎，惨遭自毙。奢侈颓靡的陈后主一曲《后庭花》，埋葬陈王家。

可怜那琼楼玉宇，飞檐翘瓴，可怜那轻歌燕舞，粉黛娇娥，皆湮灭于瓦砾残堆，荒草废墟，唯有那千年的古月依然眷恋着空旷的城郭。

秦淮的烟雨里不仅有香艳的脂粉，还有不凡的女子，李香君的血溅桃花扇，柳如是的投池不降清，这些风尘的女子书写了风流的美篇，她们的气概名垂千古，风华万代。

桀骜不驯的朱元璋躺在金陵的土地上，开国之父的孙中山睡在钟山的松柏里。朱家王朝更新换代，《永乐大典》横空出世，郑和出使七下西洋，而国共两党的渡江战役，也使风雨飘摇的蒋家王朝在日月如晦的岁月里，二十二年之久的政权统治在南京落下了帷幕。

历史的车轮滚滚向前，十朝的古都代代更迭，听，南唐后主李煜又在长吁短叹“春花秋月何时了，往事知多少，小楼昨夜又东风，故国不堪回首月明中”……

五

这是一条河，一条缠绵悱恻、正气凛然的河。

它辞别了秦淮的画舫，踏进了朦胧的雨巷。那撑着油纸伞的姑娘迷惑了它的目光，那划着乌篷船的女子，扰乱了它的心神，这是梦里的故乡，如诗的江南。瘦西湖畔有张若虚流连的身影“江畔何人初见月，江月何年初照人”，二十四桥有徐凝霸道的宣言“天下三分明月夜，无赖二分是扬州”，杨柳岸边有张祜痴迷的话语“人生只合扬州死，禅智山光好墓田”。

它跟着风流皇帝乾隆乐不思蜀，它跟着残暴之君杨广流连忘返，面对着多尔衮的战马，史可法的殉城，它向天长叹“人生自古谁无死，留取丹心照汗青”……

这是一条河，一条温婉旖旎、波光潋滟的河。

它走在杏花微雨，小桥流水里，它走在曲槛亭廊，吴侬软语里。这里有西施的井台，夫差的宫殿；这里有秦皇的神马，范蠡的扁舟；这里有子瞻的冤屈，张继的幽思；这里有隋炀帝的残暴，殿脚女的悲哀；还有朱元璋的无耻，沈万三的无辜。

太湖之上，细浪联翩，园林之内，曲径通幽，江南春雨，扑朔迷离，水乡泽国，纵横起伏。它走在周庄的烟雨里，走在同里的画布里，走在婉约的宋词里。

这是一条河，一条走向世界，魂归大海的河。

它历尽艰辛，受尽磨难，它忍辱负重，委曲求全。它吻过鹏鸟之唇，涤过灵兽之臀。它蹲守于海上都城，怅惘于十里洋场。突然，它睁开疲惫的双眸，回望着南水北调的巨大工程，想象着茫茫戈壁的绿树青山，眺望着三角洲的经济腾飞，海陆空的畅通枢纽，俯视着沿岸经济，流域文化，生态环境。那绿水青山，葱郁森林，清新空气，以及干净整洁的自然环境，让它长吁了一口气，于是它挥挥衣袖，扭转身躯，从吴淞口一跃而起，跳进了浩瀚无垠的东海，完成了生命的归宿。

这是一条河，一条跋涉了一万三千里的路程，一条力挽着五千年的风云，浸淫了历史，沧桑了岁月的母亲河——长江。

沧海桑田话余西

提起古镇，也许你耳熟能详小桥流水、吴侬软语的周庄，乌篷画楫、碧瓦朱甍的乌镇，烟雨长廊、石皮古弄的西塘。而我的故乡，既不在婉约的江南，又不是粗犷的北方，它是江淮流水千年捧出的一块盐埠——余西古镇。

余西古镇素有“江北龙城”之称。南北朝时，还是几点岛屿漂浮在黄海的烟波缥缈之中，沧海桑田，到了唐朝末年，竟出落成了人间繁华盛地。宋代设立余庆场，取“积善之家，必有余庆”之意，隶属通州。元代一分为三：余西、余中和余东。余西场乃为主体，明朝中叶，设立余西课盐司，清康熙年间，政商齐全，文修武备，宗庙建筑，自成体系，成为通州全境五盐场之核心。民国时期，盐场渐衰，近代工业则初露锋芒，余西缫丝厂为实业家张謇创办的大生企业提供了丰富的原材料，工业的发展，带来商业的繁荣，杜谊茂绸布庄、黄家染坊、曹家酱园、郑家店铺、马家烧酒坊、季家酒坊等商铺作坊，遍布大街小巷。

潺潺流淌的运盐河上，曾经舟楫往来，欸乃不息，因盐成邑的余西场建有“迎江”“登瀛”“镇海”“对山”四座城门，分别位于南北东西，通东的盐场盛产上好淮盐，曾有“通州白盐，甲诸天下”之美誉。历代帝王达官贵商哪曾知晓，贫苦的盐民，却是“晓霜未晞，忍饥登场，刮泥汲海，伛偻如猪。暑目流金，海水如沸，煎者烧灼，垢面变形……”明人吴嘉纪有诗为证：“白头灶户低草房，六月煎盐烈火旁。走出门前炎日里，偷闲一刻是乘凉。”所谓“悲哉东海煮盐人，尔辈家家是苦辛。频年多雨盐难煮，寒宿草中饥食土”。而今，盐田变良田，城镇繁华，车水马龙，楼房比肩，鸟语花香，昔日的盐民早已成了时代的主人，以勤劳的双手，绣出了青山绿水。

梦里龙城地，悠悠几度魂；

潜龙出云去，龙脉留凡尘。

昔日的“龙头”课盐司署衙门早已坍塌于历史的风雨中，“左龙角”为佛教名刹“镇北大悲殿”，也曾是赈灾的祠院，供奉着各路神仙。一棵明代的罗汉松和一棵清代的银杏树，似两位厮守的老人，盘根错节，苍翠擎天。传说明代的两口古井为“龙眼”，一只镶嵌于古镇的街头，一只避世于民家的院落，六百年来，清冽甘泉滋润了一代又一代的乡民。

“龙身”乃余西镇大街，纵横街巷，卵石铺地，两旁街坊，青砖黛瓦，相拥的河道，参差的院落，呈现着原汁原味的生态。深深的幽巷，逼仄的建筑，不知蕴藏着多少酸甜苦辣。那“夜市卖菱藕，春船载绮罗。遥知未眠月，乡思在渔歌”的梦幻恍若还演绎于运盐河上。三益斋的麻糕、曹家的盘饼、余西的仙人包子、曹顶的切面，曾香飘龙城东西，垂涎古镇南北。

石块铺设的“龙尾”是悠长的小巷，苔痕点点，浸淫了岁月，一扇扇窗棂、一方方雕花、一株株古木、一孔孔井泉、一段段残墙、一片片青瓦，莫不延续着古老的传承。岁月打磨得光滑明亮的碎石如一片片“龙鳞”闪亮在街巷，只可惜，作为“右龙角”的三官殿和“龙鼻”的将军庙已不复存在，唯遗旧址在农田里长眠。

残垣断壁，刻画着岁月的沧桑；黄叶枯草，诉说着历史的轮回。碧海桑田，目睹了古镇的遗失和存留，古朴的木门，卸下的是岁月，装上的是年轮。这始于唐末、兴于北宋、盛于明清、煮海为盐的古镇，留下不知有多少龙颜龙迹。

清光绪十七年，绍兴附贡生唐汝峒任余西场官，上任初年，即成立“精进书院”。聘余西鲠直塾师、秀才任焕文任院长，院址暂设于任宅私塾。“精进书院”是一座古色古香的三进三出的古老庭院，正堂置一匾额，乃江苏督学院部为任寿母曹孺人八十寿诞所立，上书尤敬辉贴金颜体行楷“荻笔春浓”四字，可惜，这熠熠生辉的匾额早已淹没在历史的浪涛里，曾经书声琅琅、墨香细细的庭院，已是门扉萧萧、荒草萋萋。只有那席纹的青砖，千年的古石，默默诉说着昨日的故事。

龙街十八弯口的百年老字号“杜谊茂绸布庄”，前店后宅，两层楼舍，前店滴水屋面，方砖铺地，黑色蝴蝶瓦；后宅面宽三间，进深六界，观音兜山墙；院落四水归堂，青砖纹地。清末格局的绸布庄里，绫罗绸缎，各色布匹，一应俱全。

“曹溥孝子坊”为单门双柱三楼跨街石牌坊，乃规格最高之清帝御赐之坊。曹溥乃北宋大将曹彬之后，其母生病卧床，侍疾七年，夜起扶抱，餐饮亲调，亵衣亲洗，溺器亲涤，家资殆尽，唯报母恩。乾隆二十六年（1761年），天子以孝治天下，皇帝赐圣旨江苏翰林院建造笃孝堂，竖大牌坊，并先后两次赐金匾额“敦伦风世”“莱衣继美”，其中“莱衣继美”四字由当朝宰相、东阁大学士、书法家刘墉所题。

“曹氏宗祠”内悬横匾“德被江南”，原为曹氏武惠堂始祖、北宋开国大将曹彬攻克南唐都城后百姓所赠，宋仁宗第二任皇后慈圣光献皇后曹丹姝乃曹彬之孙女，她端庄贤淑，熟读经史，擅长书法，处变不惊，曾于宫变中镇定自若，护仁宗之安危，仁宗驾崩后，又垂帘听政，助英宗之朝政，还于弥留之际救苏轼之命。据传曹雪芹为其宗族，《红楼梦》所著方言为余西土话，习称“金陵官话”，乃全国唯一《红楼梦》方言活化石。

“朱晋元故宅”为古镇规模最大的古宅，朱以开设肉铺起家，曾有“竟元猪行”“竟成当铺”“竟成油坊”“大成木行”等，有余西“沈万三”之称，现存的故宅，占地五千多平方米，东到龙街，西到庵堂沟。

“朱理治故居”建于清末，是江苏省不可移动之文物，“红色金融家”朱理治，为中国共产党的金融工作做出了开创性贡献，其曾祖朱竹斋、祖父朱煦堂、父亲朱作舟，祖孙三代，医德高尚，乐善好施，名望斐然，偌大的院落青砖铺地，灰瓦相映，芷蘅汀兰，盆景点缀，百年柿树，沧桑挺立，朱理治黑石塑像，庄严肃穆。

一水之隔的“西来禅院”看起来金碧辉煌，肃穆凛然，源于明朝的佛教“西来庵”，那曾经的明清院落，已消逝于岁月的尘埃。

古镇曾是“蓝印花布”的发祥地，曾经的“小青缸”原为清代朝廷进贡之物，如今的蓝印花远销海外，享誉全球。2010 年，国家非物质文化遗产传承人王振兴，代表江苏省参加中国首届农民艺术节，龙凤台布、秋之韵、春夏秋冬三幅作品被收入中国农业博物馆。

余西的文物古迹历历可数，古镇的风云人物亦不可小觑。

明嘉靖年间抗倭英雄曹顶，面店师傅，盐民出身，跃马横刀，杀敌无数，倭寇见之，闻风丧胆，墓地建“曹公祠”，塑横刀立马像，清末状元张謇题楹联“匹夫犹耻国外国，百世以为公可公”。明末清初，秦淮河畔，说书大家柳敬亭，原姓曹名永昌，乃曹彬之后，少年流落，以说书为生，“行遍天下，没有敌手”，岁高寿终，归葬余西祖茔。“余西五先生”曹筱晋，乃余西一代名医，其家族闻名遐迩，为培养中医人才殚精竭虑，呕心沥血。清代咸丰年间通州余西场秀才曹秀升，为民请命，伸张正义，最终打赢了官司，但革去秀才之名，此事，演变为一歇后语“曹秀升打官司——认输”。

铅华洗尽的古镇，记忆的碎片，已糅进了历史的烟尘，“俱往矣，数风流人物，还看今朝”。

“大明艺苑”是中国青绿山水画院顾大明院长于 2015 年斥巨资，耗全力，历时两年，为家乡古镇建起的一座融古典文化与现代产业为一体的文化艺术园，占地七千平方米的徽派建筑，内设大明艺术馆、中国画馆、民俗馆、砚台馆、瓷器馆、淘宝轩、聚贤斋、君怡舍、茗雅轩等九大馆区，它秉承“以艺术诠释文化，以文化提升古镇”的宗旨，以优雅的姿态融合于古镇的现在，以洒脱的形象呈现于古镇的河畔，以多样的形式带动着古镇的文化，以艺术的结构彰显出古镇的价值，以文化的传承吸引着八方的游人。这里山水花鸟相依，民俗风情相遇，书法辞章相映，砚台奇物相见，禅乐韶韵相绕，在这里，可品香茗一杯、观翕砚一方、解民俗一段、看书法一幅，赏山水一帧、听禅音一曲……

余西古镇，宛若遗失于时空隧道的明珠，而今，书画的崛起，新潮的文旅，让木版年画、手工纸鸢兴起。它是通东文化及非物质遗产的空间载体，宛如青衫飘飘的雅士携着岁月的书囊，正款款向我们走来……

千年文脉大运河

正如淮安是中国历史绕不开的名城，隋炀帝也是大运河忘不了的功臣。荒淫无度、杀兄霸母的隋炀帝为历史所不齿，但这残暴之君给后人留下的大运河却是流淌了千年，连通了南北，也孕育了文明。淮安，作为大运河上一颗艳丽的明珠，千百年来上演了多少精彩的桥段呢？

遥想当年，春秋争霸，吴王夫差开凿邗沟连通江淮；隋唐杨广横征暴敛，征夫数百万，掏空国库银，致使“白骨垒岸，血泪成河”。后世鞭笞了他的暴虐无道，却也未曾抹杀他的千古功绩。毕竟大运河的开通，促进了南北文化的融合，增进了经济贸易的交流，推进了政治权利的统一，维系了唐宋元明清历代封建统治的命脉。即便是交通便利的现代，仍然是北煤南运、南水北调、休闲娱乐的黄金水道。唐代皮日休有诗为证：“尽道隋亡为此河，至今千里赖通波。若无水殿龙舟事，共禹论功不较多。”但乘龙舟、看琼花，纤夫八万，殿脚女九千的穷奢极欲，最终导致了他悲惨的结局，也许他至死都不会想到，自己会落得个被叛军勒死的下场吧。

隋唐以降，淮安扼运河之咽；明清时期，“天下九督，淮居其二”，成就了“南船北马，九省通衢”的盛誉，留下了“淮郡三城内外，烟火数十万家”的锦绣，书写了“襟吴带楚客多游，壮丽东南第一州”的篇章。

康熙大帝初到淮安，欣然提笔：“淮水笼烟夜色横，栖鸦不定树头鸣。红灯十里帆樯满，风送前舟奏乐声。”一首《晚经淮阴》将官绅迎驾的盛况展露得淋漓尽致。乾隆皇帝六下江南，每次必到淮安，他在淮河两岸留诗十六首，“天际晨光水月连，带霜归雁向前川。孟城晓发寒仍在，谈笔春风杂紫烟”表现他愉悦的心情，还有一首专赐漕运总督杨锡绂：“漕转由来大政关，得人久任谓卿闲。四星储蓄天容与，千里北南岁往还。革弊深应体民隐，董偷兼欲恤丁艰。奉公尽职诚斯在，扈跸仪文尽可删。”表明他对治漕功绩的褒奖。

隋唐时期繁华一时的淮安，曾有过“千灯夜市喧”“酒酣夜别淮阴市，月照高楼一曲歌”的景象，然而，和淮阴侯韩信命运相仿，淮安也是“成也黄河，败也黄河”。从阳武决口黄河夺泗入淮，取道淮安入海，强势的黄水挟大量的泥沙滚滚东流，不断抬高淮运河床，形成了悬湖悬河，淮安的水患连年不断，一度流传“倒了高家堰，淮扬二府不见面”的民谣。那巍巍的“镇淮楼”，却镇不住滔滔的洪水；那煌煌的“清晏园”，也守不了安澜的旧梦。“洪水长廊”淹没了土地，贻害了百姓。金穴琼厨，遮不住穷乡僻壤；华屋殿宇，掩不了土披茅棚。淮安的城乡裂变着巨大的反差。清江闸下白浪翻涌，涛声轰鸣里的险象环生，监督着帝王的防洪大业。治理、修浚、疏通、筑堤成了头等大事。于是有了康熙宫廷柱上的“三藩、河务、漕运”六个大字。黄河夺淮的祸害肆虐千年，治淮安淮就成了维系这条大河正常运行的不二法门。明万历六年，潘季驯在继承前人治水经验的基础上，创立束水攻沙和蓄清刷黄的治水方略，所谓蓄清刷黄，即将淮安清水筑高家堰拦蓄起来防止黄河泥沙在运口一带淤积，并抗御黄河倒灌洪泽湖，同时在黄淮河交汇的河道中建束水堤汇聚水流以便更有效地冲刷黄河泥沙，这一技术称之为束水攻沙。这项开创性的指导思想，奠定了此后近三百年黄河、淮河运河总体治理范围。陈瑄驻节，潘季驯治河，李光地筑堤，靳辅连上八书，他们都是治水的功臣。

淮安，淮安，淮水安澜，对一条大河安稳的祈愿镶入了城市的名字，而挂在淮安城南清晏园匾额上的“河清海晏”，不单单是淮安百姓的心愿，也是明清两朝帝王的心愿。

河道的治理，漕船的制造，漕粮的储备，将繁荣富庶弥漫在淮北大地，长达五百年的锦绣繁华，使冠盖遍地，商贾云集，“清淮八十里，临流半酒家”反映着当时的盛况。

“南船北马舍舟登陆”，千百年一如既往，淮安用文化积淀了底蕴，用经济繁荣了城市，用美食丰富了生活。作为国宴名品的淮扬菜系有着“东南第一佳味，天下之至美”的美誉，以“和、精、清、新”为理念，南北兼宜，四海同品。“不令不食”的淮安菜，正应了“醉蟹不看灯，风鸡不过灯，刀鱼不过清明，鲟鱼不过端午”。独树一帜的美食文化体现在“软兜长鱼”的软绵滑嫩、气血双补；“白炮虾仁”的味道甘甜、口感爽嫩；“钦工肉圆”的入口鲜美、弹性极佳；“朱桥甲鱼”的鲜美无比、暗藏玄机；“开洋蒲菜”的清甜细嫩、爽脆淡香；“平桥豆腐”的食而不腻、清素入肺；“盱眙龙虾”的肉质鲜嫩、肥硕饱满；“淮安茶馓”的色泽嫩黄、松酥香脆；“淮安饺子”的皮薄如纸、鲜美滑爽；“活鱼锅贴”的浓香四溢、口感饱满；“涟水鸡糕”的造型雅致、营养丰富；“文楼汤包”的薄而不破、满而不溢；“淮河白鱼”的肥美可口、风味独特。“醒来夜已半，岸木声向微。明日淮阴市，白鱼能许肥”。东坡居士豁达旷远，不拘小节，被贬齐安，穷困得几吊铜线分挂屋梁，他也能苦中作乐，开创东坡肉，这不由洪泽去淮阴途中，还想着明天的白鱼，可见美食不但冲击了味蕾，还调节了心情。

水是运河的血脉，运河的灵魂；文化，是城市的根脉，城市的印记。南水北调的工程，激发着古城的生机，续写着古城的辉煌。运河三千里，最美是淮安。淮安与运河，相守相伴两千五百余年，运河是淮安的底色，淮安是运河的亮彩。

这座因水而兴的城市，带着太多的传奇故事，它的荣光和苦难，成就了运河之都，而这座古老的城市和它座下的百姓，正是大运河的精神化身。那么，这座漂浮在水上的城市，上演了多少奇妙的戏剧？

水聚土掩的古运河口，是否牢记枚乘的《七发》？斑驳脱裂的韩信故居，是否回荡“成也萧何，败也萧何”的警句？古色古香的河下古镇，是否上演“西天取经”的闹剧？窦娥巷里是否有漂泊的冤魂？蓼儿洼里是否埋宋江的遗骸？大运河畔是否响彻“为中华之崛起而读书”的浩荡？

抗元英雄文天祥伫立在船头，朗声吟诵：“九月初二日，车马发淮安。行行重行行，天地何不宽。烟火无一家，荒草青漫漫。恍如泛沧海，身坐玻璃盘。时时逢北人，什伍扶征鞍。云我戍江南，当军身属官。北人适吴楚，所忧地少寒。江南有游子，风雪上燕山。”

历史的天空曾经星光灿烂，但风流总被雨打风吹去。那抗倭状元沈坤、民族英雄关天培、巾帼英雄梁红玉、京剧泰斗王瑶卿、麒派创始周信芳；那刘鹗的《老残游记》、邱心如的《笔生花》、阮葵生的《茶余客话》，还有吴鞠通的《温病条辨》；那杨道孚的墨竹、鲁一同的墨梅、龚开的山水和李公麟的壁画，曾在广袤的星空熠熠生辉。

坑坑洼洼的石板路上，记录了淮北盐业的辉煌之韵；弯弯曲曲的小巷道里，回荡着盐车碾压的吱呀之声。书院楼台有“河下三鼎甲”的荣耀，茶坊药铺有杏林妙手的展露。青砖黛瓦，古意悠悠的巷道，夹杂着货郎的叫卖、挑夫的叮当、花娘的吆喝、独轮的咯吱声。一个个小巷，残留着历史的名号；一处处建筑，浸染着沧桑的印痕。

清江浦里依稀可听萧史弄玉的箫声和鸣，宛若可见翠袖罗裙的楚女醉吟，桨声灯影里的朦胧，画舫帐帷里的呢喃，缕缕氤氲着暧昧的气息；觥筹交错里的喧嚣，杯盘狼藉里的奢靡，处处萦绕着浮华的氛围。

清晏园里的亭台楼阁、水榭回廊，曲径通幽，迤逦着江南水乡的灵秀葳蕤，楼船画舫里尽显皇家的威仪，亭台石碑处昭彰繁盛的劲道。从康乾到道光，字体的变化似乎暗喻着朝代的运数，从遒劲有力，到绵软瘦长，再到慈禧太后的无字石，大清王朝的覆灭不是昭然若揭吗？

莽莽苍苍的水上长城——洪泽湖大堤，那一百零八个弯道，曾目睹黄河夺淮的惊涛，那一夜之间的洪水泽国，震撼了多少呆滞的目光。

青铜镜里照射出战争的焦点，籼稻粒中凝结出古老的词汇。精美的陶器，敲响了岁月的音符；花岗的石斧，劈开了远古的希冀。女娲补天的石头啊，上演了石破天惊的传奇，活在神话里的大湖，吟唱着“黄柑紫蟹见江海，红稻白鱼饱儿女”的歌谣。

也许负载千年的古运河会逐渐赋闲一隅，成为历史的回忆，但这回忆里有农耕的文化，有科技的发展，有民族的崛起。燕赵的悲歌已隐藏于运河的涟漪，江淮的豪迈已升华于唢呐的高亢，竹板击节的淮戏里有婉约的词句，小弦切切的琵琶中有低回的浅语。

大运河是中华民族流动的精神家园，悠悠运河，绵延千里、跨越千年，是中国南北经济文化交流融通的“大动脉”，古运河畔的淮安，这一片激荡着诗情、凝溢着画意的云水之乡，正以大运河文化遗产资源为依托，精心打造现代版的“清明上河图”，让“运河之都”焕发时代的华彩，这时代华章里有描绘大运河百里画廊的如意安澜、泱泱治水、传世古堰、湖山胜境等“淮上四卷”。

站在历史的起点，眺望水韵的淮安，那风光旖旎的画卷正在徐徐地展开……

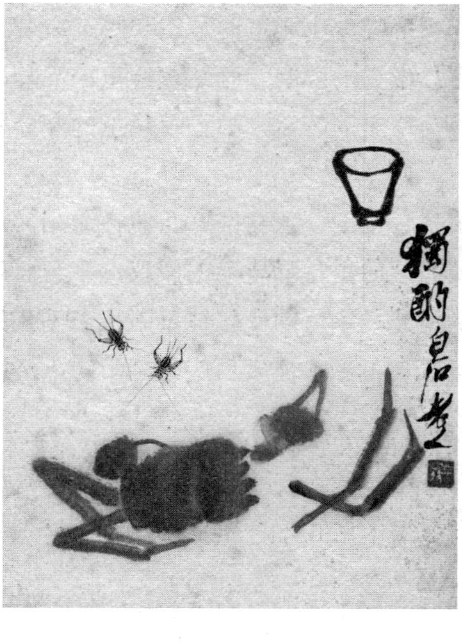

山海情思

“长城古堞俯沧瀛，百二河山拥上京”的山海关，从字面意思看，就是山与海之间的关隘，那么，山的尽头在哪里，海的终点又在何处？带着这样的疑问，在一个晴朗的下午，我登上了万里长城之首的“老龙头”。

老龙头，犹如龙首探入大海，弄波舞浪、喷云吐雾，如此延伸至海里到底是为了什么呢？是为了防止倭寇趁海水落潮时从海上来袭击吗？这松松软软的沙滩上如何来建筑城墙呢？

传说当年蓟镇总兵戚继光奉旨修筑长城，可入海七丈修筑太难，大海三天一涨潮，五天一落潮，单等海水落潮才能抢修，城墙修不到几尺，潮水一冲又变得七零八落，无数生命葬身于海底。戚继光一筹莫展，钦差又监军在前，这时一打鱼老汉献上一计：用铁锅倒扣在沙地，然后在锅上筑城。戚继光一试，果真奏效，一座城墙一夜之间巍然屹立，老龙头就成了万里长城的起点。六百余年，潮涨潮汐，风起云涌，都未能撼动于它，海水日日夜夜地拍打着它，海浪时时刻刻地簇拥着它，它们共同见证了岁月的风霜、历史的波澜壮阔。

总兵府桁枋的彩绘，雕琢着灿烂的往事；青砖砌就的拱门，诉说着辉煌的故事；壁垒森严的城墙，蕴藏着沧桑的旧景。

“两京锁钥无双地，万里长城第一关”的山海关，演绎了多少撼天动地的战事，静观了多少驰骋沙场的烽火，濡染了多少英雄志士的热血，那些鲜活的画面存留在城墙之上、洞眼之中。那墙体的浮雕、门廊的图案无不承载着厚重的文化，一砖一瓦、一梁一柱，无不述说着遥远的过去。

站在澄海楼上，面对着碧蓝的海水，吹拂着习习的海风，心境变得清爽明朗，浑身的燠热也随之消减。“长城连海水连天，人上飞楼百尺巅”，俯身下望，“入海石城”吞海吐浪，卷起千堆雪。坐在长长的回廊之上，面对着水天一色的渤海，俯视着巨浪翻滚的海面，渺小的人类宁静而安详。远处沙滩上有蹦跳的孩童，他们堆着沙子、玩着海水，将小脚伸入了海里，感受着海水的清凉。他们一定在高声地尖叫、热烈地欢闹，可是我什么也听不到，周遭是一片静谧，浑然不觉那浊浪排空，涛声阵阵。也许，这特殊的空间，不仅仅是为了帝王将相的凭栏观海打造的静谧，也是为了让人冥想、让人思考、让人遐思翩翩。我看着对面的老龙头，依稀感觉它在笑，它看着沙滩上的孩子们在笑，看着这大好的河山在笑。那哗哗的海浪不就是它的笑声吗？

如果不是当年吴三桂“恸哭六军俱缟素，冲冠一怒为红颜”的叛国举动，明朝也许不会迅速地覆灭，虽然朝代的更替是历史的自然规律，但他引清兵入关的卑劣行径被永远钉在了历史的耻辱柱上。经历了悲壮惨烈的“甲申”石河战役，溃不成军的闯王李自成也咎由自取走向了灭亡。我在想，如若李自成真的夺得天下，成为大顺朝开国的皇帝，他的王朝，又能有着怎样的结果呢，还不是又一个朱元璋大明王朝的兴兴衰衰？老龙头掀起的惊涛骇浪，让吴三桂无论藏在哪个历史的角落里，都不得安宁。老龙头吟诵的浅唱低吟，又怎么不是对历史兴衰的沉重思索？天下是天下人的天下，老龙头知道，只有天下人当家做主了，天下才能太平如平静的西湖。

岁月峥嵘，大清王朝几代帝王出出入入，祭祖护佑，拜海求吉，它的王朝也只维持了二百年的基业。卖国求荣的西太后还不是走了吴三桂的老路？当年的清军由山海关攻入关内，八国联军也由山海关强暴入侵，历史重演，这是多大的讽刺呀！历史的进程，有许多惊人的相似，“秦人不暇自哀，而后人哀之；后人哀之而不鉴之，亦使后人而复哀后人也”。

老龙头浴火焚烧，山河啼血，生灵涂炭的惨状在大清王朝烙下了耻辱的印迹，侵华日军的进犯，刀光剑影的厮杀，让中国人民打响了榆关抗日的第一枪。这青砖碧瓦，斗拱飞檐的山之关、海之关的军事要隘，如今成了一道风景、一段历史、一幕回忆。下午的阳光照射着脊顶飞檐，照射着孤草瓦当，照射着檐上兽雕。蹲守了几百年的脊兽，沐浴了多少次的岁月洗礼；战栗了几百遍的荒草，迷茫了多少次的腥风血雨。那栖息在檐下的鸟儿，一次次被惊醒，一次次被搅扰，终于可以自由自在地飞翔了，它飞向邈远的天际，飞向广袤的大地，飞向葱郁的森林。回头张望：那山衬着海，海托着山的气势，使起伏的山峦愈加巍峨，澎湃的海洋愈显辽阔，苍茫无际的海面，浪奔涛涌，一浪叠着一浪，一簇拥着一簇，巍巍关楼，气势恢宏。铁钩铜划的“天下第一关”横书门楼，苍劲浑厚，如这威武的雄关，傲视着天下。

从山海关放眼望长城，苍山如海，残阳如血，长城如一道飞腾的长龙，千回百折，腾云驾雾，迤逦而来，一直把矫健的身躯隐入内陆的山川大漠，此所谓神龙见首不见尾。从秦始皇一统天下，连接秦、赵、燕三国城墙开始，从孟姜女千里寻夫，哭断长城的传说开始，长城便有了自己的称谓。沿着通道拾级而上，一块块青砖铺设的路面，让人感觉似乎很平坦，可是越走越吃力，越走越茫然，宛若穿越了几千年沧桑的隧道，看不到尽头。那硝烟弥漫的战场，金戈铁马的嘶吼，那凶残的弓弩，掳掠的大刀，仿佛浮现在眼前。女真人的十万虎狼之师进攻风雨飘摇的大明，镇守将军袁崇焕单骑阅边，邓世昌驾驶宁远舰呼啸而过，卢沟桥头激烈的枪声，中华人民共和国冉冉升起的红旗……祖国，长城，我们来之不易的太平盛世，我们用什么去守卫你的和平？

蜿蜒险峻的长城，每走一步，似乎都是踩着历史的鼓点，感应着它的厚重声响。这里的风光并不旖旎，但它却吸引着我在此徘徊，漫无边际地遐想。行走在空旷无人的马道，脚踏着浸淫风雨的台阶，攀登着高入云霄的城垛，抚摸着斑驳陆离的城砖，长城旁开满一些不知道名字的野花，晚风吹过，随风飘落，落在我发上、落在我脚下，还落在了关里关外肥沃的土地上。望着崔嵬的山川和起伏的原野，那里有阡陌纵横的道路，有星罗棋布的城镇，有曲折盘旋的铁路公路，有呼啸而过的各种车辆。那里时而风尘漫漫、松涛阵阵，时而牧歌唱晚、车流如箭。那些气吞山河的英雄诗篇都藏匿了起来，历史，翻开了新的篇章，但豪气，却永远沉浸在这片肥沃的土地里。

燕山济济，渤海滔滔，海天荡荡，夏风熏熏。

竹暗仙人归隐村

欢迎来到我们上虞区陈溪乡，今天为你导游的是我——青青翠竹。怎么？你是嫌我弱不禁风？哈，我俊秀飘逸，我是山的女儿，我有水的灵气，走吧，让你见识见识我们这“欲界之仙都”吧。

看到没？那个是啥？是不是像我的本家“笋”？对，那就是“双映石笋”。乐山居士有诗为证：“云根奇怪起双峰，惯历风霜几万冬。春去已无斑箨落，雨余惟见碧苔封。不随众卉生枝节，却笑繁花惹蝶蜂。借使放梢成翠竹，等闲应得化虬龙。”这翠竹可不就是我？啥意思？聪明的你，慢慢琢磨去吧！等你品读三遍诗后，你定会受益匪浅。

你说：“那高的巍然耸立，浑圆雄健；矮的小鸟依人，亭亭玉立。似一对情侣？”哟，这个比喻形象，看不出阿哥你还有这份浪漫？“双映映在哪儿？”问得好！这双石笋的脚下呀有一长潭，潭中碧波如镜，旭日初升之时，映双石笋于长潭之中，但见山水一色，疑为人间仙境。至于那小的石笋为什么短一截？我爷爷讲：传说有一年通泽大庙内的灵姑浮将军自夸“我大庙菩萨福气好，陈溪胜景天下少，象鼻洞内不长草，巍巍石笋永不倒”，这话偏巧被飞过的一条黑龙听到，它心中嫉妒便兴风作浪，霎时间乌云密布、狂风暴雨、雷电交加……一会儿就听“轰隆”一声巨响，外侧的那株石笋就被黑龙的尾巴扫断卷走了。大庙菩萨奋起直追至余姚大岚山，举起手中的利戈一下就斩断了龙尾，负伤的黑龙夺路而逃。据说那半截石笋最后落在了宁波奉化境内一个叫作“十亩田”的地方。

“灵姑浮何许人也？”那可是春秋战国时期越王勾践的一名智勇双全的著名战将，官至大司马。你可听说过吴越“槜李之战”的历史故事？话说公元前496年，吴、越两军交战于槜李（今浙江嘉兴），越大夫灵姑浮一马当先以戈击阖闾，斩落其足趾，夺来马靴，吴王阖闾身负重伤，羞愤交集，不久病逝。公元前494年，吴王夫差兴兵伐越，激战于太湖椒山，越国战败，被吴军围困于会稽山。灵姑浮在生死存亡的危急关头，忍辱负重，潜隐于深山冷岙的陈溪，开荒种田蓄养畜禽，并秘密操练兵马，于公元前482年，率十子及众将士火烧姑苏，后屡次起兵，最终占领吴都，逼得夫差拔剑自刎。越王勾践班师回朝，论功行赏，敕封灵姑浮为“通泽将军”，成为越国复兴的第一功臣。功成身退的灵姑浮，回到故地陈溪。后人感恩将军，立庙祭之。

抚摸着二千五百年前的历史，这越国大将灵姑浮“十年生聚，十年教养”之地，仿佛还散发着远古的体温，这体温里有道家名士干吉、葛洪的气息，也有“山中宰相”陶弘景的残存，还有谢敷、王羲之、陆游、刘伯温、王阳明的遗留。

那太平山上的棋盘石里尚有残局未了，炼丹炉里仍有余烟未烬，石室桌前还有经卷未收，钓鱼台上华阳隐居的鱼竿犹在，他或许正在日门馆里授课。听，这溪流琅琅的吟诵，不正是贞白先生的“山川之美，古来共谈。高峰入云，清流见底。两岸石壁，五色交辉。青林翠竹，四时俱备。晓雾将歇，猿鸟乱鸣。夕日欲颓，沉鳞竞跃。实欲界之仙都，自康乐以来，未复有能与其奇者”。

怎么？还敢笑话我们竹子一簇“嘴尖皮厚腹中空”吗？我这是心虚节直玉品性，能“竹腹空空藏万卷”！不然，那“扬州八怪”之一的郑燮怎么“宁可食无肉，不可居无竹”？仁兄，还是不屑一顾吗？那我问你：这陶弘景为何被称为“山中宰相”呢？

“陶自幼聪慧，十岁读葛洪《神仙传》，便立志养生，十五岁著《寻山志》。二十岁被引为诸王侍读，后拜左卫殿中将军。三十六岁梁代齐而立，隐居句曲山（茅山）华阳洞。梁武帝称帝后，欲使其出山辅佐朝政。陶画了一张两头牛的画，一头自在吃草，另一头戴着金笼头，被人拿着鞭子牵着鼻子。武帝知其意不再勉强，但常以书信来往商讨朝廷大事，人称‘山中宰相’。”

仁兄高才呀！当年通明先生在干吉祖师墓庐旁住下，整理道经笔记，遇杜京产杜博士，应其之请，为日门学馆作《日门馆记》，这日门馆啊，原处太平山东麓，为道教讲习所，其声名远播，成为南朝道学与玄学的中心，据传当时授业者曾达近百人，后被废弃更名为云鹤庵，也称四柏古庵，乃玄武之象。

“为何叫四柏古庵？”那是因为陶先生当年离别前，曾在庵内前后亲手种植了四棵柏树，柏树又引来仙鹤在此栖息，在中国传统文化中，柏树为道教教树、长寿之树，仙鹤为长生之物，象征吉祥安康。由此可见，此处为一块道家的风水宝地啊！可惜呀，如今这更名为“四柏禅院”的古庵里仅留存庵前两柏。你看：这两棵1500多岁的圆柏，历经风雨，却枝繁叶茂，完全不似风烛残年的老人，他们见证着陈溪的沧桑岁月，浸润着陈溪的浮华烟云。

说到太平山，就是陆游在那忙着寻访“峰回内史曾游地，竹暗仙人归隐村”的那座山，至于那个归隐村，就是陈溪乡的最深处的太平山村了，自东汉传承至今，已有两千多年的历史了。

来来来，让我们踏步这蜿蜒的溪石古道，看群山叠翠、溪水淙淙、林影森森、鲜花漫漫。瞧，村口这“林下一人”的牌坊，这是崇祯皇帝为三朝元老、南户部尚书郑三俊辞官隐退所题。郑三俊祖籍安徽，却对太平山的风光情有独钟，曾三次在此归隐，崇祯皇帝感叹“满朝都称休官好，林下何曾见一人”。

呐，前面那青砖黛瓦，古色古香的建筑就是古老的“一品堂”，被誉为“天下第一清品”的郑三俊曾在此隐居二十五年。这“一品堂”不仅归隐了先贤郑三俊，也庇佑了后世新四军。抗战时期上虞沦陷，它曾被作为县政府的临时办公地，历时七个多月，有力地支持了上虞的抗战活动；同样它也是新四军浙东纵队的主要活动场所之一，是新四军重要的后勤保障基地。

修旧如新的“一品堂”已更名为“言欢书院”，瞧，里面人还不少呢。这一路走来，口干舌燥了吧？来，进去喝口茶，正好歇一歇。任时光缓缓地流淌，任岁月默默地远行，尘世的喧嚣在此刻沉淀，繁华的物事在此间摒弃。怎么样？你是否有心归隐桃源？

走哇，仁兄，这时候你该羡慕我们翠竹舒展灵巧了吧？起来吧，不远不远，坐什么车呀，慢慢走才有意思。

明代大儒王阳明，对，就是感叹“常快活便是功夫”的那位。其实，心才是快乐的根，沉浮动静皆人生，所谓“万缘脱去心无事”。好了，不跟你瞎掰了，你知道阳明先生的先祖居于何处吗？

正是这四明山下的达溪之所，也就是陈溪乡虹溪村。四明山腹地，是我们绿色家族的繁盛之地，茂林修竹、飞瀑流泉，幽静的山野风光和清净的自然生态是王氏先祖选择其为栖息地的初衷。这里“八山半水分半田”，这里“十寻直列峰，百尺倒泄泉”，真正是“仙山秀水，竹隐陈溪”。

据光绪年间的《上虞县志》载:“十九都有虹桥，因村处虹桥头，故以桥名村。虹桥村族居王姓，曰‘虹桥王氏’。”虹桥王氏距今已有八百二十年族史，至今尚有“生畈十里王”之称。公元1513年，王阳明和弟子、道友一行从下管溪溯溪而上，到达陈溪和达溪汇流的溪口，也就是石笋钓台处，在此逗留了三天两晚，在陈溪游学期间，他不仅专门到访了祖居地，还发出了“知乐知学，孰非乐非学也”的感悟，让陈溪成为名副其实的阳明文化遗存地。

到了，这就是虹溪村，这个古老的村落始建于南宋时期，九百多岁的高龄了，穿过这条巷子，瞧那外门，是不是宛若一座“虹桥”横跨？“旧时王谢堂前燕，飞入寻常百姓家”，王氏谢氏在此隐居，不正契合了这句诗意？

一场场的陈溪花事，一帧帧的山水丹青，一缕缕的雾霭云烟，书写着岁月的变迁。

导游至此结束，请记住，我是翠竹，我在山间，永远呵护你前行！

灞水悠悠亘古流

我是一枝生长于滋水里的芦苇，我的祖上目睹了蓝田玉的诞生、马匹的驯化、灞桥纸的出现，以及第一块砖的烧制。我们是史前文明的见证者，我们把根扎在黄土热泥的深处，记录着每一次文明的推演，对这片古老的土地，我有着深深的眷恋。

我所栖身的这条河，可不是一条普通的河，它是一条世界上罕见的河，是中国境内唯一由东南向西北流向的倒流河，也是中华文化的源头，她的名字叫灞河。在这里，我见过中华民族的“始祖母”华胥氏当年住在蓝田县华胥镇的华胥窑里，华胥窑与西边的华胥沟相通，华胥沟口有一潭水，叫华胥渚。一日雷神由白鹿原翻越灞河川道，返回骊山居住地雷家庄时，在华胥渚边沿上留了个脚印，华胥去打水，踩到了这个脚印，便怀了伏羲这一华夏民族的人文先祖。

经历了漫长的氏族社会，翻越夏商周一波一波的山峰，灞河悠悠，长流不竭，我们芦苇家族依然茂盛。“蒹葭苍苍，白露为霜。所谓伊人，在水一方”，你知道伊人是谁？她从苍茫中走入，又从苍茫中走出，她走进文字，自此走进了历史。

秦穆公称霸西戎时，滋水更名为霸水，至于穆公为什么要改名为“灞”，就只有去问这位一代霸主了。我们芦苇家族都知道，灞河有三条支流，分别为：清河、辋川、浐河，其中浐河最为有名，故有“玄灞素浐”之说。我们还听到民间流传着一个凄美的传说：几千年前，终南山下有一良田无数、童仆如云的富户，被玉皇大帝封为山神。这山神贪得无厌，蛮横霸道，想永远占有这方土地，便给儿子起名“霸儿”，山脚下有一户放羊为生的贫民，其女名唤“浐儿”，姿容俏丽歌喉动听的“浐儿”与“霸儿”一见钟情，遂私订终身，可门不当户不对的婚姻如何能得到庇佑？凶残的山神用仙术将浐儿变成了一股河水，即“浐河”；又将“霸儿”锁于家中铁柱。霸儿为逃离枷锁不惜以家传仙术化作一汪清流，即为“灞河”。为追随心爱的姑娘，它奔腾咆哮，一路穿山越岭，终于在长安城以北的地方与浐河相依相偎，汇入渭水。从霸儿和浐儿矢志不渝的爱情里，我想起了七仙女与董永、牛郎与织女、梁山伯与祝英台……爱之路，都布满了荆棘，要想满足做人的尊严，必须付出牺牲的代价。人类绵绵不绝，就是这样一代又一代顽强地走下去，无所畏惧！

请原谅我对神的不敬，或者神话只是神话，传说只是传说，不必当真，但现代人的生活却是我亲眼所见。我们芦苇一族，虽李杜不咏、苏辛不赋，却也不是那庸俗粗鄙之辈，看“平野无山尽见天，九分芦苇一分烟”，多么的清雅朦胧；瞧“落日桑榆存旧迹，西风芦苇护荒祠”，多么的忠肝义胆。芦苇尚且如此，何况人乎？

灞河护佑了我的家族，千百年来，它虽然是渭水的支流，却是先秦文明的摇篮。“蓝田猿人”的足迹早在九十万年以前就留在了灞河之滨，六千多年前的母系氏族公社在这里繁衍生息。闻名遐迩的半坡遗址，是黄河流域最具代表性的文化遗址，这个母系氏族公社的村落，不仅有大量的石、骨、角、蚌制作的生产工具，还有陶器为主的生活用品，它还发明了人类最早的文字符号；老牛坡遗址是陕西规模最大的商代遗址，也是商王朝在西部疆域最大的一个“根据地”，商代是中国历史上第一个有文字记载的朝代，也是青铜发展的鼎盛时期。提到神鹿坊，不由得想起《白鹿原》里那一只神奇的白鹿，它纵身一跃就是几个世纪，白鹿原上冶铜的怀珍坊，米家崖的米氏宗祠，沉睡于农田的窑烧结的残砖，那些遗存烘托着晚期的仰韶文化与早期的龙山文化的交汇。一场大地震，让他们沉睡数千年。

在大自然的面前，人类是多么渺小，多么不堪一击。而人类常常不知天高地厚，与自然进行着无谓的抗争，甚至倒行逆施，最终只能是自食其果，后悔不迭。地震、海啸、瘟疫、火山喷发等等哪一种不威胁着人类的生命？而人类的触手虽然已成功伸向了宇宙的深空，在遥远的疆域打下了人类的烙印，但是自然灾害的阴影却永远笼罩在人类的上空，人类只有与大自然和谐共存，真正做到“天人合一”才能求得人与自然的协调发展。孟子早已警戒，“不违农时，谷不可胜食也；数罟不入洿池，鱼鳖不可胜食也；斧斤以时入山林，材木不可胜用也。”

从半坡时代到周秦汉唐，至宋元明清，灞河走过了几千年的沧桑岁月。这期间，多少帝王将相在此建功立业，多少文人骚客在此停留驻足，灞河两岸孕育了多少故事，隐藏了多少秘密？

秦始皇为统一中国，亲送王翦至灞上；汉高祖西入关中，屯军灞上约法三章，并迫使秦王子婴不战而降；汉文帝营建灞陵，开创了因山为陵的先河。这里有西汉的未央宫、唐朝的大明宫，还有玄宗的兴庆宫，这些宫殿如今只剩残垣断壁。伫立在废墟的高处，南望丹凤门，远眺终南山，想起杜审言的“小臣持献寿，长此戴尧天”不免觉得讽刺，那“云标金阙迥，树杪玉堂悬”的华丽宫殿早已不复存在，王朝的更替是时代的必然，有哪一个朝代可以永不衰落呢？

灞水之畔曾是历史最为悠久的祓禊胜地，也是景色最为怡人的山水画廊。《汉书·元后传》载：平帝时，太后王政君率皇后列侯夫人“遵灞水而祓除”，有“君王来祓禊，灞浐亦朝宗”的诗句。古人相信水有荡涤宿垢的功效，示意驱邪除疾，祈子祈福，这与印度人在恒河浸浴大概有异曲同工之效。不过，恒河已肮脏不堪，而灞河却是清澈明净。这也许就是文明与蒙昧的区别，高雅与粗野的对比。

隋唐长安，曾是当时世界最宏大、最繁华、最文明的古都，灞河流域是人人争而涌之的所在，这里有刘长卿的“灞陵别业”、王昌龄的“灞上闲居”、郭暖的“浐川山池”、李福的“浐川别业”，还有太平公主南庄、长宁公主东庄。宋之问有诗为证“青门路接凤凰台，素浐宸游龙骑来。涧草自迎香辇合，岩花应待御筵开”。可惜，一代名城，化为灰烬。而安禄山只是导火线而已，没有安禄山也会有朱禄山、李禄山，历史的车轮滚滚向前，与其缅怀它曾经的辉煌，不如建设它当今的伟业。

一度那浩浩汤汤的灞水如失落的故城，容颜尽毁，鲜活不在，连我们芦苇家族引以为傲的“芦苇惊鸿”都芳踪难觅，灞河在缓缓地流淌，俊雅的风姿消失了，过度地开采，猖狂地挖掘，让生态付出了沉重的代价，人类的贪婪所造成的罪孽终将自己吞噬。曾经杨柳依依、碧波浩渺的地方，变得破败颓丧、满目疮痍。千疮百孔的灞河震慑着开拓者的心弦，牵扯着建设者的灵魂，于是有了“国际化、市场化、人文化、生态化”的发展理念，有了“唐皇城复兴”的伟大计划，有了“生态为主，开发为辅”的建设举措，以“生态+休闲”为主题，构建生态文化、创意文化、休闲文化等多元文化产业体系。从历史的维度到工业的发展再到生态的文明，未来展现在面前；从征服自然到破坏自然再到回归自然，珍爱托举在眼前。于是便有了生态的护堤、灞上的烟柳，有了姹紫嫣红、绿树成荫，有了世界园艺博览会的成功举办，有了西安世博园的免费开放，有了浐灞国家湿地公园的鸿篇巨制，也有了我们芦苇家族的欣然迁徙。广袤的天际、飞翔的鸟群、摇曳的草木、澄澈的湖水，还有纤纤的芦苇随风飘荡，宛如神奇的画卷。

生态与财富应该是孪生兄妹，丝绸之路的热潮，催生着经济发展的命脉，欧亚经济论坛永久会址落户于此，苏陕国际金融中心扎根于此，西安奥体灞河景区坐落于此，中欧班列“长安号”开通于此。灞河正以蓬勃的姿态引领着未来的世界。

桥是水的情书，柳是水的载体，有水无桥是水的寂寞，有桥无柳是桥的惆怅。灞河之上自然是要有桥的，灞桥是东西北交通的咽喉要道，从秦穆公时的浮桥，到王莽时代的长存桥，再到隋文帝时的灞桥，这桥几易几修，如果没有2004年的那一场暴雨，这座史上跨度最长、规模最大、时代最早的多孔石拱桥也许将永远湮灭于历史的尘埃，如果没有它的出现，又如何来演绎那“灞柳风雪”的妩媚？

《西安府志》记载："灞桥两岸，筑堤五里，栽柳万株，游人肩摩毂击，为长安之壮观""大雪纷纷何所似""未若柳絮因风起"，东晋谢道蕴的"柳絮"与"雪花"的妙联成就了关中八景之一景。李太白的"年年柳色，灞陵伤别"在凤箫里呜咽；戴叔伦的"濯濯长亭柳，阴连灞水流"在雨丝中怅惘；罗隐的"自家飞絮犹未定，争解垂丝绊路人"在相思里啜泣；雍陶的"自此改名为折柳，任它离恨一条条"在别绪中慨叹。还有那"灞桥柳，灞桥柳，拂不去烟尘系不住愁。我人在阳春，心在深秋……灞桥柳，灞桥柳，遮得住泪眼，牵不住手，我人在梦中，心在那别后，你可知古老的秦腔，它并非只是一杯酒"。灞桥上演了多少离别的哀愁，难怪它叫"销魂桥"，又名"情尽桥"。

"水是文明诞生的摇篮，也是文明存续的命脉。"水也是我们芦苇一族赖以生存的基础。哲学上说"人是一根有思想的芦苇"，这让我相当的自豪，有点得意的我愿灞河之水浩浩荡荡，源远流长；愿华夏文明延延绵绵，生生不息。

无法磨灭的伤痛
——圆明园之叹

我不知道我是如何走进这座园林的，满目的荒凉，满地的残骸，千疮百孔的圆明园，就这样突兀地呈现在我的眼前，使我不敢轻易地向前。

这些残垣断壁、玉石瓦砾，这些雕栏玉砌、精美廊柱，就这样裸露在历史的风尘里，暴晒在屈辱的记忆里。

它曾经那样辉煌，那样夺目，即便残损了一百六十年，但从那遗存的建筑，玉雕的廊柱，仍能窥探它的斑斓，仍能推测它的繁华，“东方的凡尔赛宫”哪！岂能是浪得虚名？

仿佛那浩浩荡荡的皇家御撵刚刚从思永斋走过，仿佛那袅袅娜娜的嫔妃身影依稀从长春园掠过，仿佛那黄花阵中尚有舞动的莲灯，仿佛那海晏堂中还有报时的生肖，那方外观里的香妃还在虔诚地朝拜，那蓄水池上的太监还在专注地灌水。可是一场浩劫就这样突然而至，让圣殿变为废墟，让一切化为乌有！

那三天三夜的大火啊，那烟云漠漠的皇城啊，乌云笼罩，烟雾弥漫。惨绝人寰的英法联军，烧杀抢夺，无恶不作，上至先秦的青铜制品，下至唐宋元明清几代名人的书画卷轴，以及历朝历代的奇珍异宝，洗劫一空不算，还灭绝人性地毁尸灭迹，一把大火，将这凝聚了中国三千多年的园林艺术精品，将这举世闻名的“万园之园”毁于一旦。这是怎样的行径？这是怎样的残暴？这是怎样的无耻？又是怎样的无知？它烧毁的不仅仅是中华文明的灿烂文化，它烧毁的也是世界文明的璀璨文化呀！可恨这些愚昧无知的野蛮之人，可怜这些贪得无厌的卑鄙小人，使那些价值连城的珍宝流失在外，至今难得回归。这场浩劫，造成的仅仅是中国文化史上的不可估量的损失吗？它难道不是世界文化史上无可预估的损失吗？

历史的罪人还在那儿沾沾自喜，野蛮的强盗还在那儿自我吹嘘，罪恶的行径，影响不了脑满肥肠的朝廷大员，撼动不了软弱无力的八旗护军守卫，却激怒了二十余名技勇太监，他们殊死搏斗，誓死捍卫，终因寡不敌众而英勇献身，这些连正式姓名都没有的太监，他们才是真正的男人，也只有他们为了保卫圆明园而同侵略者进行了唯一的一场生死抵抗！那冲天的大火，灼痛了多少中华民族的灵魂；那断裂的残垣，刺痛了多少黎民百姓的心房。可是懦弱无能、骄淫奢侈的清政府，闭关自守、故步自封的清王朝，却与强盗签订丧权辱国的《天津条约》《北京条约》，这是何等的悲哀啊！更可悲的是，八国联军抢掠洗劫之后，土匪地痞也趁火打劫，官僚军阀也巧取豪夺，甚至附近农户也入园填湖,开田种粮。以至于这历经一百五十年的大型皇家宫苑，这“理想与艺术的典范”被摧残得体无完肤，面目全非。

一个个废墟上的残骸啊，那是苦难历史的遗存；一根根残缺不全的廊柱啊，那是昔日风光的返照。这一片被野蛮蹂躏和践踏的土地，被强盗抢夺和洗劫的园林，通过残石和断柱，向世人诉说着辉煌而悲壮的历史。

那塞满了腰包的、那装满了箱箧的、那堆满了大车的、那载满了牲口的，他们何曾受到历史的制裁？他们逍遥法外，自得其乐，而他们犯下的罪恶却绵延了百年的光阴，这罪恶将一直绵延下去，它明明白白地袒露在那里，那里掀开了历史的伤痕，那里昭示了恶毒的灵魂，那里控诉了残暴的行径，那里揭露了险恶的嘴脸。那里有那么多哭泣的灵魂、哀怨的灵魂、不屈的灵魂，他们守候着这片废墟，听，那愤怒的控诉透过那焦石、透过那瓦砾、透过那枯木、透过那断壁，一阵阵传来……

透过那悲怆的怒吼，我们明白了历史的心声；透过那厚重的窗纱，我们窥探了历史的深沉；透过那朦胧的光影，我们捕捉了历史的魂魄；透过那燃烧的火焰，我们体悟了历史的伤痛；透过那孤寂的身影，我们感受了历史的凝重！

恭王府随想

初夏的风裹挟着丝丝的暑热，炫目的阳照射着荫荫的胡同，帝都的六月已是荷花满池，香远溢清，寻着亭亭的玉影，闻着淡淡的馨香，我从柳荫胡同走过，我从朱红大门跨过，我从箭道回廊穿过，只为探访那神秘的府邸——恭王府，曾经的和府。

这座历经三代的府邸，经历了怎样的波云诡谲呢？站在王府的门前，铜钉的铁门厚重庄严，轩昂的院落高阔幽深。高高的门槛、层层的台阶、绿绿的屋檐、宽宽的门窗，那飞翘的四角、雕花的拱斗、逼真的六兽、站立的廊柱，它们坐实了王府的繁华奢侈，它们见证了王府的兴盛荣衰，它们参与了王府的迎来送往。

迂回曲折的游廊，奇石堆积的假山，藤蔓绕枝的园林，碧水悠悠的池塘，使它有江南园林的温婉；高大雄浑的建筑，阔绰敞亮的院落，富丽堂皇的装饰，雕金镶玉的构造，又让它兼具北方宫苑的厚重。它是辉煌与雅致的结合，是大气与精巧的互补，是繁杂与素朴的相依。

那栖息于屋顶的瓦楞，呈现着不同的姿态，碧色清丽，灰色素净；那镶嵌于屋宇的梁枋，点染着绚丽的色彩，时而浓郁，时而锦簇。一殿一室一斋一堂，无不金碧辉煌；一楼一轩一厅一房，无不器宇轩昂；一门一窗一柱一梁，无不气势非凡；一砖一瓦一檐一椽，无不神采飞扬。

迈入“银安殿”的大门，那是王府的建筑之魂，这座与金銮殿媲美的银銮殿，它的主人和珅和大人是多么的胆大妄为，他从创造之始就忘了自己的身份；他从造园之初，就越了祖宗的规矩。所以他才有“锡晋斋”寝宫那五十二根价值连城的金丝楠木，所以他才有“西洋门”那洛可风格的拱门，所以他才有“大戏楼”那船坞式的建筑，所以他才有“后罩楼”那风格各异的窗户。他从一开始就铸下了大错，故而，尽管他监守自盗，藏匿了康熙帝的“福碑”却承不了“天下第一福”的神报，他没能多子多福多才多寿；虽然他处心积虑，从江南运回了酷似观音送子的奇石“独乐峰”，也唯有一子丰绅殷德；虽然他建了“蝠池”引了活水，虽然他种了榆树，囤了榆钱，最终却落得抄家自缢；若不是固伦和孝公主，他会凌迟处死，他会满门抄斩。那封存于“秘云洞”内，构筑于龙脉之上的福碑，也许曾经赋予了他无上的荣耀，敌国的财富，但终究是昙花一现，灰飞烟灭。

“多福轩”里，一根根绘满蝙蝠的廊檐，果真能带来绵绵福气吗？也许唯有那古老的藤萝知道，也许唯有那灰色的筒瓦知道，也许唯有那垂脊的院落知道。两百年的藤萝，陪伴着同样苍老的屋宇，陪伴着曾经鲜丽的庭院，陪伴着年轻的和孝公主，度过了多少美丽的晨昏？两百年的光阴，没有削减它的繁茂；两百年的光阴，没有摧毁它的容颜，它只是变得更成熟，变得更馥郁，变得更优雅。一年一年，它向世人讲述着悠远的故事；一年一年，它向人间描绘着红尘的烟云。

“静含太古”“秀挹恒春”雕花垂枝，流水池塘；那前廊后厦，错落有致；那青石围砌，榆树环绕；那榆荚坠落，池面漂浮，好一派福开满池，钱飘满园。真可谓俗中含雅趣，秀里蕴福音。

倚在“方塘水榭”之上，碧波涟涟之间，仿佛有清雅的婢女伸出纤纤玉手，采集清晨的露珠，那田田荷叶之上，滴滴晶亮的露珠，要收取多少颗才能煮沸泡茶啊！一叶小舟载着恭亲王奕訢，在荷叶间穿梭，一代亲王在花间采露，在水中徜徉，即便不饮那露珠茶，也能清凉如水，温润如玉。

历史的车轮碾过了滚滚的红尘，车辙的印痕划过了王府的大门，这座“半部清代史”的恭王府，在沧桑岁月里颠簸沉浮，这座被“蟠龙水”包围着的瑰丽明珠，它的诞生就预示着命运的多舛？这座经历了清王朝的鼎盛而至衰亡的府邸，它承载了多少丰富的历史？它孕育了多少灿烂的文化？那如烟的往事就让那碧水青山去诉说吧；那尘封的记忆，就让那亭台楼阁去挖掘吧……

大栅栏

京城的牌楼大多雕梁绣柱、镶金描凤，很是醒目，可大栅栏却是黑色铁艺，金色字体，让人容易错过。

七天前，我曾打此路过，从北京文联出来，溜达到琉璃厂东西街，漫无目的就钻进了胡同，走着走着就走到了这里，可我一心念着前门大街，竟然忽视了这么有趣的场所。

这兴于元代、建于明朝、盛于清朝的大栅栏，在朝代的更替中，这繁华热闹的市井商铺竟也未能幸存，义和团的一把火，烧遍了整条大街，林立的店铺统统付之一炬，重建后的闹市，虽然秉承以旧修旧的宗旨，但那古老的韵味、陈旧的底蕴，到底缺失了些许。

走在这条散发着明清风味的街市，五百八十年的历史，在岁月的长河里只是沧海一粟，但它依然沉淀了一些沙粒，留存了一些浅痕。沧桑沉浮，风雨不败，屹立不倒，自有其独特的魅力。

修旧如旧，老房旧址的北京丝绸商店、瑞蚨祥绸布店、内联升鞋店、六必居酱菜店、荣宝斋文房四宝这些百年老字号，透过岁月的沙漏，散发出古雅的光泽，而同仁堂、张一元茶庄、长春堂、月盛斋熟肉店，因为门庭的更新，焕发着明媚的光亮。

老北京有个顺口溜“头顶马聚源，脚踩内联升，身穿八大祥，腰缠四大恒”以此作为有身份有地位的象征，其中提到的马聚源、内联升、八大祥、四大恒都是大栅栏的商户银号。

古雅洁净的青砖路面，红窗灰瓦、雕梁画栋的传统中式风格，与朱红窗阁，青砖灰瓦的仿古建筑牌楼，将这古老的街市装点得古色古香，清雅高贵。虽然它的名字很接地气，虽然它的店铺充满着市井的烟火，虽然它的游人摩肩接踵，但它纹丝不乱，井然有序，没有喧嚣的叫卖，没有热闹的吵嚷。游客们都是那么的优哉游哉，有条不紊，也许他们早已熟记这么一个购物口诀：“买鞋内联升，买帽马聚源，买布瑞蚨祥，买表亨得利，小吃青云阁，喝茶张一元，买咸菜要去六必居，买点心还得正明斋，立体电影只有大观楼，针头线脑最好长和厚。”这块风水宝地，汇集了这么多的百年老字号，将人们的日常所需、娱乐休闲统统囊括。

据说早年间，大栅栏拥挤不堪，这里有个典故：1961年，一个人在大栅栏靠近西口的门框胡同劫了两位准备往银行送货款的会计，抢了送款手提包，准备从大栅栏街趁人多逃窜。哪知道大栅栏人实在太多了，劫犯提着包左冲右突就是挤不出去，这时民警已经赶了过来。如今条件改变，环境美化，大栅栏没有这般拥堵，但人流依然熙熙攘攘，到大栅栏购物的人们渴了累了饥了饿了，可以在一元茶庄泡上一壶清茶，可以在狗不理吃上几个包子，可以在青云阁品上几碟小吃，可以在德云社听上一段说唱，可以在大观楼观上一部电影，在悠闲的时光中，看楼下来来往往的人群，观世间咸咸淡淡的生活，听凡尘起起落落的故事。

这条二百六十六米长的胡同，流传着怎样的故事呢？它的前身叫廊房四条，它的由来要追溯到明代孝宗弘治元年。当年，京城夜间是“宵禁”的，为防止盗贼隐藏在大街小巷，朝廷批准，在北京很多街巷口，建立了木栅栏，因为这条胡同的栅栏制作出色，保留长久，大而多，逐渐为京城所瞩目，故大栅栏由此得名。

“茶香高山云雾质，水甜幽泉香雪魂。”品读着一元茶庄廊前的楹联，不由得放缓了游览的脚步。大栅栏的一砖一瓦，一门一窗，无不凝聚着紫禁城的古老文化；大栅栏的一灯一座，一草一木，无不藏匿着老北京的冰魂素魄。大栅栏的历史，随着那袅袅的茶雾，随着那悠悠的茶香，慢慢地升腾，久久地回味……

穿越历史，回归现代

走进国家博物馆，我是兴奋的，又是茫然的。兴奋，是因为可以目睹那些真正的文物；茫然，是因为我对这些奇珍异宝一无所知。

当然，来此的目的，不仅仅因为远古的物件，博物馆里包罗万象，偌大的博物馆，海纳百川，气吞山河，收藏、展览、研究、考古、教育、文化，应有尽有，它是历史与艺术的并存，当代与古代的兼容。

鉴于自我的偏好，首先关注了《古代中国陈列展》，那些远古时期的古老文化，通过一件件浸淫沧桑岁月的文物，诠释着生活，解读着时代。那形态各异，造型拙朴的陶鼎陶罐；那图腾崇拜，寓意深远的青铜尊盘；那风格独特，技艺高超的冰鉴铜节；那鎏金嵌玉，浓淡相宜的琉璃带钩；那诙谐幽默，生动有趣的说唱陶俑；那吉祥如意，构思精巧的青铜釭灯；那龙凤呈祥，美轮美奂的皇后凤冠……这些精美绝伦、举世无双的物品，反映着它们的时代特征，展现着它们的时代精神，透过这些物品，我们也许能窥视那远古的身影；透过这些物品，我们也许能挖掘那远古的历史。流传至今的文物，经过了多少风霜雨雪的冲洗？修复如初的国宝，走过了多少崎岖坎坷的征途？它们能呈现在世人的面前，本身就是一个奇迹。历经了漫长的岁月，发生了太多的故事，穿越千年的山山水水，沉浸千年的风风雨雨，每一件物品，都蕴藏着一个典故；每一件物品，都承载了一段历史；每一件物品，都展现了一个缩影。要知道它们的故事，要探索它们的历史，需得沉下心来，仔细地查询，耐心地摸索，如我这般走马观花，一经而过，只能是肤浅地领略。

在古代服饰展厅，一件件精美典雅的服饰，陈列在透明的橱窗，那汉代的皂服、元代的夹袍、明代的官服、清代的襦裙，不由人浮想联翩，那王公贵族，他们穿了哪一件，着了哪一裙？在他们的身上又发生了怎样婉转缠绵的故事？凝视着这些服饰，我的眼前闪现着一个个画面，那是脑海中宫廷剧目的组合。我将那些零碎的片段拆拆卸卸，我将那些残存的记忆拼拼凑凑，自我导演了一部无字的剧目，我在自己的剧中身兼数职，应付自如……

穿越了历史，也体味了历史，一座座雕塑，让我从梦境中惊醒，那段苦难的岁月，虽然没有亲身的体验，但一个个惟妙惟肖的塑像，无不诉说着苍凉的岁月，无不呈现着凄惨的画面。它让人感同身受，心如刀割！

在百年辉煌的展厅，回归现实的我，终于长长地舒了一口气，看着那些莘莘学子，簇拥在一幅幅精湛的书法面前，我感受到了蓬勃的朝气。而王雪涛的画展前，也聚集着不少的孩子，有一个小孩居然手执毛笔，在宣纸上画梅，那一笔一画、一枝一叶，是那么的认真，她临摹着先生的技法，全然忘了周围的世界……

十九个展厅的国家博物馆，有六七个正在修缮之中，也不知可曾遗漏了哪一厅，只感觉这恢宏的大厅，我只是观了其冰山一角，浏览其沧海一粟，面对精彩纷呈的世界，知识的匮乏时时困惑着我，也时时鞭策着我。

龙湾的记忆

自古以来，一个地名，或承载着一段历史，或撒播着一个传说，或依附着一种风情。龙湾，有怎样的历史、怎样的民俗呢？

一个偶然的机会，我来到了龙湾，来龙湾不是旅行，不为观光，只是来参加一场婚礼而已。温州人因为勇于开拓，敢闯敢干，被称为中国的“犹太人”，他们从不墨守成规，因而温州人相对是比较富裕的，龙湾也不例外。记得那是个国庆假期，我们一家三口深夜就出发了，六百公里的自驾行程却因为路上堵车，花了十二个小时，到下午两点才赶到龙湾。饥肠辘辘的我们一心只想着不要误了婚礼，紧赶慢赶，中途都不敢停顿。即便如此午餐时间也早已错过，想就近停车用餐后再去目的地，可百忙之中的主人却一直惦记着我们，并指定专人在酒店守候，并将食宿安排妥帖，这让疲惫不堪的我们蓦然间乏累顿消，神采奕奕。一家子洗了个热水澡，换了身干净整洁的衣服，稍作停顿就来到了婚礼的现场。龙湾的婚宴与我们南通的仪式相差无几，有专门的主持人主持盛大的婚礼，有乐队演奏也有歌舞助兴，所不同的是多了神奇的魔术。我还是第一次在婚礼上看到魔术师的精彩表演，他精湛的技艺吸引着所有人的眼球，每个人都盯着他那双神奇的手，那双一会儿抛红包，一会儿撒玩具的手，大人们盯着红包，孩子们盯着玩具。这样的婚礼快乐无边。而老公公扮花脸扛榔头背媳妇的闹剧更是让人捧腹大笑，看着那老公公标新立异的滑稽扮相，背着儿媳妇气喘吁吁的笨拙模样，每个人都忍俊不禁。吵闹闹的人群，热烘烘的场面将婚礼推向了高潮。不过这样奇特的风俗还是让我觉得有点不可思议，不可思议的还有每个人餐具下的一个红包，龙湾人真是大手笔。

因了这样的机会，我便开启了认识龙湾的模式。

龙湾，这个名字很有气势，蟠龙在湾，紫气东来，看那蜿蜒八百里的瓯江，似如椽的巨笔，泼墨挥毫，笔走惊雷，浪卷英雄，酣畅淋漓，浩浩汤汤奔向东海，而入海之地即为龙湾。

龙湾，乃龙之湾，聚焦了苍山龙脉的旺盛之气。明代先贤王叔杲有“温龙海弓”之说，“温之龙，自栝西，驶至海而尽……又适当海之弓，故温之显仕巨室多产兹土”。此谓长龙已出海，山势已成形。

早在六七千年前的新石器时代，龙湾的先民就居住于此，他们过着打猎为生、捕鱼为主的农耕生活，从春秋战国的煮海为盐到东汉末年的饭稻羹鱼，从三国鼎立的万全垟滩到唐宋时期的大旱饥荒，龙湾经历了战乱，遭受了割据，却也在一次次的磨难中岿然屹立。

走进了龙湾，便走进了历史，走进了历史，也便走进了文化。龙湾的历史源远流长，那悠悠的岁月里有龙冈山头闪烁的文明曙光，有永嘉盐场隆起的泛白盐包，有大罗山上供养的观音佛像，有永昌堡里弥漫的战火硝烟，有罗峰书院萦绕的耕读之风，还有瑶溪泷里耸立的奇峰怪石。

心安禅寺里的旧迹檀香，贞义书院里的翰墨书香，王氏祠堂里的祖训族约，茅竹山岭里的醉经堂学，无不氤氲着绵长的文脉；天柱古刹的檐铃叮当，瑶溪湖畔的幽谷碧波，陶成洞外的流云山影，冷水泉旁的境翠月明，无不透射着浓郁的诗韵。

那山清水秀，亭台檐廊的阁榭里有清雅的丽人；那雄伟壮观，壁垒森严的寨堡里有抗倭的英雄。千年的古刹飘荡着经幡阵阵，澄净的清池闪耀着玉色溪石。这里有唐朝的国安寺、宋朝的千佛塔，还有明朝的玄真观。

翻阅着先贤的墨迹，品读着文人的诗篇，在历史与现实中欣赏着龙湾的华章，在古典与现代中切换着龙湾的旋律，在朦胧与清晰里辨识着龙湾的模样。

那鸿蒙元气凝结而成的玄门圣山，乃太山老君的玄都道场，难怪明代王叔果会有“仙掌连云湿，青莲映日开。相将扪斗近，直欲御风回”

的慨叹；那依山而凿的陶隐洞外光芒四射的瑰丽景象，让身为国子监祭酒的王激豪情万丈“海日光先射，山云影乍移。何当谢尘鞅，长向此栖迟”；那天下第二十六福地的瀑泉寺的潭碧瀑白，曲径通幽让明代隐士谢德琦陶然自得“绝壑松杉暗，幽栖药草香。悠悠望东海，吾欲倚扶桑”；而永嘉四灵，佛地梵钟的冷水泉却让南宋诗人赵师秀禅根深种“清净非人世，虚空见佛心。却寻来处宿，风起长松林”。

作为温州模式的发祥地之一的龙湾，挟山海之势，得天时之利，经过几十年的蓄势，已成为镶嵌在瓯江龙口的一颗瑰丽的明珠。

走进时代激流里的龙湾人依水而生、伴水而居，他们将龙湾的精神代代相传，他们将龙湾的技艺薪火传承：汤和信俗、拼字龙灯、玻璃银光刻等非物质文化遗产令世界瞩目，百年馄饨、各式年糕、拉扯中的麦芽糖，让历史在龙湾的灵巧中续写。

舌尖上的记忆，是人类最原始最长久的记忆，人与天地万物的和谐关系，感动我们的也许不仅仅是食物的味道，还有历史的味道，人情的味道，记忆的味道吧。就如我们永远忘不了故乡，因为故乡有牵牵绊绊的亲人，有温温暖暖的老屋，有熟熟稔稔的旧物，有心心念念的食材，那是儿时的味道，母亲的味道，家乡的味道。无论我们走得多远，离得多久，故乡的味道永远铭刻在我们的心中，那是深入骨髓的味道。

而龙湾让我记忆深刻的也是那独有的原汁原味的水乡的味道：永强的泥蒜糕、灵昆的蛸蠓（弹涂鱼、文蛤）、龙湾的杨梅、闽江的黄牡蛎。我原以为文蛤是我们江苏如东独一无二的特产，没想到龙湾也有，不仅长相类似，滋味也难分伯仲。中学时读《我的叔叔于勒》就对哲尔赛岛上用手帕托着吮吸的牡蛎充满了好奇，想这高雅吃法的牡蛎究竟是何种模样，以至多年来一直念念不忘。后来在酒店尝到生蚝，猜测是不是牡蛎呢，可百度里的答案莫衷一是，至今都无法判别，不管它们是否同类，龙湾的牡蛎已留存于味蕾的深处，这是无论何种食材都替代不了的美味。还有一种特别适宜孕妇食用的鳐鱼，不仅能安胎、消除妊娠水肿，而且能解毒、治胃痛、疝痛、痔疮等。关于鳐鱼有一个有趣的传说：东汉皇帝刘秀一次带随从南下巡行，到了乐清一带，突然山腰处冲出一队人马，脸蒙青纱，持棒拿刀，见人就砍。刘秀一行仓皇逃窜，慌不择路的刘秀与手下失散，孤身一人逃到海边，无路可行之时，只能跳入海里，海水淹过了脚踝，没过了腰身，漫到了胸口。眼看着即将沉入海底，突然他感觉身子变轻了，露出水面了，靠近对岸了，他纵身一跃，跳上了一块巨大的礁石，回头张望，只见一个圆团团的东西正向海的中心游去，那圆圆的身子后拖着一条细细长长的尾巴，一摇一摆似在向他告别。刘秀明白是水中的鱼族救了他的性命，当即对着海水发誓："救驾功大，朕一定重重加赏！"话音刚落，一条鱼儿向他追来，并蹦出了水面，刘秀一看，以为恩人就在眼前，赶紧在此鱼的头上写上个"王"字，还赐给它三把有毒的宝剑，分插在额头两边和背脊上。王鱼得了宝剑，认为自己是无敌老王，从此在海底作威作福，欺强凌弱，横行霸道。鱼虾们得知真相，恨极了它，叫它"谣鱼"因为它的名号是欺骗得来，后来此事被刘秀得知，可皇帝金口玉言如何能改，就赏了一把宝剑给真正的救命恩人鳐鱼，这把宝剑，不仅长而锋利，而且毒性更强。如此，王鱼再也不敢仗势欺人了。可惜我去的季节不对，没能品尝到那鲜香醇厚、汁浓芡亮的红烧和清炖的美味，也便没能辨识那鳐鱼和王鱼的样貌。

我曾在新疆的戈壁滩捡回了一大包石头，这些沉重的宝贝差点折损了我的老腰，而在大罗山我又看到了奇形怪状的宝贝，只不过这一次的宝贝太大，我无论如何也搬不动，更不敢心存妄念。天河水库的田螺背，有诵经的观音，聆听的灵龟；茶山五园的宝严寺，有仰卧的大佛，行礼的菩萨；山鸡坑水库的寿桃、石竹村的龙脊、八份山的佛像、黄云寺的龙椅（大地之父和外星人）、长坑山的情侣、十里坡的叠石、田螺背的关公还有八份山的十二生肖，一个个栩栩如生、惟妙惟肖，这样的宝贝是自然的造化，天斧的神工，我岂敢觊觎？

这就是我对龙湾的记忆，此生无法磨灭的记忆！

永州，永州

永州到底有多美，去了你就知道了，没去，那你咀嚼一下它的雅称“潇湘”，会不会令你想起潇湘馆的林黛玉？“爱那几竿竹子，隐着一道曲栏，比别处幽静”的林妹妹也由此得名“潇湘妃子”。

潇湘妃子住在了竹林精舍，注定了她只是一个下凡报恩的修行者，所以她“质本洁来还洁去，不教污淖陷渠沟”。

转世到凡尘的绛珠草只是来还泪的，泪流尽身便去，于是潇湘馆的修竹染上了点点泪痕，这泪痕是黛玉的，也是娥皇女英的。不是吗？“虞帝南巡去不还，二妃幽怨云水间。当时血泪知多少？直到而今竹尚斑。”

娥皇女英的泪为舜而洒，黛玉的泪为宝玉而流，舜死了，二妃痛不欲生便跳入湘江，为情殉葬的妃子化为了湘江女神，“君妃二魄芳千古，山竹诸斑泪一人”。而同样为情所困的绛珠仙子还完了神瑛侍者的情债便魂归了仙班。

所以，“潇湘”，这个名字本身就蕴着缠绵，蓄着悱恻，它罩着神话的色彩，播着旖旎的传说，如何能不美呢？

它若不美，古往今来何以有那么多的诗篇吟诵？听，刘禹锡深深而叹“斑竹枝，斑竹枝，泪痕点点寄相思”。温庭筠浅浅而吟“湘江二月春水平，满月和风宜夜行”。连毛主席都感慨万千“九嶷山上白云飞，帝子乘风下翠微。斑竹一枝千滴泪，红霞万朵百年衣”。

它若不美，就没有元结的《寒亭记》《右溪记》《九疑山图记》，也就没有永州文化的开拓；它若不美，就没有柳宗元的《永州八记》，也就没有永州文化的传承；它若不美，就没有颜真卿的石刻和摩崖文学。既然文人骚客都留下了不朽的诗章，足以证明它是美的。至于怎么个美法，且待我慢慢细赏。

元道州游历湘中山水，估计是怕后人不知，因而所到之处必有铭文，所作铭文必刻石壁。你看他游阳华岩曰："九嶷万峰，不如阳华。阳华巉巉，其下可家。洞开为岩，岩当阳端。岩高气清，洞深泉寒……"游朝阳岩，又曰："於戏朝阳，怪异难状。苍苍半山，如在水上。朝阳水石，可谓幽奇……"他大约最喜欢浯溪，所以将传唱千古的杰作《大唐中兴颂》镌刻于浯溪崖壁，从而开创了中兴主题。高三点二米，宽三点三米的颜氏书法崖壁，文如星斗，字走龙蛇，望江而立，气势恢宏。这奇文、奇字、奇石的"三绝"作品，如神品般奠定了元次山在文学史上的地位。

有意思的是，浯溪这个名字的由来，只因元结喜爱祁阳一处山水，便将一小溪更名为"浯溪"。古人随意得很，也没个政府管控，也不用申请专利，我喜欢这条小溪，就叫浯溪好了，也亏得他喜欢，才有了那著名的露天碑林，也才有了那四百八十四块历代文人的珍贵墨宝，而颜书那"字划方正平稳，不露筋骨，当是鲁公法书第一"的这块便成了宝中之宝。于是颜真卿雄浑博大之书法，载《中兴颂》雄伟奇特之妙章，托镳石台奇异不朽之怪石而辉耀古今，光芒万丈。

这时候就不得不提怀素了。四处游历的无侣"野鹤"怀素自然不会放过潇湘的山水，潇湘是他的家呀，这浓厚的山水文化里无不留下了他深深浅浅的足迹，它们如一汪清泉，滋润着他干渴的心田，可怜这改字藏真的"零陵僧"是多么的贫寒，连练字的纸张都买不起，又如何临摹大咖的书法？于是，寺院的墙壁、自穿的僧袍、日用的器皿都留下了他的墨迹。这还不够，他还自制了漆盘，却也费料，于是他突发奇想，在芭蕉叶上练字。"流光容易把人抛。红了樱桃，绿了芭蕉。"怀素可没有将时光轻抛，他与流年争夺着光阴，一万棵的芭蕉啊，他剥了大叶，又不舍小叶，于是蘸着墨笔站在芭蕉树旁就着叶子书写，烈日炎炎他挥汗如雨，冰雪纷纷他双足僵立。

弱冠之年的怀素意气风发，与放荡不羁的李白情投意合，于是两人推杯换盏，把酒临风，诗仙洋洋洒洒，谱下《草书歌行》："少年上人号怀素，草书天下称独步。墨池飞出北溟鱼，笔锋杀尽中山兔。”但“醉僧”并没有醉得糊涂，尽管他一日九醉，任意挥写，他却深知功力尚浅。于是他南下广州，北上长安，他拜师邬彤，邬彤将张芝临池之妙、张旭草书之神、王献之书法之奇，一一讲解，并将作字之法“悟”字传授，取得真经的怀素又绕道东都洛阳拜会颜真卿，颜将“十二笔意”即“平谓横、真谓纵、均谓间、密谓际”等传授怀素，并作《怀素上人草书歌序》赞曰：“开士怀素，僧中之英。”这一会晤，使“草圣”怀素名声大作，世人称其字瘦劲而自然，随手而万变。“颠张狂素”双峰并峙。

“一笔书”的怀素之所以能达到“忽然绝叫三五声，满壁纵横千万字”的境界，或许得益于他的芭蕉叶，他的绿天庵。若没有那些贫困潦倒的经历，他或许不能将漆盘磨穿，让秃笔成堆。如今绿天庵的芭蕉连同那砚池笔冢都消逝于岁月的风尘，但怀素的《小草千字文》却创下了“天下第一草”的美誉。

“潇湘”之美如果少了河东先生也只能是缺憾的美。这永州司马也跟那道州刺史一样，喜欢改名，这不，一条原本默默无闻，名不见经传的冉溪突然之间就成了闻名遐迩的“愚溪”了。

想那“余为僇人，居是州，恒惴栗”的柳子厚初入蛮荒之地，必是心灰意冷，故以愚人自嘲，于是溪便成了愚溪，丘也作了愚丘，泉也只是愚泉。

愚溪岸边有些什么呢？可有那“黑质而白章，触草木尽死；以啮人，无御之者”的野产异蛇？应该是有的吧。不然怎会有永州司马对“苛政猛于虎也！”的慨叹？不然怎会有“孰知赋敛之毒，有甚是蛇者乎！”的为民请愿？居庙堂之高的君王如何能得知百姓的疾苦，只有处江湖之远的官吏才能体察底层的民情。也许作为永州司马的柳子厚并没有做出惊天动地的政绩，因为他不过是一个小小的司马而已，一个连栖身之地都没有的司马，一个连母亲都照顾不周的司马，一个遭人构陷沦落蛮荒的司马，他能做出什么呢？如果说他是政治上的失败者，那他就是精神上的胜利者，他是文学史上的璀璨之星。

“永贞革新”也许是他的噩梦，将他从辉煌的巅峰拽落到幽暗的谷底，然“塞翁失马，焉知非福”？如果没有那历时十年的永州贬谪，又怎会有名垂千古的《永州八记》，又怎会有“烟销日出不见人，欸乃一声山水绿”的盈盈清波？又怎会有“孤舟蓑笠翁，独钓寒江雪”的孤标傲世？又怎会有柳州刺史的“废除人身典押、释放奴婢、兴办学堂、开荒种田、开凿水井、推广医学”等一系列的利民举措？

从长安的政治改革到永州的郁郁不得志，柳宗元的漫漫人生路是痛苦不堪的，那里有沉甸甸的离愁、苦凄凄的别绪，还有灰溜溜的政绩。革新的梦想已然破裂，可变革的种子却在心间萌芽，他在山水之间流连，他在天地之间酝酿，他挥毫执剑，让盛世的中唐在栗栗中震颤。

此时，志向高洁的周敦颐正在望月呢，他可不管那俗世的风云，他看着这潇湘大地上的眼睛甚是惊奇，它一会儿是弯牙的弦月，一会儿成丰盈的半月，一会儿变圆融的满月，周夫子有点蒙了，他亦步亦趋，自东而西，可走来走去，还是如此，他擦擦眼睛、抬抬手臂，这不是他所钟爱的莲，而是天上的月啊，这月儿怎么就如此变幻多端，这里面隐藏着怎样的玄理？他揣摩来揣摩去，终于发现了端倪，原来“动而生阳，动极而静，静而生阴，静极复动”。

一洞三月其实是三洞一线啊，这开放性的“月岩”原来是一座穿岩，难怪它有如此的奇景，大自然的鬼斧神工谁又能说得清，辨得明呢？理学开山鼻祖的周濂溪不也是悟了半天？连走遍了大江南北的徐霞客也称赞“永南诸岩殿景，道州月岩第一”。此时，濂溪书院那满池的莲正“中通外直，不蔓不枝，香远益清，亭亭净植”吧？且让我轻轻推开院门，静静远观吧。

“潇湘”的美绝不仅仅是文人雅士笔墨中的美，那红尘的烟火，也沾染着纯朴，那永明河畔的村落，藏匿着一群神秘的女子，那瑶家的女子将云霞裁剪，织成头帕，那艳丽的绣帕里有奇特的字符，天书般的文字，是男人走不进的神秘，这文字是女人的秘密。倾斜的字符里藏着多少少女的心事，藏着多少少妇的哀怨，藏着多少采茶的艰辛，藏着多少浣衣的私密，藏着多少耕耘的苦累？没有人知道。油灯下的羊毫饱蘸着浓浓的墨汁，浸润着女子的心绪，那一笔一画，一点一线都有着特殊的含义，瑶家的女子用笔撰写着情感，用嘴抒发着思绪，那轻轻吟唱的歌谣里都是她们苦情的记忆。

可是踏波而来的女子，来去匆匆间又会带走所有的秘密，一袭土布掩尽风流，一把火炬烧为灰烬。那些散发着浓浓忧伤的“女书”，那些回荡着凄凄哀愁的吟咏，便成了永远无法录制的绝唱。

它，随落叶而枯，随流水而去。它是古村落的回忆，也是古村落的秘密，更是古文化的瑰宝。

永州啊永州！

衔在龙口里的明珠

“崇明白鹭飞，清晨渔夫起。”咦，谁在念我的名字？是你吗？我就是崇明呀！怎么，你瞧不起我？中国最大的河口冲积岛、中国最大的沙岛，舍我其谁？不就是我这潇洒又睿智的崇明吗？

长江母亲曾告诫我：不管自己怎么声名显赫，都要虚怀若谷，低调内敛。做人切不可狂妄自大，做岛当然也一样。算了，不跟你一般见识。

虽然，我来到这个世界已经一千三百多年了，公元十世纪那会儿就降生了，哈哈，那时你还不知道在哪个犄角旮旯呢？但我的成长还是颇费周折的，因为我是个顽劣的主啊，我可是一点也不安分。我呀，一会儿积沙成堆，一会儿坍岸成滩，一会儿合抱成团，一会儿孤立无援，就这样折腾来折腾去，把这儿搅得天昏地暗。但是啊，我这个小魔王终是栽在了你们人类的手上。你们用汗水和智慧来打造我，给我穿上漂亮的新装，给我建筑辉煌的宫殿，给我安排神秘的邻居，给我移植艳丽的鲜花，把我的家园装扮得典雅又诗意，这让我有点受宠若惊。刚开始，看着那一片荒芜，除了那芦苇荡啥也没有，我还真是心灰意冷。如今啊，我已乐不思蜀啰，不对，这本来就是我的家。

长话短说，带你去见识见识吧！

打哪儿开始呢？你是从上海长江隧桥来的吗？这座桥全长二十五点六公里，可是世界上规模最大的隧桥哦，是我家园的地标之一呢。怎么样，它是不是气势恢宏、波澜壮阔？

瞧，那些就是我神秘的邻居们，嘘，轻点轻点，你看它们正忙忙碌碌呢。这边一群好像在开会，它们在商讨着什么？那边一群又像在争论，它们想争出个什么？推举新的首脑？推行新的政策？还是制订新的路线？这几个聚集在一起，叽叽喳喳讨论得很是热闹，那几个围拢在一起，唧唧啾啾似乎在开演唱会。你听，这边啁啁，那边啾啾，这边喳喳，那边邕邕。嘿嘿，聪明的人类，听不懂了吧？其实，我也不懂。鸟类的语言太复杂了，呵呵！

嗨，那边沙滩上旁若无人、肆无忌惮的家伙们，有的在温柔抚摸，有的在嬉戏打闹，有的在缠绵缱绻，有的在浪漫热吻。唉，都不知道找个没人的地方避一避，没看见我还是个“单身岛”吗？不带这么诱惑的！这么血脉偾张的场面让我如何受得了？

走吧，还是离开这吧！怎么，你还恋恋不舍了，你看上了谁？你可别胡来啊！快走快走！别打扰这些可爱的生灵们，让它们尽情地亲热吧？你说什么？我不稀罕因为常看到？NO，NO，我也只是每年春秋两季才能与它们做伴，它们不是常住居民啊，有的来自遥远的西伯利亚，飞越千山万水，只是到此停歇而已。这里不过是它们补充能量的驿站，所以，我得好好地招待它们，作为主人，是不得给客人自由的空间、畅快的天地？

你喜欢骑车吗？走，我带你去锻炼身体，你看看你粗壮的大腿、凸起的肚腩？还没当过兵呢，整得跟个将军似的。来上车，你在前我在后。为什么？这还用问吗？当然你用力踩呀，你看我这标准身材用得着锻炼吗？再说了，我不是还要沿途给你讲解，如何能分心去踏车？来，我们沿着这明珠湖逛一圈，这边是西沙湿地，刚刚那鸟儿们待的地方是东滩湿地，你不是还念念不忘那些鸟吗？这里也有。喏，一排排大雁冲向蓝天，它们是天上的雄鹰，在云间自由地翱翔，那里才是它们广阔的天地，它们搏击着长空，俯视着大地，演绎着一幅幅动人的画面。它们是蓝天的骄子，自由的化身，人类如何能束缚它们的脚步？

你看那空中的飞人也想如大雁那般飞向高高的蓝天，可是他没有翅膀，只能借助工具，虽然他的姿态优美、技艺精湛，但是离开了那个水中的器具，他就只能在平地行走，他所展示的只不过是一门技术、一项运动。他不是大雁，不能一飞冲天，更不能消逝在邈远的天边。

你想去坐游船，因为这湖水碧蓝清澈？两个大老爷们划船有啥意思？湖中泛舟得有佳人相伴，那句词怎么说来着：“兴尽晚回舟，误入藕花深处。争渡，争渡，惊起一滩鸥鹭。”那是什么意境，你体味体味。现在是没有荷花，夏天就有了呀，划一叶小舟，入芦苇深处，看“蒹葭苍苍，白露为霜，所谓伊人，在水一方”，啊，那画面旖旎曼妙……

嗨，骑稳了，心神荡漾了吧？往那边拐，对，到森林里去，那里是天然的氧吧。慢点慢点，下车下车，我陪你静静地走走，缓缓地吸气呼气，再吸再呼，怎么样，这是你那钢筋水泥的蜗居里所享受不到的吧？你问那远处的房舍？那里居住着淳朴的岛民呢，那可是我的子民哦，他们在我的领地里世世代代生活着、劳作着、繁衍着，使得岛上的作物越来越多，人口越来越密，不知是我领导有方，还是咋的，他们都不愿意离开这方风水宝地，说是中国第一长寿岛，说是“只谓桃源今觅得，不知人在海中央”的桃源仙境，还说什么是衔在龙口里的一颗明珠，这让我有点汗颜，咱有这么璀璨吗？

耶，你也不想走了？赖上我啦？我原本还打算晚上请你吃三鲜呢，现在我得考虑考虑，不要馋得你不知“故乡何处是”，那我岂不亏大了？哪三鲜？这都不懂？江鲜、海鲜和河鲜啊！什么？透露透露有些啥？告诉你也无妨，吊吊你的胃口，海鲜有：石蜐、甘鲷、大黄鱼、海蜇、乌贼、鱿鱼、章鱼、泥螺、寄居蟹、牡蛎、花蚶、贻贝、蛏子、青蟹、鳓鱼、虾蛄、鲳鱼、带鱼、对虾等等。哎呀，瞧你这点出息，哈喇子都流下来了！我这才报了一鲜呢，得，我还是打住吧。

你看这桃花灼灼，枝叶蓁蓁，像不像三生三世里折颜的十里桃林？假若你运气好，说不定能逢着一个白浅一般的狐仙呢？到时候啊，这桃林会飘着一首深情的歌：“凉凉夜色，为你思念成河，化作春泥呵护着我；浅浅岁月，拂满爱人袖，片片芳菲入水流……”

你说那一望无际的黄色花田？那可是四千多亩的油菜花田，嗅一嗅，馨香醉人；望一望，灿若金海。翩跹的蝴蝶，翻飞在花间，真个是：黄花一飞满天星，落入凡间尽轻尘！

那成片紫色的是二月兰，你说它如梦幻的油画，又似紫色的海洋？这诗意的语言居然出自你这莽汉之口，真正是“士别三日当刮目相看也”。瞧那一袭长裙置身其间的女子，是不是宛若瑶池的仙子？你往哪儿去？没看见那帮她拍摄的小伙吗？

看那边，一枝梨花春带雨，一抹海棠胭脂醉。易安居士若在此，是否又会慨叹“知否，知否？应是绿肥红瘦”？

你听到了什么？“学而不思则罔，思而不学则殆”，喔，那可是个有学问的地方，崇明学宫啊，孔庙之一呢。你以为我成天游手好闲啊，我可是有内涵有品味的首领哟。往那儿看，古色古香的明清建筑群彰显着丰厚的底蕴，青砖黛瓦里承载着悠远的历史，蕴蓄着灿烂的文化。

我这里不但有学宫，而且有寺庙，那座山瞧见没，金鳌山，与它比邻而居的就是寿安寺。别看这座古刹只有七百多年的历史，昔日可是享有盛誉，“寺外青山山外山，亭中绿水水中亭”。想想吧，那里安放着上海最大的玉制卧佛，重达十三吨，长有六米多，梵香袅袅、佛声阵阵、楼阁重重、殿堂森森，那气势，那经幡，无不警示着一念入天堂一念下地狱的戒律。那里有历代书家题写的匾额：“灵山再现”“甘露慈云”“拈花一笑”“芥纳须弥”，你细细品味，是不是颇有禅机和深意？都说暮鼓晨钟，可这寿安寺的“北寺晚钟”却盛名远扬，黄昏时分钟声敲响，群鸦惊起绕寺而飞，成了一道寺庙的奇景。“钟声传三千界外，佛法扬亿万国中”，有一种说不出的妙意玄境。

看，落日的余晖映射在风平浪静的水面，波光潋滟，让人沉醉。瞧，那大地为布，水稻为色的稻田艺术，那是稻田吗？那分明是一幅水乡鱼米之画作呀。

如此，你还敢说我这东海瀛洲不是生态之洲、绿色之洲？不是繁华中的一片净土？不是灵魂里的一个家园？你还认为我是浪得虚名吗？

走吧，去尝尝我的子民自个酿造的“崇明老白酒”，今晚不醉不休，明晨陪你观“东海日出”，让你感悟何谓“牵龙入沧海，点墨引金珠”！

翡翠山城访古今

初识五指山是因为李双江老师演唱的“我爱五指山，我爱万泉河”，那高亢嘹亮的声音里所演绎的是红色的海南、革命的圣地，多年前一次偶然的机会，我们有幸来到了这里。

依据明代大学士丘浚“五峰如指翠相连，撑起炎荒半壁天，夜盥银河摘星斗，朝探碧落弄云烟”的诗句，我们选择由一条羊肠小道踏入了古老的森林。那参天的古木、浓郁的植被，将日光遮挡得严严密密。那粗壮的树干，如当年的红军战士，坚守着这方神圣的领土。而那垂悬的藤条又似红色娘子军般柔韧而刚毅，也许它们还记着八十年前的那场轰轰烈烈的“白沙起义”吧？它们曾目睹那战火纷飞、硝烟弥漫的惨烈，它们也许阻挡过日本侵略者和地方反动派的围剿，它们也许掩藏过琼崖独立纵队的将士，它们也许守护过红色娘子军的女子……

历史的硝烟早已散去，悠悠的岁月却无法忘怀，那革命烈士陵园里二十三米高的纪念碑上有朱德总司令的题词：“六连岭上现彩云，竖起红旗革命军，二十余年游击战，海南人民树功勋”，它提醒着世人琼崖革命二十三年的艰苦抗争，它警醒着后人今天的幸福生活是革命先烈用鲜血和生命换来的。

行走在或高或矮，密密匝匝的灌木丛中，它们粗细不均、高低不平，如绿色的屏障，填满了林中的空隙，难道这也是当年作战的需要？如此难行的山路，无怪乎曾经流传着这样的歌谣：“家住高山雾茫茫，老藤古树把路拦，哪有大道咱行走，上山下岭手攀藤”。在五指山东南麓，有一块“手辟南荒”的石刻，那是清朝名将冯子材来海南抚黎期间，为庆祝五指山“十字路”开通所题。说到“十字路”就不得不提到海瑞“海青天”了。明嘉靖二十八年（公元1549年），海瑞在乡试中以《治黎策》得中举人，后上奏《平黎疏》，提出了修建“十字路”的构想，“从而计久长，开通十字道路，设县所城池，中峙参将府兵备道……”遗憾的是，近四百年的时光里，这样美好的愿望却束之高阁，直到清光绪年间，才在张之洞的提议下，由冯子材指挥官兵及当地民夫开通了以水满峒为中心，贯通全琼的“井”字大道。大道开通以后，山里的人们就开始了以物易物的交换，譬如拿几个苞谷换几棵青菜，如此这般，直到货币流通到山区。

吞云吐雾、直插青天的五指山，是海南第一高山，素有“海南屋脊”之称。它峰峦起伏如同锯齿；它层层叠叠，蜿蜒不绝；它连绵不断，形似五指，故名“五指山”。

关于这个五指山，民间流传着这样的故事：在那遥远的古代，现在的五指山区是一片开阔的平原。平原上住着一对勤劳的黎族夫妇：阿立和他的妻子郛麦及他们的五个儿子，全家七口种着自己披荆斩棘、辛勤开垦出来的半亩田。没有工具，他们用木棍代替锄头，石头磨制刀斧，没有种子，他们到野外采集，就这么日出而作日落而息，日子过得贫困而艰苦。

一天夜里，阿立辗转反侧，难以入眠，昏昏然梦到一位须发白眉的仙翁在床前对他说：你们开垦的这块土地十分肥沃，要好好耕种。你家茅屋近旁的地下，埋着一把宝锄和一把宝剑，快把它们挖出来。只要你举起宝锄喊声“挖”，荒地便会长出好庄稼；挥动宝剑叫声“砍”，参天大树就会应声倒地。要是有坏人来欺侮你们，只要手擎宝剑大喝一声“杀”，坏人的脑袋就会搬家。

第二天清晨，阿立将信将疑带领全家按梦中仙翁的指点，果然挖到了宝锄和宝剑。他们用剑砍倒了一棵棵大树，用锄垦出了一块块良田，种上了大片的庄稼，日子一天天好起来。多年以后，阿立去世，儿子们遵照遗嘱将宝剑作为父亲的陪葬品。

这个消息不知怎么被村里的坏人亚尾传给了赶来的一群海盗。

海盗们纠集了数百人，霸了他们的田地，杀了他们的母亲，并将五兄弟抓起来锁在铁链上，连续拷打了十天十夜，强迫他们说出宝剑的埋藏地点，五兄弟宁死不屈后被杀害。五兄弟的英勇行为感动了栖居在这一带的熊、豹、蚁、蜂和鸟，它们成群结队，从四面八方聚拢起来，咬死了亚尾和海盗。随后，这些见义勇为的动物们又搬来大量泥土和石头，垒起五座高高的坟山，把五兄弟安葬在里面。这山遂叫五子山，后来，因为它们像五根手指直指苍天，又被称为五指山。

且不管这个故事如何神奇，那“常悬日月摩挲久，每拂云霞变幻新”的五指山却是实实在在矗立在这里，而海南琼崖纵队司令部旧址也留存在这里，人们在这里缅怀着先烈、追忆着历史；人们在这里感念着英雄、体味着当下。留存在这里的还有摩崖石刻和碑记，如庄渭阳的“泽布千秋永，功成六月奇，驱除志尚远，一恨早班师”，反映着黎族人民在明代顽强抗倭的斗争；留存在这里的还有白沙起义第一次会议会址、黎族首领王国兴退守鹦哥岭和王玉锦什寨山区坚持斗争的旧址、南茂岭苗军遗址等等。那初保村的民居、蕃茅队的蓑衣、水满乡的石刻，都镌刻着旧时的印记；那大峡谷的漂流、阿陀岭的山林、龙凤瀑的瀑布，都弥漫着时代的气息；那红峡谷的雨林、百花岭的飞流、洪斗坡的白鹭，都彰显着自然的魅力。

这翡翠山城不仅有巍峨耸立的山峰，还有清澈澄碧的河流，那时而湍急如万马奔腾，时而平静如闺中处子的水满河，溪水潺潺、彩蝶飞飞，在它的周围，遍布着稀有的珍品，那红壳松、油丹木、子京木、青皮木，都在这里生长；那沉香、母生，坡垒、格木，都在这里现身；那千年的榕树、亿年的桫椤，践行着原始的风貌。那云遮雾绕、时隐时现的五峰不正是明代王佐所绘的“一朵金莲擎碧落，五株玉笋泮清秋”吗？

我们在“海南第一梯田”的牙胡梯田里享受着田园的快慰，同时也感叹着峥嵘的岁月。翻阅着一张张褪色的照片，如同翻阅着那些个贫困的日子，日子里有吃着救济的妇人，娶不上媳妇的光棍，有大寨的精神和不屈的脊梁，有奋斗的汗水和脱贫的笑靥。在这样的日子里，黎族人民迎来了他们自己的节日——三月三，他们有了对祖先的敬畏，也有了对爱情的向往。

说起“三月三”，宋范成大的《桂海虞衡志》里曾有过相关的记载：“春则秋千会，邻峒男女装束来游，携手并肩，互歌互答，名曰作剧。”在黎族的文化中，一草一木、一山一水皆有灵性，黎族的始祖叫“袍隆扣”，他们认为始祖分天地之清浊，拓空间以生息，伸伟臂以引弓。有天才有地，有地才有山，有山才有峒，有峒才有水。自古以来，每年农历三月初三，黎族人民都会身着节日盛装，挑着山兰米酒，带上竹筒香饭，从四面八方会集一起，或祭拜始祖，或对歌跳舞。可惜我们去的不是时候，未能参与三月三的狂欢，这不能不说是一大遗憾。

不过，我们尝了色彩艳丽的“五色饭”（那饭可真讲究，由黑、黄、红、蓝、白五色组成，除了白色是纯色以外，其余四色分别取枫叶、黄姜、红草、蓝草汁液，选用优质山兰糯米分色浸泡后再用木桶节制而成，那味道真是独特无比），我们饮了甘醇甜美的山兰酒，我们品了生津回甘的手工茶，我们赏了精美绝伦的藤制品，我们观了热闹非凡的舂米舞，我们听了悦耳动听的竹器乐，我们看了美轮美奂的刺绣品，我们还跳了节奏明快的竹竿舞。至于那珍贵佳肴的灵芝山蟹，酸爽味绵的糯米酸鱼，鲜嫩细腻的五脚猪，肉质肥美的野黄牛，滋补佳品的烧鳗鲡，风味独特的炸鹿肉，肉质坚挺的蚂蚁鸡，口感极佳的福寿鱼，更是让我们念念不忘，而那漫山遍野的椰子和被称为“水果之后”的山竹是我们欲罢不能的极品。

短暂的邂逅让我们意犹未尽，抬头仰望，那逶迤不尽的五指山宛如五条扶摇直上的巨龙，正从母腹里腾空欲起，勤劳勇敢的黎族人民世世代代生活在这里，他们开荒种地，繁衍生息，他们在这龙盘腹地、人间仙境，用辛勤的汗水和智慧的双手不断谱写着灿烂的历史，不断创造着绚丽的文化。

解密启园

太湖之滨的东山湖畔，有一座江南古典园林“启园”，门楣上的“启园”二字，由启功先生所题，那启园与启功是否有一定的关联？我们去一探究竟。

启园建于1933年，始建人席启荪，乃太湖东山人，是为纪念其上祖在此迎候康熙皇帝而兴建，原名为席家花园，后来易主徐介启，于是改名为“启园”。启功的题词给启园增添了神秘。跨进楼阁庭院，但见小桥连廊，假山池塘，依山傍水的园林吸纳了山的豪迈，凝聚了水的灵性。据说启园有“三宝”，是哪三宝呢？且让我一一探来。

从圆形的门洞进入，首先看到的是“融春堂”，这个地方是主人会客的地方，相当于古代的客厅。融春，意味着春光融融，这是一个吉祥的名字。

走出融春堂便来到了“听雨斋”。听雨，来自李义山诗句“秋因不散双飞晚，留得残荷听雨声”。也许很多人热衷于“接天莲叶无穷碧，映日荷花别样红”的妍丽，而我却独爱“留得残荷听雨声”的意境。晚秋的季节，荷花早已凋零，可那满池的荷叶虽已衰败，却别有一番意味，枯枝残叶里有零落的美、静寂的美、残缺的美，有一种无法用语言形容的美，雨中的残荷所勾勒出的何止是一片景、一幅画？它有一种说不出的朦胧、道不明的孤寂、写不尽的诗意。我不知道启园的主人是出于什么心理将此取名为“听雨斋”，我只知道，坐在这里听雨观荷，内心会无比宁静。

《柳毅传书》的故事，我还是在小学的时候跟父亲一起去看戏时知道的：柳毅是一个苏州的秀才，在科考的途中遇到一个女子在冰天雪地里牧羊。经了解，女子是苏州太湖龙宫的公主，远嫁给了金水龙王的十太子，但太子是花花公子，浪荡无才，花天酒地，虐待公主，龙女被其赶出龙宫，牧羊为生。柳毅深表同情，毅然跳入井中为公主传书。龙王救出了公主，为了答谢柳毅把龙女许配于他。这只是一段凄美的爱情故事，一个杜撰的神话传说啊，可是在启园却有一个柳毅井，柳毅亭里有一黑色的书法条石，上书明末清初诗人吴伟业的《柳艺志》:“仙景录录音，园泉卸菊林，寒天玉女恨，清见柳郎心。耿短书难到，双鱼信岂沉。波澜长不起，千尺为情深。”

这货真价实的明代遗留，石刻石碑说明了什么呢？难道那不是传说，真的有那么一座龙宫，有一个龙宫的公主？我真想从那井口跳入，去见一见神秘的公主。

苏顺清诗云“杳杳波涛阅古今，四边无际莫知深”，眼前的“阅波阁”是不是出自于此，阅波阁的后窗面对着太湖，那这阅波阁从字面意思上理解，就是阅尽太湖波涛的阁楼，踏上这小姐的闺房，房门紧闭，佳人不在。小姐去了哪里？是出阁了吗？果然这闺房不是什么人都能进的。

穿过长长的连廊，走过古朴的小桥，一座朴素的石碑立在桥头，上书“古杨梅树”四个大字，据说旁边的这棵杨梅树是1699年康熙皇帝视察太湖漕运码头时，在此休息并亲手所栽。四百多年过去了，它依然枝繁叶茂，还能开花结果，可惜我们来晚了，错过了结果的季节，不然倒想尝尝皇帝种的果树结的杨梅是否与众不同。

沿着康熙皇帝走过的路径，来到了漕运的码头，太湖之上长长的码头伸入湖中。遥想皇帝当年，站在这码头之上，眺望碧波万顷，欣慰漕运发达，梦想大清的基业长此不败，然山水依旧，朝代更迭，码头前的牌坊见证着时代的变迁，“光焰万丈”的横幅只能证明曾经的辉煌。

临湖的亭子上书“虫二”二字，落款御题，想当年康熙皇帝自诩聪慧，“虫二”二字暗藏玄机，“风月无边”，并非无人能解。

如此，解密了启园的三宝：古杨梅树、御码头和柳毅井。

最是女儿香

那一年，那一天，你我邂逅在湖边，你说你名唤莞香，来自远古的地方，我被你周身弥漫的香气所笼罩，迷迷糊糊就坠入了梦乡。

在梦里，我寻找着你的故乡，来到了岭南这个地方。这里有松湖的烟雨，朦朦胧胧、缥缥缈缈，如烟似雾又像雨。松山湖水清澈透亮，波光粼粼的涟漪，被风卷起的浪花，一下一下轻吻着湖的两岸。云雾掩映的远山，似有薄薄的细纱轻轻飘舞，树木时深时浅、时明时暗。微阳的光亮照射着湖面，一闪一闪，泛着灰白的银光。环湖的垂柳，宛若轻纱遮面的少女，亭亭玉立、婀娜多姿。这里有生态的绿道、翠绿的丝绦，有橙黄的黄花风铃木，有姹紫嫣红的腊肠花，有木棉红艳，还有紫荆花雨，真个是琪花瑶草，人间仙境。绵延四十二公里的湖岸线，似一曲悠长的《贝加尔湖畔》，那动听的旋律在蔚蓝的天际飘荡，复古的列车，载着喧嚣的人群驶往童话的城堡，而我却跨过了十米的长桥，沿袭着“通济”的习俗，那桥头，有举着风车的孩童、摇着风铃的女子，还有挎着香篮的妇人，他们跟我一样，穿越了时光的隧道。

蹒跚走来的是明朝的风水堪舆家赖布衣吧。他走走停停、追追寻寻，沿着龙脉，查着地势。他抬头观望，但见一山如金钗，旁边牛眠石，以此来推断，金钗应是仙女遗，神石乃为牛郎化。但他不敢泄天机，唯将手中毛笔连套插于此，意谓此为状元宝地，由此而衍生出“状元笔”。而梨川的祁家，祖坟就埋葬于此，子孙发愤图强，至祁顺中进士，选拔首甲，因犯帝讳，错过状元，改授二甲二名，后出使朝鲜，功成名就。状元笔、金钗岭、牛眠石，寄托了多少美丽的胜景。

恍恍惚惚中，我追随着你婀娜的身影来到了古老的庭院，那里有皇宫贵胄、文人墨客，那里也有妃嫔娇客、才女佳人。

“青砖黛瓦马头墙，回廊挂落花格窗。”朴树木棉落羽杉，亭台楼阁隐山庄。这是哪里？我不知道。我的耳边飘来闽南的小调：

乘香入梦乡
沁人心肠
相知相伴
何惧百千伤
来时路上
别有风光
半是一线悬命
半是一念升张
方得始终
岁月悠长
历轮回磨炼
万劫成莞香
…………

是谁在言“莞邑千年，惟香奇特”？是谁在表“香之为用，其利最溥”？是谁引莞香入阁，蕴岭南山水？是谁将青绿卷轴，挂映月之厅？是谁栽火红枫树在寻香阁院？又是谁焚香品茗在云水禅庭？

我在一砖一瓦中，品味你的名字；我在一窗一格里，窥视你的倩影。那一茶一画中，有袅袅的青烟升起；那一桌一椅里，有悠悠的往事沉淀。

四千年的滚滚红尘，裹着魏晋的风习，携着大唐的烟雨，你在摩诘的禅意里冥想：“浮名寄缨佩，空性无羁鞅。夙承大导师，焚香此瞻仰”；你在东坡的诗韵里飘荡：“万卷明窗小字，眼花只有斓斑；一炷香消火冷，半生身老心闲”；你在易安居士的兰舟里神伤：“红藕香残玉簟秋。轻解罗裳，独上兰舟。云中谁寄锦书来？雁字回时，月满西楼”。黛玉的潇湘馆里有你淡淡的幽香，宝钗的襦裙袖中有你浅浅的冷香，可卿的温柔房里有你浓浓的甜香。

在苍茫的旷野，有你的老祖——莞香树，它遒劲挺拔，叶似黄杨，籽如连翘，又名牙香树，原来你还有一个娇娆的名字“女儿香”。你们莞香一族是多么荣耀，在树木王国里，只有你们一族是以东莞地方命名的，中华大地唯你独尊，你们是东莞的骄傲，是松山湖的特产。“莞香度岭而北，虽至劣亦有馥芬，以霜雪之气沾焉故也。当莞香盛行时，岁售逾数万金，苏松一带，每岁中秋夕，以黄熟彻旦焚烧，号为薰月，莞香之积阊门者，一夕而尽……”莞香的贸易带动了街市的繁荣，悠扬的古琴在巷道的深处缓缓流淌，仿佛回到了明清时期的牙香市场。那个时候，莞香闻名全国，是当时的进贡佳品，清代时，备受国人爱重，其珍品有“天下第一香”之称。不信，你去瞧瞧故宫博物院中，还有你们一簇的身影。你，不仅流连于宗室贵戚，同样穿梭于黎民百姓，人们在小雪的这天将你采撷，你的香脂便散发于庭院、消融于书房，人们借你清赏祀神、去潮避秽，又靠你医治病痛、缓解急症，还用你造纸制茶。

在凡尘俗世里的人们，离不开红尘的烟火，却也少不了静室的闲悟，他们挂画插花、焚香点茶，效仿着宋人的四雅，追逐着隐逸的超脱，在一山一水中临潭听风，于一石一木间寻香抚琴。

松影里谱曲、湖畔里听音，寒月里送来云水禅心。或者茅室一炉香，虚窗一盏茶，在氤氲雾气里对坐话桑麻，聊一聊农事、说一说乡情、唠一唠邻里、晒一晒儿孙。莞香，你给世人带去了多少的寒暄？

喝一杯沉香茶，这茶里有你的叶、你的花、你的枝和你的干；喝一杯沉香茶，这茶里有的血、你的肉、你的魂和你的魄；喝一杯沉香茶，我将你融入了我的骨髓里，是否这样就可以你中有我，我中有你？

七月初六夜
移花果盛堂
携手同看麒麟舞
龙舟侧畔竞徜徉
盼生生不息
留百岁余想
一笔可园成佳话
一城美满女儿香
又一盏福灯初上
点满天星火呈祥
莞尔一笑
人间芬芳
…………

一曲女儿香飘飞到何方？

纵情太湖

一月的梅花、二月的杏花、三月的桃花、四月的樱花，我们都错过了，在石榴花开的五月，我们直奔苏州东山而去，哪管它“东园载酒西园醉”，只为那“摘尽枇杷一树金”。

东山，这座延伸于太湖之中的半岛，环水的三面，万顷的碧波，点点的渔帆，明清的古巷，吴秾的软语，让我们仿佛坠入了桃源的世界，忘却了红尘的喧嚣，只想植树种花，撒网捞虾。

那湖中的三白，是“太湖船菜”的招牌，“湖畔人家”临窗的雅座，微风习习，茶香扑鼻，清蒸白鱼、水煮白虾、银鱼炒蛋、盐炒螺蛳、凉拌藕片，一道道精美的菜肴，似蕴着湖水的味道……

枕水而居的人家，晨曦中撒网，夕阳下收帆，满仓的希望，满心的欢喜。客居的我们在漫山遍野的枇杷林中同样是欣喜若狂，树高何所惧，木梯爬上来。

如果说初登东山尚存矜持，那满树橙黄则让人抛却形象，依旧、卫武、阿黑哥，一个个昔日的绅士，幻化为今日的侠客，提篮执钩，攀梯摘果。那现采的枇杷，不及装篮，就进入了我们的腹中。

方回谨小慎微，轻声细询：“现在可以品尝吗？”

虫虫一丝不苟剥皮去籽，玛丽已三只下肚，梦晗则含着果肉，连连伸手：“我要我要！”而我早已是唇齿留香，满手渍黄。

看着那累累的硕果，瞧着那串串的金黄，我终是按捺不住，背上竹篓、提上竹钩，一节一节攀爬而上，正在采摘的主人急急地规劝：“快下去，不安全！”我哈哈大笑：“你安全，我就安全！”

站在高高的梯上，俯瞰这湖光山色，遥望那碧水苍天，心情豁然为之开朗，居然忘了爬梯的初衷，只想静静地坐在枝丫之上，看青山绿水，看舟来舟往，看满山果树，看满园芬芳。

一筐一筐的枇杷堆在我们的面前，一篮一篮的枇杷塞满了我们的车厢，载着这一车的甜香，驶入了蓬莱的仙境——“太湖三山岛”。

三山岛里有什么？奇山怪石？道佛胜迹？自然地理？旧石遗址？且待我们一一探寻。

而码头上的两个字却堪堪难住了我，“长圻”是“qi”，还是“yin”呢？梦晗求助了网络，为qi，有边界、曲岸之意。

长长的码头，远远的游轮，恍惚飘逸着许文强的风衣，那倜傥的身影、潇洒的英姿，迷醉了多少青春的怀想！

登上了游艇，辞别了码头，哗哗的湖水在身后歌唱，激荡出白色的波浪，激荡出跳跃的鱼虾，风掀起了裙袂，浪溅出了水花，我们在一浪高过一浪中登上了彼岸，我们在蓬莱仙境里留下了倩影。

亦步亦趋的导游，跟着我们从岸边来到了山脚，从山脚走入了庙宇，从庙宇迈上了亭台。她是那么执着，执着到我们无法拒绝她的热情，于是用一百元换得了歌曲两首、典故两则。

蜿蜒曲折的山径、烟云缥缈的山峰、怪诞嶙峋的山石、隐约朦胧的山影，还有那远古流传的故事，给这岛屿增添了神秘的色彩。

南峰的梳妆台，是春秋时吴王阖闾小女“胜玨”的葬身台，也称琴台、姑亭，不愿远嫁的公主，就这样投湖而去，而对立的“娘娘庙”则是太姥的行宫。那中峰的补天石，则是“女娲补天”所遗之石，太湖之石瘦、漏、透、奇、皱。瘦则清癯峻秀，漏则玲珑镂空，透则轻盈剔透，奇则鬼斧神工，皱则古拙隽永。

古人云：三山之胜在于石。石有生肖石，石有狮身石，石有猫面石，石有熊脸石，还有“四世同堂石”。

在一线天里，我们手抓铜环、背贴崖壁，窄窄的山道、陡陡的石阶，磨炼着我们的意志，测试着我们的勇气，气喘吁吁爬上山巅，俯视山下芸芸众生，突生悲悯之心，莫非是那滴水的观音悄悄地普度？

我们是世间的凡人，有缘踏入仙境，实乃三生有幸，而我们也终将归入红尘……

镜湖莼菜乱如丝

也许你觉得荒唐，有人会因为一道菜而弃官归乡(《世说新语·识鉴篇》云:“张季鹰辟齐王东曹掾，在洛，见秋风起，因思吴中莼菜羹、鲈鱼脍，曰：‘人生贵得适意尔，何能羁宦数千里以要名爵！’遂命驾便归”)，有人会因为一碗羹而万里返航，不管你信与不信，这世间就是有这么神奇的菜肴，会让人魂牵梦萦，即便“菜不过三口”的皇帝也不能幸免，将此菜定为贡菜。它就是苏大学士口中的“若问三吴胜事，不唯千里纯羹”的莼菜。

东坡先生可是个美食家呀，什么东坡肘子、东坡墨鱼，什么东坡腿来东坡饼，即便发配到黄州，落魄潦倒之际他也能捯饬出东坡豆腐、东坡肉，还能发明避暑小吃东坡凉粉，当年被贬谪汴州来到杭州做个小小的通判，他的内心能不郁闷？但郁闷又如何？无奈又怎样？既来之，则安之，便有了“欲把西湖比西子，淡妆浓抹总相宜”;既贬之，则为之，便有了“苏堤春晓”和“映波、锁澜、望山、压堤、东浦、跨虹”六座古桥。无论是通判还是知州，东坡居士为官一任，造福一方，可他也没委屈了自己，他可是个前脚被赶出朝堂，后脚就能走进厨房的主，顺带还炫一下当地的特产，贵州的竹笋、岭南的荔枝、海南的芋头，不都有赖于他的宣传？这不，到了杭州，不尝尝杭州的美食哪对得起“古今老饕第一人”的称号？况且，还有那西晋的典故在呢，你看，人家为了家乡的莼菜羹和鲈鱼脍，干脆辞官挂印了，那苏大学士能不好奇？

可这莼菜到底是个啥东西呢？让古往今来那么多文人墨客津津乐道，还让乾隆皇帝留下“花满苏堤柳满烟，采莼时值艳阳天”的题咏，且六下江南，每到杭州，必以莼羹为食？带着满腹的疑问，我来到了西湖。

到了西湖，我才知道，那历代骚客千吟百叹的莼菜虽然被冠以“西湖”之名，原产地却不是在西湖，而是在西湖区双浦镇的铜鉴湖。

铜鉴湖又是个什么湖呢？资料显示：铜鉴湖，汉时称明圣湖，南宋更名为石湖，民间还称其为金牛湖，曾经是泗乡大地最大的湖泊，与西湖并称为“姊妹湖”。可是，呈现在我眼前的不似一条有着厚重历史的湖啊，它分明是一条新开挖的年轻的湖呀，难道我找错了地方？原来，这里曾经的确是一个形成于钱塘江冲积平原与天目山余脉间的潟湖，后来，贪婪的人类不断地索取，围湖垦荒、填湖造田，致使泥沙淤积而成一片陆地，后民众又在这片陆地上盖房造屋，这一方天然的湖泊也便湮灭在愚昧的山村。

退耕还湖，产业转型，使这里恢复了明杨慎“霞色澄宫壑，潮声荡四郊。明烛照楼船，乱烟红笼缣绰”的盛景。站在高高的山头极目远眺，青山隐隐、云雾缭绕，钱塘江水，若丝带如银练洒向天际，而那山间的铜鉴湖，便宛若明镜泛起一池碧波，难怪它叫铜鉴湖，所谓铜鉴，不是就一枚铜镜吗？这正应了民间的一个传说：说这铜鉴湖旁有一个庄园，庄园里住着一个富有的士绅洪员外。洪员外六十大寿那天，家厨发现水缸边粗壮的大笋，便想拿来做菜，一刀砍下去，没想到不是巨笋而是一只龙角，痛得那龙上蹿下翻，一时间，天地之间洪水泛滥、白浪滚滚，庄园就此成了一片汪洋。待湖水平静后，水面鉴如铜镜，故称铜鉴湖。这个传说我觉得有点牵强，可那湖边散步的老爷爷就是这么讲给我听的，他信誓旦旦地说，是他爷爷的爷爷告诉了他的爷爷，他的爷爷又讲给了他。我听得有点糊涂，因为老爷爷的双浦方言委实有点难懂。

沿着高高低低、错落有致的跨湖桥，徜徉于湖畔，但见碧波荡漾，鱼翔浅底，湖光山色，尽收眼里。湖中有古色古香的画舫，湖面有青绿欲滴的水草，湖边有随风摇曳的芦苇，湖上有掠水而过的鸥鸟，对面，还有黑瓦白墙的公馆，那就是名人雅士的驿所，休闲吟诗的佳处——“定南公馆”。遥想当年，白居易、苏东坡、范仲淹、杨万里这些文人骚客在此留下了多少的诗词歌赋？“慕贤榭”的楹联“卜邻怀白公，碣石忆朱子”道尽了风化的岁月，西坡崖剥蚀的石壁和漫灭的字迹，佐证了流逝的记忆。我仿佛听到清虚洞里朱熹的讲学，风水洞旁乐天的吟赋，恩德寺里钟声的回荡……

曾经的铜鉴湖，风光秀丽，物产丰饶，渔歌樵唱，菱芡秋纯，红树青林，境绝幽旷。如今的铜鉴湖，还原了历史的真相，这颗钱塘的明珠，又重现了“湖上秋波照，荷花倒影生。岸晴千帆近，天远一桥横。远山连夜霭，长林澹烟青”的意境。

那么，那绵延了一千七百二十一年的莼呢？它在哪里？清《钱塘志》云：“杭州盛行莼菜，西湖所产无多，皆由周边乡镇贩往。”这“周边乡镇”，指的就是湘湖和铜鉴湖地区，特别是铜鉴湖。《光绪杭县县志》也记载：“铜鉴湖周围约三四里许，水清澈，产鱼极肥。菱芡之利，不可胜计，秋莼尤佳，埒于湘湖。湖藏山腹，境极为邃……”

这“思乐泮水，薄采其茆”的莼是何种的模样呢？我怀着无比的好奇请教了网络：莼菜，别名马蹄草、水葵、湖菜等，睡莲科多年水生草本植物，素有“水中碧螺春”之美称。看它的图片，好似睡莲的叶子，更像迷你的荷花，这个样子让人好生欢喜，迷惑得我想泛舟湖上一采为快。

小小的莲盆让我心生胆怯，小心翼翼探脚上去，不料，一脚刚踏，盆就倾斜，好不容易在莼娘（采莼的姑娘）的帮助下坐在了盆里，却是动都不敢动，移都不能移，更别提采摘了。莼娘将我推到了湖心，让我够着那莼菜，可是它不是如睡莲那般浮在水面，一抓一把，而是得趴在盆中探身水下，用双手拨开浮叶，寻找水面下二三十公分处的卷叶和芽头，并且得用指甲将其掐断。这一用力，盆要翻了，我吓得哇哇乱叫，无可奈何的莼娘，只能取而代之，而我悻悻地爬上了岸边。在湖边，看着莼娘熟练的动作，有着令人羡慕的美感，而这美感产生出的美味应该更加让人回味。

莼菜之名，取其“纯”意，古人认为它“性纯而易生”。作为一种富含营养物质的绿色植物，它是佳肴，又是药膳。《日华子本草》载：莼菜“治热疸，厚肠胃，安下焦，解百药毒”。轻抚着掌中这小如铜钱的绿植，它的叶芽仿佛包裹着水晶一般的胶质软件，在阳光的照射下似琥珀如玉坠，青白澄净，光润剔透。莼娘说，上面包裹的胶质越多，表明品质越好，品质越好，代表水质越佳。《齐民要术》云：“莼，宜洁净，不耐污，粪秽入池即死矣。”这与莲可有本质的区别，莲是“出淤泥而不染，濯清涟而不妖”。如今铜鉴湖成了西湖地区唯一产莼区域，而铜鉴湖也恢复了清代《定乡小识》里描述的：“湖水清澈，产鱼极肥，红树青林，一川如画……”

那么这胶原丰厚的东西，味道究竟如何呢？元稹吟：“莼菜银丝嫩，鲈鱼雪片肥”；乐天叹“犹有鲈鱼莼菜兴，来春或拟往江东”。在临湖的餐馆，我们品尝着这一道被誉为“杭州第一汤”的文化名菜，可它端上餐桌的刹那，差点颠覆了我的感观，这就是“叶春如碧莲，梗紫如紫绶，味滑若奶酥，气清胜兰芳”的名菜？这所谓的汤，不就是一堆的莼菜加上少许的鸡丝、菌菇拼凑而成？我搛起一片细细端详，青白的胶膜宛若珍珠，放入口中，慢慢咀嚼，好似没有什么特别的感觉，只觉非常的嫩滑、爽口，有着天然的纯净的味道，越品越独特，越嚼越有味，令人胃口顿开。而餐馆老板透露给我们的传说更增添了它的奇幻。据传：八仙过海飞经吴地，蓝采和迷恋西湖胜景，一时兴起想要游玩一番，可吕洞宾急着赶路，便生硬地出言阻止，结果蓝采和生气了，扯下吕洞宾的一把胡须随手一扔，这胡须便晃晃悠悠飘落到了西湖，变成了湖中的莼菜。

这个传说让我们心情特佳：敢情我们品尝的是神仙的胡子，食了神仙的胡子，我们是不是一个个都要成仙了？酒酣微醉的我们已经飘飘欲仙了。

由是，我想到张翰之所以觉得莼菜鲜美，那是因为它是家乡的味道，它的味道里有着思乡的情怀；而陆游、张志和之所以觉得它丝滑娇嫩，一则他们浅尝辄止，二则也是受那张翰诗的影响，所谓先入为主；而我们之所以觉得它鲜美，那是因为在当今的市场，如此纯天然无添加原汁原味的食材实在少之又少……

日落云湖梵音浮

一个落日的黄昏，晚秋的风吹皱了一湖碧水，金黄的叶拂过了一季温柔，铺陈了一地斑斓。宁谧而安详的云湖之畔，夕阳西下，斜晖脉脉，铜铃牛鼓，佛音袅袅。

行人，从曲折的廊桥走来，从古雅的亭榭走来，从深邃的幽径走来，从繁茂的竹林走来，寻着禅音，慢慢地走来。

我，挎着背包、提着行囊，从红尘中走来，带着俗世的烟火，携着凡尘的浊浪，匆匆地走来。

夕阳穿过了树梢，落霞越过了堤坝，橘黄的光影投射在亭台、投射在回廊、投射在湖面、投射在枝丫、投射在行人的脸上，如佛光普照，光华万丈。

悠悠飘荡的梵呗之音，自湖面冉冉升腾，向周遭悄悄弥漫，鸟儿停止了叽喳，花儿停顿了嗫嚅，鱼儿停滞了游弋。夕阳缓缓沉坠，擎着一脸的迷恋与沉醉，与湖光山色依依惜别，与禅音梵曲恋恋不舍。

云湖之滨，中国新世纪音乐教父，梵呗音乐家——梁旭的《六度》正跋山涉水、穿云夺雾，直达灵魂深处。它浸透了心灵、梦幻了精神、震撼了思维、净化了灵魂。它让人仿佛身处秘境，恍若登临巅峰，抛却杂念，浑然忘我，天地合一，身心安宁，无所谓凡尘俗事，无所谓争名夺利，无所谓尔虞我诈，无所谓贪嗔痴欲。

生命的洗礼，源于思维的转换；灵魂的洗礼，在于精神的皈依。广袤的大地延伸旅行的脚步，幽静的田园书写睿智的诗行，无垠的星空制造天籁的声音，孤寂的荒野倾听灵魂的祈祷。

夜幕徐徐拉下帷幔，繁星闪闪点亮天空，音乐在天地间久久唱诵。

这简短的音符，在天地间漫延，山川为之沉沦，流水为之静默，猛兽为之动容，蝼蚁为之安然。

秋凉如水，梵音如衣，心似羽毛，翩然而飞……

江风海韵话通州

一座城，一座通江达海、披沙拣金的城，一座依水而生、因盐而兴的城——通州，正以俊逸的身姿，走过时光的隧道、抖落岁月的风尘，款款而来。

它以河为骨、以水为魂，循着运盐河潺潺流淌，以古沙为核心延伸着街市的脉络，南街北巷、西市东弄，依水为姻、靠桥结缘，临水的河房、古雅的桥廊，营造着小桥流水人家的意境。

走在一千四百余年历史的古城，青石的小巷、古老的庭院、穿梭的舟楫、盈耳的车马、飘展的酒旗，似乎都掩藏在光阴的深处，苍老的青砖、湿滑的黛瓦，欲说还休，欲言又止，透过沧桑的纹理，窥探内在的底色，时光定格在了遥远的年代，那风华绰约、光芒万千的“古沙八景”仿佛迷离在眼前：

“紫琅耸翠”的狼山“秀色堆成螺子髻，蓝光染就佛头簪”;“翠微观雨”的南山庙翠微楼“楼高日尽接到霞，一片浓烟四面遮”;“龙溪垂钓”的敬老院犁头江畔“竿横急水琱弓曲，钓落澄波新月低”;“鹤湾步月”的金游桥鹤颈湾“岂是路从瑶岛入，浑疑人在广寒游”;“范堤牧笛”的金沙北范公堤“短笛影横初上月，无腔声断晚来风”;“新阁赏雪”的北山春晖阁“万顷坡田齐种玉，一霄世界尽堆银”;“横桥落霞”的虹桥“古沙市上小桥横，飞落残霞分外明”;“北寺双林”的北山两银杏“兢秀错疑连理树，并头误认合欢枝”。

时空转换，屏幕消逝，旧时的风景如天边的云彩渐行渐远，除了那狼山还傲然矗立，其余的物象已隐匿于历史的尘埃。繁华的喧嚣坠落在幽深的古巷，重现的光华斑斓于梦里的水乡。

继往开来的通州，海纳百川、通达天下，它是辞赋的唱和、江海的交响，它是青绿的画廊、诗韵的家园。

长江龙睛的“通州湾”，是苏东的门户、海上的新城，蓝色的海域、圆形的海湾，独特的构造，滨海的风情，掌控着通州经济的命脉，承载着巨龙点睛的重任。它是中华复兴的象征，民族崛起的托举。

明清风格的“忠孝文化园”以“忠孝”为主题、雕塑为内容、壁画为长廊，栩栩如生的二十四孝石刻，娓娓动人地讲述着历经千年的孝道故事，它净化民众的心灵、感化民众的思想、教化民众的行为，国内最高的孔子塑像，像一座巍峨的山峰，倡导着儒家的思想，传播着儒家的精髓。

品种繁多的“采卉”采摘园，十里桃林，灼灼其华，五月鲜果，飘香满枝。葡萄晶莹、西瓜葱绿、白梨清亮、蜜橘橙黄、草莓红艳、鲜桃水润。若有意，可认领一棵果树，拥揽一襟丰饶，圆就儿时梦境。

浑然天成的“白鹭湖庄园”，是白鹭的栖息地，自然的生态园。原汁原味的鲜鱼蟹虾、土生土长的乡村果蔬、自娱自乐的水上游戏、自炊自理的休闲别墅，无不令人心驰神往，真个是：白鹭洲上栖白鹭，菩提桥畔植菩提，白鹭湖间泛小舟，双龙岛上栽黑松。

蜿蜒曲折的“渔湾水道”，河水清澈澄净、树木浓郁繁茂、芦苇飘逸绵柔、水鸟低鸣浅唱、河网纵横密布。一会儿曲径通幽，一会儿千回百转，一会儿山穷水尽，一会儿柳暗花明，古老天然的水道，狭长而深邃、旖旎而缱绻、宁静而悠远。

绝世出尘的“九里兰亭”，雕梁画栋、飞檐翘角、亭台水榭，迂回环绕，典雅的院落、雕花的格窗，那抚琴的佳人，粉花烟波、清丽绝俗，一袭白纱婉约了夕阳，一曲云心宁静了流水。

宛若明珠的“开沙岛”，镶嵌于一望无际的江海平原，闪耀于五山拱立的滚滚长江，这个近百年来筑堤围垦、护坡护坎的江中小岛，是防潮防汛的围栏、休闲度假的胜地，也是中国乒乓球通州训练基地。这里，可以回归原始，荒野狩猎；可以江中漂流，草上跑马；可以水族游弋，果园漫步。

梦幻奇异的“洲际绿博园”，携热带奇植、名花异草于一室；

揽泰山石壁、音乐喷泉于一怀；拥花海梯田、风车沙滩于一方。这里，可穿越侏罗纪，智斗霸王龙，梦回远古期，见识长颈龙；可横行大沙漠，品尝奇异果，游历爱丁堡，流连花梯田；可驰骋大草原，领略塞外风，嬉戏月亮湾，沉迷木化石。

三面环水的“张公祠”为清末状元张謇在世时修建的多座祠堂、家庙中唯一幸存下来的一座祠堂，典型的民国建筑，古朴的文物城砖，高耸入云的两棵银杏似伟岸的卫士，护佑着状元的桑梓。

童话梦境的“鲜花小镇”色彩绚丽，火车的轨道、悦耳的风铃，营造着如梦似幻的仙境，那是孩子们的天堂，年轻人的伊甸园。

古色古香的“余西古镇”，是通东文化及非物质文化遗产的空间载体。这里，隐藏着光绪十七年成立的“精进书院”，耸立着忠孝两全的“曹溥孝子坊”和御赐贞洁的“郁氏节孝坊”；这里，有斑驳的明代古井和传统的蓝印花布，有衰老的明清寺院和遒劲的百年银杏，还有融古典文化与现代产业于一体的文化艺术园。

钟灵毓秀的宝刹“香光寺”，汉白玉浮雕九龙壁乃佛门一绝，两座十点五米的钟楼为罕见之筑，汉白玉卧佛、千尊木刻佛、汉代铜佛、大明宣德观音铜佛，为世间稀有、佛门至宝。

琉璃净土的“南山寺”，殿宇巍峨、庄严肃穆，以皇家园林般的气势，卓然挺立于南通州之巅，秉承汉传大乘佛教思想，弘扬药师佛文化，是苏中地区最大的佛教丛林寺院，中国佛教协会会长传印法师题词“药师佛道场，咫尺东天，东方琉璃世界”。

由东到西，从北向南，那灵动的意蕴、清新的气息氤氲于江北大地。昨日的烟云缥缈而行，陈年的往事隐忍后退，旧时的胜迹无法寻觅，历史的车轮不断前进。那些雕梁画栋、亭台楼阁，也许已尽数毁灭；那些渔港盐埠、酒肆纱行，也许已吞噬殆尽。但日月的更替、光阴的流转都镌刻在城市的记忆，那醇厚的底蕴、深邃的积淀，折射在幽幽浅浅的印痕，反馈于浓浓淡淡的传承。

拨开朦胧的迷雾，触摸古城的脉搏，寻访文化的足迹，拜谒风雅的名士，以一己之力勾勒出“近代第一城南通”的清末状元张謇，他所创办的学校、工厂、医院、展馆正熠熠生辉；致力公益、捐资助学的光绪年间举人孙儆，他所创办的通州实验小学正蒸蒸日上；治学严谨的江易园、东篱花神的张馨谷等文人墨客，虽已隐退了绚丽的舞台，但古城的春秋留有他们的诗行，古城的画卷遗有他们的墨迹。

古老的文化是深厚的积淀，民俗的风情是地域的滋养，一方水土凝练一种特色、瑰丽一种文化，千姿百态的民间工艺、方言俚语的民间戏曲，丰富了文化的内容；博采众长的“文博中心”、名家荟萃的“大明艺苑”，提升了文化的内涵。通州大地上的江海文化，是历史与现实的对应，是古老与时尚的兼容，是外来与本土的并蓄。

通州，这片神奇的土地，正发生着巨大的裂变，那旧纸堆里的传说、运盐河畔的逸事，已浸泡在历史的长河，温润于时光的卷轴，那裹挟着现代气息，喷射着时代潮流的雄浑乐章，正以辉煌的旋律，携着江的澎湃、海的呼唤，在通州大地回荡……

长安拾景

西安是世界四大古都之一，是中国历史上建都朝代最多、时间最长、影响力最大的都城之一。刘邦定都关中，建立西汉王朝，立名“长安”，意为“长治久安”，后王朝更替，都城更名，于 1927 年，更名为“西安”市。私下以为，千年古都，长来“长安”，寓意更妙。

大唐不夜城

大唐，是中国五千年历史中最灿烂辉煌的篇章，从唐高祖李渊称帝，建立唐朝，定都长安，到梁太祖朱温篡唐，历时二百八十九年，它成就了“贞观之治”，开辟了“开元盛世”，它的疆域曾东起日本海、南据安南、西抵咸海、北逾贝加尔湖，是历史上最为鼎盛的朝代。

走进曾经的长安城里，一幅幅绝美的画卷徐徐展开，一道道悠远的诗韵漫漫飘逸。那仿唐的建筑流光溢彩，那精美的戏剧绵延不绝。诗人骚客纷纷登场，从李白的“云想衣裳花想容”，到杜甫的“城上春去覆苑墙”；从白居易的“梨花一枝春带雨”，到孟郊的“一日看尽长安花”；从王维的“万国衣冠拜冕琉”，到杜枚的“长安回望绣成堆”……这诗歌的王国，谱写了多少大唐的华章！

金碧辉煌的建筑，绚烂夺目的灯光，让我们仿佛穿越了千年，来到了盛唐。大唐佛文化、大唐群英谱、贞观之治、武后行从、开元盛世等五大文化雕塑，让我们亲眼领略了大唐文化的精髓；琳琅满目的店铺、小吃，让我们亲身体验了大唐民间的生活；开元盛世的“万国来朝”表现了四海臣服的盛况，彰显了大国的气象；二十四根“唐历史文化浮雕柱”，描绘了曲江游宴、丝绸之路、上元赏灯等四十八个文化事件;“武后行从”以唐代侍女画家张萱的《皇后行从图》为蓝本,描绘武则天在宫廷巡行的情景;地标性雕塑“贞观纪念碑”由唐太宗李世民端跨大马的威武形象组合，仪仗队浩浩荡荡，气势磅礴；而露天宫殿“开元广场”营造着大唐开元盛世，国泰民安，百姓安居乐业的欢乐氛围。

大唐历代的帝王将相，英雄故事都浓缩在“大唐群英谱”的雕塑中，它们是鼎盛王朝的繁荣片段，这里有玄奘、鉴真等历代名僧，有吴道子、阎立本等知名画圣，有李白、王维等诗仙诗佛，有颜真卿、张旭等书法大家，还有孙思邈、陆羽等药王茶神，他们是大唐闪亮的符号，是智慧传播的使者，是文脉延续的依赖。

一座座雕塑、一幅幅场景，用一种褒扬的形式来描绘悠远的历史，用一种深沉的震撼来铺陈神秘的过往。它是大唐雄风的视觉支点，它是盛唐文明的思维触点。在旖旎与繁华里坠入生动的历史长廊，在梦幻与迷蒙中跨入巍峨的宫殿馆阁。

其实，秦阿房宫也好，汉未央宫也罢，唐大明宫亦罢，这些古老的建筑，辉煌的宫殿，曾经上演了多少宫廷的戏剧?千年的神话，也只残存些微的遗迹，留待后人去考察、去挖掘、去追寻。现代化的复制，即便仿造得如何逼真，又怎能还原出当年的盛况？那极度的奢靡、挥霍的打造，“使负栋之柱，多于南亩之农夫；架梁之椽，多于机上之工女；钉头磷磷，多于在庾之粟粒；瓦缝参差，多于周身之帛缕;直栏横槛,多于九土之城郭;管弦呕哑,多于市人之言语”。

一步步走过，一个个看过，这里是中外文化的融合，是包罗万象的汇集，是盛唐文明的中心。徜徉在恢宏的历史，徘徊在不灭的夜市，大唐以傲视天下的勇气，承接着一切外来的异类；大唐以海纳百川的胸襟，传递着丝绸之路的辉煌。商旅不绝、歌舞升平的国都之魂长安，衍生了一个个王朝，开创了一代代盛世。历朝历代，有哪一个王朝曾有如此的规模？如此的盛况？然而，随着朝代的更替，随着历史的推进，昔日的辉煌终是淹没于时光的长河，谁也无法阻挡。武则天能命百花齐放，却不能让岁月停留。大唐终归是成了历史，成了过往。

华清宫

华清宫，背山面渭，倚骊峰山势而筑的华清宫，又名“骊山宫”，始建于唐朝，亦称“骊宫”。清人诗云：“华清之宫骊山路，玉殿千重相连属。”

我们在骊山脚下，正欲购票进山，一个帅气的小伙拦在了车前，要给我们引路，要给我们购票，要给我们讲解，并说车可直开入山，于是，载着小伙直奔骊山而去。

《古迹志》云：骊山，崇峻不如太华，绵亘不如终南，幽异不如太白，奇险不如龙门，然而三皇传为旧居，娲圣既其出冶，周、秦、汉、唐以来，多游幸离宫别馆，绣岭温汤皆成佳境。可见，骊山是趋之若鹜之所，皆因它风光秀丽，温泉诱人。

相传，洪荒时代，这里是女娲“炼石补天”之所，这里是西周周幽王“烽火戏诸侯”之处，导游小伙虽非专业，但他的典故不少，诗词不断，令人刮目相看。他引着我们穿过老君殿，来到长生殿。七夕之夜，唐明皇和杨玉环在此殿盟誓“七月七日长生殿，夜半无人私语时，在天愿作比翼鸟，在地愿为连理枝”。可惜，安史之乱，马嵬之变，贵妃命殒黄沙，王朝的覆灭，朝廷的内乱，归罪于一个只会弹乐翩舞的女子身上，委实有点可悲。

拜别了长生殿，登临了老母殿，骊山老母，据说就是神话中的女娲氏，而与之相对的就是“褒姒一笑失天下”的烽火台。

华清宫里不仅有皇帝贵妃的御池，还有专供大臣洗浴的专供池，更有供御厨、太监使用的大汤池。据说，皇帝用完的汤水，流经专供池，再流入大汤池，显示皇恩浩荡。

我原以为，华清池里温汤氤氲，不意，那唐明皇的“莲花汤”池，空余莲花；杨贵妃的“海棠汤”池，只剩干坑。我犹记得白居易《长恨歌》中描述贵妃沐浴的场景“春寒赐浴华清池，温泉水滑洗凝脂。

侍儿扶起娇无力，始是新承恩泽时”。如今人去池空，徒留叹息。曾经“长使君王带笑看”“从此君王不早朝”的杨玉环，最终香消玉殒于马嵬坡前，“花钿委地无人收，翠翘金雀玉搔头。君王掩面救不得，回看血泪相和流。”生离死别只在一瞬间，这是君王的无奈，还是君王的悲哀？

法门寺

因为上午的行程耽搁，下午的法门寺之行不免延误，急急匆匆来到了门前，工作人员说，怎么来得这么晚，舍利子四点就沉入地宫了。

迅速购票，这时只嫌动作太慢，还有十六分钟了，检票入门，只见旁边的游客飞也似的冲向前，我们也迈开脚步，以百米冲刺的速度向前冲去，可是法门寺的广场实在太大，跑了一阵又一阵，前面的电车不愿停留，眼睛看着前方，心已飞向寺内，可脚下的路还是那么漫长。梦晗、玛丽发挥超常，以惊人的速度遥遥领先，而我们自感体力不支，已主动放弃，索性不紧不慢，徐徐而行。谁知跨入寺门，工作人员说还来得及，这时我们满血复活，飞奔向前，终于赶在最后一刻，参拜了释迦牟尼佛指骨舍利。我们是多么幸运，舍利子的开放时间为每周的周六、周日及重大节日，舍利子的下降时间为下午四时整，我们只是临时起意，不意正赶上了周日，我们原本放弃，却有幸踩在了最后的钟点。

法门寺，又名“真身宝塔”，有一千九百多年的历史，素有“关中塔庙始祖”之称，因安置释迦牟尼佛指骨舍利而成为举国仰望的佛教圣地，法门寺佛塔被誉为“护国真身宝塔”。

据说，释迦牟尼佛灭度后，遗体火化结成舍利，公元前三世纪，阿育王统一印度后，为弘扬佛法，将佛的舍利分成八万四千份，分送世界各国建塔供奉，中国有十九处，法门寺为第五处。

原先供奉的木塔在战火纷飞的南北朝时期已遭破坏，尤其北魏太武帝禁佛教、毁佛经、砸佛像、拆佛塔，致使法门寺在劫难逃，一度成为废墟，但虔诚的信徒仍不间断地前来烧香敬佛，使这里成为“圣冢”，至公元555年，才重新修缮，首次开塔瞻礼舍利。到唐宋时期迎请佛骨的仪仗规模宏大，清同治元年，法门寺一场浩劫，毁于一旦。民国时期爱国志士朱子桥先生联合上海实业家李祖绅、李祖才兄弟捐资修葺，奈何一场地震，又使塔身倾斜，直至垮塌。我们今日所见的法门寺，早已不是当时的原貌，但不管建筑风格如何改变，建筑材料如何变化，那坛前供奉的佛指依然没变，那是佛教的圣物，那是世世代代供奉的宝物。

看着佛祖的指骨舍利，缓缓地升上来，又慢慢地降下去，听着耳边低沉的诵经声，这一刻，我们的灵魂似乎也得到了净化。

一花一世界，一叶一菩提。春来花自青，秋至叶飘零。是否意味着万物顺其自然，花开花谢，自有定律？人去人归，命有定数？那么，我们还在滚滚红尘拘泥什么？纠结什么呢？

地坛之思

之所以去了天坛，还执意要来地坛，是因为史铁生的《我与地坛》，这部凝聚了他的人生哲思的散文集，充满了哲理又满怀着深情，那里有他对人生的感悟和对母亲的思念。

十五年的轮椅生活，将他从英俊的青年磨砺成稳重的中年，从起初的暴躁、中间的绝望到后来的无奈、最后的接受，这是多么艰难的过程，这个漫长的过程中母亲总是小心翼翼陪伴着他。

地坛是那么大、那么广，它的构造与天坛大体相似，只不过外形不同，天圆地方，天坛从外观上看是圆形的，而地坛是方形的，天坛的内部结构复杂而精美，地坛则简单而粗犷。地坛的祭坛是方泽坛，宫殿有皇祇室，配殿有斋宫、神库、牌楼、神马殿、钟楼等，只是几个配殿对外开放得很少，许是正在修缮之故。地坛是古代帝王祭祀土地、祈祷丰收的地方，同时也是中华民族对土地敬仰的象征。这座明朝永乐年间建成，距今已有六百年历史的祭地场所，不但展示着古老的建筑艺术，还蕴蓄着深厚的文化精髓，它让我们对脚下的土地心怀敬畏，对民族的文化延续传递。

园中的古树颇多，品种也全，有侧柏、桧柏、国槐、枣树、榆树、银杏、楸树，还有一银杏大道，两排的银杏高大挺立，绿荫遮地。这些树的树龄都在三百年以上，且有专人维护，我看见树上挂着标牌，上书维护者的名字，园中最为著名的为独臂将军柏、大将军柏和老将军柏，这名字真是奇特而霸气，符合柏树的形象和气质。

地坛与天坛所给予人的感觉是不一样的，天坛神妙而高远，地坛朴实而内敛，它显得更接地气。它辟有中医药养生文化园，我刚踏入此园时，还以为自己走出了地坛公园之外，迈入了另外的景区。

这个文化园以中医药养生文化为主题，以肝、心、脾、肺、肾五脏为分区，配以五行、五色、五方的内涵，以水栖和陆路为脉络，真是独具匠心。如此，它就将整个养生园连接成了一个完整的生命形体，这样的设计是全国唯一，绝无仅有的。走在这样的养生园，怎不身心愉悦、心情舒畅？我尤偏爱园中的中草药植物。

人们在这喂喂鸽子、练练嗓子、谈谈恋爱、聊聊趣事。廊中的大爷大妈拉着二胡唱着京剧，山后的青年吹着竹笛，椅上的师徒练着朗诵，林中的少女滑着舞步，还有那跑步的、练功的、划拳的、打球的、翻杠的、遛狗的、逛圈的、游览的、闲逛的，各种姿态，各色人种。

我从南走到北，从东走到西，偌大的园子，史铁生是藏在哪个树下、躲在哪道荫里，他的母亲又是通过怎样的方式，找到他残疾的儿子、崩溃的儿子、自闭的儿子的？她该是走了多少的路，寻了多少的道，花了多少的时啊！

她焦急地寻找，在每一棵树下；她急切地张望，在每一个亭中，她不敢呼唤，甚至不敢让儿子发现。当她气喘吁吁，终于看到了墙角边的儿子，她的腿就软了下去，心就放了下来，这就是母亲啊，为了儿子，甘愿付出一切的母亲！

她多么希望“被命运击昏了头”的儿子，在心灵上有一份宽慰和自由，为此，她不惜承受心灵上的痛苦与惊恐，她甚至愿意以自己的性命来换取儿子的生命。

地坛是史铁生的精神寄托，他在这里自我疗伤，倾听微风吹过历史的痕迹；他在这里寻求慰藉，沉思生命存在的意义。地坛的每一片叶子、每一块石头，都在向他诉说着生活的沧桑和生命的价值。

我站在松柏树下，想象着那伟大的母亲：她匆匆的身影，穿过密林、穿过小径，躲在树后，看着儿子的背影……

天台山传奇

我从远古而来，走过雁荡的秀丽，穿过台州的风云，绕过新昌的香火，踏过天姥的斑驳，转过四明山的道场，到过普陀寺的佛国，历尽艰辛、跋山涉水只为来看你。

我来看你，是因为徐霞客的“雨后新霁，泉声山色，往复创变，翠丛中山鹃映发，令人攀历忘苦”；我来看你，是因为孙绰的“夫其峻极之状、嘉祥之美，穷山海之瑰富，尽人神之壮丽矣”；我来看你，是因为李白的“龙楼凤阙不肯住，飞腾欲往天台去”。我不知道，你是如何的神奇，竟然以“佛宗道源、山水神秀”而天下闻名？我不知道，你是如何的神秘，竟然令谢灵运率领数百人的团队逢山开路、遇水架桥？

他们说你是一朵莲花幻化而成，四面的群山如片片花瓣簇拥着你，他们又说你正对着二十八星宿的“台宿”，故而得名“天台”。你本藏于深处，清清静静，奈何千峰拱秀、万壑争流，致使徐霞客三度重游，将你列为游记篇首；你本安于一隅，淡淡泊泊，岂料刘晨、阮肇又将你卷入了艳遇的圈套，让你无法脱身，不得安宁。

那是东汉永平年间，当地瘟疫暴发，刘晨和阮肇两位药师进山采药以解百姓之苦，然山中林深木茂，二人只顾埋头采药，却不觉天色已晚，迷失了去路，多日之后在一片桃林深处忽遇两位仙女，情投意合结为夫妻。温存数月，刘阮二人终因心系百姓而辞别下山，仙女捧出灵药为他们送行。然而当二人回到山下却已物是人非，时间已过了五百年，而那片他们曾经生活了数月的桃园也不知所终。后人几经探访终不了了之，唯有仙女所赠的乌药永远留在了人间。明朝大医家李时珍在《本草纲目》中评价：乌药，以出天台者为胜，故称天台乌药。

从此后，你声名鹊起，人们称你为“南国山水天台奇，碧玉莲环八面山”；从此后，你盛极一时，成为佛教天台宗祖庭、道教南宗祖庭所在地。智者大师在这里创立汉代佛教第一宗，活佛济公从这里出发，除暴安良，诗僧寒山在这里归隐，达到生命的本真。

南朝时的京城南京，有一位大苏山下来的智顗和尚和各大门派的长老辩论了八年，从未输过，为此皇帝曾破例放了文武百官三天假，专门去听他的演讲。名噪一时的智顗于公元575年的枫林似火的秋天，带着几十名弟子远离了京城的喧嚣，来到了这里。十年的苦修，他把印度佛教和中国传统有机地融合到一起，创立了天台宗，同时创修禅寺，并创建十二个道场，度僧数万人。隋朝开皇十一年，智顗应晋王杨广的邀请，到扬州为其受戒，得到“智者”的封号。晋王杨广在开皇十八年，为智者大师在天台山建寺，它初名是天台寺，这座寺的建造应验了高僧定光禅师所言的“寺若成，国即清”的谶语。隋炀帝在大业元年，赐额“国清寺”。

国清寺的香火经年不断，钟磬昼夜不息。那一石一碑，都镌刻着大师的经历；那一佛一卷，都流传着大师的故事；那一灯一鼎，都闪耀着大师的智慧；那一砖一瓦，都凝聚着大师的心血。三千年的沉浮，让那些珍贵的文物，包裹着多少古老的传说，回廊的那块石碑，就是王羲之的“独笔鹅字碑”，山林云雾让他洞察了书法的真谛。

公元1147年的腊月初八，国清寺大雄宝殿内的降龙罗汉突然崩塌，第二年的腊月初八，赤城山下的天台望族李家员外中年得子，此子落地啼哭三天三夜，国清寺的方丈来到他的面前，抚摸着他的头说：“不要哭、不要叫，你的来历我知道，既来之则安之吧！”小孩这才破涕为笑，这位姓李名修元的小孩，闻着家中的酒香，却一心皈依佛门，弱冠之年，离开祖宅出家为僧，法号道济。那一年临安城瘟疫横行，道济和尚精通医术，昼夜不息为百姓看医煎药，数月之后，衣衫褴褛、蓬头垢面，他就是“一把破扇分人间正道邪风，二只芒鞋到世上扶危济困”的济公活佛。

一千四百年前的大唐长安，走出了一位布裘画冠，形容不羁的狂士，他隐居于古老的山林，人们不知他的真实姓名，只称他为寒山子。“人问寒山道，寒山路不通”，寒山子问道天台七十年，在松柏石壁间留下了三百余篇白话诗作。那些看似明白如话，却深藏奥旨的诗作令多少后人津津乐道。

寒山、拾得乃得道高人，他们是文殊、普贤的化身，在道教被尊称为和合二仙。雍正皇帝追封他们为“和合二圣”，此二圣有一段对话颇为耐人寻味。寒山问：“世间有人谤我、欺我、辱我、笑我、轻我、贱我、恶我、骗我，该如何处之乎？”拾得答：“只需忍他、让他、由他、避他、耐他、敬他、不要理他，再待几年，你且看他”。

因了历代高僧大德们的隐修，你的身份被一步步抬起。你被列入“仙籍”，成为“玄圣之所游化，灵仙之所窟宅”，你所在之处被奉为清幽之地、神仙之乡。

三国高道葛玄、西域高僧昙猷都曾先后来此筑庵传法；日僧最澄、高丽义天等都相继来此求法，使你名声远渡重洋；司马承祯则隐居桐柏山四十余年，开创道教天台仙派，紫阳真人张伯端独创《悟真篇》，开创道教丹鼎派南宗。

他们冠你以“佛教天台宗发源地、道教南宗创立地”，这名副其实；他们称你为“济公活佛出生地、刘阮桃源遇仙地，”这实事求是；他们赞你为“羲之书法悟道地、诗僧寒山隐居地”，这的确如此；他们誉你为“霞客首游开篇地、和合文化发祥地”，这当之无愧；他们还说你为“五百罗汉应真地、唐诗之路目的地”。

我查阅了大量的资料，在《大唐西域记》里发现这样的记载：“佛言震旦天台山石桥方广圣寺，五百大罗汉居焉。”而民间传说：战国时齐国的田横，耻于向汉高祖称臣，率领五百义士入了海，蒙观音大师指点，到了天台山，田横自尽以后，他所属的五百义士，也集体投入石梁桥下的水中自尽，于是就化成五百罗汉。

有人说“一座天台山，半部全唐诗”，作为徐霞客游记的开场地、唐诗宋词之途的到达站，你有着怎样的辉煌呢？

你的国清寺是宗教文化的代表地，你的隋塔在浙江现存古塔中是最高的塔，你的石梁集天下山水奇观于一体，是“唐诗之路”的精华处，你的飞瀑是中华民族第一高瀑，那九级飞瀑宛如一幅立体的画轴倾泻而下，真正是“冰雪三千丈，风雷十二时”啊！

古往今来，多少的文人墨客、达官贵人，熙熙攘攘拥挤在山水之道，他们“脚著谢公屐，身登青云梯”，只为一睹你的芳容；他们挥毫泼墨，壮怀激励，只为留下你的俊逸。于是有了宋代米芾的“第一奇观”、明朝甘雨的“飞梁悬瀑”、清朝康有为的“石梁飞瀑”；于是有了孟浩然“高高翠微里，遥见石梁横”之寻，刘昭禹“常记游灵境，道人情不低”之忆，灵澈“天台众峰外，华顶当寒空”之望，贾岛“终有烟霞约，天台作近邻”之送，还有孟郊“天台山最高，动蹑赤城霞”之归等等。

白云深处，莲花峰上，云雾缭绕，香气迷人，那是“佛天雨露，帝苑仙浆”的云雾茶，五月的华顶上云锦杜鹃姹紫嫣红，那是恣肆的春色。

这里“风声、水声、虫声、鸟声、梵呗声，总合三百六十击钟鼓声，无声不寂；月色、山色、草色、树色、云霞色，更兼四万八千丈峰峦色，有色皆空”。见山见水，如见众生，人类的精神超越物质，有多少的名人雅士徜徉在你的怀抱，任飞瀑洗去尘扰，让清流带走浮躁，借山林铸就风骨，阅诗画陶冶情操。

这里五峰环绕，双涧潆流；这里满山叠翠，绵延不绝；这里天生石桥，世所罕见。大唐的雅集在这里上演，香道、茶道在琵琶声中袅娜，我们不妨去闻一闻王羲之洗墨池的墨水味，去尝一尝葛玄归云洞里的清茶香，去听一听李白茅棚里的吟诵声……

寻梦淄博

去淄博之前这几天，我心里看似平静，其实，早已是暗潮汹涌，坐立不宁。

自《东方散文》杂志创刊十五周年的征文通知发出，我就期待着去淄博的那一天。等待是漫长的，我等了一月又一月，究竟是为了什么？为了烧烤吗？不，烧烤不是我的最爱。虽然夏日的时候我也曾蠢蠢欲动，意欲进淄赶烤。然，那是被一场“福往者福来，爱出者爱返”的真情感动。我感动于淄博的倾情付出，我感动于大学生们的感恩回馈。那一段时间，从不刷视频的我却每天花大量的时间关注淄博的动态，淄博发生的每一件事我都了然于心，并不时为之唏嘘慨叹。那是一座弥漫着人间烟火的城市，也是一座充斥着浪漫情怀的城市，我憧憬着有一天能走进这座城市，去感受它的浓郁的温情、灿烂的人文、深厚的底蕴。

烧烤的烟火还未消散，一首《罗刹海市》又红遍了大地，淄博注定是一座不平凡的城市。因为它不仅有烧烤，不仅有《聊斋》，它是齐国的故都、北方的瓷都、世界足球的发源地……

这样的地方，让我如何不想它？

那些天，我的心呼之欲出。我忙忙碌碌，因为过敏症时断时续地发作，令我苦不堪言，服了草药，收效甚微。我不曾有过如此的焦虑、懊恼，想尽快治好这讨厌的顽疾，我可不想顶着一张又红又肿的脸去拜会蒲松龄他老人家。过敏的症状稍有好转，连续的发热又找上了门来，药物的副作用已让我避之如讳，只能采取物理疗法，不服药的后果是时间拖得很久，接着又是右眼发炎，眼睑充血，一切的迹象似乎都在向我暗示：不要去！不能去！可这些如何能阻挡我赴约的脚步？

我在医院奔跑，我在药店踌躇，我在病床静卧，可我的心却早已飞向了蓝天。

淄博，在向我召唤，那里有柳泉居士授课的毕府，有聊斋先生著书的故居；那里有孝妇颜姜的故事，有琉璃制作的手工作坊，还有天下第一的周村古商城、王渔洋故里……

我想去蒲家庄看看那幢古宅，去茶亭喝一口蒲老先生亲自泡的热茶，听一段凄美的人狐之恋的故事；我想去西铺毕府，去绰然堂聆听先生的教诲，去振衣阁感悟励志的内涵，去万卷楼翻阅毕氏的珍藏；我想去周村观一观花灯，尝一尝烧饼、蜜罐、馍馍酱，品一品曾经的繁华……

初冬的冷雨，打着芭蕉淅淅沥沥，从凌晨始就闯入了我的梦境，它坚持不懈地敲打着我的窗棂，似乎在提醒我莫要误了班次。

我挑起窗纱，雨丝朦胧，路灯昏黄，花园的小径落英缤纷，残红满地，淄博的天空又是怎样的情境？

六小时后，我将踏上那片土地，那里有我日思夜想的地方，那里有我梦里梦外的意境，还有在霞浦结识的文友……

撑起花伞，拖着行李，雨中有我落寞的身影，但遥远的淄博仿佛就在回眸之处……

眨眼之间，列车已进入盐城境内，高高低低的房子错落于广袤的原野，田野里稻子收割后的根茎还在，成片的果木杂乱无章，挤挤挨挨，似乎欲在初冬就开始抱团取暖。盐城有我的文友吗？她是否也乘上了这趟列车？

我乘坐的 5 号车厢，上车时还空空如也，一个小时后已是座无虚席。响水就在眼前了，车厢里热闹了起来，左侧的呼声长长短短，后排的嬉闹叽叽喳喳。雨停了，太阳出来了，气温渐渐升高了。无垠的大地是一垄一垄的碧绿，一块一块的麦苗整齐划一，赏心悦目。蓦然田头堆起一座坟茔，突兀而孤立，这让我很是诧异，在我的家乡，已看不到这样的情形，坟墓都是统一划规在墓园，一块块的墓碑镌刻着先人的名字，他们互为邻居，相互照应，而不似这般独伫于一隅。

农田里除了青青的麦苗，辨不清别的庄稼，间或有些树木参差不齐。一台手扶拖拉机在翻耕着那片稻田，这片留着稻桩的土地准备播种点什么呢？是油菜还是萝卜？

一池残荷横亘在眼前，枯枝败叶零落一片。有人喜欢映日的荷花，我却独爱凋敝的残荷，那是极致的绚丽后的回归，宁静而凄美，低调而内敛，符合中年的心态，质朴的本源，不事张扬，不必粉饰。你爱莲的亭亭玉立，我喜荷的清高孤傲，不一样的姿态，不一样的风骨，诠释的却是人生的哲理。

大片的芦花摇摇曳曳，在风中展示着婀娜的身姿，“眇眇临窗思美人，荻花枫叶带鸡声”，我恰凭窗但我不是郑克己，我思念的不是美人而是老人，那个三百多年前的老人，他正在淄川大地徘徊不定……

长城之上

八达岭长城为居庸关的门户，古称“居庸之险不在关而在八达岭”。今天我们将攀越这“金关天堑”。

据说，当年修筑此段时，地势险峻，重山叠嶂的状况让工程延误了一次又一次，长城在此转了八道弯、越了八座岭，八位监工先后献身，后由仙人指点，采取“修城八法”，即“虎带笼头羊背鞍，燕子衔泥猴搭肩，龟驮石条兔引路，喜鹊搭桥冰铺栈”才将建筑材料顺利运达，故称“八大岭长城”，后取谐音为“八达岭”，这当然带有神秘而迷信的色彩。

明《长安客话》记载：“路从此方，四通八达，故名八达岭，是关山最高者。”此解释简明。这居庸关的外口，这防卫城的前哨，这京北第一屏障到底有多高呢？史料记载这段墙高六到九米，墙顶宽阔平坦，可以“五马并骑，十人并行”。

我们的规划是向上攀登，向下索道，劳逸结合。当我气喘吁吁，站在北八楼的制高点“观日台”，极目远眺，崇山峻岭，连绵不绝，北楼南楼大致相近，一样的气势磅礴，浩荡秋千。精疲力竭的我猛灌茶水，故作轻松，笑问小儿：是否继续攀登前七楼？是走下去还是乘索道？儿子细细打量我一番，语带疑惑：

“妈，你确定还想爬前七楼？就你这体质，还是省省吧！”

“我这体质咋了？瞧不起你老妈？”

“这一路上你休息了多少次？听听这会儿，还在大喘气！”

“你妈我精神着呢！”

“得了吧，我们缆车也不坐，还是走下去吧，一来一去，也算完美！”

“那就这么愉快地决定了！”我顺坡下驴，其实真的有点心有余而力不足了，再爬唯有乘缆车了。一路上，儿子一直等，一直等，起先爬两段，停一次，后来攀一段，歇一会儿，再后来，走几步就得坐下来，看着他脸不红、气不喘的潇洒劲儿，心中感叹：年轻真好啊！

一次次，我故作关切地提醒他：“喝口水”“吃点东西”“拍张照”“坐一会儿”，其实是想借机休息，无奈这臭小子悟不透他老妈的玄机，一次次无情拒绝：“不渴”“不饿”“不拍”“不累”，害得我故作的镇静差点崩溃：你不累，我累呀！

我拖延着时间，逗着他拍照，他居然用手挡住镜头，还迅速扭过身去，偶尔偷拍一张，也是口罩遮面，一点也不配合。无奈，我只能跟在他的身后，一次次盯着他的背影。

我站在长城的脚下，看着他逐渐消失在转弯的地方，我落在他的身后，追也追不上，他背着我的女式双肩包，包里装着我的化妆镜和防晒霜，装着纯净水和面包，这包承载着我们的希望，牵连着我们的脚步，有朝一日，他背上自己的双肩包，头也不回地离去时，他不会如今日这般一等再等，他会用坚毅的背影告诉我：不必追！那时，我就真的追不上，永远也追不上了……

在他还能陪着我的时候，在他还愿等着我的时候，我是多么奢望时光走得缓些再缓些，岁月能够慢些再慢些，好让我不至老得那么急那么快，可那年轻的心哪，那跳跃的情啊，那刹不住的脚步啊，是否能安抚住等候的心境呢？

我努力追赶着他的脚步，我尝试追寻着他的思维，那陌生而奇怪的网络语言，那拗口而费解的新兴名词，那新潮而时尚的跳跃话题，让我的节奏漏了一拍又一拍，好在他未曾嫌弃，好在他尚有耐心，等到有一天，他不再牵着我的手，不再背着我的包，不再愿意停下脚步为我拍一张照片时，我就真的只能默默地看着他的背影，消失在路的尽头了……

他穿着黄色的T恤，他背着女式的背包，即便离得很远，我也能一眼瞧见，我举起手机，将那醒目的背影拍了一张又一张……

伊犁拾片

伊犁之行，是我梦寐以求的行程，同行人员主要为援疆支教老师及其家属，当地导游蔡导给我们安排的时间有点紧凑，路线有点错杂，此行的宗旨是探幽揽胜，觅奇历险，不走寻常之路。

盘旋的巨蟒

伊昭公路，是新疆地势最险峻、风景最优美的公路之一，它如一条盘旋的巨蟒缠绕在山体之上，有“小独库”之称。

它穿梭崇山峻岭，连接沟壑悬崖，山腰边时有雪墙出现，那是未及融化的冬雪，山路弯弯，盘盘旋旋、曲曲折折、环环绕绕，我们随着汽车上下颠簸，一会儿升上天空，一会儿沉入谷底，跨过三千米的皑皑雪峰，越过巍峨的天山山脉，翻过三百六十度的奇峰陡壁，真正是步步惊心、寸寸颤抖。

道路崎岖，峭壁陡然，坐在车里的方回抓紧了安全带，支撑着木拐杖，一度闭上眼睛，不敢瞧两侧的悬崖深涧。蓝天白云雪峰草原，岩石山涧骏马牛羊，惊险与平和共存，刺激与安详相容，高山草场鲜花蔓蔓，峭壁山陵树木阴阴。

在这条穿越“生死”的公路上，我们途遇了神秘的白石峰，据说，夏季，它被白云围绕朦朦胧胧；冬季，它被白雪包裹神神秘秘。在这八月的月末，白云笼罩的白石峰，是那么的缥缈而神奇，宛若置身云端仙境。白石为顶、积雪为被、森林为栏、绿草为裙，磅礴的气势，莫测的气象，吸引着多少的游人攀登探源，三千米的高峰，清冽冽的泉水，峭壁上的野花，都有其独特的魅力。

白石峰下的骆驼驿站的最高处，有一彩旗飘飘的玛尼堆，石块、卵石垒成的“神堆”寄托着藏民怎样的心愿呢？是阻秽禳灾还是镇邪安寨？我看不懂它的文字，瞧不明它的图像，我只知道，这高高垒起的石堆，凝结着信徒发自内心的祈愿。

高原的眼睛

中学时听那首《达坂城的姑娘》心甚向往，今日翻越达坂，姑娘没遇着，但我却遇到另一双眼睛——玉湖，这是这片高原的眼睛，她有着大阪姑娘一样的美丽纯洁。

昭苏玉湖，是天山融水形成的湖泊，由于日照光线的不同，由于气候温差的变化，由于特殊矿物的水质，在天色与山色的映衬之下，一年四季，湖水呈现不同的颜色，因此有了“变色湖”的别称。这个隐藏在天山冰川腹地的神奇的湖泊，如一块巨大的宝石镶嵌在峡谷之中，从高处俯瞰，它通体碧蓝；从侧面平视，它蓝中带绿；从近处细看，它又变得澄澈瓦蓝。变色的玉湖将周围的群山、将山涧的植被、将天上的云彩、将日照的光线都吸引了下来，使得湖水变幻莫测，斑斓溢彩。那浅浅的蓝、深深的蓝、墨墨的蓝、澄澄的蓝，蓝得惊心动魄，蓝得光彩四溢，蓝得神秘梦幻，蓝得不可思议。

扶摇直上的玉湖客栈里，坐着一家五口，中年的汉子载着妻女和年迈的爹娘，凌空于湖上，对着清澈的玉湖品着美味佳肴，喝着醇冽美酒，瓦罐中的羊排骨，炖得浓香奶白，令人垂涎欲滴。

这位维吾尔族的中年游客告诉我们，他经常带着家人自驾出行，一则节省了游资，二则方便了自身，三则愉悦了心情，四则和睦了家庭。沿途的美景一同享受，路中的困难一起克服，遭遇的险境一同经历，使大家的心都凝聚在了一起。当然，考虑到爹娘的年纪，他一般不会冒险，但适当的刺激还是需要的。看来，这是位旅游达人哪！

闪着大眼睛的小姑娘对我们很是好奇，她围着我问东问西，还问我是不是来自北京，我很奇怪“为什么认为我来自北京呢？”她回“老师说北京是祖国的心脏啊！”“北京是祖国的心脏”我默默咀嚼着孩子的话语，她纯真的眼睛一眨不眨地盯着我，是那么清澈而透明，多像这玉湖啊。

辞别了这相亲相爱的一家，我们在玉湖边合影留念。玉湖到底有多长，我们缓缓而行，那湖的尽头，水的颜色又变浅变淡，渐次转白。一段一段的玉湖，反射一处一处的山景，吸收一片一片的云彩，魔变一块一块的流彩。我惊奇地发现，不同角度拍摄，不同时间拍摄，玉湖呈现的也是不一样的风采。

流泪的公主

坐落在乌孙山系的夏特大峡谷谷口的“细君公主之墓”，西接哈萨克斯坦国，北扼奔腾不息的夏特河，南依巍峨挺拔的汉腾格里峰，东临乌孙山，是乌孙草原中规模最大的古墓之一。它依山傍水，气势雄伟，草原襟抱，青草葳蕤。

多少次我在梦里想象着她的娇颜——江都公主，她是西汉与乌孙友好的使者，也是华夏千古第一位名传史册的和亲公主。

细君公主，这江南的女子，跋山涉水一年之久，来到茫茫荒原、漫漫西域，语言不通、文字不通、习俗不通，没有人知道她的痛苦和无奈，她肩负着大汉的使命，谁又来在乎她的命运？二八年华的她，原该婚配饱读诗书的君子、执仗疆场的豪杰，可是等待她的却是年逾古稀的夫君。他是一代君王又如何？他统领乌孙草原又如何？侍奉了行将就木的乌孙王，还要委身于他的孙儿军须靡，这是多么荒唐的安排，多么耻辱的陋习，可是她无法挣脱，即便女儿的出生也换不回她的希冀。“天苍苍、野茫茫，风吹草低见牛羊”的塞外边陲，哪里及得上江都的绮丽和长安的繁华，无尽的思念啃噬着她的精神，脆弱的生命一天天凋零，她在无望中憔悴，音律里哀叹，首创琵琶的一代才女刘细君就这样香消玉殒于伊犁河畔。

岁月融进了历史，历史还原了真相，一个娇嫩的女子，不必征战沙场，杀敌立功；不必著书立传，明典治国。她仅用柔弱的身躯就肩负起戍边固国的重任，将中原的文化根植于乌孙的土地，将和平的种子播撒在苍凉的异域。她展开了丝绸之路的序幕，促进了两国的文化交流，传播了西汉的文明火种，消弭了异域的矛盾冲突，维系了民族之间的融合，奠定了华夏统一的版图。

可是，在那个男权的社会里，国土的安宁为什么要以女子的生命为代价？难道她们真的能撼动国家的兴亡吗？这是不是一种悲哀呢？

绿草和鲜花陪伴着温婉的公主，牛羊和毡房思念着昔日的主人——“柯木孜公主”，广袤的草原飘荡着幽怨的琵琶曲：

吾家嫁我兮天一方，远嫁异国兮乌孙王，

穹庐为室兮旃为墙，以肉为食兮酪为浆。

居常土思兮心内伤，愿为黄鹄兮归故乡。

…………

飘在云端的草原

仿佛在地球之上，仿佛在白云顶端，昭苏塞克云端草原，这个有着两千五百米海拔高度的草原，是一片未及开发的原生态的草原。八月下旬的草原，花儿已基本凋谢，草儿已由青泛黄，但浅浅的植被，依然散发着浓郁的清香，黄就黄成一大片，绿就绿它一山坡，绿绿黄黄的草原上，到处夹杂着牛粪的气味，这儿一坨、那儿一堆，一不小心，就踩上了牛粪，起初感觉软软绵绵的，以为是一堆干草，只顾着观景，未及细瞧，及至低头一看，原来一到云端，我就交了牛屎运哪！是否比狗屎运更高级一点？

这悬挂于天边的草原，给我们的攀缘增添了无尽的困难，也给我们的行程带来了莫名的乐趣和言笑的谈资。盘旋而上的峡谷，陡壁峭崖的山陵，使得朱校长车上的两位女士惊恐莫名，成老师捻着佛珠，嘴里念念有词，尽管有心中的佛祖保佑，她们还是望而却步，停滞不前。可是悬崖勒马，为时晚矣，这窄窄的山道无处可遁，无法调头，于是他们搬来两块大石头，抵住车轮，一个个下得车来，准备徒步而行。蔡导和丰了一门心思一冲而上，可是禁不住方回的念叨，也唯有弃车而行。拄着拐杖的方回，在这海拔两千五百米以上的高度，已难以支撑，他喘着粗气，歇在石上，恰好，路边有一个帐篷，那雪白的毡房铺满了野生的蘑菇，那红顶的白墙点缀着绿色的草原，那袅袅的炊烟升腾起希望，哈族的女子正用木柴烧着土灶，也不知煮着什么，也许是一锅奶茶，或许是一锅糍粑。

辞别了疲惫的方回，我们继续前行。朱校长倒是精力充沛，领着我们走过了一道又一道的山坡，这时丰了打起了退堂鼓。他穿着一双新鞋，委实不称脚，脚后跟已磨肿，于是他倒退，我们向前，翻过了前一块几乎封闭的与世隔绝的草原，伫立在草原之上，天上的太阳与月亮同辉，他们同时光耀着大地。翻过一道坡，朱校长问：还走吗？梦晗说：上到那看着最高的草原再说。可怜我们弹尽粮绝，连最后一口水都喝光了，忍着焦渴，拖着疲躯，终于看到了胜利的曙光，蓦然意识，这样的坚持是多么的值得。

我们几乎是蹦跳着爬上坡顶的，山光云色尽收眼底，疲乏焦渴烟消云散，如果没有那讨厌的牛粪，我真想躺在草原，仰望苍穹。月亮在天边若隐若现，太阳在前方金灿明亮，我好想摘个月亮送给远方的你，我好想裁片云彩寄给远方的你。可是，我在云端，你在何处？我痴痴地看着那轮矜持而羞涩的月亮，她的笑靥是那么浅浅，她的面孔是那么淡淡，莫名地冒出这句：云为衣裳花想容。我想表达什么呢？挥舞着手中的丝巾，俯视着远处的山峦，那森林、毡房、牛羊，那无边无际的草原，牵引着我们迈步向前，干旱正逢及时雨，丰了居然驾着车上来了，一批人迅速上车，而成老师、石老师、彭老师和我，仍然步行。丰了说一会儿下来接我们，可我们走了一小时，车还未来，由此可见，那云端草原的最高处，离我们有多么遥远，并不是我们目力所见的那样就在前方。精疲力竭的我们终于等到了蔡导，他拉着我们又赶了半个多小时，在山道拐弯处，放下了我们，说云端就在前面不远。我们爬着、攀着斜斜的上坡，这样似乎可以省点力气，可是攀啊攀啊，怎么总是不得到头啊，喘着粗气、张着嘴巴，可脚下却不敢停顿，唯恐一停下来就再也无力攀登，四个人相互搀扶、互相鼓励，果然是无限风光在险峰哪！那高高的山峦、深深的峡谷、群群的牛羊、白白的雪山、密密的松林、悠悠的云彩、峭峭的陡壁，无不震撼着我们的心房。

盘坐于悬崖之巅，直立于峭壁之上，我是天地的主宰，我是云端的圣灵。哈，这是为我拍照的彭老师给我的美誉。曾经，是谁统领着这片美丽的草原？

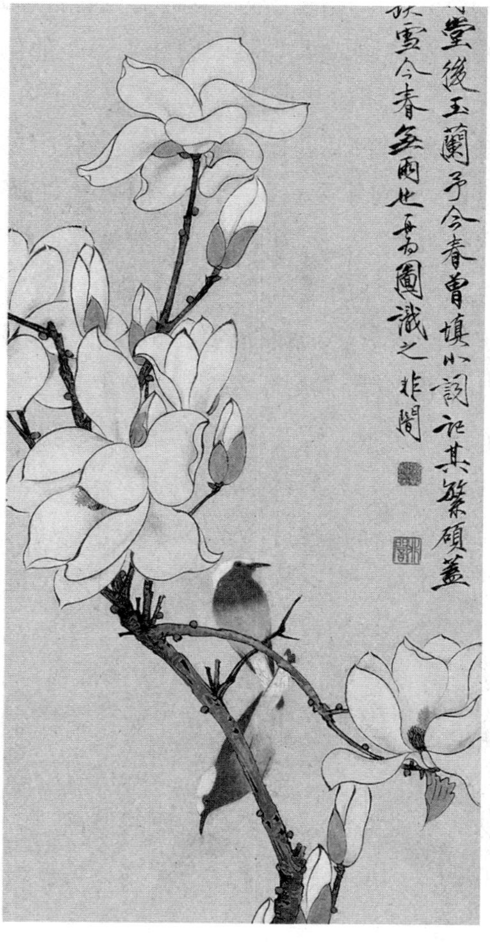

安阳，来自远古的诉说

如果不是盘庚迁殷，也许北蒙就只能是北蒙；如果不是秦克魏灭，也许安阳就不会出现。翻看着历史典籍，浏览着名称的更变，安阳，你在我的面前变得厚重而深远。

三千三百年的历史，在偏僻的小屯村里流淌，如那古老的渔河水，缓缓又潺潺。十五万片的龟骨上，记载了久远的文化，后母戊鼎的雕纹里，镶嵌着惊世的工艺，《周易》的册页里，隐藏着文化的源头。

安阳，我走近了你的今生，却欲窥视你的前世。

我在洹水岸边徜徉。洹河，那是你的母亲河啊，古文字里就有这样的记载："戊子贞，其烄于洹泉。"羑里城里，传颂着文王推演《易经》的智慧；母辛宗前，站立着巾帼将军妇好的身影；拜相台上，倜傥着六国丞相苏秦的风姿；殷墟故里，流传着章邯与项羽结盟的壮举；洹上村里，蛰伏着蠢蠢欲动的袁大总统；洹水之畔，冯玉祥和张作霖还在鏖战……

三千年来，人类在你褐黄的土地上，春耕秋收，年复一年，那耘耕的农人偶尔会从麦田的土包里，犁出几块秦商的瓦片，也会在翻耙的土垅上挖出一个残破的斗柄或者一截折断的兽骨，他们随手一扔，那千年的文化便被过路的车马碾压于岁月的尘土，不知等到多少年才能重见天日。

直到1899年的那个夏日，清朝国子监祭酒、金石学家王懿荣罹患疟疾。在大夫开的中药材里，发现了奇怪划痕的龙骨，那醒目的划痕让他有所警觉，并意识到这所谓的"龙骨"绝非一般的中药。于是他购回了大量的药材，从龙骨的刻痕里，他只隐约辨认出

“雨”“日”“山”“水”等文字及几位商朝君王的名字。他翻阅了所有的史书，可是有关殷商的记载却寥寥无几，而这些刻在龙骨上的粗拙又可爱，生动又形象的符号，他笃定就是中国最古老的文字。这些类似于表情包的符号到底讲述了什么呢？那道道的划痕里究竟隐藏了怎样的故事呢？凭他一己之力根本无法破解，那影影绰绰的符号，如同殷商神神秘秘的面目，始终被历史的烟尘笼罩，而让人怀疑它的存在。可是历史又岂可轻易地抹杀，这道道的划痕就是最有力的证据。后来经过了刘鹗、罗振玉、王国维等一代代金石专家的共同努力，刻苦钻研，他们认定龙骨上的划痕应属于商代的文字。

有了文字的记载，还得有实物的佐证。考古成了最热门的命题。安阳，他们在你的土地上搜索，一发而不可收。谁会想到，在你稀松平常的麦田里，竟埋藏着千年的历史，流传着神仙的过往。

那是 1928 年 10 月的一天，长袍马褂的董作宾在你的属地殷墟铲下了第一锹，这一锹，铲出了斧钺戈矛；这一锹，铲出了鼎盘壶盂；这一锹，铲出了妇好鸮尊；这一锹，铲出了后母戊鼎；这一锹，还铲出了一万余片的龟骨。而这些龟骨上的文字终于被完美地破译，它们生动地复制了三千年前殷商王室祭祀、占卜、渔猎、征伐的日常，商朝的历史从此展现在了人们的面前。由此，中国的考古学诞生于殷墟的发源地，而甲骨文成了其诞生的标志。

安阳，你是自山东到西北，从中原至燕赵的必经之地，自古以来就有“天下腰膂”之称。你曾是殷商、曹魏、后赵、冉魏、前燕、东魏、北齐七朝的都城。公元 204 年，曹操击败袁绍进占邺城营建邺都。魏取邺城，称雄于三晋；赵据邺城，抗击于秦国；秦占邺城，灭赵于瞬息。安阳，你这冀州大地的咽喉，人人都想得你而占之。

安阳，你这殷商的故都，今天，我来到了你的身边，殷墟遗址博物苑内那层层叠叠的兽骨龟板，似沉睡千年的孤品典籍，6 座车马坑内，腾飞的马姿，精美的造型，还有殉葬的人群，已然昭示着奴隶制社会的杀戮与残暴。

走在时空的隧道，穿越远古的历史，殷商的文化由地面走向了深处。礼器、兵器和炊具，闪烁着青铜的暗绿；残骨、断甲和龟背，占卜着王朝的命运；玉器、饰品和乐具，彰显着富丽的定律。历史的本真在文字里昭示，长长的甲骨文碑林，纷呈着象形、指事、会意、形声的意思，一个个单独的符号组合成简单的文字，在我的面前拼凑出无数的画面：狩猎、耕种、征伐、繁衍。这些符号里记载了太多的情节、太多的往事，从中我读出了“辛巳卜，贞妇好三千，登旅一万，呼伐羌”的要义。她在哪里呢？那武丁的妻子、商朝的王后。我在七米多深的墓室里，寻找着她的踪迹，可是那腐朽的棺木、破烂的板壁，哪里还有她的踪迹？麻布和薄绢掩盖下的是虚无的躯壳，唯有那一千九百二十八件的陪葬，对接着她的魂灵。她受命于危难、征伐于战场；她现身于祭祀、占卜于大典。一个华夏的将军、执锐的首领，却陨落于生育的鬼门，这是多么悲惨的事件。汉白玉雕塑栩栩如生，绝美的容颜英姿焕发，如果妇好托生于现代，又怎会有难产的悲剧？我在她的塑像前默默地啜泣。

龙泉花开，彰武静寂，南海古庙依然肃立；多孔平桥，南海水库，凛凛山脉巍峨气派；双峰山圣地，早已不是当年的模样；岭头村山头，已然失去往日的豪迈；赵家村的溪水依然淙淙，龙尾岗的河滩荒草郁郁。安阳，我在你的边缘寻寻觅觅。

汤阴是你的领地，羑里是你的城池。高大的四柱三门彩绘牌楼，标榜着龙山至商周的文化遗存；厚达七米的文化断层，昭示着先人繁衍生息的活动痕迹。三千多年前的典故，掩不住帝辛拘押姬昌的残酷；七年之久的画地为牢，捆不了文王推演的脚步。“文王拘而演《周易》”的故事在这里一代代传递：殷商统治时期，周部族逐渐发达，周人尊后稷为祖先，重视农耕。殷纣王荒淫暴虐，臣民怨声载道。姬昌本是周部族首领，被封为“西伯”。只因他礼贤下士，积善累德，声望日隆，纣王疑惧，就找了借口宣姬昌入都觐见，把他拘禁起来，监押在羑里大牢，剥夺了他的自由。在孤幽漫长的牢狱生涯里，他将祖先智慧的结晶，传说为伏羲氏创造的“八卦”进行钻研，经过长久的推导、演绎，发展成为精妙的六十四卦，便是后世的《周易》。由此,《易经》在牢狱里诞生,阴阳在宇宙中永存。文王姬昌以其睿智的目光,在渭水之滨识得了姜尚,从此便有了倾商的计划。站在苍松古柏之下,拜谒相貌魁奇的神像,就是他倡导"笃仁敬老",就是他提出"怀保小民",就是他采取"九一而助",就是他废除"炮烙之刑",就是他发现"刚柔相对",就是他领悟"效法地德"……咀嚼着"七年臣节敬能止,万古天心文在兹"的联语,回望着石碑身后的那座古台,这个叫作姬昌的老人,闪耀着熠熠的光芒。

安阳,你这古老而凝重的土地上,有着源远流长的历史。我徘徊于东汉的大墓,那是魏武王曹操的高陵。可是曹操生于安徽,仕于洛阳,何以葬于安阳?遥想当年,留驻邺城的曹操在你的土地上练兵积粮,北伐乌桓,雄霸天下。"东风不与周郎便,铜雀春深锁二乔",铜雀台目睹了他的雄心;"老骥伏枥,志在千里,烈士暮年,壮心不已",《短歌行》吟诵了他的壮志,而蔡文姬的"胡笳十八拍"也得以流传于后世。

安阳,你是他征战的沙场,你是他驰骋的版图。他在你的疆域上建社稷、修宗庙、筑雀台;他在你的胸膛里,置百官、发号令、招贤才。然而,雄才伟略的一代枭雄,建安风骨的文化精英,终是逃不脱毁灭的宿命。公元 580 年,杨坚的一把大火将你这座千年名都炬为焦土……"铜台宫观委灰尘,魏主园林漳水滨。即今西望犹堪思,况复当时歌舞人。"

随着边疆游牧民族的不断入侵,中原的政权中心逐渐南移。安阳,你从原来的"天选之地"沦落为兵家必争的战争缓冲地。也许"夜阑卧听风吹雨,铁马冰河入梦来"就是你的日常,所以才有那"三十功名尘与土,八千里路云和月"的慨叹;所以才有那"壮志饥餐胡虏肉,笑谈渴饮匈奴血"的悲怆;所以才有那"精忠报国"的岳鹏举、"威武将军"的马丕瑶。

安阳,我在杜甫的"听妇前致词:三男邺城戍。一男附书至,二男新战死。存者且偷生,死者长已矣!"里体味你的凄凉。

妇好的双钺，摇动的战鼓，腾跃的马车，零落的人骨，分明再现着殊死的搏斗；完好无损的剑戟，锈迹斑斑的农具，褐色泥土的陶罐，俨然蓄满了远古的轶事；盘庚的迁殷，祖庚的铸鼎，青铜的剑簇，颛顼的地库，宛然应和着《诗经》的曲调，凝然成仓颉造字的韵律。龟甲与碑帖，刻画着长长与短短；竹简与帛书，书写着平平与仄仄；陶罐与钱币，描摹着深深与浅浅。历史的灰尘附着于器物的表面，扫也扫不净，擦也擦不完。太行山的云雾，遮挡着欢腾的岁月；大峡谷的瀑布，歌唱着万物的复苏。

我在玉玺和盟书里寻找，寻找你前世的身影；我在木牍和锦帛上揣摩，揣摩你今生的落脚。

刻在岳飞脊背上的汉字，镶在青铜器皿里的绳纹，注解着你的精神，你的虔诚。西钟楼巷，仿佛仍有钟声的回荡，那斑驳的城墙，低矮的瓦房，筑巢的老燕，倾听了来自远古的诉说：

“挞彼殷武，奋伐荆楚，罙入其阻，裒荆之旅。有截其所，汤孙之绪……”

悟在古玩城

已经很久未去古玩城了，据说那边在扩建、重新装潢，我期待着看到一个高品位雅格调的古玩城。

喜欢逛古玩城不全是为了捡漏，捡漏得有一定的运气和眼力，似我这般的菜鸟，只是瞧个新鲜而已。我不识古玩，但我喜欢这样的地摊文化，明知它大多是赝品，却仍然想去浏览。逛着逛着，我似乎明白，我喜欢的是艺术，哪管它是真是赝。流连于一个个摊位前、驻足于一件件物品旁、蹲守于一只只瓷瓶间，那是我所钟情的青花瓷，它们或是一只鱼盘、一枚素碟、一双清杯、一打莲碗，又或是一对梅瓶、一把雅壶、一个纹罐、一口荷缸。总之，那古朴的韵味妙不可言，我甚至对用以铺垫的蓝印花布都爱不释手。

我似乎进入一孔时空的隧道，穿越了唐宋元明清，和一段历史对话，抚摸着一件件器物，在艺术里徜徉、在真伪里思辨、在求教中长知识、在和摊主争论中收获民俗和乐趣。忽然觉得，我是一个旅游家、一个探险者、一个勇敢的骑士，我的淘宝，就是这一大片真真假假的闪闪烁烁的古玩。

犹记得书中讲过青花瓷有唐青花、宋青花、元青花、明青花、清青花五种。据说，明代的官窑精致严谨，而民窑则随意洒脱，换句话说，意为官窑正统庄重，而民窑随性灵动。这是否如同我们去大商场购衣，文峰大世界的衣服总是价格昂贵而品种单一，特色屋的衣服却是款式新颖、价廉物美。而清代的青花，胎体粗糙厚重、胎质细腻致密。这是否意味着，它的一只盘、一鼎炉、一盏觚都比别的年代的分量重啊，关键是如何能分得清呢？我踌躇不定。

罢罢罢，与其坐而论道，不如起而行之。不看不摸不比不照，一味地纸上谈兵又有何用？如同作家不采风、画家不写生，闭门造车、斗室写意，缺失了空灵与飘逸。

当然，如我这般盲人摸象之法也是不可取的，这必然导致我一无所获。不是不想出手，而是不敢出手。我信马由缰来到一个摊位前，一眼看中一个瓷罐，掏出手机，咔嚓拍照。旁边的摊主说："拍一次十元哦，他今天已经收到几十元啰。"我笑回："趁老板不在，我多拍几张！"挪到热情的摊主面前，我说："你不收拍照费，那我可以尽情地拍啰！"他说："拍有啥意思，买回去赏玩才有意思。"

我暗自窃笑："我也很想买回去赏玩，关键是得有一个公道的价格呀！""不贵不贵，你看，这个鱼盘三百元，看你穿得美丽，拿走算了，亏本卖了！"瞧这摊主油嘴滑舌，若真因为这句漂亮话而心花怒放，可就上当受骗了。笑话，我辈岂是浅薄之人，况且，老师已在遥远的北方指挥："多看少买，不要轻易出手！"

这只盖碗不错，周边以虾为纹，底款大清光绪年制。我说明显假的，老师回："不是假的，仿制品而已。"还有这只五福同寿碗，真的好喜欢，心痒手痒，老师说："明朝的仿品不要买。"

好吧，不买就不买吧，可不买真的有点心不甘哪！

这款树下童子罐摊主说是康熙民窑，发给老师，未予理睬，估计不屑一顾，我也知情识趣，未敢追问，可一会儿又忍不住了，一只青花瓷盘，有三条裂缝，开价七百元，老师回复特快："这个像是真的，康熙民窑"。"那买不买？""多看，少买！"得，还是不让买。

又发现一个同治年间的印盒，发过去，那边说："太小！"好吧，一打打瓷碗、一枚枚瓷碟擦肩而过，一只只瓷盆、一列列瓷罐唾手可得，而我只能眼睁睁看着它们从我的身边经过，只可远观不得近赏、只可留恋不能拥有的滋味真是不太好受，难怪人说爱而不得、求而不能乃人生憾事！

古玩是先人留下的文化遗产，这些真正的古董，沉积着一定的历史和文化信息，这些信息是别的器物所无法取代的。泱泱华夏，五千年的时空隧道，让我们以此为媒介穿越历史、感知文化。

如今，地摊上的旧物件目不暇接，现代高科技的造假手段已是炉火纯青。正如世上的事，多被假象所覆盖，有时，即便是真的，也因假象而遮蔽。正所谓“假作真时真亦假”，我们坚守着自己的纯真，不被假象所蒙蔽，时间久了，蒙尘的真理自然会焕发耀眼的灵光。而假的呢，随着时间的打磨，也会露出它丑陋的马脚。

正翻拣着一堆古币，一个声音从旁边响起:“你这衣裙真是雅致，古色古香，与这环境相得益彰。”看看对面的姐妹花摊主，她们穿着羽绒棉服，侧头再看，一个男子蹲在我的身旁，显然这话是冲着我来的，我礼貌地道谢，继续翻看古币，耳旁又传来话语。“你喜欢古币啊？”“嗯，看看而已。”“走，我们到那边瞧瞧。”我站起身来，疑惑地望着对方，对方气质儒雅、谈吐不凡，并非孟浪之人，可我与他也并不相熟呀。环顾四周，蓦然发现，偌大的展地似乎只有一位时髦佳人，她也有先生陪在一旁，而如我这般单枪匹马的女子委实太少，不，不是太少，是根本没有。看来一人一骑勇闯天涯的戏码上演不了啦，于是委婉地拒绝:“谢谢，那边我已看完，准备走了！”

今日，得与这些旧物相见，这份不期而遇的邂逅，带给我的不止是一种相见恨晚的缘分，它让我获取的是一番清赏旧时月色的韵致。

遥远的山村

今年秋末，我们摄制组为了拍摄《乡村记事》，驱车来到了天水市麦积区花牛镇上湾村的一个自然村——元土村，我们的目的是采访做广告的那位大嫂。

那一天，我的心情如同晴朗的天空和原野，阳光明媚了沟沟坎坎。

这是一个山清水秀，硕果累累的地方，野菊花迎着光，散发着淡淡的芬芳，粗壮翠绿的玉米妈妈怀抱着壮硕的玉米宝宝，风情万种地呼朋引伴；向日葵高扬着灿烂的葵盘像一群揭去头巾的小媳妇笑哈哈地展示着自己的风采；花椒熟了，如同风韵犹存的半老徐娘散发着幽幽麻香，躲在刺丛让人又爱又惶恐；而洋芋如同朴实无华的陇上汉子，在贫瘠的土地里倔强地生长，努力昂头向天，手拉手，把绿色铺向漫山遍野。

我们的车停在了山路边，蓦然，一阵甜馨袭来，一位紫红圆脸的大嫂骑着一辆装满苹果的电动三轮车向我们走来，“这可是新摘的‘花牛红’苹果，鲜甜可口，比广告里的还要新鲜”。听着这淳朴的声音，看着这憨厚的模样，我以为我见到了广告里的大嫂。

“哈哈，我们这里的人呀，大概都是这副形象，可我不是你们要找的人，走，我领你们找她去。”

卸了苹果，我们坐上大嫂的空车向坡上行驶。大嫂开着车，和我们唠起闲谝：“早些年，你们脚下的这条道啊，就只够行我这电动三轮车。”

“什么时候建成了这宽宽的水泥路了呢？”

“自从扶贫工作开始，我们这个偏远地方，变化太大，看，这水泥路，一直往前，就是高速公路，一上高速，就能到达全国各地。

这还不算稀罕，我们的乡村也变了！”

“怎么变？”

“变成叫什么的啦？噢，乡村旅游观光农业示范村。”

“哦，真好看。”

“我们过去可是干旱的地方，没水呀，大人小孩一年洗不了几次澡，一滴水就像一滴油，那时候，人们都说我们是灰头蚂蚱。现在可好了，你瞧山脚下那水库，水多少，你瞧我们这里的大人小孩，脸上都带有水色。”

“这水从哪里来？”

“妹子呀，你往远处看，这远远近近一百多里都是树林，木生土、土生水、水生金，是不是这个说法？反正，有水就有人，就有一切，绿水青山就是金山银山。”

我想象着，贫瘠的土地，崎岖的山路，干涸的老井，土灰色的人群，一代又一代艰难地走着，他们怎么把这莽莽苍苍的沟沟坎坎变成绿色的森林？又是怎样把万千的涓涓细流汇聚成清凌凌的一片水库？

正恍恍惚惚间，一个声音惊醒了我：“李嫂，你这是领的哪里的贵客呀？”

“村主任，这是电视台的，要找咱们的‘广告嫂’哩！”

“欢迎欢迎，领导们辛苦了！”

这村主任有一副土豆般憨厚的模样，但眼睛里眨巴着的都是精明。一开口说话，就知道他经多见广。他说：那个广告，其实是他的创意，但“广告嫂”的出名，其实也是势在必行，因为环境变了，人们富裕了，人的精神面貌自然也会随之改变。

“看！收苹果的来了，你们别听村主任瞎咧咧，多瞧瞧真实的！”李嫂一声吆喝，打断了村主任的叙述，我也甩掉了矜持，三步并作两步就赶到了果园，抄起一只小筐就想过一把采撷的瘾，李嫂连忙阻拦：“你这城里的姑娘，穿着裙子呢，可别挂坏了！我来采！你站边上只管看！”

村主任也说：“你们先尝尝咱村这花牛苹果，一会儿到你们要找的张嫂家去。”

“不，村主任，我们跟你一起去张嫂的果园。”他们哪里知道，我心里眼里只有那密密麻麻的苹果，况且拍视频也需要这样的镜头呢。

在这不太平坦的山野里，村主任的脚步飞快，我们都有点跟不上。晚秋时光，树叶大多都落了，树上挂满红灯笼一样的大苹果，从山脚到梁顶，一片片一丛丛红红彤彤，晶莹剔透，芳香四溢。

终于，我们看到了一个黝黑脸庞的中年汉子，经介绍他是“广告嫂”的丈夫张大哥。这汉子看起来憨憨的，他双手慌慌地在衣襟上拼命地擦拭，似乎总也擦不干净，抬起手看了又看，然后在村主任的示意下，怯怯地伸出了粗糙的大手，握着这紧张得差点伸错了左边的手，我感觉到他微微地颤抖，我笑了一下，暗道：这样子估计没法交谈了。谁知道，聊到张嫂时，他两眼放光，充满了自豪:“我婆姨那可是能人哪！这庄子里哪个不知，谁人不晓？”

“你婆姨那是忒能了，都能到电视上了，哪个女人像她！”一个不和谐的音调突然插了进来。扭头一看，原来不知何时，林子里钻出一位满脸不高兴的大娘。

“婶子，也在摘苹果呀？”村主任忙打招呼。

“你是村主任啊，大忙人哪，哪里能瞧得见我？”

“婶子说笑了。”村主任讪讪地笑。

“娘，你来干吗？”

“怎么？怕我说你婆姨啊？成天就会出风头，家里收苹果正缺人手呢，她可好，一拍屁股去了广州了，参加什么广交会。呸，没她，广交会就会垮台子了？”

“大娘，您说张嫂去了广州？”我一阵惋惜。

“可不，你看看她这干的什么事？”

“娘！娘！”张大哥涨红着脸急得直搓手，可又无可奈何。

“你叫什么叫？就怕说坏你的婆姨了啦，你们的事，今后就别让我知道！”

“婶子哟，张嫂这是代表咱村去的呢，她是为了咱村的苹果销路呢。你不是怕苹果没人采吗？我来帮你！”李嫂说着就麻利地进入了果园。

“婶子，我安排采摘的人一会儿就到了，你放心，不会耽搁了收成。”村主任推着大娘连声赔笑，“婶子，你回去吧，别操恁大的心。”

老太太气咻咻地走了。

不一会儿，一干学生模样的大孩子呼呼隆隆下车。村主任赶忙上前迎接。

“太好了，同学们，今天要辛苦你们啦！”

“村主任，你尽管吩咐，这是我们的作业呢。”

原来是天水职业技术学校的孩子们来参加社会实践活动了，每年秋收季节，村主任都会与学校联系，让孩子们来到田野参加社会实践，并给予一定的报酬。这些孩子们在大自然中既陶冶了精神，又锻炼了毅力，还挣得了工资，他们很是兴奋。张嫂走前就拜托过村主任，村主任让她安心去干大事。这不，哪里用得着大娘来发愁呢。

我们知道，今天见不到拜访对象了，可是，我们一点也不觉得失落，因为，我们似乎看到该看的，听到该听的，我们仍然收获满满。

夕阳下，我们走上返程的山路，它通往高速，通向城市，连接世界，我忽然觉得，这路，似乎近了许多……

第四辑 往事随流水

往事若云烟
陌上东风暖
江河岁月浅
草色绿无边
春意阑珊
时光清暖
静安不老日月
挽手同行尘间

施朱施粉色俱好傾國傾城豔不同疑是蕊宮
雙姊妹一時攜手嫁東風
丙子春日 非厂

陌上风暖画流年

站在历史的渡口，翻阅时光的卷轴，一帧一帧的画卷，描摹了秋的枫舞荻萧，夏的蝉噪林幽，冬的雪寒兰妖，春的写意呢？它不在泛黄的画布，它在哪里？

我在陌上寻找，披一身浓郁的气息，那是大红灯笼悬挂于屋檐的气息，那是灿焕烟火绽放于天际的气息。蛰伏了一冬的原野舒展开略显僵硬的腰肢，东君捎来了扶桑花的信息，鹊鸟衔来了牵牛花的种子。瞧，疏柳堤畔芽清浅，绣岭梅梢蕾初妍。

在这样的况味里，你从遥远的天际走来，抖落衣襟上的尘埃，轻拂发丝里的风霜，将过往的烟云悄悄地折叠。枝头的那一抹新绿，叩起了尘封已久的流年，那些埋藏在内心深处的柔软，迤逦了记忆的门楣，每一个人的心里，都种有半亩的花田，风烟俱净的庭院，思念铺满了小巷。

那一指流沙的河，如何能阻挡漂泊的旅人，裹着冰雪的寒凉，携着荒芜的苍茫，在漫长的等待中将寂寞坐断。归来吧，归来吧，厌倦了城市的喧嚣，尝遍了人生的百味，异乡的街口，徘徊着陌生的背影。放空所有的记忆，将心灵的底片留白，留给那些弥足珍贵的旧事，留给那些无法安放的过往。

梦里挑灯看落花，醉里舞剑思故乡。纵是水瘦山寒，纵是天高路迢，那斑驳的古井依然汩汩流淌着温热的清泉，而遒劲的槐树也徐徐张开悠长的臂膀，竹篱瓦屋还原着旧时的记忆，寒鸦枯枝书写着故园的孤寂。

一代代的开垦者离开了故乡，荒芜了土地，他们追寻着自己的梦想，放逐着天涯的脚步。然而，当新年的钟声敲响，他们却不约而同奔往了故里。即便远隔千山万水，即便跨越崇山峻岭，他们都会想方设法回家过年。那噼里啪啦的灶膛里的柴火，那咕噜咕咚的铁锅里的肉汤，那稀里哗啦的水池里的蔬菜，那铿里框朗的热锅里的炒菜，构筑了家的温馨。即便周遭陈旧，即便内里简陋，但承载了太多记忆的老屋，还是那么的亲切而慈祥，那里储藏了儿时的物件，那里盛满了魂里梦里回不去的时光。

春节的习俗在人们的心里根深蒂固，这是文化的传承，也是爱心的传承，家的亲情之线牵扯着天涯海角的血脉，使他们无论身处何方都无法抛却对家族血脉的寻根问祖。

五十六个民族，有五十六个风俗，但无论是怎样的风俗，无论以何种的方式，过年，始终是无法撼动的习俗，是融合在文化基因里的传统节日。而春节，这个美好的名字，区别于任何一个节日。春节，是春的起始，意味着万象更新、生灵复苏。

寒冬颤抖着一树若雾薄雪，瑟风吹拂着一湖枯荻残荷，季节的哨声划过高缈的苍穹，震惊了枝头的候鸟，田野吮吸了冬的雪水，新的生命正在土壤孕育。

山一程，水一程，匆促的步履掩不住韶华的更迭；风一更，雨一更，沧桑的容颜遮不了岁月的皱纹。翩跹的四季划过时光的柔波，或许曾泛起旖旎的涟漪，或许曾荡开斑斓的画卷。回望走过的日子，有彷徨也有苦涩，有焦灼也有甜蜜，但渐行渐远的脚步，屏蔽了昨天的历史，曾经追寻的风景，也被流年的画笔涂抹成远去的身影，那得到与失去的慨叹，也遗失在岁月的站台。熙熙攘攘的十字路口，人头攒动，勾起莫名的伤痛，一些曾经那么熟悉的面孔，就那样随着时光的脚步，渐渐消失在岁月的深处。

鲜衣怒马的芳华，我们可曾辜负？山长水阔的情怀，我们何曾领悟？

生命的心意，击碎了冬眠的沉醉，春水丛生的恣肆，让光阴的暗香盈袖；生命的色彩，把尘世的底板越描越浓，红了樱桃、绿了芭蕉、黄了蜡梅、白了杏花；生命的情结，平仄在岁月的长篇，季节的转角，掩去一抹苍白、一抹焦黄，打捞素色的诗笺，填一阕清平乐，和一曲采桑子。

一池风华，一程幽梦，于浅酌轻吟间抚平了时光。摆渡如潮的风月，婉约绵长的情意，心底的葱茏，兀自妖娆。

走在寂静的田垄，枝头的花蕾，流淌着低调的明媚；山涧的溪水，弹奏着灵动的弦音。蜡梅花儿的绽放，葳蕤成心底眸间的云淡风轻；杂乱无章的心绪，演绎成红尘烟火的晓风残月。

雪韵竹风，浸染芳春的裙摆；梅魂兰魄，洒落夕阳的温婉。简约素净的波心里，搁浅了多少的记忆？摇落了多少的花事？一纸旧卷，缱绻诗意几行？一盏香茗，温润思念几许？

岁月朦胧，天涯西东，难寻遗落的影踪；山穷水尽，落叶成空，徒留迷茫的秋风。记忆的山水，云遮雾罩，光阴的刻痕，深浅不一。一空山野，一仄微翠，青绿了俗世，涤荡了尘心。

“燕子不归春色晚，一汀烟雨杏花寒。”欲至还休的春啊，它是那么的矜持，那么的含蓄，多想牵着它的衣襟，看“东风随春归，发我枝上花。”

寻寻觅觅在青苔覆盖的小径，走走停停在冰酥水响的溪畔。蓦然回首，春已归来，归来于牧童的短笛奏起时，归来于稚儿的纸鸢飘飞际，归来于耕牛的犁铧翻卷期。

迎着一缕晨曦，在这四季之首，将希望的种子播撒，看花发草长、天地生暖，听虫鸟呢喃、蜂蝶交谈……

草色怀古，岁月沉香

冬日的午后，执一盏香茗凭窗而坐，填一阙清词低吟浅唱，几上的梅花含羞待放。

将经年的时光揉搓研磨，撒入岁月的角落；将泛黄的宣纸铺展抚平，染上浓淡的墨痕。往事如烟，纷繁如雨。画笔的游离，斑驳了记忆；纵横的折皱，剥离了回忆。掩上疲惫的心门，将晦涩与寒凉阻隔于灵魂的深处。

草色怀古，林木如僧，墙外的枯枝清癯素俭，恍若老衲的僧袍，空蒙飘荡。迷离处，经幡摇曳，佛光普照。

时光如此的仓促，转瞬之间，黄昏已近，落日西坠，脉脉斜晖悄然隐退，隔院的邻人已然灯火明灭。

静坐于书房的一隅，在幽暗中信手涂鸦，一叶扁舟，几片残雪，将自己演绎成孤独的旅人。

在自己编排的旅程中，把零碎的时光折叠，将尘封的往事打包，所有的沧桑与失落，所有的迷茫与困惑，都遗留在远去的站台。舍去了无谓的包袱，丢弃了沉重的负累，不再步履蹒跚，气喘吁吁，而今，轻简前行，从容淡定。没有了瞻前顾后，顾此失彼的无措；没有了畏首畏尾,望而却步的彷徨。一路走来的风霜雨雪,一路感受的浮华落寞,都已搁置在岁月的影壁。就这样，款款而行，淡淡而念。

谁不是岁月长河里的匆匆过客呢？谁又能在生命的旅程里停留多久呢？

风尘起落的人生中，我们只是一个个路人而已，如微雨飘过、如秋叶落过、如鸿雁飞过、如残阳洒过。在这段不算漫长的时光隧道里，站满了千姿百态的旅人。他们或风流倜傥或儒雅俊朗，她们或婀娜妩媚或仙袂环佩。这形形色色的人群，这多姿多彩的世态，有些人或许会莫名相遇，有些人或许又莫名失散。

每一次相遇，也许会留下一段浪漫的回忆；每一次失散，也许会遗下一次伤痛的记忆。有多少人擦肩而过，失之交臂，又有多少人停顿驻足，犹犹豫豫。擦肩而过的，也许会留恋一生；停留驻足的，未必会牵绊一世。人啊，往往如此，失去的方知珍贵，拥有的却漫不经心。

在红尘的某一段路口，蓦然相遇的两个人，或许有心灵的悸动，抑或有恨晚的伤痛。他们，不是来得太早，就是遇得太迟。或许，这一去，再也没有相见的机遇；这一去，就真正的山高路远，天涯海角了。可是，不去，又能如何？

阡陌人生，总是会有这样那样的抉择；纷扰尘世，难免会有这种那种的遗憾。但遗憾何尝不是一种残缺的美丽？如维纳斯的断臂。断臂是美学的结构，断臂是艺术的空白，断臂是无限的遐想。一副不复存在的双臂拨动着多少人的心弦，而人生中又有多少的留白需要我们去意会、去体悟、去感触？

冷冷清清的季节里，一支枯瘦的笔，写下落寞几行？一首哀婉的曲，奏出幽怨几许？沉沉寂寂的月光里，一张洇染的纸，绘就山水几缕？一本翻开的书，描摹红尘几秋？

任山风掠过，烛光摇曳；任飞雪穿行，寒鸦归宁。

掬一捧冬雪，煮一壶老茶，触手可及的清寒，挥就一地的苍凉。

老去的时光里，有多少的眷恋，多少的牵念？有多少的离愁，多少的别绪？新添的岁月里，有多少的希冀，多少的神秘？有多少的梦幻，多少的绮丽？

生命的车轮持续不停地运转，它牵引着我们向着远方驰行……

我们是人世的行客，带不走一花一木、一草一叶。我们踩过的地面，曾有的印迹，都将被冲洗干净。不必回头，不必留恋，逝去的终将逝去，未来的，已然约定，你听那黎明的诺言，已在晨曦兑现……

小河流水月清浅

一直觉得城里的月光不如乡下的月光清澈透亮，闪烁的霓虹灯，沿途的路灯遮盖了月的光辉，使它失去了清明。

站在空荡荡的半月桥上，看看水里，她的另一半，发着淙淙的光波，仰望太空，一轮圆月似悬于河的尽头，而街灯的明亮是浅近的，月亮显得有些朦胧而羞涩，大度而从容，无意和路灯抢夺风头，今晚，原是它的剧场，那些配角即便再搔首弄姿，也越不过主角的光辉。

月亮不是刻意地展示，她与生俱来的气质已使她超凡脱俗，她只要悄悄地露面，就能使人为之着迷。不是吗？只露出那么一点，就让东坡居士诗意大发，豪情满怀“明月几时有？把酒问青天”。而漂泊在外的朱希晦在凝望“今年客里中秋月，静挹金波更清绝”时，却忆“去年中秋秋月圆，浩歌对酒清无眠”，喜欢游历山水的诗人，最终隐居家乡而成“隐逸诗人”，都是因为故乡的月亮吗？

月儿偷偷地将身影投射在一汪清流之中，她是想临水照镜呢，还是想与鱼儿嬉戏？随着缓缓流淌的溪水，她不时做着顽皮的游戏，一会儿将脸儿压扁，一会儿将身儿拉长，一会儿又变出了一大一小两个模样，这神奇的技艺像是得哪个神仙传授。

似乎觉得这水中流动的月亮比天上的月亮更为有趣，桥下的流水在向我奔涌，而月也在向我招手。我站在桥上看风景，看风景的人在哪里看我呢？在楼上吗？楼上的人大约都在玩手机吧？楼上的人大约还在看电视吧？不然，何以街道上除了寥寥几辆车匆匆而过，却不见一个行人？

有人说一个人赏月，是真正的赏月。也罢，这一轮明月就属于我了，这是我一个人的月亮吗？在那遥远的地方，是否也有一人伫立在同一轮明月之下呢？“海上生明月，天涯共此时”，我想，这一轮明月，在我们心里团圆。

私下以为，明月与现代化的高楼是不匹配的。明月当属于古典的亭台楼阁、水榭花厅；明月也属于乡村的茅屋瓦舍、竹林小径；明月还属于山涧的凌崖清泉、峭壁深潭。

当月亮在城市的上空升起，封闭在钢筋水泥里的居民对它压根不屑一顾，他们蜷缩在豪华的居室，看不见头顶的月亮。客厅的灯光芒四射，小区的灯闪闪烁烁，那一轮明月照在了何处，他们其实根本不在乎。中秋的夜晚，除了觥筹交错，杯盘狼藉，已失去了原有的意味，但是，城市的人们，也有自己的幸福，他们享受着节日的热闹喧嚣，迷恋着家人的欢聚团圆，这何尝不是一种福气呢？

万家的灯火和天上的明月争相辉映，高楼镶进了天空，树木点缀了大地，独自在街道徘徊，体味着诗仙李白“对影成三人”的意境，可惜此时此刻无花亦无酒，只有月光下的溪水清清潺潺。

忽然看到一位老人，似在垃圾桶里倒腾着什么，在这样的夜晚，她为何孤身在外，她在捡拾什么呢？我刻意隐藏在树荫下，不想让她觉得尴尬。

她将几个啤酒瓶装在袋中，将月饼盒折成一堆，用线绳细细捆起，显得那样专注和专业，也许她知道，今晚的收获一定很丰，会有很多废弃的物品，因而她要趁着月色，将这条邻河的街道的垃圾通通翻遍，将所有的有用之物一一捡拾。

我在明亮的月光里，体会到了别样的寂寞，可在这个城市的角落里，却有人不知何为寂寞。她，坦然地捡拾，沉浸在默默地劳动之中。

我不想打扰老人，于是悄悄转过身去，进入了一条岔道，河道边突兀传来一声咳嗽，吓得我一跳，定神看时，原来是个搬运垃圾桶的清洁工人。原以为垃圾清运工是清晨开始工作的，可今天却是晚上在装运垃圾，他的速度很快，桶一提一倒。如此这般，那拾垃圾的老人如何超得了他的速度？我不禁为她操心，恨不得去阻止那个清运工忙碌的工作。

忽然传来他们的对话——

男：那是谁？是老吴吗？

女：不是我是谁！你以为谁还为你垃圾分类呢？

男：哎哟喂，真服了你，人家都在家里团圆，你倒好，还在悄悄帮我……

女：别说，这么多东西扔了太可惜，收拾收拾都能变成钱，给那几个孩子买点铅笔书本，绰绰有余。

男：老吴呀，这么说，你真是捡个大月亮啰！

月光下，我看到两个人影有点重合，不好意思偷窥，只好悄悄溜走。

谁家窗口飘来歌声？

城里的月光把梦照亮，
请守护身旁，
若有一天能重逢，
让幸福撒满整个夜晚……

我知道，此时的月亮正圆，在这段植满银杏树的溪水旁，月亮给水、给路、给树、给人，都镀上了一层金子。

时光不老，流年静守

如果你是佛前的一枝青莲，我愿是池畔的一只流萤，只为停留在你的花心；如果你是殿堂的一盏孤灯，我愿是炉中的一缕轻烟，只为缠绕在你的身边。

当青灯燃起，禅音拂过，我在蒲团静静打坐，低眉俯首，只为虔诚祈祷：执子之手，岁月静好。

菩提树下，香烟缭绕，寺院廊前，经幡飘荡。佛灯照亮了你的眼睛，你的眼睛晕眩了我的心；佛灯映射了你的背影，你的背影定格了我的景。

多想，摘一朵西山的云彩，坐拥于密林的深处；多想，携一枚香潭的红叶，沉醉于思念的湖畔。即便时光悄然流淌，即便岁月熬成过往，澎湃的激情仍在山中回响。

多想用经卷搭建一方天空，多想用竖琴弹奏一支心曲。我的琴声因你而起，我的天空因你而亮，我的才智因你而生。

当夏虫吟于户外，当秋叶脱于树间，当西风吹于帘下，你可感知我的存在？当夜雨敲于窗前，当街灯隐于雾中，当诗笺传于云边，你可明白我的心态？

我是那长风，紧紧相随；我是那苇絮，寸寸萦绕。纷乱的花瓣，憔悴我的心事；明媚的阳光，晾晒我的泪水。有你的日子，雨季灿烂成了花季；没有你的日子，花季零落成了雨季。

记得那个夜晚，我们相拥相依，不言山高水远，只说山高水长；
记得那个夜晚，我们相伴相偎，不说地老天荒，只言地老天远。
我们在禅音梵曲里相恋，我们在云山雾海中相望；
我们在青灯佛卷中静坐，我们在晨钟暮鼓里参悟；

我们在飞花细雨里相识，我们在朝晖落日里相知；

我们在天语海风里默念，我们在青山绿水间徜徉……

阡陌红尘，你我曾擦肩而过。我在尘世的转角，遗落了珍宝；我在相思的渡口，搁浅了香草。

轻轻地，你挥一挥素手，不再回眸，不再转首。我在你离去的路口，一次次徘徊，一遍遍寻找。你的声音从枫叶间飘过，你的身影从竹林里掠过，我欲将你圈住，你却一闪而过。

我站在红尘的渡口，只为与你再度牵手，可你是那么决绝，不愿为我停留一分一秒。

我的天空下起了小雨，雨中迷蒙你的身影，空旷的大街是梦中的回归；我的天空下起了小雨，雨中闪耀梦的眼睛，枯黄的落叶是心中的怅惘。

我在莲花里闭关，隔绝了尘世的音响；我在梦境里幽居，封闭了伤痛的回忆。然而，你的一切锁定了我的记忆。

七月的那个夜晚，石榴花开，葡萄架下，我们成就了美丽的神话；

七月的那个夜晚，星星晶亮，落月绕梁，温馨的元素洒满小船。

露水打湿了花束，花香迷醉了微风，一条小溪流向灿烂的星空。

我在晚秋的夜空下，无望地回顾；我在落叶的辗转中，徒劳地缝补。清风解不了我的孤寂，繁星慰不了我的落寞。我粗糙而笨拙的针线，在大地留下一缕印记；我低沉而哀怨的呼唤，在天空洒下一声轻叹；

我在白云下等你，等你携一缕微风，展一角衣袂；

我在黑夜里等你，等你乘一片星光，露一剪侧影。

花开了几许，叶枯了几秋，站在阳光下等雪，等一场初冬的雪，等一个千年的你。这一世，许岁月温良，时光静美；这一世，愿记忆尚有，年华安好。

不求时时拥有，不求天长地久，只愿时光不老，流年静守……

翻看春天这本书

我正闲坐于三月的门楣，将盎然的春意悬挂在光阴的墙头，突然读到陶行知先生的这首诗：“春天不是读书天，关在堂前，闷短寿源。掀开门帘，投奔自然……”

于是我放下了书本，走出了家门。

昨夜的一场春雨，抖乱了城市的韵脚，前日还穿着布衫钓鱼的中年人，今天就披上了薄棉的外套，我探头看向他的鱼篓，几尾鲫鱼在水中蹦跳。

清河的水上涨了很多，绿绿澄澄泛着微波，几只白鹭掠水而过，划出的涟漪一线飞天，两只野鸭在水中嬉戏，不知是情侣还是兄妹？我静静看着它们一会儿钻入草丛，一会儿浮上水面；远处“嘎嘎”几声，一只鸬鹚冲向岸边，那惊起的柔波、飞翔的姿态定格成水墨的画卷。倏忽，扑哧声里银光一闪，一条鱼儿跃出了水面，看鱼的两个青年激动得呀呀尖叫，然而，鱼却打了个旋，潜入了水底，空留浪花一朵。钓鱼的中年人慢悠悠地说：“是你的，不用慌；不是你的，慌也没用。有道是火中取栗何太急，得来全不费功夫！”两个青年连声说：“哲理哲理！”

循着迎春花相互交缠的茎蔓，搜罗一点春绿、几许藤黄，乌油的藤蔓点缀浅浅淡淡的嫩黄；河边的杨柳袅娜着腰肢，“万条垂下绿丝绦”，今天的春风恰似剪刀，扎在人脸上，有刺骨的寒凉，我想借用这把剪刀，剪下柳条几枝，不为折柳送别，不关晓风残月，只因枝上嫩叶，可蒸、可炒、可凉拌、可煲汤，还可做馅饼。原来柳枝不是伤别的专利，大自然本来就是人的全部。

春天原本就是相思的季节，你看天边的彩虹，说不定是为着牛郎织女而架起？天上人间遥相思念，万物生灵皆有情意。鸭儿恋着溪水，才能感知水暖；鸟儿栖着枝头，方能鸣唱翠柳；春风缠着桃花，故而嫣笑东风。自然的人格化，才是人的专利。

樱桃李在枝头绽放，开得淡雅而内敛，粉白色的花朵点缀在纤弱的枝条和叶子之上，有着温柔的质感，它是为结果而开，那类似樱桃的小李子将是鸟儿的食物。因为目的明确，所以它掩盖了娇颜，选择了低调。有时候做人也是如此，勤勤恳恳、踏踏实实做好自己的事，不高调宣扬、邀功请赏，本身就是一种格局的修养。

春天不是读书天，其实大自然就是一本灵动的书、一本哲理的书、一本睿智的书，走进自然，也就走进了书本，走进了知识的海洋……

冬景拾韵

草木萧疏的季节，独自行走在湖畔，周遭一片清旷，那曾经碧绿的湖水变得清澈见底，没有了浮萍、荷叶的遮掩，湖面似乎宽阔了些许，岸边的芦苇染上了季节的风霜，枯黄成了它的主色调。

那些曾经艳绝一方的玉兰、碧桃、银杏、海棠，尽皆枯枝细杪，而原就识别不清的樱花、紫叶李没有了叶片的点缀更是混淆难辨。

高大挺直的松树倒是万古长青，永不凋零，无怪乎人们垂青于它，它是长寿的象征，它是坚韧的寓意啊。“亭亭山上松，雨雪不能摧。”

枝繁叶茂的樟树随处可见，从它身下走过，那独特的香气总是令人陶醉，那是老屋陈旧板柜的味道，那是江南女儿陪嫁木箱的味道。据说，从前的殷实人家若生了女儿，便在院中种一棵樟树，女儿长大樟树成材，媒婆凭借院中樟树的大小来判别宅中待嫁的女儿，闺女出嫁，樟树便完成了使命，砍树制成两箱，内装丝绸数匹，意为“两箱丝绸”，谐音便是“两相厮守”。

倚靠着粗壮的树干，想象着曾经的樟树是否是自觉自愿，它与闺中的女儿一同长大，可谓青梅竹马，那小小的女孩曾与它欢闹嬉戏，曾对它吐露秘密，曾盼它俊朗高大，曾依它低吟浅唱。它知道女孩的心事，便将自己的心事隐藏，来成全女孩的幸福，为了女孩，它甘愿牺牲一切，乃至自己的生命，这是怎样的情感啊！当它陪伴着女孩来到陌生的地方，它用自己宽广的胸怀接纳着女孩的蜕变，从羞涩的姑娘演变为妩媚的少妇，从娴静的少妇升华为温柔的母亲，从聪慧的母亲辗转为端庄的妇人，又从成熟的妇人裂变为沧桑的老妪。樟木箱目睹着这一切的变化，蓦然发现，它自己的身躯也渐渐地老去，曾经金光锃亮的铜锁，在岁月的浸染里慢慢地消磨，已脱去了原有的亮色；而曾经鲜润的油漆也斑驳脱落，再也没有了当年的华彩。那铺展于箱底的绸缎散发出的是饱经世事的光泽，它经历了时光的洇染，变得圆润而又大度。日渐衰老的樟木箱也许会随着主人的消逝而寿终正寝，抑或因着家庭的变故而惨遭遗弃，但在樟木箱的旧时光里，它却有着无可替代的回忆……

沉浸在人事更迭的记忆里，一阵微风袭来，树叶沙沙作响，那熟悉的气味又在鼻际萦绕，抬头仰视“樛枝平地虬龙走，高干半空风雨寒”。

沿河而植的夹竹桃，不足为奇，清河道上有，南山湖畔有，这植物界的皇后虽是个冷面杀手，可它的花却开得分外奇妙，且花期很长，红的白的，绚烂一片，一朵败了，又开一朵，一花黄了，又长一花，由春到夏，由夏到秋，似乎永远都不衰败。迎春花黄了、凤仙花艳了、玉簪花寒了、秋菊花谢了，可夹竹桃依然兀自开放，只有到了寒冬，它才收敛起自己的姿容，以端丽素雅的面目示人，一如那宫中的皇后，不需要艳丽的容颜，但却令人敬畏，而它的毒性也让人望而生畏。那些宫廷剧中，皇帝的妃嫔们，总爱用夹竹桃的汁粉来害人，我总奇怪，十几岁的女孩子，何以如此阴险而狠毒？她们嫁入宫中的目的是什么呢？争宠的手段除了害人难道就没有别的啦？多行不义必自毙，害人者人恒害之，而害人者终将害己，这是因果的报应吗？

恍惚之间，一只斑鸠从眼前掠过，它着蓝褐相间的外衣，头顶灰冠、尾系蓝缎、颈染酒红、背覆黑纱，甚是帅气。它一会儿蹿上枝头，一会儿跳入林中，一会儿飞越高空，一会儿俯冲地面，头栽尾翘间咕咕两声，似那顽皮的孩童，立足未稳时，戛然一声，宛若惊吓的幼婴，它在我面前上下翻飞，耍着把戏，又如显摆的少年。我饶有兴趣看着它的表演，一会儿许是乏了，许是厌了，它隐入林中不见了。

桂花树上尚有未谢的桂花，那米白淡黄的花儿隐藏在绿叶之间，如不仔细观察很容易疏忽，因为它的香气已不再如仲秋时那般浓郁。总以为桂花是属于秋天的，秋天的桂花可以做桂花饼、可以打桂花糕、可以制桂花酥、可以酿桂花酒、可以制桂花糖、可以熬桂花粥、可以做桂花酱，还可以泡桂花茶。今年的桂花来得太晚，所以去得也迟吗？

湖心小岛上，成排的杉树抖落了一地的细碎，杆细的瘦枝随着清冷的西风低沉吟诵，褪去了青绿的外衣，换上了黄棕的锦袍，它变得更加沉稳而高冷。它长身玉立，俊逸洒脱，水映着杉，杉衬着水，相依而生，相伴而随，似乎谁也离不开谁。这是杉与水的邂逅，还是水与杉的交融？

一只野鸭在水中遨游，它是那么渺小，以至我的镜头里只留下微弱的一点，可它分明存在过，它自由自在，无拘无束，从这头游到了那头，慢慢悠悠，不急不躁，仿佛水域之间唯它独尊，也确实，空旷的水面除了它似乎没有别的生物，而那垂钓的老人隔着一座木桥，鸭子在这边，老人在那边，他们互不干涉，自得其乐。

走上了古老的木桥，木桥上没有繁杂的花纹，但看那皴裂的皱痕，预示它该有的年轮。岁月过滤了记忆，记忆筛去了尘埃，苍老的容颜掩不住曾经的辉煌。

湖边的瘦柳，不再摇曳婀娜，风中零乱的是它未及梳洗的长发，临水而镜的心情，因了春的离去而变得慵懒而懈怠，这便是失恋者的心态吧。

小径边几杆修竹飘逸脱俗，不蔓不骄，自在清明。竹是君子、竹是雅士，不畏风雪，不惧严寒，春夏秋冬，一如既往，不论是种于庭院，还是植于街巷，不管是长于山涧，还是立于崖畔，它都能不为尘世干扰，“千磨万击还坚劲，任尔东西南北风”。

几株蜡梅分立路旁，梅是冬的使者、梅是雪的情侣、梅是竹的朋友、梅是菊的知己，疏影横斜，暗香浮动的意境里，有诗的韶秀，有词的格律，还有画的神韵。

原来冬天的色彩也不是那么灰暗，原来冬天的旋律并不是那么悲怆，你看那一叶孤舟停泊在岸边，可否有“野渡无人舟自横”的意境？你看那几只白鹭飞翔在天际，可否有“一行白鹭上青天”的诗韵？那么在这样的季节，即便萧瑟清寒，却也是可以兴味盎然的吧，不信，你试试？

咀嚼清明如橄榄

清明，像一颗橄榄，嚼一口，酸涩难耐，须臾后，清爽宜人，回味无穷。

慎终追远，缅怀先祖，这是一桩庄重而悲怆的事情，可踏青郊游，折柳赏花又是一件悠闲而惬意的事情，这搞得那些精于世故的成人都有点不知所措了，也许老天爷也知道如此安排委实有点为难红尘中人，于是往往在这一天下点小雨，聊作悲伤气氛的铺垫，抑或是对明媚春光的掩饰。

其实啊，它不知道，蒙蒙微雨中的春天更有意境，配上那点点桃花，加上那牧童遥指，杏花春雨，不啻是一幅浪漫的画卷。

而“清明”这个词，反映的是自然界气候变化的节气，这个时候大自然拉开了春天的序幕，和风送暖、气清景明、万物皆显。《岁时百问》云:“万物生长此时，皆清洁而明净。故谓之清明。”可见，清明是一个放歌纵情的好时日，然而，这个节令里却又包含了扫墓祭祖这样的大事件。这如何不让人犯难呢？

我们不能如孩子那般肆无忌惮，也不能像丰子恺老先生说的那样“借墓游春”，扫墓得有点扫墓的样子，于是也费心尽力地准备了供品和鞭炮，鱼、肉、水果、糕点、老酒应有尽有，元宝、纸钱、香烛、花卉一样不少。物品准备好了，阵式排列成了，这才扶老携幼、折纸挽篮，来到墓园。

当我们来到墓地，看到那一排排黑色的墓碑森然而立，林中的寒鸦蓦然惊悚，“哇——哇——”两声飞向天边，这时即便是调皮的孩子也停止了嬉闹，突然间空气就变得抑郁而沉闷，默默地拿出毛巾擦拭着刻有亲人名字的石碑，从外公、外婆到母亲，不需要春雨的点缀，也不要诗词的酝酿，自然而然地就会落泪。黄庭坚言：“佳节清明桃李笑，野田荒冢只生愁。”放眼望去，桃红李白，含笑东风，低首再瞧，坟茔孤清，杂草丛生，这是多么大的反差，面对这一切，又如何能够不心生凄凉？

我原本没有多少哀愁的情愫，毕竟他们已经逝去了几十年，外婆我更是连面都没有见过，可是当我敬上一杯浊酒，装上几碟水果，奉上几盘点心，来到外公外婆的坟前，一股说不出的酸楚从心头涌起。外公外婆生养了两个女儿（姨母和母亲），如果另外一个世界也有一片世俗的天地，那么，如今两女都该陪侍在他们的左右，他们一家四口也算是团圆了。我不知道这对于他们来说，是幸运还是不幸呢？可是陪伴了父母的母亲却是舍弃了凡尘的依恋，割断了母女的亲情，她是幸还是不幸呢？我又担心喝了孟婆汤的母亲是否还记得老家的模样？是否能找到前世的父母？如果她如我这般路痴路盲，又怎能寻到曾经的家园？那么她在哪里安身？她又漂泊在哪个异域他乡？

据说三毛当年为了见荷西，曾学习通灵的巫术，如果这世间真有这样神奇的巫术，那请让我知道，我的母亲是否安宁？我虔诚地点上了一炷香，定定地盯着袅袅的香烟，迷蒙中似乎有母亲的身影，可她是那么模糊、那么遥远，她飘在半空、悬在云端，不发一语、不着一词。我想问问她，我烧给她的楼房可曾住起？我买给她的电动汽车可会驾驶？我想问问她，现在跟谁住在一起？那里可有菜园供她打理？其实，我有很多很多的话语堆积在一起，可我不敢一一倾诉，我害怕太过贪婪，辜负了这一年一次的心语。

我看着那虚无缥缈的身影，喃喃自语，不管她有没有回应，我只当她已经听见，她应该能感知她唯一的女儿就在这里。我拥抱着冰冷的石碑，仿佛拥抱着母亲那僵硬的躯体，二十年前，母亲的身体也是一点一点变得冰冷无度；二十年前，我的心也是一点一点变得仓皇无助。我想告诉母亲，外公的老屋已轰然坍塌，老屋里有她的生活她的回忆。我原本想保留下来，可是我高估了它的生命力，年久失修的老宅终于完成了它最后的使命，这是我的疏忽，我的罪孽。老屋倒了，外公的那张古老的雕花木床也被压碎了，这张床据说还是他的祖上遗存下来的。也许老屋已经疲倦了、困顿了，它守了几十年，它盼了几十年，没有一个人愿意留下来陪它说说话，它是那么孤单寂寞和无奈，于是它选择了放弃。

我觉得对不起老屋，于是在老屋的门前细细地清理，清理那些砖瓦、那些杂草、那些碎屑，可是这又有什么用呢？如同我曾经忽略了母亲的身体，直到她病入膏肓我才意识到问题的严重，可那又有什么用呢？我们常常这么稀里糊涂地做着亡羊补牢的傻事，却不知一切都为时晚矣。有什么比“子欲养而亲不待”更令人懊丧的事呢？

我已经很久未到乡村了，四月的原野充满着生机和活力，释放着诗情和画意，有“满园深浅色，照在绿波中”的迷醉，有“水溶溶，飏残红。野渡舟横，杨柳绿荫浓”的神秘，也有“沾衣欲湿杏花雨，吹面不寒杨柳风”的细腻，还有“红杏梢头挂酒旗，绿杨枝上啭黄鹂”的艳丽……

两只纸鸢在空中盘旋，三个孩子在田野追逐，这个清明，我以为我不会悲戚……

清河追月

想和你说说话，可你却不回信息，在这月圆之夜，我只好一个人来到清河上，就算是和你一起散步吧。

人们都喜欢抬头望月，我却热衷于低头寻月。琥珀色的河里漂着一颗珍珠般的月亮，它似一尾闪亮的金鱼，又如一只懵懂的小狗，我走到哪里，它跟到哪里。

一只蝙蝠翩翩起舞，两只野鸭窜入草丛，不甘寂寞的鱼儿一次次跳跃，它是想私吞了这珍珠吗，还是欲吓退了那野鸭？

一群飞蛾在水面盘旋，一只鸟儿在枝头观望，它不声不响，看着水下的把戏，那流动的月儿安静地漂流着呢，它一会儿与飞虫捉着迷藏，一会儿跟鱼儿变着戏法，一会儿拖条长长的尾巴，一晃眼又挤扁圆圆的脸蛋，隐入水中倏忽不见，仔细寻她时，却白纱遮面，恬静而又妖娆。逗得鹧鸪发出悦耳的哨音，岸边的蛙儿敲起了鼓，虫儿吹起了笛。

桥上有行人走过，也有车辆飞驰而过，可他们都不愿停下匆匆的脚步。我体谅他们赶路的心情，急着回家和亲人团圆呢。只有我和月亮相伴，不，应该和你相伴。

天上的月亮缓缓地飘移，水里的月亮轻轻地流动。蓦然，月亮走进了云彩，像美丽的少妇走进了帐幔，轻纱遮住了羞涩，却遮不住青春的光华。

我的眼前不见了月亮，可我的心中有个月亮，我知道：月亮就在一朵花里，或在一滴露珠里。

眼前的灯光闪耀着城市的繁荣，河畔的绿树投下浓浓的阴影，景观灯映射着水面。我记起了去年的那轮明月，它或许已走进了岁月的深处，而今年的明月正走入千家万户。

我想将明月挂上你的窗台，让你在发霉的雨季有一点明亮的意境，让你在雨声里听到月亮叮当作响。

月亮揣测了我的心意，它携着我的蜜意，牵我走上了远方的拱桥，那一孔长长的拱桥，莫不是通往天空的七彩桥？我走上了这座桥，仿佛触摸到月亮的裙摆。我跟着它悄悄地走，而水里的月亮也在慢慢地行。

一河月光，把河水映照得就像一匹没有下机的绸缎，几只鸟儿从绸缎里飞出，能飞进你的梦中吗？

一河月光，把河水映照得如同一幅灵动的画卷。我在画里游走，我又游出画面；我走进月亮，走进薄薄的白云。

鸟儿在前方引路，我在后面轻声地呼唤，我想去见嫦娥，还有捣药的白兔，鸟儿沉默了良久，似乎下定了决心成全我的梦想，它借了我一双翅膀，好让我飞上九天。

我站在月亮的边沿向人间瞭望：河中的月亮小得像一枚徽章，我想打捞上来，永远佩戴在我的胸前。

路边的街灯与水中的月亮交相辉映，让我看清了那座镶嵌在水上的古亭。去岁的记忆浮在了水面，依稀飘荡《二泉映月》，可今年没有了拉二胡的身影，远远地，飘来一阵古筝奏起了《春江花月夜》。

你曾说我像天上的月儿，很远很远；你却不知，我是那鸟儿，崇尚自由地飞翔，我要摆脱所有的束缚，飞得很高很高。可我一不小心，又坠入了人间，只得在桥头，静静地厮守，是厮守那一轮明月，还是厮守那望月的人儿？

明月挂在了树梢，它在树角偷窥着凡尘，这令我想起日本东山魁夷的一幅《夕星》。

缥缈孤鸿影，惊起却回头。一只灰鹭从前方掠过，它恰好栖在了亭廊的近处，那是去岁二胡的位置，去年的二胡去了哪里，难道跟着阿炳游落到了姑苏城外？

我停下了欲行的脚步，凝望着对面的孤鹭。它默默地看着我的方向，一动不动；我静静地瞧着它的神态，一声不响。它是在赏月还是在听曲？它紧紧地盯着我，似乎想从我的脸上、我的身上辨认出什么。难道它是在等我吗？

我的脑海一片空白，我的心跳莫名加速，一些奇怪的画面一闪一闪，断断续续，我似乎与你有过约定，难怪我一年一年守候在桥头。前世的约定，兑换了今生的相守，可是你，怎么变换了模样？我与你隔水相望。你就是我的寄托、我的守候，我等待了三世的那个人吗？你的眼神是那么熟悉，似乎已读懂我的一切。

此时的语言已成多余，且让我留一河迷月一河云，且让它们缓缓流去，也许，会流进你的梦境……

流年浸染，时光安暖

驻足流年的渡口，蓦然回首，茫茫天宇，山月已变；滚滚红尘，江河已瘦。

流金的岁月里，曾有过多少回浪漫的邂逅？光阴的韵脚中，曾有过多少次怦然的心动？清减的时光里，曾有过多少场落幕的花事？

一场烟雨，晕染了墨汁几许；一纸旧卷，泛黄了诗意几何？

坐在时光的深处，烹一壶经年的雪水，品一盏梅花的香茗，书一阕兰草的清幽，描一幅山水的静雅。任袅袅的檀香，缓缓地升起，随悠悠的禅乐，静静地流淌。

一弯闲月垂挂在天幕，几点星光点缀于银河。寂寥的夜晚，忽略了多少临窗的寒凉；朦胧的灯火，陶醉了多少文字的抑扬；斑斓的梦境，放飞了多少记忆的封藏……

风乍起，吹皱一帘幽梦。阑珊处，摇落黄叶几枚？笛忽闻，惊飞一树寒鸦。彷徨间，缤纷絮草几根？

那些个明媚的日子，可曾被时光染上了青霜；那些个琉璃的光影，可曾被岁月打磨了素景；那些个绮丽的庭园，可曾被年轮斑驳了萧墙？

当思念的潮水汹涌，当回归的脚步蔓延，一支枯笔，写不尽相思几缕；一页素笺，描不完缱绻几行。执着的守望，迷醉了烟尘几场？无期的等候，旖旎了花事几秋？

馨香盈袖，嫣然了生命的绽放；花落满怀，填补了岁月的空白。走过路过的风景，总有一些流连忘返的地方；迎来送往的旧事，总有一些无法释怀的感伤。偏隅的一角，独自疗伤，光阴的褶皱，兀自深厚。迷漫的风尘，暗淡了青春的娇妍；逝水的流年，消磨了灿烂的芳华；经年的风霜，漂染了乌亮的长发；人世的沧桑，覆盖了漫天的灰尘；苍凉的小径，长满了湿滑的青苔；生命的田园，镌刻了季节的纹理；人生的舞台，上演了俗世的悲欢；行走的思绪，倾慕了春天的脚步；浮躁的灵魂，回归了漂泊的游轮；生活的得失，沉淀了生命的本质；经久的磨难，穿越了命运的尘埃。

花开花谢，此消彼长；人来人往，缘聚缘散。岁月的沟沟坎坎，凝结了一生的过往；光阴的细细密密，点缀了往事的传递。

繁华落尽，返璞归真，金风玉露，叶落归根。当生活归于平淡，当心绪宁于安然，岁月的变迁，已不再成为命运的纠结，光阴的荏苒，已不再阻挡梦想的成长。

细数寻常的日子，有烟火与粉尘缠绕；盘点走过的路途，有泥土与风雨兼程。躬耕于南篱，植种于北坡，花开于东径，鸟鸣于西涧，一个人的山林，亦可以自在而清宁。

相隔千山万水的眷念，抵不住命运的兜兜转转；连接南来北往的列车，载不了乡愁的岁岁年年。故乡的站台，演绎着回家的主题；故乡的风景，召唤着游子的心音。城市的大街小巷，川流着忙忙碌碌的身影；乡村的瓦屋竹院，弥漫着沸沸腾腾的场景。

季节的边缘，大地的色彩已不再单调凄惶；阡陌的红尘，人间的景致已不再乏味苍凉。

款款而来的春天，走过了漫漫的长冬，蹚过了厚厚的积雪，划过了层层的冰霜，携来了湿润的气息，沐浴了温暖的阳光。山林不再清寂，原野不再荒芜，江河不再冰封，尘世不再萧瑟。

伫立在早春的门楣，任如烟的过往随风而逝，任如潮的心事随鸟而行，无须拉长回忆，无须烙刻印记。

掬相思一捧，寄红叶一枚，缠缠绵绵的思念，随清风摇曳；

剪阳光一缕，折柳条一枝，飘飘洒洒的思绪，任流水轻渡；

撷流云一朵，织锦缎一匹，丝丝柔柔的岁月，从指尖滑过；

繁华了故事，婉约了心境，铺陈了素帛，温暖了时光，浸染了文字，洇润了画卷……

古镇写生

应南通《大明艺苑》邀请，顾大明老师和通州《清雪书画苑》俞雪梅老师去余西古镇写生，我随着他们一同前往。顾老师背着一个大背包，俞老师则左手提着大纸袋，右手拎着小方凳。俞老师说：看，一群笨鸟出笼了！我们都哈哈大笑。

在古镇南边的运盐桥上，他们俩拱手作别，一个去河南岸，一个往河北岸。我看着顾老师驻足在河岸边，静立片刻，然后打开背包、支起画架、搁上画板、展开宣纸、取下笔套、调起徽墨，但坐在矮矮的折叠椅上，好一会儿，并没有动笔。我想他是在构思、在布局，立在其后，不敢出声。转头看看对岸的俞老师，她也徘徊不定，好像在寻找最佳的角度。

顾老师问我：你看到画了吗？我问：画在哪儿？顾老师拈花一笑，信手指去——顺着顾老师的指向，目力所及，是长长的运盐河，碧波荡漾的河面，水波顺风向东缓缓地流淌，它流得那么轻松，那么随意，没有任何的阻力；岸边的垂柳倒映在水中，袅娜的身姿，水中的倒影随波光摇曳，增添了几多朦胧几多飘逸；一株桃花斜立于南岸，粉红的花竞相开放，娇嫩的蓓蕾缀满了枝头。这花凌着河面，沐着阳光，当清晨的露珠洒在它的脸庞，当落日的斜晖映在它的娇颜，也许它常临水而立，揽镜自视，不然，它何以艳艳地绽放，开得那么恣肆，开得那么饱满，开得那么艳丽？

当我将思路回笼，目光收敛，耳听顾老师笔落有声，节奏分明，画纸上已呈现出太多的内容：对岸青砖黛瓦的老房，红瓦白墙的楼层，黑白相间的围墙，甚至那高高的水塔都跃然于纸上。杨柳依依、草木青青、迎春黄黄、杂树丛丛、芳草绿绿、河水漪漪，那枯枯的芦苇，败败的荷叶，以及一根一根直立的护栏，仿佛是河道的卫士，天长地久，不离不弃。那远方的树林、依稀的花影、隐约的屋顶，诠释着画中的远景；那枝头的小鸟、翻飞的彩蝶、忙碌的蜜蜂，鸣唱着春天的乐章。

顾老师不愧为青绿山水的代表，桃红柳绿，冷暖对应，碧树青苔，葱葱翠翠，着色点染，泼墨皴擦，浓淡相宜，明暗相映，烟云晕染，纵添横抹，看似随心所欲，实则远近成趣。那一叶小舟、两只野鸭，昭示着春江水暖。我肤浅地挑剔着高高的电线杆，认为它们破坏了画面的唯美意境，可顾老师说：写生可以写意，也可写实。面对着眼前的景物，可以适当地取舍，对景创作，可具象写生，亦可意境写生，凭笔墨感觉，看地域地点，不同的表现手法可产生不同的艺术情调。

再踮起脚尖眺望俞老师时，竟然看不见她的身影，沿着河岸急急地寻找，在一片摇曳的树影之下，我看到了她：茶色的眼镜、黑色的帽子，一身净妆，出尘拔俗，粗粗的辫子垂到了腰际，平添了三分休闲，十分雅致。一个半小时的时间，她已创作出三幅小品：一张小桥流水、一张倦鸟归林、一张树下漫步图。在她的画笔下，鸟儿是那么灵动，树是那么苍劲，就连系着绳索的狗也是那么顽皮可爱。茅檐低下处，竹篱旧庭院，老墙古树里，花香行人稀，一幅幅诗情画意溢满田园。

她说：画是无声的诗，诗是灵动的画，所谓诗情画意，就是这般解释吧！随着她的画笔，我仿佛走在窄窄的小径，金黄的油菜花在我身边微笑，它们亲昵地与我相依，黄色的花粉沾满了我的衣襟，使我的身边花香四溢。

天气有点热，远处的桃林花红似火，我们各带着自己不同的收获，又聚拢到一起，我们想去看看小巷的风俗人情。

青石小径，巷道深深，脚步轻轻，斑驳的树影、残破的断壁、森冷的牌坊、古雅的门庭，我们一一掠过。古街是那样悠闲，老人们或斜倚在门前或静坐于石阶或翻晒着艾叶或晾摊着衣物，大红的灯笼在屋檐下悬挂，一盏盏、一排排，装点着古镇的意韵……

邂　逅

人与人之间的缘分真的很奇妙，明明从不相识，明明未曾谋面，明明相隔千里之外，明明是偶然的邂逅，却能在漫漫的红尘中谱写一段不可思议的华章。

素和云，一个在烟雨的江南，一个在粗犷的北方；一个是小学教员，一个是政府官员。这天南地北的两个人本该毫不相干、毫无瓜葛，可是人生遇合的奇妙往往超过了想象。

他们相识了，相识于一个偶然的误会，相识于一个文学交流群，素和云不知何故同时加入了一个微信群，因为是新人，素想了解一下这个群的群规，苦于无人认识，看到云的头像，就想还是问问她吧，于是主动申请了微信好友，云一刻也未曾犹豫，立马回复，并附赠清茶一杯。就这样一来二去，他们熟识了，且相交甚欢，每每有心事，每每有烦恼，素都愿意一股脑儿向云倾诉，而云总是能够风轻云淡地予以排解。素没心没肺、没头没脑的话语，云似乎都能明白。一直以来都是素在扮着主角，而云只是配角而已，但这样的聊天方式云似乎习以为常，并没有角色互换的意思。素暗自思量，这回真遇上一个闻香识雅韵的知音了。

突然有一天，云在微信圈分享了一篇文章，粗枝大叶的素起先未曾在意，午间休息时打开链接阅览，感觉这文字写得洒脱而清朗，应该是男子的笔锋，再看下面附着的照片，果然是一潇洒须眉，复看作者简介，笔名：云。这下素傻眼了，她万万没有想到，云竟然是位男子，她居然主动加了一位男子为好友，且跟他肆无忌惮地聊天，还向他诉说内心的苦闷，这简直是无地自容了。素面红耳赤，整个下午魂不守舍，上班都心神不定。她不知如何面对此种尴尬，如何处置这种状况。她如坐针毡，好不容易下班了，不及等到关闭电脑，她就迫不及待地逼问过去：

“这文章是你写的吗？”

“是啊？请多指教！”

“照片是你本人吗？”素已经气糊涂了，这不是本人难道还找人替代不成，她问了一个多么愚蠢的问题。

“如假包换！”那边嬉皮笑脸，丝毫未曾意识到烽烟已起。

“你这个骗子！”这边已经愤恨到极点了，羞辱至极，明明她的微信圈里有照片，云能够不看吗？还跟她这么亲热地聊天，简直是奇耻大辱啊，可恨她居然没发现他的居心不良，这么轻易地就相信了一个虚伪的家伙。哼！是可忍，孰不可忍！

“何出此言？”对面还在明知故问，这更加点燃了她的怒火，她已经口不择言了：“你浑蛋！你居心叵测，你，你个伪君子！”

“我不是故意隐瞒你的，可你也没有主动问我呀？”这回云不再回避了，知道事情严重了。

是啊，我的确没有问过他，因为我一直以为他是女子呀。素在心中嘀咕，但口中却不依不饶：“谁让你起个云的名字，云不都是女子用的吗？起什么不好，偏起云？”这就有点无理取闹了。

“是我不好，是我不好，我不该起这个名字，要不我改掉？”

“谁让你改了！”让人随意改名可不是素的风格，她也没霸道到这种地步。不过从此以后，她再也不敢随便加陌生人的微信了，从此以后，她也不再主动与云联系了。

相安无事了大约一月，两人之间再无交流，素安心工作，业余弄墨，每每小文发表于网络平台，云总是第一时间点评，并每每为其转发。读着云精彩纷呈的评论，精妙细致的分析，素感觉云真的是读懂了她的心，只有用心去看的人，才能对文章有深刻的点评，这样的情况，如再不回应，似乎太失礼了，也太缺乏风度了，素犹豫再三，终是发了一句感激的话语。不过这回的称呼换作了“云老师”，而云似乎不以为意，只回了一句“见外了，你写得很好！”

再无下文。他们就这样不咸不淡地偶尔交流着官方的语言，再也没有了起初时的那份轻松和惬意。终于有一天，云问："气可消了？"

"谁生气了？"素矢口否认。

"是吗？那是我小人之心度君子之腹了，请原谅在下！"云发了个滑稽的表情，逗得素哈哈大笑，不知不觉，他们自动就恢复到从前的聊天。

几个月后，素接到北方文学社发来的邀请函，她的作品获得了二等奖，请她前去领奖。素从未参加过文学社的活动，那次投稿不过是抱着试试看的态度，也未奢求过作品获奖，这个邀请函让她有点不知所措。她照例请教了云，云一听，似乎是他自己得奖了一样，连声说："这是好事呀！为什么不去？你真的写得非常感人，本就应该得奖！实至名归。"

素在那个北方文学社里没有一个朋友，虽然文学群里每天热闹非凡，但素很少互动，她其实是一个内向寡言的女孩，也不知为什么和云会有那么多的话题。

虽然云为她规划好行程，但素依然内心忐忑，她是一个路盲，不太愿意单独行动。云一再鼓励，激发她的动力，并随时关注她的动态。半天的交流，半天的颁奖，两天的采风活动结束了。清凉的傍晚，素想独自出外漫步，不意走出宾馆的大门，不远处的一棵树下倚着一个人，他似乎在向这边张望。素稍稍前行，打眼一看，这不是云吗？他怎么会在这儿？素的心怦怦直跳，但她故作镇静，一路直行。

"素，是你吗？"身边的人有点迟疑、有点焦虑。

素再难平静："你怎么会来？"

"怎么？你不会不知道这里是我们的省会吧？这可是我的地盘，我为什么不能来？"

"你如何知道我今晚会出门？"

"不知道，只想碰碰运气，顺便尽尽地主之谊而已。"

素蓦然意识到，为什么这家伙竭力怂恿她单枪匹马来到这个陌生的城市，并如此热衷于她每天的行程的安排，原来早有预谋啊，亏她还当他好人哪。不过，一想到他的城市离省会也很远呢，这两天也不是休息日，他居然请假来看她，心里的怨愤又消除了不少。被人关注和宠溺是多么幸福的事啊，尤其在这人生地不熟的异乡。

“你怎么认出我来的？”云曾多次要她的玉照，素说，我文章里不是有吗？云说，你文章里总是墨镜遮面那一张，模糊不清，难识你的庐山真面目呀，但素不予理睬，今晚，她很好奇，云是怎么认出她来的呢？尤其是这暮色降临，光线暗淡的时分。

“凭感觉。”云故弄玄虚。

“撒谎！”

“没有，真的是凭感觉。感觉到今晚你会出外散步，看看这个繁华的都市，因为第一天你很晚到达，接着两天下雨，而今天你说采风结束得早，我感觉今天咱俩会相逢，就像我们在文学群相识一样。”

云就是这样一位思维缜密的男子，他似乎料事如神，竟然真的就这么幸运地什么都预料到了，同室的伙伴因为前两天淋了雨，有点不适，不想外出，素便独自散步了，原也只想路边走走看看，不跑多远，免得迷路，现在云来了，她的顾虑消除了，于是跟着他走街串巷，玩得不亦乐乎。

欢乐的时光总是那么短暂，不知不觉，几个小时过去了，彼此都有点依依不舍。云将素送至宾馆门前，转身而去，素呆愣地站在门口，目送着他的背影，这时手机中飘来信息：“明早来接你，早些起，小懒猫！做个好梦！”

素猜想着明天会去什么地方，又想着这么晚了，云睡在哪家宾馆，怎么没关注一下，有心问一声，但女孩的矜持让她打消了念头。但她辗转反侧，彻夜难眠。

“起床了，小懒猫！我在楼下餐厅等你共进早餐！”素蒙眬中被讯息惊醒，似乎是刚进入梦乡，这一看，睡意顿无。

“啊！”她一声惊呼，她跟他居然近在咫尺，而她丝毫也未曾觉察，这家伙太坏了，一定要教训教训他。等她梳妆打扮完毕下得楼来，那边好整以暇，微笑着打量着她，似乎不认识一样，她绷起脸：“看什么看？”

“这身衣裙雅致，跟你的气质很配。”

“优雅的女士，很荣幸能跟你共进早餐！”云颇有绅士风度地为她拉开座椅，清晨的餐厅并非他们两人，她只有顺水推舟，就势落座，不用她动手，那边牛奶递来、点心端来、水果捧来、浓汤盛来，他似乎明白她的口味，没有给她盛碗稀粥。素满腹疑虑，忍不住问云：“你怎知道我不喜喝粥？”

“啊，原来你也不喜喝粥啊？我不喜欢，所以没盛。”显然又在胡扯，难道他捧来的这些都是他自己的喜好？明明牛奶他就没喝，水果也没动，分明就是按照素的口味点的。既然有人愿意牺牲自己，素也乐得坐享其成。餐毕，云带着素到处兜风，上午去爬山，下午去看海，原来他是开车来的，这就方便多了。昨晚他居然不说，坏透了。素喃喃自语。

“说我什么坏话了？”

“我哪有？”素的脸红了，不对呀，她分明没有说出口啊，他如何知道。

“你的脸上写着呢，这小表情，丰富着呢！哈哈哈！”那边开怀大笑，急得素只想抡起拳头揍他，那边又忙忙地举起双手护住头部，真是哭笑不得。奇了怪了，云就像她肚里的蛔虫，

“那玩意儿多脏，别瞎想啊！”这回，她不但无语，连想都不敢想了，哪有这么玄妙的事啊，她的表情能表达一切？带着满腹的疑惑，却没有开口询问。

相聚的时光总是那么匆忙，整整一天就这么过去了，他们似乎还有很多话没有说，还有很多景没有赏，还有很多路没有走。可是，夜已深，他们不得不分离了，尽管他们住得很近，但似乎又是那么遥远。明晨，他们就要分手了，各奔东西，这一天两晚的相处，使得两人的感情又加深了很多，彼此又了解了很多，关系也融洽了很

多。可是这一切的美好，将在明天早晨，太阳升起的时候，分割两段，两个人突然沉默不语，气氛骤然凝滞。

“回去吧，早点睡，明天我送你！”云打破了静默。

翌日清晨，美味的早餐再也勾不起食欲，尽管云一再地叮嘱素多吃点，但显然他自己也味同嚼蜡。

车开得很慢很慢，慢到似乎过了一个世纪，但这一个世纪却寂静无声。到了终点了，到了站台了，素再也控制不住，泪如泉涌，其实她早已无语凝噎，只是不想让云看到，但云何尝不知她在悄悄流泪，她在偷偷哭泣，轻轻地递过纸巾，温柔地替她擦去满脸的泪水。

“小懒猫变小花猫了！”云故作轻松，这是他第一次与她亲密地接触，“等着我，放假了，我去看你！好了，不哭了，乖，听话！”

列车徐徐地行驶，站台上的云久久地注视着远去的车厢，那里有他心爱的姑娘，虽然他还没来得及表白，但他期待，不久的将来，她能做他最美的新娘……

离　殇

北方都市短暂的聚守，似乎彻底消弭了素与云之间因未曾谋面而仅有的一点隔膜，他们的沟通变得越来越频繁，这回角色突然互换了，变成了云主动，而素被动了。

素是一个相当懒惰的姑娘，一个人在南方的小镇打拼，因为无人约束，经常在周末睡到日上三竿，时常早餐午餐并用。自从有了云，这毛病改了许多，不改不行啊，周六的清晨，会有人在千里之外催她起床，搅她清梦。尤其在寒冷的冬天，躺在温暖的被窝多好啊，可是云就是不放过她，仿佛故意折腾她，非逼得她起床用餐不可。有时素耍赖，云仿佛洞察一切，软语温言："乖，起床，不用早餐对你的胃不好，那么瘦，要养胖点，好杀肉。"

素正待受用着这温存，后面的话气得她一跃而起，恨不得拿把刀冲过去。云总是有办法激着她，不过这种连哄带骗的方法对她很管用。一段时间后，她的饮食居然就基本正常了。

这段时间素写作的热情高涨，文思似如泉涌，而云成了她的第一读者，同时也兼做了她的编辑。云自告奋勇，修改起她的文章，每每经他一改，一篇原本不出彩的文字陡然间增色不少，不管是古典的还是现代的，云都能游刃有余。素在惊叹之余，对他的崇拜之情油然而生。相反，云这段时间却写得很少，恍若一门心思都用在替她修改文字上了。其实她不知道，云近几个月每天都在乡村做着扶贫工作，扶贫工作是政治大事，一切都得让路，包括文学。

炎炎烈日之下，室外温度高达三十九度，云还在贫困山区奔走，而这一切他丝毫未曾透露，拖着疲惫的身躯的他有时深夜还在给素修改润色。有一天，他困倦至极，在崎岖的山路开摩托车不幸出了事故，腿摔断了，云只字未提，在病床上居然还在为素操心。伤筋动骨一百天哪，好在云年轻，身强力壮，手术后恢复得很好，也未留下什么后遗症，只是走路时腿还有点疼，有点不自然。蒙在鼓里的素无知无觉，有时还跟他发点小脾气，撒撒娇。她哪里知道，云就是因为深夜替她改稿，加之天气燠热，缺眠少食，疲惫至极，才导致这场灾难。

这样又过了几个月。这期间他们交流的风格大变，云不再插科打诨，内容也变得高雅而唯美，素发了几张采风时抓取的照片，云回复：

“偶然的瞬间，定格成永恒，这就是摄影之妙，缺少一点色彩、一抹流红、一味淡绿，黑白是脱俗的，但还是要回到现实。照片都是自然风光，缺少人文风光。”

端午的清晨，云和素都要回老家过节，可是他们居然在同一个时间段给对方发了同一首乐曲——大提琴《离骚》。素默默听着这首云发来的，其实也是她自己发出的韵味悠长的乐曲，所有的记忆都被深情地唤起，曾经的温婉在音乐里缱绻缠绵。一时间，如烟的往事纷至沓来。她痴迷了。

素不知道自己的心是否已遗失在过往的记忆里，她变得有点不可思议了，似乎有故意找碴的味道，不知是想考验云还是想测试云，她发了两幅字，问：

“你说是杜大恺的字漂亮呢，还是刘大为的洒脱？”

“杜的字圆润温婉，刘的字张弛大气；一个是圆熟的收势，一个是全盛的发散。我看书法只是一种视觉感悟，还达不到艺术的深层。”

素惊喜至极，这个云简直无所不能、无所不知啊！

“你是何方人士？你是隐士吗？”

“隐士都是高人，我自命清高，一无所用。”

“隐士原本就是清高而孤傲的。”

“就像你们画界先辈八大山人，躲进深山，画个小鸟，还要哭之笑之。”这家伙居然如此解说朱耷的名号！

有一次素说：“听着音乐聊着微信，当我们白发苍苍之时，该是怎样的形态？”

“一曲音乐听完了，换一曲；一杯茶喝淡了，换一杯。但意趣，永远不会换的。一杯茶在那头，一杯茶在这头，生命不尽、意趣不尽。”

学术交流般的沟通，并没有让彼此觉得生硬、觉得疏远，相反，素从云的身上学到了很多她未曾领悟的东西。无关风月的交流，持续了很久很久，直到有一天云的一首诗打破了这种格局：

七月的一个夜晚，石榴花开火红
葡萄架下看夜空，满天晶亮星星
我们的相聚，成就了那个神话
一只玉色的蝴蝶，翩翩地飞来
梦中的那一束花，被露打湿
瞬间醉了的，不只是熏熏的晚风
相信世间的一切机缘巧合
相信一只手，衔接着往世来生
相信梦想成真，相信爱有能量
相信因风的花，铺满幽幽小径
七月的一个夜晚，落月满屋梁
一条星光小溪，淙淙流向黎明

素虽然不会写诗，但这首诗里的意境，她何尝不懂？她的心开始乱了，乱得她自己都无所适从。多少个夜晚，她斜倚栏杆仰望星空，遥想远方的人；多少个夜晚，她孤灯独坐，纸笺湿透。山高路远的两人画风又回归了正常：

“文章不太如意，空洞，没有你过去优美古雅的风格，像这一类文章，等思想沉淀之后再写，才能写出味，只写一个侧面，切莫面面俱到。”

学生与老师式的对话也过渡得非常自然，似乎两个人可以随心所欲地扮演不同的角色，没有任何的阻碍。

他们的聊天是跳跃式的，别人估计很难跟得上这样的节奏，你看：

“一度很喜欢日本俳句，曾经摘抄过，但不知遗失于何处？”

“我也读过，但总不如唐宋的绝句。”

“那是自然，唐诗宋词无可比拟，再读元词明曲似乎总少了一些意境，总感觉是在抄袭。后读纳兰容若，觉得有点回归的意味。其实我挺喜欢亡国君主李煜的词，晏殊也如此，各有各的韵致。”

“江山代有才人出，各领风骚数百年。”

由文章的体裁结构，由文风的突变、修改到歌曲的理解记忆，又到诗词的感悟意境，五花八门，下面该是什么内容呢，是否涉及书画了？果不其然：

“早晨花了我整整一小时的一幅小画，你可留存好？万一哪天我成名了，这可是原稿啊？”素故意戏谑，将自己的第一幅工笔发给了云。

“水墨丹青，可惜不是纸质。”

“怕你不小心扔垃圾桶。”

“起个什么名？”

“还起名？”

“当然。一个名字，就会增加一幅画的文化内涵。标题：山家十里米饭香。”

“你这是在讽刺我。”

“不，真的很美，我喜欢素描，我还想题诗呢，我想发到朋友圈。只是那个老汉走得太匆忙了，似乎林子那边家人在叫吃饭。哈哈。”

“你画，我保管题诗。”

“以后我的成熟作品都交由云先生打理，负责题跋，配诗，你等着哦。不过，得有足够的耐心哦，嘻嘻！”

“等你到皓首雪须！”

“此话当真？”

于是以后素每画完一张小画，云都当宝贝似的收藏，居然真的每幅都题上了小诗：这一幅：清水浮白石，绿竹漂翠影。那一幅：西风紧，蒹葭苍，凭栏望鱼，点点雁归迟。这一幅：霜练枝成铁，风摧骨更格。那一幅：晚来闲潭坐，素心淡云轻。他居然将两人的名字镶入了诗里。

两个人的心这一次实实在在地融合到了一起，他们谈到戏剧性的相识，神奇般的会面，都觉得不可思议，一次概率几乎是万万分之一的误会，竟成就一段美丽无比的相知之交！

云说：“于万万分之一的人丛，邂逅你，天地造化。”

云说：“人，都是遇合，都是命中注定。我很信宿命的，可笑吧？一个当代科学家说：我认为人类的认知极限就在于，我们是一堆原子，我们处在宏观世界，但我们希望隔着两个世界去看超微观世界。那是一个最美好的、极其美妙的世界。”

“不可笑，有缘才能相遇，不是说无缘对面不相识吗？我们不正是这样吗？人之际遇很奇妙，也很莫名。”素感觉云的内心有点犹豫，有点彷徨，但究竟是什么原因，她不得而知，似乎也不便相询。

“金风玉露一相逢，便胜却人间无数。”

“你是想告诉我下面两句吗？”

“也许。”也许真是如此，云真的想说的是：两情若是久长时，又岂在、朝朝暮暮。上次一别已是一年。一年的光阴，他们消耗了很多，也得到了很多。

“在我的想象里，你是撑着油纸伞的江南美女。”

“事实呢，我是穿着花棉袄的乡野丫头。”

“一见面，你是从顾恺之画中走出来的江南美女。”

“有这么雅吗？”

“我能从你的文章里读出，一个前朝的大家闺秀打扮成公子哥，四处游荡，有小姐的细腻，有公子的洒脱。”

“这个比喻太有意思了，我喜欢四处游荡。”

云出："游山游水游人间，素子游子。"

素对："看风看雨看戏曲，云客看客。"

如此恬淡闲适的对话持续了很久，突然有一天素莫名来一句："蚌病成珠，那算一种涅槃吗？"

"涅槃是一种了悟的重生，我们都是俗人，达不到那种境界。"

他们的话题似乎越来越玄妙了，也越来越超脱了：

"德之与人者，佛；佛之与德者，尘。我们是否皆能成佛了？"

"一善即一佛，一念便可渡。行走天地间，吾心便吾佛。我修的是禅宗，找的是禅意，入的是禅机，阿弥陀佛，善哉善哉。"

"可是，我永远成不了佛，因为我不能抛却尘世的情缘。"

"心中有佛，无须成佛。我亦如此，尘缘未了，情缘难断。"大过年的，这两人不知道为什么，竟然在此参禅悟道，冥冥之中，似乎真的有什么要发生了。

云的老家是一个偏僻而落后的山村，云在家中排行老大，起初为了弟妹的学业，他每月都将微薄的薪水寄往家中，后弟弟们成家造屋，他又将积攒的一点积蓄全部贡献了出来。为了弟弟妹妹，他耽搁了自己的终身大事；为了弟弟妹妹，他奉献了自己的全部财力和物力。因为曾经全家省吃俭用，供养他读了大学，走出了贫困的山沟沟，如今弟妹们都成家了，他也可以考虑一下自己的幸福了。不意，不识字的爹妈居然给他擅自订了一门亲事，女孩是上洼乡的，名叫雨，长得很是清秀，倒不像是北方女孩，据说她的祖先是移民过来的。巧的是女孩也是大学毕业，并和他在同一个城市，居然也是老师，双方家长交换了意见后很是满意，一直瞒着他，等他回乡过年，对方居然就领着女孩上门来了。云的娘显然非常疼爱雨，雨也着实乖巧懂事，讨人喜欢，可是现在即便是天上的仙女下凡，云也看不上了，他的心里已住进了素，哪里还能容纳雨呢？云的爹娘，一直以为云是不会与女孩子交往，这么大年纪了还没有对象。其实，他们不懂，云为此牺牲了多少；他们也不懂，云需要的是什么样的女子；他们更不懂，云已经有了心爱的女子，早已发誓此生非她不娶。然而，不通文墨的爹娘这回固执得可怕，也不知他们从哪里得知，上次摔断腿就是因为素，他们说什么也不同意，死活不愿意让素进门，还口不择言说素是“丧门星”。而且他们已经偷偷给云和雨合了八字，算命先生说非常般配，外人看着也般配。反观素，他们觉得她太瘦弱，风一吹都要倒，这样的娃子如何生孩子，一脸的败家相。

爹吼叫着：“一个只会写字的南方娃，摆那里看呀，有什么用？”

娘哭诉：“我怎么这么命苦啊，好不容易说到个好媳妇，以为祖坟烧高香了，却不想又要断了。”

暴跳如雷的爹，寻死觅活的娘，让云有了生不如死的感觉，云蓦然间产生了遁入空门的念头。可是“不孝有三，无后为大”。在那样一个封闭、落后而愚昧的山村，还在搞“父母之命媒妁之言”的撮合婚姻，男女双方见了面相了亲，就算定下来了。虽然这次见面纯属意外，根本就是在云不知情的情况下进行的，怎么能算数呢？云一气之下连夜离开了家。不料，雨那疾病缠身的奶奶听了云的事后，竟然在正月初三这天凌晨撒手人寰，这回雨家中叔伯不依不饶了，带着大队的人马吵上了门来，说是云气死了老奶奶，如果云不给个交代，他们就没完。弟弟将云的电话都打爆了，电话里只听到对方的吵闹声和云的娘撕心裂肺的哭喊声，云彻底崩溃了。

又返回乡村的云，站在故乡的泥土上心如死灰，他抬头看着寥远的星空，多么希望自己就是一片云啊，可以自由自在地飘来飘去，可以随心所欲地飘到素的身旁。曾经他在站台，眺望远去的姑娘，祈盼着有一天能成为他最美的新娘。而今，在荒凉的原野，他却要去做别人的新郎……

逝去的爱

军和影是一对从未谋面的朋友，靠短信互通有无。

军从事铁塔连接线、集团接入、小区宽带及 WLAN 等技术工作，他麾下有员工百余人。影是电信公司一名普通的服务人员。军和影曾是客户与服务者的关系。作为“上帝”的军曾说过他与影公司的上层领导关系非常亲密，但影不解世事，丝毫也未体味军话中的含义。

他们就这样纯纯真真地交往，不带任何杂质，相互诉说着各自的工作，畅谈着人生的感悟，各自对生活的怀想，对价值的定位。

突然有一天，军说：“我好像爱上你了。”

影以为他在开玩笑，以调侃的语气对军：“你不会吧？我们都没见过面呢？”

安安稳稳几日，军又发来短信：我真的有那种感觉了，请尽快安排我们见面！影这时也有点不知所措了，她也渐渐地感觉到军的变化，她该如何来冷静地表白自己的心呢？左思右想，影发出了这样的信息：在这个物欲横流的社会，有人朝朝买醉、夜夜笙歌，似乎什么也不缺，一旦曲尽人散，却会有无尽的孤独难以排遣，于是想寻求一些刺激，以此来慰藉日趋平淡的生活。其实生活本身是温馨的，身边的人也不乏浪漫，只是我们被世俗的尘埃蒙蔽了双眼。影希望借此方式来隐晦地拒绝，但军似乎不解其意，对此不置可否。

一日一日，短信你来我往，每天的晚聊成了永恒的主题。军说喜欢独自旅行，要去品尝鸭绿江的雪水，去齐齐哈尔逛一圈。影说：想象着你独自跋涉在深山老林，四周覆盖着皑皑白雪，茫茫大地除了你只有茂密的树木，那样的你该是何等的气概！不过，你手中得握有一杆枪，以备不测。影还戏谑：别忘了给我带一罐鸭绿江的雪水烹茶喝。

军一再要求见面，但影却深怀疑虑，为什么一定要见面呢？见了面感觉不一样了怎么办呢？在影的心里，军是一个不可多得的朋友，她不想失去这样的好朋友，但又不愿意这么快就见面，于是军退而求其次，让影发照片给他。

影说："为什么你不发给我呢？我也想一睹尊荣啊！"

军回复："女士优先。"影暗呲："好有绅士风度啊！"

一来一往，诙谐默契，军和影的感情又加深了一步。

又有两天没有联系了，影惴惴不安，不知道军发生了什么事，但女性的自尊和矜持不允许她主动。她不知所措，茶饭不思，夜晚手机突显：我想你了！影欣喜若狂。军再次提出了见面的要求，影犹犹豫豫，不知如何是好！心底里她似乎是愿意接纳军的，但又怕见面后彼此失望。

军参加了一次著名的洽谈会，领教了某些艺人的做派，军很不适应，影委婉规劝：所谓的名人，不过是在某一方面有点特长的普通人，他们有的是凭实力，有的则靠炒作。只要将他们定位为一般人就行了。沟通了这么久，影一直不知道军的具体工作，军神秘地告诉影他从事的是天网的工作，影想当然地认为军是警察，因为天网恢恢，疏而不漏嘛！但军说他做的是真实的天网，并说：

"你看到道路上一个个摄像头了吗？那是我的眼睛。"

影跟他玩笑："原来你每天都在关注着芸芸众生啊！"

汶川大地震，震撼了全中国人民的心，军召集单位所有员工，群策群力，购置了两卡车救援物资，其中有帐篷、毯子、食物及药品，军亲自押车，马不停蹄，日夜兼程，第一时间将物资送达灾区。面对着残垣断壁、碎石瓦砾，面对着一张张痛苦和绝望的面孔，尤其是面对一个个纯真的孩童，他们稚嫩的小脸已呈现了不相称的早熟，这场灾难给孩子们造成了巨大的心灵创伤，无法自持的军选择留下来陪伴孤儿，义无反顾地加入了志愿者的行列。白日里，军穿梭于灾民的帐篷，给他们送去食物和日用；空闲时，军陪伴在孤儿的身边，给他们讲解生命的意义，传授生活的真谛；黑夜里，军会向影汇报白天发生的事情：有挽回一条生命的喜悦，有失去一个同胞的痛苦。他们已不再满足于短信交流，军有时会在电话里哽咽失声，小小的电话线牵动着千里之外的两个人，军和影倍感生命的可贵，他们的感情也在这一次次通话中升华，一条条短信里交融。影好想飞到军的身边与他并肩作战，但军说：

“汶川的环境非常恶劣，空气也很污浊，你那么瘦弱我舍不得你。”

奇怪的是，军和影从未谋面，军何以知晓影的文弱呢？军戏言：“心灵感应啊！等我回来，我们见面，我想你，好想你！”

影期盼着军的归来，可是连续几天，军的电话消失了、军的短信不见了，影忐忑不安，她似乎感觉到了什么。每每午夜梦醒，冷汗吁吁。整整十天的煎熬，影突然收到一个邮包：那是军的同事寄来的军的遗物——一部维系他们感情的信物——手机，手机里还有一条未及发出的信息：我的心情是如此沉痛，我如何才能重拾孩子们的欢笑？你愿意和我一起努力吗？我的天使！军的同事随信一封，告知了军为了给孩子们再带去一些精神食粮，他连夜开车不眠不休遭遇了车祸……

影失魂落魄，追悔莫及，她不该让军孤军作战，心系两处；她不该一次次婉拒军的邀约，一切都迟了。天堂里的军是否明白她的心意呢？是否体味她的撕心裂肺、万念俱灰呢？

第五辑 凡心渡红尘

血脉亲情

岁月陈酿

新雨黄昏路

依稀见烟火

人生远未央

梦里岁月长

满天星光落水巷

闹市边缘是故乡

谁解其中味

独自走远方

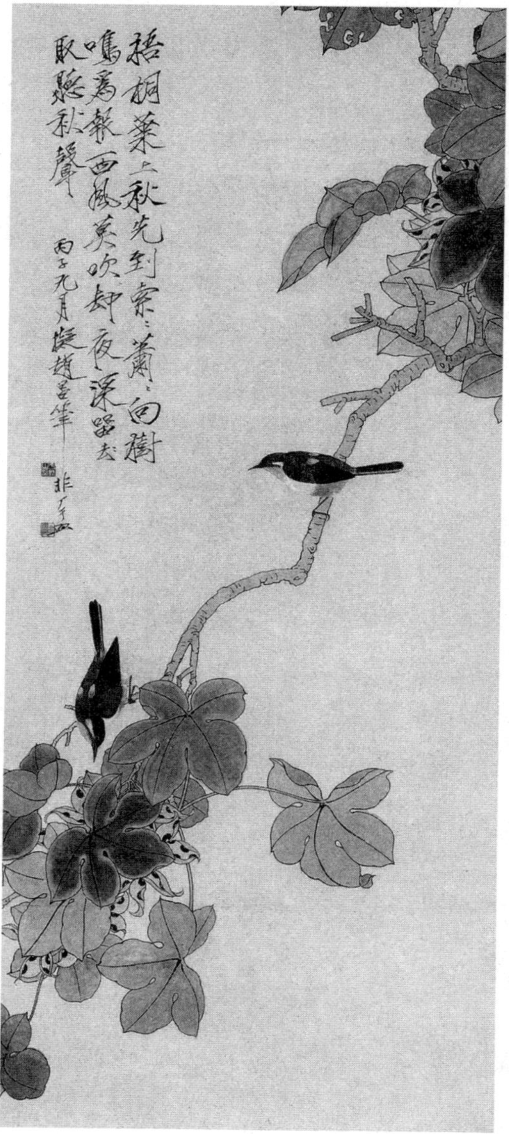
梧桐葉〻秋先到索〻蕭〻向樹
鳴為報西風莫吹却夜深留去
取聽秋聲
丙子九月擬趙昌筆

记忆中的馒头

浓雾弥漫，公交迟迟不发，站台上人头攒动，话语嘈杂。百般无聊之际，蓦然瞥见街边的小店围拢了一圈人，行至近前，原是“老传统早点店”正为市民过节蒸馒头。

穿过人群，走入店内，室外西风瑟瑟、雾霭茫茫，室内暖意洋洋、蒸汽飘飘，那水蒸气不比室外的雾气稀薄，厚厚的烟雾中，看不清师傅的神情，只依稀可见一个个身影在来回穿梭，一笼笼馒头从屋内端出，倒入屋外的竹帘上。

竹帘上的馒头精巧细致，洁白如雪，个个如样，仿佛一个模子做出，未上红点点、未盖小印章、未画彩道道，看着是那么精美简洁。可是不知为何，勾不起我的食欲。

我记忆中的馒头，它的出场隆重而繁杂；我记忆中的馒头，它的形状多样而奇妙。

寒冬腊月，村里的磨面机房热闹非凡，一户户的村民都在这儿排队等候，他们有的扛着、有的背着、有的挑着、有的抬着、有的推着，一袋袋小麦在隆隆的机声中变幻为一袋袋面粉。机房里粉屑飘洒，磨面的邢大叔虽然戴着口罩，可是他的头发上、睫毛上、胡子上依然是白白的一片，像个邋遢的老爷爷，但村民们一点也不避讳，与他开着玩笑，说着混话，似乎不着急归家。

父亲没有时间守候，他要去上班，将麦袋用三轮车拉来后，与邢大叔打个招呼，就留下我在机房。我们这些孩子可不喜欢机房的灰暗，纷纷溜出房门，在村外的大晒场上追溜，在河边的稻草堆旁躲猫（捉迷藏）。直到消瘦的夕阳渐渐隐没，直到远处的炊烟袅袅升起，直到机房的大叔急急寻觅，才记起自己的使命。

盼啊盼啊，终于盼到那神圣的一天，村里最擅长发酵的邱大伯一早就将蒸笼担子挑到了灶房，母亲凌晨起床清洗了灶间，擦净了灶台，满筐的萝卜切成一条条细丝，满坛的咸菜剁成一段段黄条，而炒熟的肉丝只有那么一碗，红糖也就那么一罐。树枝聚积了灶间，柴草铺就了灶壁，大伯的蒸笼也洗了又洗，炉上温了黄酒、锅中炒了鸡蛋、菠菜淋了香油、大蒜配了茶干，另有一锅老母鸡汤。外公和邱大伯坐在堂屋的桌旁，花生米就黄酒，喝得脸酣心热。及至午后，邱大伯就甩掉了棉袄，抡起了膀子，和起了面粉。他在一口大缸里施展着身手，一上一下、一左一右，或双手并按或左右开弓或包笼围圈或四散铺开，那架势、那姿态看得人眼花缭乱。一会儿，汗水从额间淌下，大伯索性脱掉了马夹，只剩了一件汗衫，他咕咚饮下一杯开水，他抬手抹掉两滴汗珠，将毛巾扔给呆若木鸡的我，又迅速投入了一个人的战斗之中。不知经历了几个小时的揉捏搅按，那口茶色的大缸终于恢复了平静，棉被覆盖了缸口，缸儿挪至了灶间。汽灯点亮了堂屋，大伯端起了酒盏，而我也在场外转起了冰轮（小河的冰结得很厚，挖出一块，凿个小孔，打造一番就是冰轮），夜色笼罩了村野，柴门闻起了犬吠，村头的林二叔推门而进，于是又一轮酒香四溢，声震如雷。终于，他们抹干了酒渍，清洗了桌面，掀起了棉被，打开了酵缸，邱大伯闪亮登场，唱起了主角，而一向争强好胜的外公此时却只能打下手，林二叔也摩拳擦掌充当配角，父亲母亲自觉技不如人，心甘情愿跑起龙套。

大伯将那么一大团面酵从缸中提出，在案板上又是一轮上下齐动，左右轮番，不知大战了多少回合，面团败下阵来，一任大伯随意蹂躏。大伯操起了大刀，一刀下去，分成了几段，一段一段的面团搓起了长长的圆条，大伯左手抓起长条，右手轻轻一扭，一小团一小团的面疙瘩就洒落在案上，外公二叔和父母就开始在这面疙瘩上大做文章。他们搓起了面团、包起了菜馅、捏起了唇边。不知天高地厚的我，抢过一个面团胡乱揉搓，父亲轻叱一声，而我不以为然。母亲分配了任务，让我蘸着胭脂点红点，萝卜丝的点一点、咸菜的点两点、红糖的不必点。可是点胭脂是最后的步骤，这中间的时光如何消受？外公拉起了我来到了灶膛，红红的火焰照耀着我的脸蛋，大锅里热水在沸腾，灶膛里树枝在燃烧，一个个馒头装上了蒸笼，一片片蒸笼叠上了锅灶。我上上下下，小脑袋探个不停，我要添柴，外公不让；我要加水，大伯不允；我要装笼，父亲阻拦。无奈的我搬起竹凳来到檐下，踮起脚尖，伸直手臂，掰下一根冰凌，尖尖的长长的冰凌啊，咬上一口，仿若是盛夏的冰棍，虽然无味，却也美妙。邻家大妈还在清扫院子，邻家孩子和我玩起了折冰的游戏，看谁掰的冰凌长，我一激动，抢着攀折，差点滑倒，鼻子冻得通红，小手玩得肿胀，乖乖地由外公牵回了灶膛，温暖的柴火映射着我的身影，我的身影在墙上舞蹈，小手热了、小脚暖了、瞌睡也来了，头一歪便倒在了灶间的稻草堆中。

不知到了什么时辰，隐隐听到了屋外的赞叹声：“这馒头可真丰满啊，味道真香哪！”我蓦然睁开蒙眬的惺眼，一骨碌爬起，正看到大伯揭起蒸盖，一股面香迎面扑来，嗅嗅鼻子、舔舔嘴巴，小跑着跟着大伯来到场边。一个个馒头顷刻间坠入帘中，它们规规矩矩排着方阵，纹丝不乱。白白胖胖的精灵啊，腼腆地坐在那里，不声不响，却散发着诱人的香味。我急急地捧起一只，忙忙地咬上一口，呀，太烫，两只手轮流打转，却舍不得丢下；这馒头可真美味啊，叫我如何放得下。直到小肚子撑得圆圆鼓鼓，跟个馒头似的，这才开始了清点工作，圆的是馒头、长的是酵条、方的是馍馍，哎哟，我数不过来啦……

雾霭渐渐消散，馒头慢慢冷却，公交缓缓驶近，人群悄悄离去，而我频频转首回顾，那记忆中的馒头啊，遗落在远去的站台……

城市的边缘人

他们来自偏僻的乡村或者城市的各个角落，他们服务于繁华的都市却远离了熟悉的故土，来到陌生的城市，寻求生活的来源，寻找生命的寄托，寻觅人生的价值。

因为年龄、学历或其他原因，他们处处碰壁。体面的写字楼，整洁的办公室，都将他们拒之了门外，他们不得不退而求其次，凭借自己的优势，出卖强健的体力，干着“体面人”不屑一顾的肮脏而劳累的活计。他们是码头的搬运工、工地的建筑工、楼层的清洁工、房屋的修理工、土窑的制砖工、管道的铺设工……

他们有的居无定所，没有稳定的工作，打一枪换一个地方，上家做完了，就得寻找下家。接不到活计的时候，他们整天在桥边、在街口徘徊、守候。一天、两天、五天、十天……他们的神态不再安闲，房东催着交房租，孩子学习要学费，老人看病要药费。烟不抽了、酒不喝了，一日三餐节省成了一日两餐，但终归无济于事。他们焦灼着、沮丧着、懊恼着，“唉，钱少就少点吧，有活总比没活强”。于是暗下决心，一旦有活计，决不挑三拣四，哪怕放下尊严，觍着脸皮，也得再挣点钱。

年轻时曾经艳羡城市的高楼大厦，睥睨着乡村的低墙小院，城市的霓虹灯闪烁着炫目的光亮，大街小巷流淌着梦幻的色彩。游离于城市与乡村的尴尬，使他们一度丧失了生活的本真。

尽管半天的收入只够在星巴克点一杯咖啡，他们却不吝尝试这样的奢侈。一月的辛苦，丢失在深夜的酒吧，声嘶力竭地狂吼，疯癫如魔地蹦迪，消耗着热血沸腾的身躯，污浊不堪的空气里充斥着雄性的荷尔蒙。沉浸在灯红酒绿、纸醉金迷里的年轻人，不知道身居何处？今夕何夕？

当旭日从天边冉冉升起，疲惫的身躯蓦然惊醒，新的一天已然来临，凌乱的房间，单薄的被褥，抵不住冬日的寒凉。

等到步入中年或老年，他们更渴望回到温馨的家园，故园有温暖的被窝、可口的饭菜，有年迈的爹娘、幼稚的孩童。正是因为家中的亲人，他们才有了漂泊的动力，他们才有了奋斗的目标。

在一片城乡接合部，看到路边的拖拉机旁，三个民工借着农家未来得及拆卸的一堵旧墙，就着地上的一块木板，蹲在那里，一个稍显年轻的小伙捡拾着枯枝残叶生起了火堆，他们围着火堆打起了方牌。在这样寒冷的早晨，零下九摄氏度无遮无挡的室外，他们也许是等着主家开门运货，也许是根本无货可运，可又不甘心躲在出租屋懈怠一天，唯恐错过了一单，于是用这样原始而粗陋的方法取暖，用这样简便又轻松的娱乐打发时间，消磨着萧萧残日，消磨着瑟瑟寒夜。

前面一家工厂正在装潢，载着材料的货车隆隆驶来，敞篷车厢里兄弟二人，一上一下，卸下整整一车的货物。而室外作业的小工，裹着破旧的棉袄，正在奋力地搅拌，凉水都要结冰，混着热水搅和，几个大汉将木板从楼下扛到楼上，外置的不锈钢楼梯咚咚作响，冰冷的扶手让人不忍触摸。

窗外寒风凛冽，落叶缤纷，呼呼咆哮的风肆无忌惮，透过窗棂、透过门缝，侵袭而来。躺在硬板床上的汉子，听着一夜的北风，辗转难眠：要过年了，得给老人准备过冬的棉衣了，不然爹的老寒腿又该犯了；得给媳妇换部新手机了，不然视频聊天都瞧不清她的脸了；得给孩子买件心仪的礼物了，不然小家伙又要哭鼻子了；还有孝敬岳父的烟酒，还有带给弟妹的特产，还有七大姑八大姨，过年走亲访友的费用……

冷，彻骨的冷；寒，透心的寒。羞涩的行囊，掩不住归家的期盼；艰辛的劳作，载不动故园的沉重。

他们是无根的浮萍，随波逐流飘到了这里；他们是追梦的农民，怀揣梦想来到了这里；他们是卑微的异客，跋山涉水遗落在了这里。

他们是城市的边缘人，是一群被生活放逐、被命运挤对，既融不入城市，又回不了故乡的打工人。

新雨黄昏后

一场暴雨，将酷热冲淡了些许。清河的水面涨了很多，河水变得混浊还带有浓重的腥味。两只野鸭在水中嬉戏，我无意惊惹它们，只想静静地观赏，看它们相互追逐、相互打闹。一会儿双双钻入了河边的草丛，原来这一片碧绿的水草是它们的家呀。

一条鱼浮在了水面，成了清河的祭品，它因何而亡？是猝死还是殉情？无人知晓。河的对岸有捕鱼的汉子，他戴着探照灯，举着长鱼叉，站在栏板上，“唰”地一下鱼叉落水，复又提起，黑白色的躯体在叉齿间挣扎，一条一条的鱼就这样落入了他的叉下。

对面来了一位抱着孩子的老人，后面跟着一只洁白的小狗，这狗好调皮，一会儿窜到东，一会儿窜到西，一会儿又纵到了老人的脚边。孩子倒不惧狗，他在爷爷的怀里跳啊蹦啊，似想下地来玩，可他太小，估计还不会走路，爷爷抱着这大胖孙子有点吃力，于是也顾不得石板上潮湿，一屁股坐了下去。狗儿像在表演，又似在撒欢，它一纵一纵，孩子也一蹦一蹦，似乎这狗有意教导孩子的本领，让人看得有些忍俊不禁。

天色渐暗，河边趋于平静，只有那野鸭偶尔“嘎嘎”两声，有蚊虫在脚边盘旋，我向岸上走去。

不知是蝉累了，还是蝉厌了，又或许已被那捕蝉人吓走了，今晚的蝉声稀稀疏疏。我在香樟树下徘徊，嗅着那淡淡的清香，心情变得清朗，蓦然两束光亮照来，一晃一晃，又在树间打探。唉，那捕蝉的人呀，终是放不过这些夏日的歌者。

“千禧”酒店的生意依然那么火爆，路边的停车位已无空当，一辆白色宝马转了几圈也没找到空位，只得将车开往碧苑公寓，可他不是小区的住户，保安师傅礼貌地阻挡了他，他悻悻地倒退着，突然一踩油门，倏地开走了。

“小润发”超市的喇叭叫唤着“猪肉五折，鸡爪、鸡翅八折，黄瓜、番茄八折……”，而金南桥边的小摊位也在吆喝着：“新鲜的黄瓜、刚摘的番茄，走过路过不要错过！”简直是在打擂台。我很纳闷：这摆摊的农人为什么不另选个地方，偏要在超市的斜对面呢？难道是因为这里客流量大？

“馨香”水果超市的女店主接到了女儿的圣旨：马上到家，要吃绿豆粥就咸鸭蛋！可怜女店主今晚包的馄饨，没有准备别的，无奈，只得挨家询问：谁家有绿豆和咸鸭蛋？楼下乘凉的邻居于是忙开了，这家去取绿豆，那家去拿鸭蛋。女店主一边责怪着女儿不早点打电话，一边又欣喜地解释：女儿害喜了。原来如此，邻人纷纷表示祝贺。

这些平日里聚在一起，喜欢家长里短的大妈没有别的嗜好，无非打打牌聊聊天，她们年轻时围绕着老公和子女，如今退休了，还是走不出这个圈子，只是现在不但操心着自家的琐事，还关注着邻里的杂务：谁谁的儿子结婚了，谁谁的女儿出嫁了，谁谁的老公外遇了，谁谁的小子离异了，谁谁的婆媳吵架了，谁谁的儿子升迁了。诸如此类，不一而足。不过，她们的心地还是很善良的，谁家有个事，只要吱一声，都将倾力相助。

这不，王大妈急急地捧来了绿豆，可怜她小跑着过来，一头的汗水。张大妈在五楼，她颤颤地拿着几只鸭蛋下来了，爬楼梯爬得气喘吁吁。

一阵风过，抖下大片的水滴，我以为下起了大雨，连忙撤离树下，跑开一看，原来是风合着叶捉弄于我。湿漉漉的地面在路灯的照耀下泛着粼粼的波光，令人神清气爽。空气里弥漫着花香、草香，朦胧闪烁的路灯给街道带来了些许神秘的色彩。

突然，一个老人滑倒在路面，紧随其后的电瓶车车主连忙刹车，旁边的汽车也放慢了速度，准备靠边停下，而散步的一对小夫妻已迅速地向前，搀扶起老人，汽车车主也打开了车门，走向了这边，电瓶车车主正在询问："可有受伤？要不要去医院检查？"老人拍拍双腿，走了几步，所幸没有大碍，于是各归各位，道路恢复了平静。

一阵微风拂过，带来白玉兰的浓香，这洁白的玉兰挂在高高的树上，似白色的灯盏，又似透明的玉盅，而片片洒落的花瓣又似一只只玉勺，不知欲勺那夏雨，还是欲舀这落叶？夹竹桃盛开在河岸的两边，红的、粉的、白的，团团簇簇，煞是诱人。都说夹竹桃有毒，可这带毒的花是多么美丽，尤其那白色的花，在雨水的滋润下纯洁得不染纤尘。"独占芳菲当夏景，不作颜色托春风"的紫薇，让我想起学生时代的暑假，那看着《还珠格格》的时光，那个面容娇丽，才华横溢的紫薇是多少青年梦中的情人哪！

灰蓝蓝的天空没有一丝的云彩，可我仿佛看见在那遥远的天际，正有星星在俯视着大地……

古沙之夜

这是一个令人躁动的夜晚，它驱使着我走出房间，步入夜色，古老的金沙夜市永远不会有乡村的宁静，它灯火辉煌，热闹非凡。

不透一丝风的奥邦广场熙熙攘攘，门前的摊位挨挨挤挤，这家羊肉串，那家凉粉皮；这家煎饼果，那家臭豆腐；这家酸辣粉，那家烤面筋。还有奶茶、炸鸡柳、鸭脖子、螺蛳粉、狼牙土豆、水果刨冰等等琳琅满目。

热火朝天的摊位吸引着馋涎欲滴的食客，酸的甜的香的臭的麻的辣的各种滋味混杂其间，他们是来品味美食的，还是来发泄欲望的？不得而知。但我以为，这才是最浓的人间烟火气息。孔子说："饮食男女，人之大欲存焉。"不要羞羞答答、遮遮掩掩。

江海明珠广场，激荡着一对对翩翩的身影，他们跳着三步四步，身姿随着音乐摇摆，汗水顺着脖颈滴落，舞池里的这一对对，是那么和谐而深情，他们配合默契，一旋一转多么赏心悦目。上面的舞场上也律动着一个个身影，那是闻名遐迩的广场舞大妈，她们的舞蹈欢快而随意，即便不会跳的人也可插进队伍任意地扭动。健身场地，活跃着矫健的身影，那一招一式、一跃一蹲令人叹为观止。古人云："情动于中而形于言，言之不足故嗟叹之，嗟叹之不足故咏歌之，咏歌之不足，不知手之舞之，足之蹈之也。"俗世的欢乐，莫过于此。太平盛世，人们用如此的形式享受如此的欢乐，也是无可厚非的。如此夜色，如此欢愉，也是对幸福生活的褒扬。

最热闹的要数孩子们的小天地，有开电动车的、有跳蹦蹦床的、有钻小迷宫的、有钓小金鱼的、有攀彩虹梯的、有打射击枪的，真是五花八门，名目繁多。这激情的广场啊，上演着人间的大戏，这欢乐的剧场，游戏的乐园，在孩子们的心里，种下一颗颗美妙的星星。

也许，这就是俗世的烟火，生活的本真。尝遍人间百味，体味人世欢愉，在童真的世界里，寻找前世今生。

热闹的尽头，便是另类的静谧。

清河边的凉亭中有一女子在拉着二胡，我立在桥头聆听，那凄美的《二泉映月》隔着清凌凌的水飘飘悠悠拂上了我的心房，我在桥的这头，远远地看着天上的月亮，望着水里的月亮，心不知飘到了何方。

走过了那座桥，二胡变得断断续续，时有时无的乐声让我突然想起《红楼梦》里中秋之夜在凸碧堂品笛的情形，一池的碧水、一轮的皓月，临水而听，那笛就沾了水汽、有了灵性、多了雅韵，为黛玉和湘云凹晶馆的联诗做了铺垫，于是便有了“寒塘渡鹤影”“冷月葬花魂”，只是今夜有鹭却无鹤。

想那大观园里娇弱的女子，终是逃不脱命运的摆布，黛玉香消玉殒，正应了她的《葬花词》“未若锦囊收艳骨，一抔净土掩风流”；湘云沦落烟花巷，“湘江水逝楚云飞”；而有洁癖的妙玉，更是落入最肮脏的境地，不得其终。曹雪芹似乎时时处处都在隐喻，可怜红楼儿女缠绵其中不知深浅。

复前行，河边有女子打着手电在四下寻觅，她在做什么？上前询问，原来是在捕蝉。

“这蝉捉去是卖到中药铺的吗？”

“蜕下的蝉壳卖到药店，蝉是自家炸着吃的。”

“啊？给我看看，这蝉也能吃？”

“是啊，炸着可香了，高蛋白呀！”她举起罐子，“你看这只是刚刚蜕壳的颜色还没变，炸着吃可鲜嫩呢，那蜕得久的蝉体就变得黑黄，就有点老了，口味没有那么好。”

我看着她的工具很简单，一把手电筒，一根长竹竿，一个雪碧瓶子，瓶子里大约有五六只。

“一晚上能捕多少？”

“去年这个时候，我一晚上可以捉到近百只的，吃不完还卖到饭店，三元钱一只。今年不行啰，捉的人比知了还要多。我一晚上只能捉到十几只，还不够塞牙缝。”

我看到她前面果然还有一支手电筒在晃悠，我急走几步，一看那也是个女子，就问：“你抓了几只？”

“没几只，树上都没有了，都被捉光了。”河的对岸又有四五束光亮在上下左右摇晃不定，如此捕下来，估计蝉繁殖都来不及。

告别了捕蝉的女子，心中有一丝丝的郁闷，蝉从泥土中钻出，爬上高高的树梢，吟唱夏天的歌谣，可是不及金蝉脱壳，就落入了囊中，成了夏夜的牺牲品，长此以往，以后的日子，谁还为夏日歌唱呢？

沿着河边这条路向前走，我好像走过一个世纪，人世百态，不一而足，我的思绪，起伏跌宕：但愿明月长久，但愿万物同在，但愿在这幸福宁静的时光里，我们能多一份思考。

看着星星睡觉

夏日的夜晚，搬一张藤椅，躺在阳台上，露天的阳台不挡风不遮雨，阳台上的花草也便经受了烈日炎炎、狂风嗖嗖、暴雨唰唰，从来没有耐心去打理它们，可它们自由地生长，恣肆地开放，活得精彩而惬意，它们的姿态比起楼下花园里的同类更显曼妙而多姿。

今夜，我与它们相伴，看万家灯火、听人声鼎沸、观车来车往。阳台上其实很热，风似乎也惧怕这燠热，不知躲到了哪里。花儿不舞、草儿不窈，连星星也懒得眨一眨眼睛。隔壁邻居拉开了阳台的门，在水池里洗着衣服，她问我：躺在阳台不热吗？为什么不待在空调房？是很热，不过听着哗哗流淌的水声，似有一丝的清凉。扭头看着我的花草，轻执水壶，细心地浇灌，沐浴过的花草，娇嫩欲滴，令人爱怜。

楼上人家空调外机轰轰作响，水管的水滴答滴答落在阳台，顺着阳台又滴入了楼下，楼下场院，孩子们骑着童车、踩着轮滑、玩着游戏，满头大汗，却不愿回家。爷爷奶奶声声地呼唤，爸爸妈妈屡屡地催促，都挪不动他们的脚步，他们兴高采烈，不知道什么是热，玩得不亦乐乎。

夏天，是属于孩子们的季节，热情洋溢、酣畅淋漓。听着这欢快的笑声，看着这热闹的场景，不由得穿越到童年的乡村：白墙青瓦，竹篱小院，竹榻竹椅，置于院中。场边燃起了艾叶，蚊虫慌忙飞远；手上捧住了瓦罐，蛐蛐吓得躲藏。青蛙在稻田里呱呱，水鸟在小河边咕咕，萤火虫在芦叶间打着灯笼匆匆，一明一灭、一亮一闪。田野里黑魆魆的，可孩子们的眼睛乌黑贼亮，摸得到绿绿的西瓜、黄黄的香瓜，逮得着甜甜的芦穄，还掰得了嫩嫩的玉米。只是他们将瓜藤践踏得不成样子，将玉米撕扯得东倒西歪。这些顽皮的孩子躲在一处，偷偷分享着食物，全然不知第二天等着他们的是怎样的棍棒，可孩子们只记吃，不记打。小学校场外开始放露天电影了，神气活现的孩子们又聚集在了一起，散场后又故技重演了。这一次他们去捉青蛙了，不走田埂，偏在稻田里乱踩，自然又免不了一顿狠揍。不过，孩子们也不是每次都这么捣蛋，他们也经常下河摸点蚬子、抓点螺蛳，给父母的餐桌添点美味。那蚬子个小肉香，可烧冬瓜汤、可煮豆腐块、可蒸鸡蛋羹、可炒韭菜黄，味道可媲"天下第一香"的文蛤。其实，文蛤与蚬子长得非常相似，我小时候就以为蚬子是缩小版的文蛤，只不过一个是海鲜，一个是河鲜。而盐炒螺蛳可是大人们下酒的好菜，一口黄酒，一只螺蛳在手，盖一掀、舌一舔、嘴一嗦，那滋味真是美妙无比。孩子们则是一人一小碗，蹲在一边拼命地吮吸，夏季便在这一次次预演中悄悄地溜走了。夜渐渐沉了，场院里仍有蒲扇拍打声，间或有大人训斥声、孩童哭闹声、鸡鸣犬吠声。风轻轻袭来，云悠悠飘去，竹榻上的我，数着星星，一颗两颗三颗四颗……数着数着便睡着了……

少年不知愁滋味，而今落在纸上，全成了诗意……

楼下的车辆逐渐安息了，西边的餐厅仍传来推杯换盏声。谁在声嘶力竭地歌唱，谁在咬牙切齿地痛骂？市井里的生活，总是充斥着烟火的味道，如同这餐厅里随风飘来的油烟气味，它不是那么清香，它沾着市侩、染着混浊、锈着粗俗，这也许就是人生百态，世间况味。

灰灰暗暗的苍穹，笼罩在我的上空，它似乎靠得很近；疏疏落落的星星在我的头顶闪现，又似乎离得太远，远得看不清玉兔的模样，远得闻不到桂花的酒香，远得不知牛郎在何处奔走，织女在何方叹息。那躲在月宫的嫦娥，是否后悔偷尝了人间灵药，不然，她怎不展娇妍欲飞？何必做愁愁蹙眉？周遭一片静寂，孩子们许是进入了梦乡，人不闹了、车不鸣了、狗不吠了、虫不叫了，橘黄的路灯也变得微弱了，我也睡眼惺忪，昏昏欲睡了……

似乎记得庄子说句什么话，细想又想不起来。庄子的星空，是我的星空吗？

别梦依稀

人到中年，岁月变成了激流，青春的芳华像飘飞的花瓣，不经意间会触动心灵的琴弦，一声惊颤，时光倒流，只那么一刻，让我们穿越时空，回到从前的日子。

那一天，我带着思念和冲动，回到我阔别三十年的校园。

假期的校园是宁谧而安详的，没有了悠远的钟声、欢闹的笑声和琅琅的读书声，一切我熟悉的声音似乎只回荡在美丽的梦境，那是珍藏许久的天籁之音，什么样的仙乐都无法替代。

翠竹长青，假山耸立的校园，缓缓流淌着青春的血液；小桥流水，杨柳拂堤的后庭，处处呈现着幽雅的韵味；亭台楼阁，绿树成荫的长径，静静布展着书画的圣地。

这样的校园是陌生而疏离的，它早已变换了往昔的模样。

灰尘乱飞的操场铺上了绿色的草坪，孩子们在绿草如茵的草坪上踢足球、打篮球，摔跤了也没有关系，跨单杠、翻双杠跌下了也不会疼痛。

一步步登上毓秀楼的阶梯，七年级的教室里课桌簇新，刚刚升入初中的孩子坐在这样宽敞明亮的教室，心情是多么愉悦；九年级的教学楼略显粗陋，桌椅也不再油光锃亮，经过了两年的磨砺，它们染上了时间的灰尘。教室干净明亮的，桌椅相对陈旧；教室暗淡灰旧的，桌椅相对崭新。由此可见，教务处的良苦用心。

毓秀楼是我昔日教室的旧址，虽然它已面目全非，但那些尘封的记忆一旦打开，闸门就无法关闭。我在这里学习了三年，三年的光阴留下了什么？从稚嫩到羞涩，青葱的岁月里，有挥之不去的浪漫，锥心蚀骨的依恋。而今，物换星移，人去楼空，楼不是那幢楼，人不是那班人。

犹记得高二的时候，学校分班，我由原来的四班分配到二班文科班，陌生的老师陌生的环境，让我很不适应，我常常在自习课上回到原来的班级（原来的同桌正好一人独坐），溜来溜去两月之余。新任班主任袁老师很是善解人意，不鼓励也不反对，只字未提。也许他知道当我适应了新的环境，熟悉了新的流程自然会遵守纪律。果不其然，当我自己觉得这样两边追赶的效果并不理想，尤其物理根本跟不上节奏时，我主动选择了放弃，从此安安心心坐在了文科班的教室。

学校组织“中学生能否谈恋爱”的演讲比赛，我信心满满地交上了自己的演讲稿，可是在班级的初评中却落选了，语文老师张老师压根没提到我的名字。我洗耳恭听着班长、文娱委员和语文课代表的演讲，跃跃欲试，不管不顾地站起身来毛遂自荐：“老师，我可不可以试试？”或许从没有哪个学生这般大胆要求过，老师明显一愣，随即笑容满面：“当然可以！”在他略带试探的目光中我走上了讲台，开始了我人生中第一次演讲。我的主动请缨，给自己创造了机会，使我得以代表全班参加校园的比赛，并在几十位选手中脱颖而出，获得全校演讲比赛第一名。那一天下午演讲结束时天色已晚，我是走读生，不参加学校的晚自修，当我捧着奖状和奖品回到教室，老师和同学们以热烈的掌声欢迎着我，离校近的几位同学争着抢着邀请我住到她们家。那一刻我的眼眶湿润了，也正是从那时起我开始融入这个新的班级，这个由几个班级的同学拼凑起来的全校唯一的“杂牌班”——文科班。也由此，我的作文开始登上了校园语文报、校园展览版。

绿树环绕中的毓秀楼、钟灵楼、科技馆、学生公寓，都是年轻的身影；烽火亭、邹韬奋塑像、砺志桥、砺志堂，都是陌生的面容；励志长廊里的橱窗、承载师恩的成果石、红色基地的展板、绿色阅读的图像、苏北试验乡村示范纪念碑，都是新鲜的血液。老省长梁灵光等人的亲笔题词在烽火亭中永存，青少年承继红色教育，践行绿色阅读，厉行勤俭节约的基因在陈列期刊中体现。励志长廊里有我学弟学妹青春的靓影，有我学兄学姐创业的壮举；钟灵楼里孕育了多少出类拔萃的人才？他们有清华的学子、同济的书生、协和的医生、西安的建筑生……

枝头的鸟鸣击碎了我的幻境，午后的阳光透过缝隙细碎地洒在林荫道上，一个人在这静静的巷道从东到西，从南到北，默默地徘徊，从“科技馆”走到“劝学树”，从“烽火亭”转到“绿茵场”，百转千回，千回百转，孤独的脚步声在空旷的校园回荡。

那朝夕相伴的教室，流连忘返的图书室，还有承载着一日三餐的食堂，都消逝在了岁月的尘埃里。日复一日的冬瓜汤，曾吃得我两眼发绿，此刻却那么怀恋；简陋不堪的阅览室曾留下我难忘的记忆：那一张临窗的桌前，有我摘抄的背影；那一丛低矮的树旁，有我呢喃的话语；那一排整齐的橱中，有我翻阅的书行。如今，斑驳脱落的校室已不复存在，沧桑衰老的容颜已焕然一新，学校也取消了高中部，这里再也没有了高二（2）班，再也没有了六梦团体（逸梦、亦梦、梦野、梦晗、梦柯、梦影，我们三排紧邻同学各自的笔名）青春激荡活力四射的背影。离经叛道的我们逃课看电影，周末去游玩，上课读小说吃零食，下课恶作剧捉弄人，无所不为。亦梦、梦柯、梦野是教师子女，一个是情歌王子，一个是时尚模特，一个是浪漫诗人，学校的演出得靠他们撑场；逸梦、梦晗、梦影，一个是书法大家，一个是公认校花，一个是作文写手，班级的后墙得由他们点缀。二十年同学会，已为央行行长的海召集了我们几个金沙的同学，联络四散各地的人员。那些日子，我们组委会多次讨论协商，绞尽脑汁知道了英语流畅的洁定居了澳大利亚，英语末尾的华在新疆考上了大学，并在俄罗斯做起了生意，字迹潦草，莫测难辨的光教上了初中语文，画家鹏倒是名副其实当上了美术老师，吹笛少年良变成了高层领导，数学天才灵一跃为金融高手，百灵鸟琳的歌声依然婉转动人，体育健将明的身材却不再伟岸挺拔，男高音歌唱家昌在工地飘荡，烤乳猪的秀不知香飘何方，丹嫁给了高官，梅远走了他乡……

那一天，劳燕分飞的我们，怀着兴奋又忐忑的心情回归了母校十总中学，坐在熟悉又陌生的教室，面对一个个似曾相识的面孔，脱口而出的是他们的外号：真由美（镇咏梅，真诚优雅）、必子（赵必昌，矮小精悍），曾经年轻潇洒而今两鬓斑白，曾经韶华正当而今皱纹满面的老师们走上了讲堂，体育老师陈老师一字不差地叫出了我们所有人的名字，并说：你们这届文科班的学生有个性、有情商，多才多艺，是一群比较特别的学生，所以我印象深刻。我们禁不住热泪盈眶。当年的我们桀骜不驯，叛逆不羁，装病逃课多少次，他逮着从不心慈手软，管你男生女生，一视同仁，因此我们背地里送他外号“铁面阎罗”，殊不知，铁汉的柔情最是动人。正襟危坐的我们，如小弗郎士那般第一次真正体味到《最后一课》的意义，我们甚至希望这堂课一直上下去上下去……

几十年来，我们与语文老师张老师、王老师，数学老师徐老师，保持着亲密的联系，我们陪着老师们徜徉在呼伦贝尔大草原，攀爬于天山天池，登临于云端草原，跋涉于独库公路；我们一起去西山采枇杷、阳山摘蜜桃、无锡赏樱花、苏州观梅花……老师，是我们终生的导师，他们不但传授了我们知识，还教会了我们做人。

青春是一幅色彩斑斓的画卷，这幅人生的绝版难以复制、无法拷贝；青春是一本仓促写就的书籍，所有的章节都插不进搁浅的思念。那些曾经忽视的细节，冷落的情感，只能在迷茫里彷徨。

留不住的夕阳璀璨了天边的晚霞，也璀璨了迷人的校园……

城市烟火

踩着六月的鼓点，我沉醉在《回家》的韵律中，想起稻花香里说丰年的家乡丰收季节。

我曾经在街边的转角听一乐手吹萨克斯《回家》，他吹了一遍又一遍，我听了一遍又一遍，而我也是他唯一的听众。又一曲终了，他看着我："还没听够吗？"我说："它勾起了我的回忆，我仿佛又回到了曾经的校园，毕业前夕的校园里时常回荡着这支曲子。"彼时，我已在这个小城结婚生子，纷繁复杂的职场压得我喘不过气来，听着这样的曲子，想着逝去的母亲，想着颓败的老宅，想着一去不返的青春，久久无法释怀。

今夜，在江海明珠广场的东南角，我居然又听到了这首曲子，不是那位乐手，听曲的也非我一人，不知为何，我再也听不出当年的味道了，是乐手换了，还是我的心境变了？母亲已离去多年，孩子已长大成人，我也人到中年。《回家》，我该回哪个家呢？母亲的家已经荒芜了，自己的家已经待腻了，忙忙碌碌一辈子，如今最渴望的竟然是逃离，逃离这一生的羁绊，去浪迹天涯，像三毛那样到处流浪。当然先生能驾车相伴那是最好不过，可是他承诺了多年的房车到现在还未兑现，我真怕自己等不了。

西北角传来了争吵，一下子围了很多的人，我也随人流去凑热闹。原来广场北边有一个音乐角，一台电脑、一组音响、一个投影仪、一个大屏幕、几张塑料凳，喜欢唱歌的人可随意点歌，尽情发挥，这会儿歌声停了，警察来了，据说一个小时之内，警察已接到两次报警，接警就得出警，这是他们的职责，但是歌者们不干了，说国家都倡导地摊文化了，怎么我们就不能有娱乐活动？年轻的警察态度很好，语气也很友善，只是让他们声音小点不要扰民就行。这点小插曲并没有影响歌者与听者的热情，警察一走，大家又纷纷登场，热爱歌唱的人还真不少，年轻的、年老的，唱得好的、唱得差的都不甘示弱，有人也开始扫码付款，五元、十元、二十元不等，几位不唱歌的老太太也一次性打款五十、一百元的。我有点纳闷，人们嗨得这么热闹，打赏的也不少，为什么这胖胖的中年摊主看上去还无精打采，难道是两次被人举报影响了他的情绪？但警察并没有阻止他呀！旁边一位老太太解释道："这摊主是本地人，我们都认识的，他妈患病住院急需资金，家中还有两个上学的孩子，老婆身体也不好……"原来他已经不堪重负，才出此下策。其实他的这一举动无形中给市民增添了一项良好的娱乐，这样的活动总比打牌赌博要有意义得多吧？看他们那狂嗨的劲头就知道人们是多么需要放松和发泄，如此旁若无人地歌唱，即便没有专业的水准又何妨，那份投入那份热情谁也阻挡不了，谁也无法忽视。报警的人也许是出于摊主收费的原因，这广场离居民住宅区很远，现在刚过晚上八点，并不存在所谓的扰民，要说扰民，明珠广场可不是这一个角落扰民，跳舞的、练功的、游戏的，哪儿哪儿都热闹，可他们自成一角，自得其乐，谁也没妨碍谁，谁也不影响谁，再说市民广场不就是供市民娱乐的吗？至于收费，那路边的摊位不收费？孩子们钓鱼、打枪的不收费？铺了一地的玩具不收费？投入了成本收点小费又如何？都是自觉自愿的，哪有那么多免费的午餐？

跳广场舞的大妈们今天的节奏似乎放缓了很多，舞姿也变得柔美了许多，北边的舞池里是一对一对浪漫的身影，这些相约的一对对，或者临时组合的一对对，随着深情的音乐翩翩起舞，他们有的熟练有的生疏，有的洒脱有的局促，一会儿音乐转换，慢三变成了快四，这时候，有的就乱了套了，手松了、脚踩了，弓肩驼背的有，叉手叉脚的有，当然飘逸洒脱的大有人在。据说有舞蹈老师专门乘公交从南通赶来通州教学，结束后再乘公交回去，看来通州的学生魅力无穷啊！

东南角有一处别样的风景：一支巨笔，一只水桶，在空旷的场地，他信马由缰，由“惠风和畅”到“红运当头”，由“紫气东来”到“前程似锦”，再由“精忠报国”到“福寿康宁”，一个个成语在地面展现。他矮矮的个子、黑黑的脸庞、瘦瘦的身板，他写的成语简单明了，字体也非颜筋柳骨，“小桥流水”写成了“花桥流水”，“乘风破浪”也变为“成风破浪”，显然他的知识水平不是太高，只是一个草根书法爱好者而已，然而一个草根学习书法五六年，能在繁重的生活压力下坚持不懈、练笔不怠，这就值得我们敬佩。最后他写了一句“张家界欢迎您”，我才知道他是湖南人，在观音山打工，现住金西，因为要养家糊口，没有那么多的时间和金钱来维系他的逸致，所以只能利用晚上的时间，以大地为纸、清水为墨，书写自己的人生。我不知道他从事什么工作，但看他行走的姿势，似乎腿脚不便，而看他的双腿，也细得异于常人，40 余岁的年龄，该是身强体壮的时候，可他的字体好似力度不够，也许他真的有特殊情况，但正如他自己所书，他该是“志存高远”的吧。我衷心祝福他，字体“龙飞凤舞”，也祝愿他永远有着哼着歌练着字的精气神。

已是九点十分了，唱歌的、跳舞的、吹萨克斯的都已收拾家伙分散了，我也准备打道回府了。世纪大道的两边都是烧烤的摊位，简单的折叠桌边坐满了年轻人。我很少关注这路边的食品，今日我停下了脚步，首先看到的是山东的鸡蛋杂粮煎饼，然后是武汉的炒米粉，再后面是陕西凉皮、何记花甲、铁板鱿鱼、龙门烤生蚝扇贝、南京鸭血粉丝、川渝龙虾、福鼎肉片、关东鸡蛋灌饼、麻辣田螺、烧个鸟、鸡蛋卷饼、竹炭烤鸡、梅干菜肉饼、风味鸡柳等等。原来我的城市也有那么多的摊位，我问了摊主，他们的摊位可以延长到深夜，吃了肉串，啃了烤鸡，再来一杯柠檬果茶，这样的调味应该不错。我一直认为路边的摊位不卫生，不能吃，可是今天我站在一个个摊位面前，看着他们操作，我一点也没感觉有什么不适，似乎那油烟、那浓味对我丝毫没有妨碍，也许是淄博的烧烤影响了我，使我对身边的摊位也满怀了情感。虽然，我只是看看，并不品尝，但我的内心有了一份满足。我曾有过冲动，想进淄赶烤，可我又不是为了烧烤，我只想去感受那份氛围，那份友爱互助，纯朴善良的情感的共鸣。但愿所有的城市都能向淄博学习，并不是学习它的烧烤，烧烤哪里都有，淄博的烧烤也不是最好，可淄博的现象却值得人人效仿。

在热闹的烧烤中，我闻到了家乡的味道；在轻音乐的舞池，我战战兢兢如同走进故乡的稻田小路；在豪放不羁的歌唱里，我仿佛看到人们精神的无处安放。商业转型时期的繁荣，也是一个时代人的精神的满足和迷惘，从农耕时代到工商时代，繁荣和丰收有着异曲同工之妙，但也有着世事无常的落差，丢掉的是乡愁，收获的是转型。

我看到一代人在转型时期的迷惘和精神圆合，一方是失落的断崖，一方是引渡的吊桥，俗世的烟火点燃了凡人的生活。远离故乡，城市的六月，一派灯红酒绿的气息，这是人间的另一种丰收。

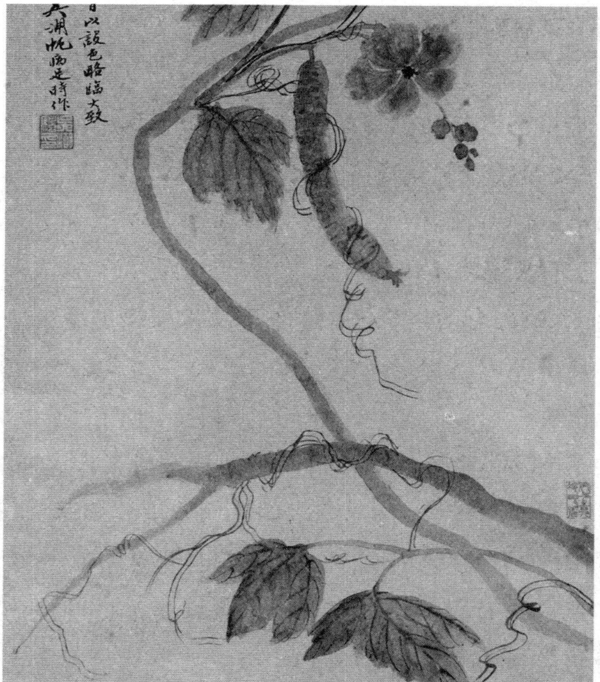

江氏跳面

黎化老师在作家群里推荐了一个跳面店，位置在文峰商场后的龙富巷。我从龙富巷往里走，第一家就是面店，两个门面，很不起眼，再往里走，基本是服装店了，再无饮食店，那么就是这一家了。但我疑惑重重，这么一家没有招牌，没有店名的车库改装的小店，能做出怎样美味的食材？

为了谨慎起见，我还是请教了一位正在停车的美女：请问这边最好吃的一家面店在哪里？她纤手一指：那！门口坐着食客的那家，他家的跳面韧而不硬，筋道有味，几十年的老店了。我也是来吃面的，跟我走。

说实话，这家店委实太过简陋了，门庭陈旧不堪，甚至有点破败，两个门面，一个专司下面配料，姑且称之为操作间，一个用于食客就餐，称作用餐间（因为它实在配不上餐厅一词），在操作间的左侧搭了一个小披间，用于烧水兼做荷包蛋。一个个热水瓶排列整齐，灌满了就立马送进操作间，操作间里江老板亲自掌勺，其年轻美丽的夫人负责配料兼做服务员。江老板在一口大锅里潇洒地忙碌，热水倒入锅中，电磁炉打开，大汤大水，面条放入，一息工夫（大约六七分钟的时间）立马捞起。这当口老板娘早已将调料配好，有喜欢荤油的、有嗜好麻辣的、有口味清淡的、有偏爱浓厚的，她似乎都不必开口询问，就能轻松自如地给每只碗佐以不同的浇头，一会儿给这碗添上一块卤肉，一会给那碗搛上一个茶叶蛋，一会儿这碗是虾子，一会儿那碗是素鸡，这边放一块猪肉大排，那边来一勺雪菜肉丝，这边挑几片牛肉，那边搛几块鱼排。我站在一旁看得眼花缭乱，可老板娘却是有条不紊，一碗一碗调配妥当，一碗一碗送到桌旁。那在隔壁等候的食客，那在马路对面静坐的食客悠闲地品着藿香、古丁、菊花、茉莉泡成的清茶，在习习的微风中，或谈天说地或微信聊天或音乐怡情，一个个都是那么神态愉悦，安然自在，我想对于他们来说等待一份美食的到来或许也有一种别样的情味吧。当钟情的食物摆在了桌前，他们便放下了手中的茶杯，收起了闲聊的手机，执起了竹筷，开始了清晨的享受。而提供如此美味的江老板，正站在锅旁，用长长的竹筷捞起了又一碗美食，这是一碗细细的面，它的主人正在隔壁翘首以盼。一碗一碗地下，一遍一遍地换水，使每一碗的汤水都是那么干净而清澈。退伍老兵江老板说：新鲜的食材得配以干净的汤水，虽然下一碗换一锅水很麻烦，但这样味道鲜美，汤色纯净，看起来就有食欲。我得对得起食材，对得起顾客啊！

也许，正是基于这样的理念，它的跳面小店才能在面点行业中屹立不倒，载誉持久。三十多年来，新顾客成了老顾客，老顾客又带来了新顾客，这里有几十年如一日，天天乘公交赶十几里路来赴面之约的顾客（除出差在外），也有一日两餐固定坚守的食客（早中两餐）。而江夫人之所以不必问询就知道顾客的需求，那是因为她记住了老主顾的喜好，那是因为她将顾客当作了家人，那是因为她真正做到了细心、贴心和用心。

每天凌晨三点开始，夫妇二人几乎全年无休（除春节几天），两个帮工的阿姨，一个负责烧水煎蛋，收碗洗碟；一个专管洗菜切葱，扫地抹桌。分工明确，秩序井然。所有的食材都是当天购买，当天使用，而那神秘的调料却是祖传的秘方。食材的新鲜，调料的独特，成就了跳面的与众不同，如此条长爽滑，柔韧有筋，食之难忘的跳面，在南通已为数不多，而在通州更是寥寥无几。

不喜油腻的我，点了一碗青椒肉丝，那亮丽的色泽，那翠绿的模样，让人一看就食欲大增。对环境有点挑剔的我，坐在那毫无特色的四方桌前，拿起了筷子，就不曾放下，若不是顾着形象，我差点滴水不剩，连汤吃净。

九点半了，各行各业的食客都已陆陆续续地离开了，每天两百左右的人次，使得江老板到现在才有空闲捧起紫砂茶壶。他说：最幸福的时刻，就是看着客人高高兴兴地来，开开心心地走。就是看着客人捧起一杯早茶，连声道好。因而他的早茶也跟着季节的更替而变化，冬有姜枣，夏有霍菊。

父亲·手机·我

二十年前母亲去世，望着落寞孤雁似的父亲，我拉着父亲手说：“爸，你跟我们一起住吧。”他摇摇头：“不，你们都忙，在家侍弄咱的自留地，到河边钓钓鱼，到菜园种种菜，我自由。”看着父亲近乎乞求的面容，我只好忍住泪，点头答应。

我还是不放心，就给父亲装了部电话座机，心里才宽展些。可是，我电话打过去，白天常常无人接听，他不是在田里，就是在河边，有时到午饭、晚饭时也不着家，这让我们不免紧张，只得求助于住在镇上的小叔，小叔便放下饭碗，骑着车去寻他，几趟下来焦心不已，于是我们给他买了一部诺基亚直板手机。

有了手机，与父亲联系畅通多了，他也开心，有事没事常与姑姑叔叔们通通话。有几次，姑姑们会突然接到他的电话，“喂喂”半天，听不到回音，姑姑急了，挂掉电话，拨通离他最近的小叔电话，让他赶紧去瞧瞧。小叔说：“刚才还见他去河边钓鱼，莫不是在河边生病了？”小叔满头大汗赶到河边，看见他正坐在河边优哉游哉地钓鱼，气不打一处来，就嚷道：“二哥，你怎么打了电话又不说话，姐都急死了！”

父亲很无辜：“我没打电话呀。”

小叔拿过他的手机一翻，说：“你自己看看！”

原来父亲不会设置锁屏，手机放在口袋里，一不小心就拨通了电话。小叔说：“得，我看你还要换手机，要不我这腿都得跑细。”教他怎样锁屏开屏，他又觉得麻烦，没办法，我又给他换了一部摩托罗拉翻盖手机。

老姊妹几个时常因为父亲的一个电话，便各自带着孙儿聚到他那简陋的老屋，圈里逮只鸡、河里钓条鱼、田里挖个芋艿、藤上摘个黄瓜、架上采盘扁豆，一顿纯天然农家菜就成了。我们也经常被他的电话唤去，春天韭菜炒鸡蛋、荠菜包饺子，夏天蒜泥拍黄瓜、爆炒田螺蛳，秋天毛豆炒蘘荷、莲藕嵌肉饼，冬天锅里炖着老鸭汤，孩子们吃着甜瓜、剥着橘子、咬着柿子、啃着玉米、抓着花生、掰着菱角、嚼着芦穄，玩得不亦乐乎。后来孩子们长大了要上学了，这样的农家乐便越来越少了，父亲又变得郁郁寡欢。

儿子用压岁钱给父亲购了一部华为3G触屏手机，起初他很不适应，手指僵硬得很，小心翼翼攥着手机，好像捧着一块金子，儿子说："外公，你手放松。"

"掉下来怎么办？这么好的手机，两千多呢。"

"没事的，外公，你放心地用，我教你怎么用微信。"

爷孙俩一个教得细，一个学得苦。父亲始终不得要领。

"儿子，你先教外公用语音吧，等他慢慢熟悉了再教别的。"

"好嘞！"

几番下来，父亲的眉头不再紧皱了，手也放松了，儿子给他开了视频，他直接跟我对话了，看着镜头里像个孩子般傻乐的父亲，不知怎的，我鼻子一酸，眼泪差点掉下来，我连忙将叔叔姑姑们的微信推给了他。

从此以后，他时不时会发来一张照片或一个视频，要么是栀子花缀满枝头冰清玉洁，要么是柿子果挂在树上喜气洋洋。父亲头上的白发越来越多了，但他脸上的皱纹却越来越松了，他常骑着他的小电驴，载着芦穄、提着菱角、装着刚钓的鱼给我们送过来。

"爸，现在村里水泥路都直通家门口了，你一个电话，我们回去不就行了，你还巴巴地送来干吗？"

"你们工作忙，我这不趁新鲜嘛，鱼还是活蹦乱跳的，炖汤正好。"

疫情紧张期间，我们不能去看望父亲，心里非常焦急，每天只能凭借手机来安慰彼此。

儿子说："外公，上次寄给你的口罩还有吗？"

“有，多着呢，你看，还没用几个呢？”

“你可不能省啊，出去就得戴呀！”

“放心吧，我不怎么出门，你在家里好好上网课啊，吃的东西有吗？”

“有，外公，啥都不缺，你自己保重！”

儿子生日那天，突然收到一个蛋糕，蛋糕上的落款竟然是父亲。

“外公，你居然会下订单啦？你太棒了！

儿子激动得一跃而起，似乎他教出了一个了不起的学生。

“蛋糕收到了？喜欢不？”

“太好了，谢谢外公！”

父亲无论如何也不要新的手机了，他巴巴地拿了退休金给儿子换了一部小米 5G 手机，那淘汰下来的 4G 也便成了他的新宠，爷孙俩开着视频，笑容映满了他们的脸庞。

如今，年过八旬的老父，不但在网上学会了钓鱼种花下象棋，还时常在网上听戏剧看电影，日子过得比我们还滋润。这不，他居然在邻居小姑娘的帮助下玩起了短视频，还说要将自己唱的黄梅戏发到平台上，这简直让我惊诧莫名。

母亲·年味·梅香

蜡梅花开了，我采了几枝插瓶，独自坐在案前，煮了一壶清泉，我将散落的花儿洒在杯中，那茶水便有了淡淡的清香。

突然就想起故乡的老宅，想起院中的老梅，想起那句“来日绮窗前，寒梅著花未？”那是母亲植下的蜡梅。它有多少岁了，我不知道，每年的这个时候它都会恣肆地怒放，将生命释放到极致的美丽。

蜡梅花开的时候，便是年要到来的时候，便是乡邻们忙着蒸馒头、打年糕的时候，也是母亲最忙碌的时候。儿时的乡村，夜黑得早，屋里点着煤油灯，幽微的灯光下聚着一家老小，黑黝黝的夜里，风呼呼地咆哮，将它的喘息和嘶鸣掠过树枝、透过窗棂渗入屋内，没有人去触碰风的衣角，都乖乖地蜗居在家中，孩子们更是早早地就钻进了被窝，被窝里有母亲灌的热水袋，那所谓的热水袋其实是医院里挂盐水的瓶子，母亲将热水灌满，瓶盖塞紧，外面包上一层布，这样就不会烫着孩子。原本在这样温暖的被窝里我是睡得很香甜的，但今晚母亲不在我的身边纳鞋底打线衣，我的梦也便断成了一节一节。我偷偷地套了棉裤棉袄，打开房门，一阵哆嗦，微弱的光线下，厨房里有母亲忙碌的身影，我想跟她在一起，母亲见我执意不睡，便立马点起了火炉开始烧水，她让我坐在炉边烤火，自己则操起一把菜刀“咚咚咚”剁着案板上一点儿可怜的肉，剁碎搅匀了，搁在瓷碗里，水开了，母亲将提前泡发得已经胀开的赤豆倒入水中煮沸，又拖出大筐，搬出大盆开始洗萝卜，洗毕切片，再切成细细的丝，加芝麻、盐、姜等调料搅拌后放置瓷盘里。此时，火炉里的赤豆已经煮熟了，母亲用小火熬煎至出沙，然后倒入盆中，将其捣碎捣烂，换只小锅，搁在炉上，捧出瓦罐，小心翼翼倒出一些红糖，滴少许菜籽油，开始熬制糖浆，再倒入赤豆沙，翻炒片刻，盛入盆中。这当口，母亲还不忘给我泡一杯糖浆水，而她自己却只喝了一碗白开水。她洗净手，哈一口热气，将手伸入菜坛中，捞出几棵咸菜在冰冷的清水中洗撒滤水挤干，切成小段，然后再“咚咚咚”一阵剁碎后与肉翻炒倒入盘中，如此，三种馅料便算完成了。而外公和父亲也早已起床，专业蒸馒头的邱大伯也挑着蒸笼赶到了。他甩掉棉袄，抡起膀子，和起面粉，在一口大缸里尽情施展着身手，上下左右，轮番按压，一会儿双手并按，一会儿左右开弓，汗水从他的额间淌下，不知经历了多久，那口褐色的大缸终于恢复了平静。母亲打开了大门，风似乎喊累了也去睡觉了。父亲将汽油灯挂在了廊外，开始洒扫庭院，并在屋外场地上铺开竹帘进行冲洗，唯恐柴火不够还加劈了树桩，母亲将树枝搬运到灶房，开始给邱大伯温酒炒菜，而我则被拉到了灶间，常常在热烘烘的灶膛边，迷迷糊糊就进入了梦乡，梦里是香香的馒头。

蒸完了馒头，母亲就该打年糕了。母亲的年糕里，原本想放点枣泥，红枣是屋后的树上摘的。秋收的时候，母亲将红枣晒干，存储起来，她藏得很隐秘，可禁不住我的翻找，就那么一点枣子，还不够我塞牙缝的，几天下来，就偷了个精光。无奈的母亲只能用桂花了，桂花是从院里的枝头上采的，风干收藏的桂花，母亲用来打糕，还用来做烧饼，中秋之夜的桂花饼是母亲的拿手绝活。打年糕的程序非常复杂，母亲将糯米与晚米掺和在一起，淘洗好几遍，晾干水分后由父亲挑到磨坊磨成米粉，这米粉得晾开散热，然后大锅里烧水，锅上架一木制蒸桶，水开，粉均匀撒入桶中，粉熟了便倾倒在事先准备好的面板上，撒上桂花，让其自然冷却，然后用大刀切成一长块一长块。母亲做的年糕甜中带香、香里含甜，它将年点缀得香香甜甜。

香香甜甜的还有母亲的梅花粥。凌晨，母亲便起床，将粳米拣去杂质浸泡两到三小时，然后提着竹篮，将带着露水的梅花采摘下来，分瓣洗净，控干水分，母亲在灶间大火烧水，水开倒入淘净沥干的粳米，以旺火烧开，打去浮沫，转小火煮熬成稀粥，洒入梅花瓣和少许白糖，略煮即可。不怎么喜欢喝粥的我，却能喝上一大碗母亲煮的梅米粥，那粥里有一抹淡淡的黄，有一缕幽幽的香，还有一丝微微的甜。

母亲的梅花不仅可以煮粥、泡茶，还可以做成香包、制成枕头。母亲总是物尽其用，她将玻璃瓶灌满水，折上一枝黄梅或者一束红梅，简陋的屋子里便光彩夺目，生机盎然。

如今，母亲已离我而去，没有了母亲的年是残缺不全的年，没有了母亲的年是寂寞孤单的年。梅花暗香盈袖，故乡的老梅树下可有母亲的心香一缕？

那些浪漫而诙谐的岁月

不知不觉，嫁给先生已经二十三年了，一路走来，不乏磕磕绊绊，争争闹闹，那些斗智斗勇的小伎俩，给柴米油盐的岁月，增添了几多的调味、几番的乐趣。翻开日记，一段段诙谐的时光又重现，且让我原封摘录，博君一笑尔。

定　量

儿子去了上海，老爸也回了老家，家中真是难得的宁静啊！

一日，起得床来，发现先生又在厨房煮粥，许是夜间腰腿疼痛难眠的缘故，我的气不打一处来："天天早上白米粥，谁要吃啊？"

"白米粥过咸鸭蛋，清清爽爽，有何不好？且我还煮了花生米，牛奶也拿来了，你将就点吧，不要修正主义！"

"什么修正主义？"我打开冰箱，一看空空如也，这回更来气了，"你让我中午吃什么？你倒有工作餐，我怎么办？"

"菜市场又不卖石头，你可以任意挑选啊！"

"你让我去买？这么热的天？亏你想得出？"

"我看你啊，连菜市场的门往哪边开都不知道啰！哪，你喜欢的虾在水池里蹦跳呢，还有两棵菜，中午自己烧噢！"

"我早餐就要吃虾，你去煮！"

"我辛辛苦苦买回来了，还要我来煮？"

"谁让你烧得好吃呢？谁让你厨艺高超呢？"先生乐颠颠地去厨房忙乎了。这一招妥试不爽，你只要夸他烧得好，他就会急急地去表现，我独自看着电视窃喜不已。

一会儿早餐准备妥当，我首先就剥起虾来，正吃得不亦乐乎，那边发话了：“这可是你一周的量，你今天一餐就吃掉了两天的量，以后几天你可得悠着点！”

我的手停在了半央：“什么？你居然给我定量？你个吝啬鬼！”

“像你这么吃怎么行？你当你是谁呀？还想享受我儿子的待遇？”

“没有夫人哪来的儿子？你给我搞清楚了！”

“要儿子还不容易？要几个有几个！”

“你给我要来试试看！”

他不理我，兀自去剥虾，我一把夺回：“这是我的虾！你别想吃！”

“这世间还有公理吗？我买的、我煮的，怎么就没有我的份了？”

“你不是喜欢白米粥、花生米和咸鸭蛋吗？可不要修正主义哦！”

“不跟你胡搅蛮缠，我上班去啰！”

什么人哪，竟然给我定量，我倒要仔细地数一数，往后这一餐还能用几只啊！

荤素搭配

睡眼蒙眬中，先生推门而入，拍拍我的脸蛋，我的第一反应就是：“你有没有买菜？”

“买什么菜啊？冰箱里虾和青菜吃完了再说。”

“虾没了！谁高兴天天吃青菜啊？”

“什么？你两天就吃完了一周的量，你把虾当饭吃呢？”

“不是你说冰箱要及时清空，放久了不新鲜吗？为了保质保鲜，我就勉为其难地解决了！”

“哈哈，好一个勉为其难！很抱歉，不知你胃口如此之好，今日为夫空手而归也！”

“什么？你竟敢空手而回？居心何在？”

“意外，意外，只是意外啊，没有想到夫人身体不好，胃口倒好，不过我带回了两个大西瓜。”

“西瓜能当菜吃？”

“这你就不懂了，西瓜瓤挖净呢，瓜皮可以炒菜哟，用鸡蛋来炒西瓜皮，可是一道不错的美味呢！”

“我抗议，我要吃荤菜！我是病人，我要增加营养！”

“荤素搭配才是最佳营养！”

“可是你压根就无荤啊！”

“鸡蛋不是荤吗？”

“鸡蛋不算！”

“怎么不算？鸡蛋是什么生的？母鸡生的，母鸡是不是动物？是动物就是荤啊，鸡蛋它妈是荤，鸡蛋凭什么不能算荤呢？”

“不是就不是！什么乱七八糟的！不给你洗衣服了！”

“洗衣服可是你的荣耀啊，好多人想洗我都不给呢？你以为这衣服人人都能洗的？”

“谁愿意洗给谁洗去，我才不稀罕！”

“到时候别哭鼻子哟！”

“哼！”

正闹着，我看他自客厅拎过来一袋子，原来买了菜啊，白气了一场！

其实，我才不怕他呢，我早知道双门冰箱另一面的速冻柜上面有老爸钓的鱼，下面储藏箱里还有半罐泥螺，还有海蜇，最不至，冰箱里还有几个嘉兴肉粽呢？想饿着我？没门！

情人节怎么过

昨天就与先生商量好，今天中午回老家与儿子家人一起用午餐，晚上两人去看电影。

当我美滋滋地睡着懒觉，突如其来的开门声将我惊醒。先生已送老爷子去医院回转了，至于他是几点出发的，我就不得而知了，由着我慢吞吞地起床，居然不急不躁，这让我深感疑惑，不禁抬头望望窗外：太阳是否打西方升起？

好久没回老家了，马路拓宽了不少，路边的高楼大厦鳞次栉比，一座座工厂拔地而起，一路的红绿灯也增添了不少，使我感觉一直在开开停停，甚是悠闲。我一直在东张西望，找不到曾经的道路，这熟悉而陌生的乡镇，令我有所忐忑，难道是近乡情更怯？

在这种奇特的感觉中回到了老家，方明白先生今日的古怪：敢情他早就知道今日无法兑现与我的约定。老家高朋满座，那远方的客人可真会挑日子啊，昨日来，明日走。好吧，你去陪他们觥筹交错吧，今天的电影算是泡汤了。

无精打采地检查着儿子的作业，心情莫名地沮丧，先生不知何时捧来了一束散发着浓郁药香味的芫荽，我莫名其妙："这干吗？"

"妈妈，这可不是一般的香菜啊，它有一个很别致的名称：满天星。知道吗？多美丽多有诗意的名字，我爸今天送你的可不是一般的菜，是名菜呢！"儿子在一旁帮腔。

敢情这就是浪漫的情人节礼物？还真是别致又奇特啊，不错，比大白菜高雅多了，纤柔青翠还散发着清香。

不过，想这样轻轻松松蒙混过关，也太便宜他了吧？得，不去看电影是吧？咱不勉强，我一个人去也潇洒，我让你头痛又心痛。

揣着先生的工资卡，第一步直奔文峰大世界化妆品，第二步漫步大润发超市，第三步徜徉新华书店，第四步满载而归，打道回府。

情人节怎么过？刷着过。

情人节礼物

上午同事收到一束粉色的玫瑰，整个办公室里充满了欢声笑语，仿佛每个人都收到了一束鲜花，大家纷纷捧起玫瑰，看了又看、闻了又闻，似乎比玫瑰的主人还要激动。

中午我满带着羡慕，兼带着嫉妒暗示先生，谁知他抛过来一句：

“今年时髦送蔬菜，家里菜篮里有一棵大白菜，今天送给你，明天洗了吃。”真是大煞风景啊！十足的现实主义者。

想想风风雨雨二十年，他可是一朵鲜花也没送给过我啊，倒是我这朵娇艳欲滴的花，由含苞欲放到残枝败叶，经由他粗糙的大手，蹂躏不堪，摧残不已，非但不知怜香惜玉，有时还会暴跳如雷，吓得我唯有“无语泪双流”啊！

这朵鲜花怎么就插错了地方呢？真是一失足成千古恨哪！

想当年，追者如云、拥者如蜂，怎么就不屑一顾、目不斜视了呢？自命清高，自以为超凡脱尘，到头来还不是俗人一个，谁是那不食人间烟火的仙子呀？谁都得扎根于现实的土壤啊！谁也离不开柴米油盐酱醋茶呀！

日复一日，年复一年，最后万般无奈，攀上了这棵“大白菜”（先生喜欢送我大白菜，姑且以此称之）。

“大白菜”还真实在，不会花言与巧语，一样能有人来爱；“大白菜”还真能耐，破费少许金和银，迎娶佳人无阻碍。

那时的父母啊，唯恐女大难嫁呀，巴不得赶紧送出门，好卸了这包袱，舒了这长气，乐得“大白菜”白捡了便宜还卖乖，现在想想真是心有不甘哪！

无奈，贼船已上，贼崽已有，“大白菜”一如既往地做着他的甩手掌柜，我也只能始终如一做着我的青天美梦！

情人节礼物处理

晚上，我拿着同事送的两支玫瑰，两包巧克力兴高采烈地回家了，谁知“大白菜”居然又回老家看望老父去了，我心里那个气啊！

儿子向“大白菜”告密：老妈今天收到了两朵玫瑰，还有巧克力。

“大白菜”开心不已：非常好！玫瑰插入花瓶，美化环境；巧克力正好给你吃。还不忘叮嘱一句：有颗大白菜在微波炉旁的菜篮里，你洗洗送给你妈！

看这光景，他巴不得我收到一车玫瑰、一篮巧克力，好为他节省铜板，装饰门面。“大白菜”着实可气！

我倒希望他看到玫瑰，马上咬牙切齿：谁送的！然后拎起鲜花扔到门外。

今天一男同事大发慨叹：你们女人就是奇怪，男人大度嘛，会说不在乎她，男人小气，又说小肚鸡肠。做人难，做男人更难啊！你们女人啊，真是让人捉摸不透啊！还说：我今天买了一束鲜花送给老婆，老婆那个激动啊！简直是热泪盈眶啊！一束花值得吗？

怎么不值得？女人就是注重这些细节啊！女人嘴里说你浪费，其实心里那个美呀！那个乐呀！可是要记一辈子的呀！

可惜啊，很多的男人都是些蠢驴呀！女人只有望“驴”兴叹尔！

女人是多么容易满足啊！一句好话，就可以让女人心甘情愿誓为奴仆，无怨无悔，乐此不疲，男人可以逍遥自在，随心所欲。

女人是多么容易上当啊！一束鲜花，就可以让女人心满意足，愿为知己，不离不弃，忠贞不渝，男人可以心猿意马，走马观花。

情人节的礼物还真按照“大白菜”的意思，玫瑰注入清水，插瓶养眼，至于那意大利巧克力，那可是儿子的最爱哟，真是大的开心，小的欢喜啊！

“夫男节”

三八妇女节，先生煮好早饭，我还赖在被窝，叫儿子来掀被子，我抗议：“今天是我的节日！今天我为大！”

“什么你的节日？妇女为奇啊！再这样下去，我们男人就没有地位啦！这还了得，现在妇女不是顶半边天了，简直是要翻天啦！”

我听着他催促着儿子赶紧用早餐，喝牛奶，知道这爷儿俩马上要去上学了，估计无暇顾及我了，就继续睡我的懒觉。正蒙着头美滋滋呢，谁知他不声不响走了进来，撩起被子就要打屁股。不得了，那个铁砂掌下来还不得皮开肉绽？“识时务者为俊杰”，起床吧！

上班收到好几条祝福短信，心里那个美呀！男士们买了糖块、瓜子，心里那个乐呀！下午不放假，有点美中不足。坐在办公室，心早就飞向了蓝天。噢，应该是飞向了文峰，文峰大世界今天搞活动哟，我好歹也去捧捧场啊！

女同事去中兴银行存钱，带回来一支康乃馨，这让我们羡慕、嫉妒、恨哪！齐声讨伐：为什么只带一支？

想起早上儿子说今天两点半放学，他们都跟着过节，凭什么我们还在这儿卖命呢？心里那个不平衡啊！不行！今天得让先生弥补点什么，要不太难受了！

拎起电话打过去："今天怎么过？"

"什么怎么过？"

"今天是什么节呀？你难道忘了？"

"今天什么节？明天就是'夫男节'了！我们几个正在开会讨论呢，已经全票通过！"

新年礼物

元旦朋友圈流行着这样一条微信：真的很幸运，很感激找到婚前婚后一如既往的先生，比如新年礼物，婚前没有，婚后依然没有……

我果断地将其转发给了始终如一的先生，感谢他多年来的一毛不拔，矢志不渝；感谢他固若金汤的荷包壁垒，感谢他一成不变地困守一方；感谢他为了我的安全，而不购新车；感谢他为了我的轻松，而不换大房；感谢他为了我的清水出芙蓉，而不添新装；感谢他为了我的天生丽质，而不敷脂粉；感谢他为了我的视力，而不置电脑；感谢他为了我的睡眠，而不增新书。

先生云：一切的一切，都以夫人的健康为要；一切的一切，都以夫人的平安为要。新房装修，深埋毒素；房间太大，打扫费时；自驾新车，安全隐患，驾驶技术，有待提高，先生代驾，鞍前马后，体贴照顾，周到细致，何乐不为？电脑新置，尚可使用，辐射太强，玩物丧志，不换也罢；至于书籍，堆积如山，书满为患，不添也罢；服装首饰，不必讲究，气质自成，无须雕琢；浓妆艳抹，俗不可耐，素面朝天，美轮美奂。

真是，知我者，先生也；疼我者，先生也。嫁夫如此，何其幸哉！

于是乎，情人节，会收到纯朴质洁的大白菜；阳历年，会收到玲珑瑰丽的小金橘（注：老家树上摘之，纯天然，无公害水果）。

这只是随意撷取的几个生活片段，二十三年的相濡以沫，先生与我早已是情深意长，生活中的点点滴滴、磨磨合合，也已渗透于彼此的心中。我应该感谢先生，是他包容了我的任性，是他忽略了我的惰性，是他给了我一份幸福安宁的生活，使我得以自由地呼吸，舒畅地旅游，做我想做的事，学我想学的艺……

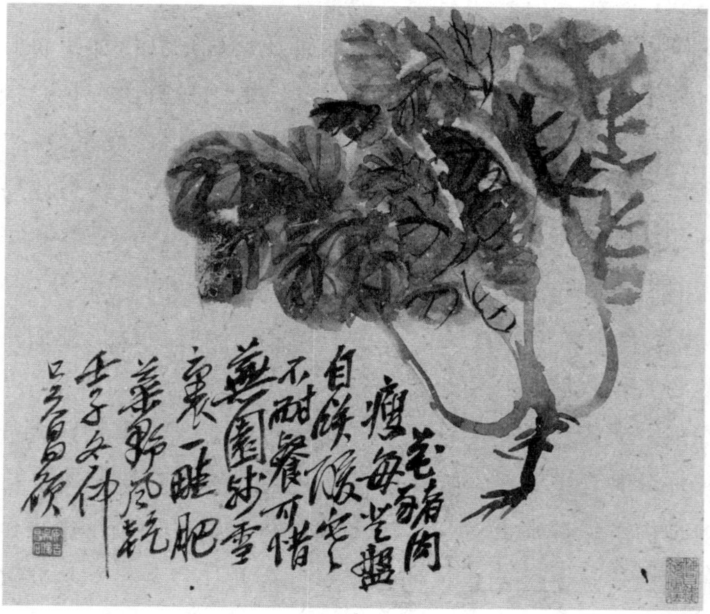

独自去远方

儿子要独自去旅行，嚷嚷了一周，我们做了几天的政治思想工作，他爸软硬兼施，我是大打亲情牌，可惜他不吃这套，怀揣着四百元，不声不响，背着书包就走了，等老师打来电话，方知这小子已逃之夭夭。他爸心急如焚，脸也顾不上洗，开车去追，可惜车站美女不予配合，不给查询班次，不得已请来警察，方确定去向。

正当我一筹莫展，涕泪横流之际，他居然良心发现，发来信息，告知已乘上了开往南京的列车，并恳请我向老师请假，看来还不是无可救药，知道无故赖学是错误的行为。

明确了他的方位，却不知道他跟谁在一起，会不会学坏；气温骤降，厚毛衣都没带，换洗衣服也没拿；晚上住哪儿，身上冷不冷。我是茶饭不思，他却不予理睬，只偶尔来条信息："南京好冷！"

既然好冷，你回来呀。回复："我酝酿了半年，好不容易独自出门一趟，我才不要回来。"

"儿啊，你要去哪儿？让妈妈陪你一起去可好？"

"我不要跟你走，我要自己走，我要证明我自己！你们别管！别烦！否则，我就不回信息了！"

好吧，人家已经是男子汉了，可以独立了，不需要爸妈的羽翼了，那你就独自单飞吧，妈妈放手了，你一路小心，照顾好自己。

他是周五早晨离开的，这一天他爸与姑妈讨论来讨论去，是报警逮他回来，还是去南京抓他回来？一会儿让我去，一会儿又不让去，瞻前顾后，拿不出个章程。这一天我故作镇静，正常上班，发了视频，他不予回应，上午半天也没理他。既然你如此决绝，妈妈也硬下心肠，我看你兜里钱花光了怎么办？将近午时，他居然主动联系，不过联系的内容是张口要钱：“妈，给我三百元，我找到同学了，中午一起去饭店吃饭。”我立马发去五百元，钱到手，他又销声匿迹了。他爸怪我钱给得太快，可他自己嘴上说着不要理他，最终还不是巴巴让儿子没钱就告诉他？这样，在忐忑不安中又过了半天，晚上终是忍耐不住，发起了视频，那边直接挂掉，视频不开，那么退而求其次，拍个照片总可以吧，他倒好，拍个店面一角，也不知是个什么地方。总之，让你无法窥之端倪，无计可施。忍耐再忍耐，你总要睡觉的吧，睡觉时再发终归藏不住了吧。

惴惴不安中，手机终于响起，说他已回宾馆，据说订的单人间，就在学校旁边，同学进校园了，也不知是什么学校，学生中午可以离校，下午可以不上学，晚自习也可以缺席，居然没老师过问，简直太自由了。

这一晚，他爸翻来覆去，深更半夜掏出手机，又唯恐惊惹儿子，只得独自在那打发时光。而我，静静地躺在床上苦思冥想，对这异常叛逆的小子该怎么办？如果强抓硬拽，势必适得其反；顺其自然，给他自由？着实放心不下，他毕竟只有十五岁，还是个孩子，思想还很幼稚，行为也很冲动，如何加以正确引导，使之走上正轨呢？

孩子不相信我，是因为我只顾工作，不顾及他吗？孩子不愿与我做朋友，是因为我走不进他的内心，融入不了他的生活吗？可他的游戏我委实不感兴趣呀。

周六清晨，在我们的强烈要求下，他终于大发慈悲，接受视频，看到他安然无恙地躺在床上，心中的一块大石头终于落了地。他没被绑架，也没被要挟，那好，在南京玩两天就回家吧。哪知接下来的要求让我们好不容易安下的心又提到了半空：“我要去西藏，去布达拉宫！”

“儿啊，去西藏，这个季节不合适，太冷了，而且有高原反应，你爸这么强壮，去年都吃不消，你一个人不能去，有生命危险。”

“那我去新疆乌鲁木齐，反正这两个地方！”事情的发展真让人始料不及，原以为他在南京玩两天散散心，就会主动回家，不意话锋突转，他居然得寸进尺，这可如何是好？

“你们不给钱，我自己想办法，我不需要你们的帮助！”

哈，翅膀果然硬了！

“儿啊，布达拉宫和乌鲁木齐都是好地方，也是妈妈一直想去的地方，但你选择的季节不太适宜，应该夏天去，等你暑假妈陪你去可好？”

“不要你陪，我要自己走！”

“儿啊，你一个人去那么远的地方，妈不放心呀。”

“你们就是不相信我，我偏不要你陪！”

“那这样行不行，你往南方跑，去云南，四季如春，或去浙江姐姐那儿？上海哥哥那儿？”

“不去不去，就不去！”好吧，滴水不进，看样子是不到黄河不死心哪。

心神不定中，我赶去公司值班，因同事婚宴，大家都去贺喜，不便请人代班，只得强捺住心中的焦急，上午半天让他冷静冷静，他爸说不给钱看他往哪儿跑，午餐时分，终是忍耐不住，半天杳无音信，我如何放心得下。

“儿啊，你在哪儿呀？”不予理睬；“儿啊，你用过午餐了吗？妈妈想你呀！”无动于衷。莫非我真是养了个狼心狗肺的冷血动物？我发送了历年来偷偷写给他的书信，不知能否稍稍感动一点他。

“外面冷呀，早点回来吧，等天气暖和点，妈陪你一起出去，好不好？妈妈让你选择要去的地方，妈妈跟着你走，一切由你做主，成不成？你相信一次妈妈好吗？”

“儿子，你比妈妈勇敢，能一个人独自乘地铁，还能找到同学，妈妈很佩服你。你比妈妈聪明多了，妈妈胆子小，又是路盲，以后妈妈就靠你了，我们娘俩一起出去，好吗？”

“儿啊，今天妈妈的同事阿姨结婚，大家都去贺喜了，我一人值班，不好意思让别人代我值，我一下班就乘高铁过去，可好？你等等妈，妈带点厚衣服来陪你一起出游，行吗？”

一遍一遍地发给他，苦口婆心地规劝他，那边终于有反应了："你不要来，你来就是让我回家，我绝不回家！你来我也不会见你！"

"外面太冷，你让我送几件厚衣服给你，我再回家，可行？你今天下午先在南京玩玩，等我送了衣服你再走。"

"让我想想。"能考虑总比一口回绝的好，你慢慢想想，我可不能等你，当机立断，一到下班时间，匆匆赶回家，取了几件衣服，马不停蹄赶去火车站。去南京的车票已告罄，不得已先到扬州，路上补票，可怜我连高跟鞋都忘了换，一路从扬州站到南京，为了稳住他，还不敢提前通知，过了扬州，才大着胆子告知。

"谁让你来的，我不需要衣服，你自己回去，我不会见你，我也不要你的钱，我自己想办法，你别想骗我回家！"

将车票传送给他，并将行李箱也拍给他看，明确告知，我是来送衣物和路费的，不是拉他回家的。

"那你送了东西再走！"

"儿啊，妈今天值了一天班，又从扬州一直站到南京，好累呀，妈今晚八点半不知能否到达呢，太晚了，就让妈陪你一晚明晨再走好吗？让妈看看你，正好帮你把脏衣服换下洗了。"

"那好吧，我几点来接你？"

"大约八点半到。要不，妈打的去你那儿？"虽然我内心里很渴望他来接我，但我还得小心翼翼，生怕一不小心又触怒了这个小祖宗。

"我来接你吧，我将这边房退掉，我住的单人间，到车站附近我重订标间。"

"儿啊，这不划算吧？"

"我到火车站要一个多小时，接了你回来又要一个多小时，来回折腾，我有病啊？"

"好吧，你做主，你那边办理好了，我们再联系。"

在迷宫似的南京火车站，跟着儿子兜兜转转，又乘了两站地铁，到柳州南路。儿子解释，火车站附近宾馆太贵且也已客满，这边相对便宜，靠得也近，他明天正好也坐火车走。

“你明天准备去哪儿呀？”

“丹阳，我跟同学联系好了，我去借钱。”

“妈来了还要借什么钱？”

“不要，用了你的钱就得带上你！”

“妈天天上班也累了，好不容易出来一趟，你就满足一下妈，成全一下妈吧，妈也想出去放松放松呢。”

“不要！我一个人走！”

“妈妈年纪大了，以后想走也走不动了，也许这是你最后一次带着妈妈走呢，你现在就开始嫌弃妈妈了，等你长大了，我还能指望呀？”

“你不要总是这样，这次你让我一个人走，下次我保证带你！”

“为什么这次就不行呢？妈妈假都请了，路线由你定，妈妈保证不阻挡你，也不会妨碍你，只远远地看着你。”

“我说了不要就不要，你不要顾左右而言他，我心意已决，随便你，我反正一个人走，你不用给钱，我不需要！”

周日的清晨，一直围绕着这个话题，儿子丝毫也不妥协。

“我去丹阳了，你回家吧，衣服我也不要，啥也不用！”

“那你想好了去哪儿吗？”

“乌鲁木齐，那边有人接我。”

“给妈看看，谁接你？”

“这是我的隐私，你怎可随意看我聊天记录？”

“你不让我亲眼证实一下，我怎么能放心呢？”

“那好吧，只可看一点点。”虽然知道了有人接车，可谁能保证他一切安全平安呢，那边毕竟也是个孩子呀。正在这时，他爸打来电话，满心以为我今天可带儿子回家了，一听他要独自去新疆，急了，说：“新疆太远了！去三亚、去厦门，我订机票！”

“不去！就去乌鲁木齐，已经约好了，现在不能改，我不想失约丢面子！”

“儿子，面子重要还是生命重要呀？解释一下就可以啦。”

“不行，非去不可！”

他爸开始咆哮了：“你要去，我们就报警，你以后不要做我儿子了，家产什么也得不到！”

“你报警我就改路线，随你！”两相较劲，越谈越崩，这边干脆不接电话了。在去火车站的地铁上，我与儿子软磨硬泡，几番较量他终于同意我随行，前提是必须坐下一班列车。

到了这个地步就有转圜的余地啦：“你看下一班火车还得等八九个小时，不如我跟你乘同一趟列车，一列火车有好几节车厢，我现在订票肯定不和你在一起。”

“我不和你一起下火车，我不等你，你一个人走。”

“你放心，我保证不黏着你，我也不和你住一个宾馆，你跟你同学走，我一个人走，总可以吧。只是你不要和我离太远，毕竟妈妈是路盲，人生地不熟的。”

“你现在说得好，到时还不是跟着我？”

“妈发誓，妈说到做到，妈说不接你回家，没骗你吧，反而给钱订火车票，你爸都骂我，哥哥和姑妈都在怪我，你要是有个好歹，你让妈怎么活呀？你让妈陪着你好吗？”好说歹说，费尽口舌，他终于同意给我订票了，硬卧已无，那就软卧，让他一个人消受去吧。

一上火车，他就发来信息抱怨：“硬卧还不如硬座呢，上下三层，一共两排 6 人，空间好小呀。”我没发表评论，只将软卧的照片发他，心想：你不是要证明自己吗？那你证明好了。

我们乘坐的是周日下午三点五十五的火车，一晚上躺在软卧车厢，隆隆的列车载着我们由南京到蚌埠、徐州、郑州。子夜时分，郑州的一对夫妻上车了。夫人在我的对面，先生的卧铺在隔壁，但因下铺空着，先生就一直陪着夫人，先生在下铺打游戏，夫人在上铺看宫廷剧，晚间用餐时，这位东北汉子白酒就着火腿肠，自斟自饮，确切地说，是自吹自饮，因为没有杯子，他是对着酒瓶喝的，不一会儿工夫，酒瓶见底，再来一碗泡面，晚餐就这么解决了，夫人可比他精致多了，一会儿让洗个苹果，一会儿让倒杯开水，先生总是乐巅乐巅跑东跑西，车厢里因有了这对璧人热闹了许多。交谈中得知这对夫妻在苏州做生意，这次是回郑州老家看望母亲，夫人一再叮嘱先生买点海虾、牛肉带回家烧烤，这真是一对甜蜜又孝顺的夫妻呀。

大约子夜十二时，这对夫妻下车了，换来了一位六十岁左右的大姐，听着似乎是侄儿相送，叫着姨一路小心哪，大姐应着，一会儿就上铺睡着了，许是一路太过疲倦。而我下铺的大姐一路非常安静，并服着药片，牙疼折磨着她，让她痛苦得辗转反侧无法入眠，可她却一次次起身，热心地帮我手机充电拔电。

我静静地躺在软卧上，不敢翻来覆去，唯恐惊扰了下铺的大姐，但逼仄的空间着实太难适应。长时间的僵卧不动让我腰酸背痛，连带着坐骨神经痛似乎要旧病复发，轰轰的火车一会儿进站，咔嚓一声，能将你惊得跳起，一会儿又隆隆地开启，在这上下颠簸中无法安然入睡，只得睁着眼睛等待天明。想着 10 号车厢的儿子睡得如何呢？凌晨，气温渐凉，被子有没盖好呢？半梦半醒之中，又来了一位房客，接替了我对面上铺的位置，大红的行李箱好沉好沉，差点让我失手摔下。一夜无话，终于到了第二天清晨。我再也躺不住了，急急下铺洗漱，并去餐厅用早膳，儿子居然主动来找我了，原来手机没电了，硬卧不配备插头。真是天助我也，你也有求我的时候。娘儿俩各自用餐又各自回房，我始终没去看他休息的地方。

大家都陆陆续续起床了，纷纷洗漱用餐，我下铺回兰州的大姐依然吃着昨天用剩的豆腐片拌干丝和干馍，这馍冷冰冰的，她也不喝开水就这么下肚了。她说甘肃地区就是这样，家里做好大的馍可吃上几天。对面下铺去乌鲁木齐儿子处带娃的大姐则饼干就着泡面，还配着橘子，而我对面上铺去奎宁的姐姐则与我一样去了餐厅，点了一只鸡蛋，一个馒头，一碗稀粥，佐以海带，餐资二十元。儿子嫌弃馒头，他的那份我也吃了。

餐毕，谁也不愿再上铺躺着了，于是坐在下铺唠嗑。去乌鲁木齐的大姐拿出了瓜子，还捧出了一大袋菇茑，她似乎不是叫这名，我没听清楚。于是三位大姐聊着家长里短，她已回家半年了，这次被儿子催着又去带孙子了，要待到明年暑假才回，她说实在不想去呀，上了楼就不想下楼，下了楼又摸不着上楼的路，仿佛每栋楼都一个模样，儿子没法，一路用树枝做着记号，并在楼梯口绑上布带作为标识。她老伴已过世多年，一个人含辛茹苦培养儿子不容易，老了还得再当保姆，真想一个人自由自在在老家安享晚年呀！她的话触动了刚从河南儿子处回兰州老家的大姐，她也如此，为了娃南北奔波，着实操劳，老了老了都不得休息。回奎宁的姐姐就比较潇洒，他们夫妻不与儿子一道生活，偶尔去探探亲、看看娃，随孩子自己去生活。为孩子买了房、购了车，够可以啦。

看来，中国的父母都一样，辛苦操劳一辈子，最终都遗留给孩子，而自己节省得甚至连吃碗面都要犹豫半天，那不知柴米油盐贵的孩子日日高昂消费何曾体味父母的苦啊！真是："世间多少痴儿女，可怜天下父母心。"

列车在甘肃境内拐拐弯弯了一天，每一站我都下去透一口气。天水的黄瓜水分不是太足，但价格适中，六根小黄瓜十元钱；兰州车站的牛肉面六元钱一盒；西宁售的是新疆的奶片，十五元一袋；张掖的苹果甜而不酸，只是其貌不扬。三位大姐都不吃冷水果，也许是太客气，我塞给她们又退还给我，于是只有一人分了几粒奶片。提着泡面、奶片和水果第一次踏进儿子的领域，看到他的空间委实憋屈。房间是敞开的，因为没有门，整个车厢由一条窄窄的过道相连，从此经过，一不小心会碰着躺着休息的乘客的头或脚（如果那位乘客身材高大）；两人交会，根本无法侧身而过，只能相互谦让一前一后方可通行；如果恰逢有人在过道边的小桌板上用餐，那你可得小心别碰翻了那些汤汤水水。儿子躺在这空气混浊的车厢，对我的食物不感兴趣，言没有胃口，我不置可否，放下就走。

兰州的大姐下车了，我下铺一直空着，大姐们让我将儿子叫来好好睡一晚上，我谢绝了她们的好意。这是他自己的选择，无论如何都得承受。

嘴上逞能说不去管他，心中如何放心得下，但我必须得硬下心肠不去想他。于是，我站在列车窗边，一路拍摄着甘肃的茫茫戈壁和漫漫黄沙，荒无人烟的山岭，混浊不堪的小溪，低矮稀疏的荆棘，枯萎凋零的荒草，都给这片黄土地烙上了凄凉贫瘠的印迹。间或有一间平房，一只脏兮兮的小羊算是给这片荒芜的土地增添了一点生机、一抹亮色。

这片黄土地上的人们是如何生活的呢？到处是荒山野岭，枯枝洞穴，难道他们生活在山洞里吗？以何为生呢？水资源枯竭的地方，饮水都成问题，更别谈有鱼儿自在畅游了。打猎吗？这光秃秃的地方，猎物只怕也难以生存吧？也许这只是一片被遗弃的土地，曾经的主人都已出外谋生，重建家园，这片昔日的旧园也便搁置于此，无人问津。我真想列车能停下脚步，让我下去一探究竟……

一路拍着，一路想着，不知不觉中暮色降临。两位大姐说我心真宽，可是她们都不知浓厚的夜色带给我多大的恐惧，明晨九时就到终点站了，我的儿子却不愿与我同行。他要将我一人扔在这人生地不熟的乌鲁木齐。我宁愿时光就此停滞，我宁愿列车一直载着我前行，这样，我至少不会与他分离。可是，他就这样义无反顾，毫无牵挂地消失在我的视线，任我百般呼唤，终不回头，我一个人伫立于瑟瑟冰寒之中，心如死灰，手脚全无知觉。

幸而有老乡张总及时搭救，解我于茫然不知所措之中，一路上我不停地询问儿子的情况，他说已落脚百商太阳城，于是我们急急赶往此处，转来转去查询不到宾馆，求助于警察，年轻又帅气的警察非常热情，两位老警察立马去了附近的宾馆，却查不到他的名字，警察分析，估计是用了别人的身份证登记了。

我们又找遍了附近的大街小巷，问遍了所有的宾馆，始终一无所获，无奈再次电话联系，他竟不予理睬，僵持了几个小时，终于发来定位，却不肯透露宾馆名称。我心急如焚，到处求助，甚至将照片发往他附近的超市老板，以求多方援助，并不时与他聊天，恳求视频，发现他没心没肺躺于宾馆，这才略安。而此时已是夜间十一点半了，我们在瑟瑟寒风中也不知奔波了几小时了。

躺在宾馆温暖而柔软的床上，我却无法成眠，不知儿子住的是怎样的环境，跟谁在一起，可否会学坏，是否能安全，虽然视频中看到他并未被绑架，但只看到他的头，看不到房间的全景，得不到任何可靠的信息。第二天一早，我匆匆赶往昨天的地方，但我转来转去，却摸不到他最有可能居住的小区位置，心里暗暗埋怨自己的蠢笨，加之天寒地冻，饥肠辘辘（已两餐未食），而时间已近十一时，那就相当于三餐未食了。一股无名之火涌上心头，电话直接拨了过去："你到底在哪儿？妈准备回家了，反正在这儿你也不理我，我走了，你出来和我吃顿饭吧，咱娘俩就此别过，你好自为之！"

这回他急了："你好歹给我留点钱呀！"

"要钱，你来拿呀。"为了钱他终于肯露面了，这次逮着你怎可轻易放走，张总也及时赶到，我以报警相威胁，给了他最后的通牒，逼着他退了房，也没收了他的身份证，但他提出了条件，坚决不与我住一间。好，我且妥协一下，给他单开了一间，与我相隔一间，这晚，我终于睡了一个安稳觉，从下午六时，一直睡到第二天早晨九时，这是一周来的第一个囫囵觉（他是上周五离家的，而今天是周四了）。

昨天带他回来时，给他两个选择：一是立马回家，二是再玩两天，但不可瞎跑。他选择了后者，周六回家，还妄图再延迟一日，我未予理睬，看着他明显消瘦的脸庞，我又于心不忍，还是禁不住从超市买来牛肉、马肉、核桃、红枣、酸奶、水果等，可恨这铁石心肠的孩子从来就没想过妈妈。

周三相安无事，儿子在房间里睡得很沉，估计这几天他也累坏了，吃又吃不好，睡也睡不稳。周四，他又满血复活了，一开口就要钱："我要出去玩，你总得给钱吧，不能让我只剩十二元吧，打的都不够！"

"要钱啊，可以，将你的房间退了与妈合住，一晚可省二百二十八元。”

“不干！”

“那算了，妈没钱。”

“你总不能让我一天到晚待在宾馆里吧？”

“谁让你来的呀？没钱你来干吗呀？这地方现在有什么好玩？风景美的地方都离得好远，要玩也不是这个季节呀，想玩也不该住在这闹市区呀？”我气不打一处来，几天来的憋屈恨不得一下子爆发。

“你喜欢风景，我却喜欢市井小弄，我观察了这里居民的生活、拆迁的小区、安置的新房、贫困的地区和高档的商场，小区的超市、沿街的美食、摆摊的小贩……”难道真是视野不同，心境不同，所欣赏的风景也不同？

是谁说，儿女是放飞的风筝，不管飞得多高多远，而线总在母亲的手中。我的风筝已脱离了掌控，也许该到了放手的时候了，那线也随风筝飘远了……

母亲的中秋

母亲，今天是你的八十阴寿，一个月前，父亲就开始筹备，他唯恐我粗心大意，考虑欠缺，说要一手操持。

我也的确懒散。自你离去，我很少归家，老家的风俗，我是疏于应付。你在的日子，一切都听你的，你不在的日子，每年的清明，老家的祭扫都是父亲包揽，我只带些供奉回家就行了。可今年是你八十岁寿诞，我不能敷衍了事，思来想去，只好打电话询问父亲：“爸，我订个大蛋糕，可好？”

父亲回：“不用，我早就订好了，多了浪费！”

“那我买点什么？”

“你什么都不用买，你们只需早点回来就行！”

我怎么可能什么都不买呢？母亲！连续几个晚上，我都在商场转来转去。

我拿不定主意，那是因为我的眼睛一直瞟在美丽的衣裙上，我看着那些挂在柜面的衣裙，我就在心中比画着尺寸，如果这件穿在你的身上该是多么好看，看到年纪跟你相仿的人试着衣服，我的眼前就闪现出你的身影，甚至觉得每位老人都是那么亲切，天下的母亲，都让我牵肠挂肚。然而当她们姗姗离去，我是多么失落，我是一个失去了母亲的女儿，猝然的心痛让我泪眼模糊：母亲，你在哪里？

我已经再也不能为你挑选衣物了，母亲！可是，我是多么喜欢为你挑选衣物啊！

母亲，你还记得吗？我上初中的时候为你买的围巾，当你围上那条漂亮的围巾，你的笑容是多么灿烂，那几天，你恨不得逢人就说："看，这是我春儿给我买的。"

村人都笑话你："春儿哪来的钱？还不是你们大人给的？"

那钱，的确是父亲给的零花钱，那是我省下两个月的开口笑（一种小点心）而攒下的。那会儿，看着同学们狂奔着跑向学校的小卖部，我就悄悄地溜到校园后面的小河边，等他们吃完了我再出来。

高中时我给你和父亲买了过冬的皮手套，父亲戴着它骑着自行车去上班，喜滋滋地说："这手套可真暖和啊！"多少年后，皮都磨破了，他还不舍得扔掉，要不是我看着碍眼偷偷地扔了，还不知要留到何时。而你倒好，买了手套却不戴，一直藏在抽屉里，直到我发急了，你才小心翼翼地取出来，好像那是什么奇珍异品，而你明明知道那根本不是真皮的。

后来，我参加工作了，第一月的工资就全部用来给你和父亲买了新衣服。那是你的第一件羊毛大衣，而且是双面的。你说从来没看到过这么亮丽的大衣，你要留着走亲戚时穿。那件大衣是在金沙城里买的，它的款式当然是我们十总乡下无法比拟的，你抚摸着柔软的羊毛，如小时候抚摸着我的头发一样，我真担心这件大衣又要束之高阁了。所幸，过年时你终于穿上了它，虽然我买得有点偏大，但套在你的身上真的好气派。

后来，我就剥夺了你自己购衣的权利，其实你很少给自己添衣，即便过年，我有新衣新鞋，你也常是旧衣旧裤，说要节省点给家里造房子。既然如此，那就让我承包了你的衣物吧，于是衬衫、外套、裙子、棉袄、羊毛衫、羽绒服，都由我一手包办，你是那么瘦小，所选的尺码都是S码。一年一年，我已习惯了为你购衣，你也习惯了穿我买的新衣。直到你入棺的那一天，我哭着对父亲说："我要给妈妈买全新的衣服，新里新面，从里到外。"

父亲说："春儿呀，你妈妈一生节俭，这一次就破个例吧。"

看着你凝固着的慈祥的面容，我泪雨滂沱："妈妈呀，女儿再也不能给你买衣服了，今生今世，只有这一次了……"

一晃就是二十年了，母亲，虽然有父亲在，可我，仍然是一个流浪的孩子！

昔我往矣，杨柳依依。今我来思，雨雪霏霏。今年的中秋，风雨交加，回家的路，异常难走。

母亲，每年祭祀用的物品都是二姑准备的，纸活都是她一个个亲手叠制的，我不知道，在另外一个世界，是否也会通货膨胀？我不知道，妈妈你会不会给自己添置寒衣？

二姑和我在东厢房填着纸箱，母亲，你看到了吗？纸箱里放着一大堆的东西，母亲，我还要在你的箱子里放上一本书。你一直喜欢读书看报，只要一有空闲，你都会捧着一本书或拿着一张报纸翻看，也许受你的影响，我从小就喜欢读书。记得你看着我如饥似渴地读书，说："我女儿灵性，将来，也会写一本书的，春儿呀，你要是写出书，妈妈是你第一个读者。"我万万没有想到，你就这么匆匆地离我而去，让我措手不及。可是女儿记住了你这句话，这些年，我孜孜不倦，含辛茹苦，终于有了自己的书，书名叫《此情可待成追忆》。

母亲，你走了二十年了，你最疼爱的外孙都快大学毕业了，那一年他还不满三岁，懵懂地要爬上你的灵床，呼喊着：外婆抱抱，外婆抱抱。

母亲，二姑准备得非常周全，你看，这几只箱子，都是她和叔叔姑姑们为爷爷奶奶、大伯、四叔还有小姑购买的。对了，母亲，你看到小姑了吗？她两个月前刚刚离去，你们姑嫂可曾做伴？你劝劝小姑不要担心丹丹妹妹，她会挺过去的，就像我当初一样。二十二年前你突然住院，你的外孙还未断奶，我一急奶就没有了，在你住院的那几个月里，我几乎没吃过一顿午饭（除了周六周日），我一下班就赶到家中做饭（幸好菜是你女婿早晨买好的），做好饭就急急送到医院，来不及喂你上班时间就到了。我饿着肚子，悔着肠子，心中的苦痛无法释放，一下子就消瘦了二十斤。那时你女婿远在农场上班，只有晚上才能赶回来买菜做饭，中午只得由我将就烧煮，我知道，我烧的菜肯定不合你的口味，可你从来也没有嫌弃。

母亲，今天我给你带来了福建的礼饼、厦门的茶酥、庐山的茶饼、南宁的老友饼、云南的鲜花饼、九江的五眼茶果、杭州的龙井茶点和西湖的桂花小吃。可是这些，我不知你能不能亲口品尝。我知道，一切都是乌有。“树欲静而风不止，子欲养而亲不待。”痛哉何极！

母亲，我捧着你的牌位跟着那些法师从左转到右，从右转到左，一圈又一圈，一轮又一轮，他们说这叫过桥，过什么桥呢？奈何桥吗？过了奈何桥，我和你就永远不能相见了，我怎么舍得如此分离！喝了孟婆汤，你还能记得你的女儿吗？可是，女儿怎么可能忘记！

空空院落，谁记当年，夕阳西下，谁喊女儿乳名？

母亲，今天是中秋节，阖家团圆的日子，叔叔婶婶姑姑姑父都来看望你。可是你在哪里？

镜框里的你笑得那么甜美，让我不忍直视……

父亲说：“祭奠，就是缅怀，仪式已经完毕，春儿呀，让你妈妈永远安息吧！”

望着年迈的父亲，我一下子清醒，我赶紧搀住他的胳膊，我觉得，我的心愿，远远没有达到……

我家有个小嘟嘟

嘟嘟是外甥的儿子，出生在上海，那会儿正是疫情期间，我们没办法去看他，只能在照片上、视频里认识他。

照片上的他胖嘟嘟、圆溜溜，小胳膊小腿像藕似的一节一节，我恨不得咬一口，暗自窃笑：这名儿可真名副其实。

嘟嘟的眼睛大大的、圆圆的，完全摆脱了外甥的小眼基因，这让我们非常开心。虽然说小眼迷人，但大眼有神，大大眼睛的嘟嘟盯着我，那懵懂的眼神是多么可爱又迷人啊！

嘟嘟的耳朵是厚厚的、招风的，我瞧瞧他爸，再看看他妈，他的耳朵居然不是遗传于他俩，而是像我的儿子，他的叔叔。俗话说：外甥像舅，居然也有侄子像叔的，真是一个意外呀！老人说：耳大招风，聪明灵巧，生财有道，一生福康。这话肯定有一定的道理。

这不，小嘟嘟终于回来了，我跟他的第一次会晤是在理发店，他坐在奶奶的怀里是多么乖巧，不哭也不闹、不吵也不叫，不像别的孩子理个发跟杀猪似的，搞得理发师又是扮鬼脸又是拿玩具、又是学猫叫又是做狗跳，满头大汗、精疲力竭，好不容易孩子破涕为笑，结果剃刀一出又哇哇乱叫。我从镜子里观察他，他从镜子里打量我，眼里有迷惑亦有好奇，他转头看了我一下，理发阿姨说：不要动！他就稳稳地坐好，低着头不再瞧我一眼。我心想：这个孩子定力可真好，一定是个读书的料。

果不其然，理好发，只一些迟疑，他就投入了我的怀抱，我抱着他指点着路边飞驰的汽车：这是红色的、这是绿色的、这是黑色的、这是蓝色的，他听得那么认真，看得那么仔细，眼睛一眨也不眨。回到我们自家的宾馆，他不愿意去房间，我很纳闷，他要干什么呢？

他不会说话又不会走路，我该怎么与他交流呢？我问："嘟嘟想去哪儿？"他看看我，又转头看看院子，我说："是想到院里看汽车？"他的眼睛亮了。

我抱着他来到院里，院子里停了好多的汽车，我一辆一辆地指给他看，嘴里不停地说："这是白色的、这是黑色的、这是红色的。"院里的车子都指完了，他似意犹未尽，我也不管他能不能接受，兀自增加了难度：这是爷爷的红色的汽车，这是奶奶的蓝色的电瓶车，这是大舅爷爷的绿色的三轮车，这是二舅爷爷的银色的汽车，这是小舅爷爷的黑色的汽车。这几辆车我来来去去指点了三遍，然后，我就问了："爷爷的红汽车在哪里？"我故意没有对着那辆车，他的头从我的肩膀上转过去，看向了爷爷的车。我又问："奶奶的电瓶车在哪里？"他迅速地转向了那辆车，我想想不对，万一他只是转转头而已，根本分不清哪是哪呢？于是我说："小舅爷爷的黑汽车在哪里？你用小手指给我看。"他伸出小小手，歪着脖子转一转，准确地找到了黑色的车。我又问，二舅爷爷的银色的汽车在哪里？这回他搜寻了好一会儿，眼睛一会儿瞅这辆，一会儿瞧那辆，一会儿瞥南边一辆，一会儿看北边那辆。这题目有点难，今天院子里有五辆银灰色的车，他下不了决心，看看我，我不吱声，他的小手犹犹豫豫指向了一辆，我摇了摇头，他又指另一辆，我还是摇头，他再指一辆，我依然摇头，这回他似乎下定决心了，果断地伸出手，嗨，居然蒙对了！我不失时机地表扬了他，他并没有我想象中的兴奋，他显得很淡定。我知道，他这完全是蒙的，我反省了一下，自己的教学方法委实有问题：这么几辆车，颜色都差不多，让一个十三个月的孩子去区分，这不是故意为难人吗？于是针对这五辆颜色相似的车，我改变了教学方法，我让他一一进行了观察，然后告诉他这五辆车都是银色的，但二舅爷爷的车最长最大，并让他细细地看，他盯着车瞧得很仔细，一会儿头歪向这边，一会儿头偏向那边，一会儿看车头，一会儿观车尾，过了一阵子，我再问："二舅舅爷爷的银色的汽车在哪里？"这回他毫不犹豫一指定乾坤。

学认汽车认累了，嘟嘟该睡午觉了，他躺在床上，睁着大眼睛看着我，我连忙躲开去。奶奶拍着他哄着他：嘟嘟睡觉了，嘟嘟睡觉了。他玩了一会儿小手指，不知不觉地就睡着了。他睡着了，奶奶就去忙乎了，奶奶要到田里去干活了。我不会干农活，只能陪着他。他睡得好安静，不滚也不动，但我可不能懈怠，我坐在床边上，一刻也不敢离，他睡觉我看书，真是时光静美，岁月轻柔。

大约半个小时，他醒了，翻下身，坐起来。我说："嘟嘟睡啊，我在这儿陪着你。"他看看我，不作声，复又躺下去，我轻轻地拍着他，他的眼睛重又闭上了，睡着了。这一次睡得很沉，其间有人打电话过来，他都没有醒，虽然我快速地走向房外，但电话铃声很响。这以后，我就习惯性调成了静音。这导致好几个朋友说，怎么电话老是没人接啊？哈哈，忘了调过来了。他睡了可能不到一个小时，这回彻底醒了，我再拍他也不睡了，坐在床上，看着我。我说："嘟嘟是不是要起床了？"他不吱声，当然他还不会说话，于是我帮他穿衣服，他很配合，显然他是想起床了。起来后，我在地上铺上了瑜伽垫，就跟他在垫子上玩。可是玩什么呢？我没有准备图画书，玩具又锁在楼上房间里，我在楼下找来找去，发现了两个蔬菜种子袋子，那外包装上画着萝卜、番茄、青菜、黄瓜、丝瓜等等，于是我就指着这些图片，一遍遍读给他听、指给他看，然后就开始考试了。我问："嘟嘟，红红的萝卜在哪里？"他的小手指一指。我又问："嘟嘟，长长的丝瓜在哪里？"他又一指。似乎不需要征询我答案是否正确，他很自信的样子。真正让我为之惊叹，就这几样蔬菜，问来问去的，他有点不耐烦了，要起身了，怎么办呢？我问："嘟嘟是不是想出去？"他看着我，我说："外面冷，出去的话，我们戴上围巾和帽子好不好？"于是他一动不动地让我围上了围巾，戴好了帽子，见我磨磨蹭蹭地还不走，他在瑜伽垫上自己扶着沙发要站起来，可是一站一摔一站一摔，如此这般，他也不恼，转过头看看我，意思：你怎么说话不算数？我忍着笑，抱起他，准备打开门，带他到院子里玩。这时正好奶奶从地里回来了，他从玻璃门里看到了奶奶，手就长长地伸出去，身子探出去差点挣脱了我的怀抱，他跟我这个第一次见面的小舅奶奶相处了半天可真不容易，这回终于看到奶奶了，心里那个激动啊。奶奶来了，他再也不要我了，亏他这十三个月的小小的孩儿，在没有熟悉的亲人在旁时，居然能够容忍了我半天，这样的心性真的不简单，太不简单了。

过年了，该给大家拜年了，奶奶说："嘟嘟，恭喜舅奶奶！"他两手一拢，小头一低，拜了个恭喜发财，那动作、那神态实在可爱。哥哥从义乌回来了，带了好多的花炮，于是一放下饭碗，他就要缠着哥哥到外面去放花炮。他不会表达又不会走路，那我们怎么知道呢？你抱着他从餐厅往外的时候，他会指向放花炮的地方，然后眼睛看着哥哥，哥哥问："嘟嘟想放炮？"他笑了。以后大家都明白了，餐后的节目是放花炮。可是下雨天怎么办呢？他的小眼睛可怜巴巴地盯着窗外，让人好不忍心，于是哥哥就在走廊里放起了小鞭。他在小舅爷爷的身上蹦啊跳啊，似乎要出去，小舅爷爷就激他："有本事你自己走啊！"

这话说了没几天，他居然就摇摇晃晃地开始了学走路，老家没有准备学步车，先是爷爷扶着他一步一步地走，冬天的早晨，爷爷累得满头大汗，他也学得气喘吁吁，可他不愿意停啊，于是换上奶奶，可是奶奶有好多的事情要忙，二舅爷爷上阵了，二舅爷爷可没有爷爷的好耐心，他扶了一会儿就吃不消了，让他趴在长沙发上走，他倒是很听话，奈何腿使不上劲儿，结果一屁股摔下了。也许是穿得多，没有摔疼，他并没有哭，趴在地上，吃力地想爬起来。二舅爷爷吓坏了，连忙一把抱起，嗨，他居然扭啊扭不要他了，看来是有点生气啦。是啊，什么舅爷爷呀，一点也不负责任，居然让宝宝摔下了！

孩子学走路真是很神奇，没几天就会了，会走路的嘟嘟可让爷爷忙坏了，爷爷跟着他一会儿来到厨房，一会儿去到餐厅，一会儿跑到大厅，一会儿转到柜面。他还要爬楼梯，从楼下爬到楼上，乐此不疲。有一次姑妈带他到室外去爬木楼梯，他觉得这个比屋子里的楼梯有意思，于是一不留神就想往外走，我们随时盯着大门，叮嘱着家中的每个人进出千万要随时关门啊，不然一不小心他就溜出去了。这不上次阳光房的玻璃门谁忘了没关上，他都跑到花坛那儿去了，可把我们吓坏了。

嘟嘟会走路了，我们一家十几口子都变得谨慎小心了，时不时他会来到吧台里面，“吧嗒”把电脑给关了，“嗒”，打印机给开了，然后，再一按，空白打印纸出来了，他能够连续给你打出几张空白纸来，等他玩腻了才肯罢休。有意思的是，有一次宾馆里突然停电了，过了一阵子又来电了，这时有客人来了，需要打开电脑在系统里操作，那天只有二舅爷爷在，他一紧张居然找不到电脑开关了，他在那儿自言自语：咦，在哪儿开的呀？嘟嘟听到了，跑过去小手一按，电脑开了，二舅爷爷那个兴奋啊，真是帮了大忙了。二舅爷爷喜欢无事就哼歌，他的手机可以连着音响，只要他唱歌，嘟嘟就会立马帮他打开音响，嘟嘟是不是一个电器小天才呀？

嘟嘟会走路了，我们的东西就藏不住了，只要他够得着的地方，他都能把你扫荡一遍：橱门打开了，香烟翻出了；抽屉打开了，纸笔扯出了；茶罐打开了，茶叶洒出了；食盒打开了，糖块抓起了。哎呀，这个嘟嘟呀，真是个小捣蛋啊！

嘟嘟会走路了，哥哥的花炮可就要换主人啰。你看，他拿起了一盒径自到柜台去找打火机了。这可不得了，要玩火了。姑妈赶紧催着哥哥陪他去放烟火，他拿着长长的烟火晃呀晃，转呀转，笑得咯咯咯，还专往哥哥正放的烟火前面凑。一次在小舅爷爷怀里抢烟火，结果把舅爷爷的帽子都烧了个洞，这小家伙真是胆大妄为。

哥哥教嘟嘟骑自行车，刚开始的时候，哥哥扶着他的身子，说：“开车了，前方无障碍，请直行，转弯，请向右行驶，倒车请注意。”他跟着哥哥，一遍遍地练来练去，两个小时，居然就能单独上路，且开得还挺稳。如此玩了半月，鸟枪换炮，小汽车回来了，开着小汽车的嘟嘟可神气了，一踩油门，“呼”就出去了。

嘟嘟现在已经十五个月了，还不太会说话，只会叫奶奶、爷爷、爸爸、妈妈，但是你只要问他：小叔叔在哪里？二舅爷爷在哪儿？

他可是分得清清楚楚的，人家只是不会说而已。讲到说话，我觉得他又像他的小叔叔了，儿子小时候也是不会说话，那会儿他奶奶还担心他是个哑巴，去乡下要了好多人家的米煮给他吃，说孩子吃了百家米就会讲话了。后来啊，儿子一开口说话就喋喋不休，整天像个话痨，你不跟他说了，他能一个人对着玩具说、对着书本说、对着电话说。所以啊，小嘟嘟若是说起话来，也绝对是滔滔不绝呀，因为他爸的口才就特别好呀。

嘟嘟最喜欢的是什么？吃！嘟嘟可是个小吃货，见啥吃啥，别人不管在吃什么，他都想尝一尝，连大舅爷爷早上喝粥就的榨菜他都不放过，更别说烧饼馒头了。每次我们用餐都得等着这位小爷，因为他喜欢大家围坐一起用餐，当然他有自己的专座，那专座就在我们的餐桌边，我们动筷，他也开吃。虽然有勺子，但他主要用手抓，他吃得津津有味，且眼观六座、耳听八方，餐桌上的菜一道都不能落下，若你有一道没搛给他，他会用手指、用嗓叫。虽然我们都知道他的意思，但我们都装作不懂，他就急了，身子奔向前，要自己去抓。可是啊，有些菜他真的不能吃呀，怎么办呢？用白开水涮一遍，他嚼着觉得不对味，还会哼哼表示抗议，这个我们就不予理睬了，不能得寸进尺呀。如此这般让他尝到了甜头，自己的主食就不好好吃了，什么萝卜饭、南瓜羹、山药泥，哪有这些大菜有滋有味呀，这小家伙可厉害着呢。我们带他去酒店，别的小朋友吃一会儿就下去玩了，可他不，他能从头吃到尾，且吃得心无旁骛，专心致志，真正了不得啊！

我们的小嘟嘟一天天长大，我感觉啊他真是越来越聪慧了。听，音乐响起来了，小嘟嘟开始跳舞了；看，他跟着节奏扭来扭去，还真像那么回事呢。

来世我们还做妯娌，可好？

每年的清明，我都会来看你，可是，今年，大嫂，请原谅我，不是我忘了你，不是我不想你，而是实在来不了，来势汹汹的疫情阻隔了我的脚步。

大嫂，你离开我们已经十六年了，十六年的光阴是多么漫长，长得我的眼角都长出了皱纹。你走得那么仓促，仓促得等不及你的女儿长大，那会她刚刚考上大学，你的匆忙离去，让她在异乡的校园孤独无助。

那一天，是多么突兀，一场意外，你就倒在了血泊，所有在场的人都愣在了那里，茫然不知所措。先生闻讯赶到，果断抱起了你，开着飞车将你送往医院，可是还没到医院的大门，你就停止了呼吸。大嫂，你让我们猝不及防，你让我们的一颗心陡然沉入了谷底，你也让一向沉着的先生，我那经过战火洗礼的先生差点开错了方向。

那几天，因为忙着你的丧事，我无暇顾及其他，甚至也没有多么伤心，可是当你的棺木要离开家门的时候，我的眼泪扑簌簌地往下流，怎么也止不住，心仿佛空了。我的儿子，你最疼爱的侄子搂着我的脖子，天真地问：大妈怎么不起来？我不知如何回答，是欺骗他大妈太累了，睡着了，还是跟他说实话呢？我最终还是残忍地告诉他：大妈离开我们了，去了天堂了，以后回老家，就看不到大妈了。孩子懵懵懂懂也不再追问，只是用小手擦着我的眼泪，擦着擦着他自己也呜呜地哭了起来。

我想四岁的他是有记忆的，他应该记得大妈对他的好，记得每回到乡下，大妈带着他东奔西跑，逛到这家遛到那家，这家塞个鸡蛋，那家拿个桃子，大妈领着他摘苇叶吹笛子，大妈带着他钓龙虾摸螺蛳，大妈陪着他追狗撵猫喂猪捉鸡。有一年，我们去无锡赏樱花，全程几乎都是大妈抱着他，大妈一路逗着他：子涵，你长大了可养大妈的老？儿子回答得很干脆：养！

大嫂，当年承诺养你老的三岁的侄子如今已经二十岁了，是个一米八三的大小伙了，可是他的大妈在哪里呢？孩子的这份承诺无法兑现了，唯有转移到大伯的身上了。你没能看到女儿结婚生子，更不可能知道，你有一个多么聪明懂事的外孙，他今年十岁了，和我可亲了，小嘴可甜了，还一劲地塞东西给我吃，让我感觉好幸福。只是啊，他现在不会再如前几年那般错叫我阿姨了，小奶奶长，小奶奶短的，看来我真的老了。大嫂，若你能亲耳听到这么可爱的孩子叫奶奶，即便我们一起老了，也是开心。大嫂，你放心吧，你的女儿将外孙教育得很好，从小就自立，五岁的时候就能搬个小板凳在厨房洗碗了，这一点可比你的侄子强多了。就是有一点，他始终不赞同他的爷爷，也就是大哥去他浙江的家中久住，当然小住几天还是没问题的，孩子之所以不要爷爷前往，并不是不喜欢爷爷，而是爷爷太啰唆，脾气也大，常会惹他妈妈不开心。小孩子看在眼里、疼在心里，他不知道怎么处理这样的矛盾，但他明白爷爷不去，就不会与妈妈有争执，所以他选择了阻挡，但他经常会与爷爷视频，将他的学习、生活、兴趣活动都展现在爷爷的面前，好让爷爷觉得孙儿就在他的身边。这是一个有智慧又有情商的孩子，据说，在义乌市场，他是出了名的小机灵，他三岁的时候就能将外商领到妈妈的店铺前，我真想亲眼看看他是怎么跟外国友人交谈的啊。大嫂，你是不是很骄傲？是的，这样的孩子值得我们骄傲。

大嫂，算起来，我们整整做了二十年的妯娌了，可是我们相处的时间却只有五年，这短短的五年，我们也只是周末假日能聚在一起。那时候，你在唐洪上班，我在金沙工作，虽然离得不远，却不能时常见面，维系我们感情的是一根电话线。你总是在中午时分打电话给我。那会儿，大哥午休了，先生在外地工作，你知我一人在家，方便接听，正是通过那一根小小的电话线，我知道了老家的历史，兄弟姐妹相处的模式，我体味了你的苦衷，你兄弟姊妹四人，你是家中的长女，却承担起了长子的责任。虽然那时的婆家也并不富裕，但是相对于你的原生家庭，还是好了很多，你拼命地工作，不分昼夜，我曾劝你，不要这么累，可你说：你是独女，没吃过苦，不知道贫穷是多么可怕，我要让我的弟弟妹妹都过上好日子，让我的寡母不再受苦。

我知道，你是贤良的女子，你不仅孝顺你的母亲，对婆母也同样的孝敬，婆母生病住院，是姐姐和你在上海服侍，我这个儿媳居然没在床前尽一天孝，你却安慰我：孩子还小，你离不了，有我们就行了。大嫂，你似乎一直在安慰我，我的母亲先于婆母去世，当时你的右手摔伤了，打着绷带，可你在我老家却不愿休息，你坐在床前陪着我，指导着我怎么操作那些烦琐的事务，父亲已失去了理智，我也差点控制不住。可是，你用左手搂着我，轻轻地拍着我的背，对我说：你不能倒下来，接下来你有很多的事情要操持！

没有了母亲，我仿佛没有了家；没有了母亲，我好似成了孤儿。虽然我已经有了自己的孩子，可是那会儿，我是多么脆弱，脆弱得一击即溃。

母亲故去后，不到半年，婆母就相继离世。大嫂，那一天，你哭得肝肠寸断，我在你的身边，不知道如何抚慰你。说实话，我跟婆母的感情没有你那么深厚，毕竟她只在我金沙家里住了三个多月，平时，我们也很少见面，可她跟你却在一个屋檐下生活了十九年，虽然也难免有磕磕绊绊，但其中的情意却是真实存在的，婆母视你为女儿，你将婆母当亲娘。

大家庭里生活很不易，我当年不懂事，不知节俭，又懒惰成性，每一年回老家，我只是照顾着幼小的孩子，从来不想着帮你一起做做家务，你却毫无怨言，大事小事一手包揽，择菜烧火、扫地洗碗，都是你。你似乎一点不会享受，连过年那几天都在忙碌，我让你歇歇，你说习惯了，我就是个劳碌命！你的确是个劳碌命，劳碌到生命的最后一刻还在机台上操作，若不是太疲倦，你何至于出那种意外？

大嫂，你走了，没有人跟我天南地北地聊天了，没有人在我与先生闹矛盾的时候劝慰我了，也没有人告诉我怎么与倔强的老人和睦相处了；大嫂，你走了，让我好不容易得来的姐妹情从此中断了。写到此处，我禁不住泪流满面，怀念，如同春汛，年年漫过的堤岸……

如果有来世，我们还做妯娌可好？

母亲的味道

又到了桃子香飘枝头，枇杷黄澄诱人的时候了，调皮的银杏还躲在扇叶下挤眼吗？树下的蘘荷是不是纷纷顶出了泥土，它们是想会会老伙伴了吧？

我也想会会老同学了。往年的这个时候，我们早就将油门一踩，一路飞驰到骑岸乡下，那里有我们的根据地，我们的老家，老家里有勤劳的朱妈妈，她早就将玉米煮好、龙虾洗好，她甚至将藿香茶都已经泡好，就站在老家门前高大的银杏树下等着我们。

她的身板依然是那么硬朗，走起路来急急火火、虎虎生风，她要到屋后去摘桃子，我穿着裙子，提着篮子都有点跟不上她的步伐，她朝后看看我的脚，说："小心点，高跟鞋别崴着脚，赶明儿我给你做双布鞋，布鞋养脚。""布鞋养脚"多么熟悉的话语，这是母亲在世时常跟我说的话。在我怀孕的时候，母亲做了很多双布鞋，单的棉的，一样的千层底，我天天穿着布鞋走路去上班，脚步稳重多了，母亲的心里也踏实多了。母亲甚至将拖鞋也换成了布鞋的面子，我不知道她是怎么想出来的，拖鞋的款式居然能有好几种，有尖头拖、圆头拖、包趾拖、露趾拖等等。母亲用柔软的棉布精心打造着女儿的舒适，不仅如此，她还赶制出了尚未出生的外孙的布鞋，一双双玲珑可爱的布鞋堆放在书桌上面，居然没有一点违和感，它们让冷寂的书房都变得温暖柔和起来。母亲坐在灯下纳鞋底，而我靠在一旁读书，我不时看看母亲，看着她将针往头发上一划，那针似乎就变得灵巧了。她低着头一针一针地纳，手指上带着针箍，这厚厚的千层底费了她多大的精力呀，可她却乐此不疲。母亲的布鞋陪伴着我度过了十月的孕期，母亲的布鞋也伴着儿子度过了快乐的童年。可是当我产假结束，当我身材恢复，我就不愿意再穿布鞋上班了，我觉得它跟我婀娜的身姿不配，与我美丽的衣裙不搭。而我没想到的是，我与母亲的布鞋只反抗了两年，母亲却倏然离我而去。这时我突然想穿母亲的布鞋了，可那些布鞋却已统统送人了，她们如获至宝。我亲手抛弃了母亲的布鞋，而今居然有另一位母亲愿意为我重做布鞋，我的鼻子一酸说不出话来，只乖乖地跟在她的身后走向桃林。

不知道为什么，每次去朱妈妈家里，我都喜欢跟她在一起，她在土锅上煮红烧肉，我就在灶膛添柴，她说“烧火热，快到外面去”，她说“柴火脏，别把灰搞到裙子上”。她不知道，这些话语，曾也是我母亲当初的话语啊！十几年了，我再也没有听到过这么暖心的话语，我不愿意离开这熊熊燃烧的灶膛，我仿佛看到母亲从灶后走来，走到我的身边，轻轻抚摸着我的头发。

唉，人一旦没了母亲，真的会把天下所有关心过自己的人当成慈母！

我追着朱妈妈从厨房到田野、从田野到河边、从河边到果园、从果园到水塘，生怕错过半步。回到家，厨房里有肉夹茄子的酥脆、蒜瓣黄瓜的凉爽、凉拌番茄的酸甜、吮指螺蛳的香辣、盐水煮虾的清淡。茄子是田里摘的、黄瓜是藤上扯的、番茄是架上采的、螺蛳是河边摸的、鲜虾是网里倒的，所有的食材都是原生态的，连龙虾都是朱妈妈一只一只钓上来的，满满一锅的龙虾她得钓几天才能攒下来呀。后来朱爸爸想到一个办法，他去镇上买了几只龙虾网直接放到河里，第一天晚上放，第二天早上提，有时网里会有好多的龙虾，但有时又会很少，甚至空空如也。逢到龙虾不多的时候，朱妈妈又会像从前那样在大热天拿着竹竿，提着竹桶去钓虾。为着我们的到来，我不知道朱妈妈放了多少次虾网，又钓了多少只龙虾。她总是这样，把家里所有的东西都捧了出来，唯恐亏待了我们。

朱妈妈走在我的前头，她系上围裙攀上高枝要去采撷枇杷，我站在树下战战兢兢，唯恐她摔下树来，可她从树枝间伸出头来，冲我莞尔一笑："没事。"那笑容多像我的母亲，母亲摘了柳叶回来，做柳芽烧饼，油放少了，饼煎焦了，她就会这么调皮一笑，跟个做了坏事的孩子似的。朱妈妈站在高高的树上，带着愉悦的心情采摘着自己培植的果实，她就像果园里的国王，俯视着自己的臣民，这是怎样的一种满足。我是她的孩子，仰望着她，依赖着她，就如同依赖自己的母亲。她在树上，我在树下，就像童年时的那样。我巴巴地看着她，她抛下一串给我解馋，那是枇杷还是桑葚我已分不清楚，因为我的眼睛突然有点模糊。

她捧出了自酿的米酒，那米酒容易上头，我不太敢喝，我喜欢那甜甜的酒酿，朱妈妈说："酒酿不醉人的，你放心地吃吧！"情不自禁间，我陶醉了，浑身瘫软，晕乎乎的感觉，我睡在床上。恍惚间，妈妈坐在床头，往我嘴里一调羹一调羹灌一种酸酸甜甜的汁液，并慢声细气给我说着什么，我抬抬头，叫一声：妈妈。妈妈的眼角顿时开出一朵美丽的菊花。

然而，那只是一个梦，朱妈妈已经去了遥远的天边。

家和福自生

曾国藩先生在家书中曾指出：夫家和则福自生。若一家之中，兄有言弟无不从，弟有请兄无不应，和气蒸蒸而家不兴者，未之有也；反是而不败者，亦未之有也。

曾文正的理念我深以为然，殊途同归。我们家也是个大家庭，夫家兄弟姊妹四人，大姑子排行老二，上有兄，下有两弟。在有些家庭，女儿是嫁出去的水，尤其在父母谢世后，对娘家无事不多事，有事不主事。但在我们家，长姐如母，她是我们家的主心骨、定心丸，在家里依然呼风唤雨、挥斥方遒，大家唯长姐马首是瞻，且心甘情愿，这要在以前根本不可想象。长姐出嫁了心在娘家，她为娘家家庭建设储存、积蓄，为事业发展加持、赋能，她以自己的慧贤达智，柔弱的肩膀，为这个家撑起一片晴朗、明媚的天。在她的带领下，我们家姑嫂齐力、兄友弟恭、子孝夫贤，所从事的事业更是风生水起，兴旺发达，我们徜徉在幸福的海洋里。可以说，没有长姐，就没有我们这个幸福、安稳、和谐的家。

这就是长姐的魅力，她做到了公平、公正、无私、无愧。她秉承了婆母家和万事兴的遗训，她也遗传了婆母世代经商的因子，她带领着全家从唐洪丝织厂那小小的织布车间，发展到南通金树布业有限公司。在纺织行业日趋饱和的形势下，又果断转型，成立了紫罗兰马赛克厂。由于亚洲金融危机的冲击，马赛克厂岌岌可危，最终破产，几百万的投资毁于一旦。大厦将倾之际，长姐力挽狂澜，投身市场调查，成立江苏绿源不锈钢管业有限公司。新兴的产业，需要技术的支撑，质量的把关，市场的开拓，兄弟姊妹各负其责。老大抓产品质量，技术攻关；老二管材料采购，物资运输；老三执订单接洽，产品营销；长姐则主管资金运转，后勤保障，并监督合同签订。她是家庭的统领，也是家族企业的总裁，大到路线方针政策，小到全家老少的吃喝拉撒，一应俱管，绝对权威。正是她引导着我们从一贫如洗到丰衣足食，也正是她带领着我们从最初的低谷走向了最后的巅峰。

我们没有忘记，失败的沮丧，破产的绝望，但我们也没有就此沉沦，在东社镇政府的扶持下，经过两年的不懈努力，我们重新翻盘，东山再起，这才有了华悦宾馆的开启，以及相继而来的华悦宴会中心和华悦餐饮，这才有了我们两万平方米的另一厂区的扩建，七幢生产用建筑大楼的开发，大楼的出租给我们的子女提供了充沛的学习生活的保障。

长姐说，我们赶上了党的好政策，但喝水不忘挖井人，在三年疫情期间，我们积极配合东社镇政府，将华悦宾馆用以作为隔离区和观察区，为此，我们将老家的住房腾给了合同尚未到期的中石油新疆总公司，使得长姐和老大无家可归，不得不在四十度的高温下居住在闷热狭窄的集装箱里。

很多人不理解我们的家庭共产主义，我们的资金全部归拢在长姐的手里，由她统一调配，她会统一购房、统一购车，吃穿用度全部公平分配，甚至连孩子的衣物都由她统包。我们清楚地意识到，资金一旦分散，人心也会涣散，就不可能凝聚成一股强大的力量。记得七年前外甥（长姐的儿子）考取上海公务员，工作两年后自己贷款购七十平方米二手房，还贷数年很是吃力，甚至影响了交女朋友。有一次他教育我儿子男子汉要自立时无意中提及，后我从儿子口中得知此事，我们忙催促着长姐一次性偿还了贷款，总算解决了外甥的后顾之忧。当我们妯娌之间心里偶有不平衡之时，我们会扪心自问，我们能做到不偏不倚吗？

家庭的和睦是我们创业的基石，我们深知，一个家庭没有凝聚力、执行力，只能是一盘散沙。古有颜子推《颜氏家训》、诸葛亮《诫子书》，今有《傅雷家书》，我们徐氏家族没有成文的纸质家书，但我们有代代相传的精神家训，那就是：家和福自生！

宜富貴
大吉羊
丙寅秋九月廿八日為余生日貴生燈送花籃
艷色可愛喜而擬筆寫之八九老人黃君璧并誌於白雲堂